La cámara se fue acercando hasta que sólo se veía mi cara; el resto desapareció. Esto fue antes de aquella noche, antes de todo lo ocurrido con Sophie, antes de este largo y solitario verano de secretos y silencio. Yo me sentía fatal, pero aquella chica del anuncio, en cambio, se sentía muy bien. Se notaba en la forma, llena de confianza, en que me miraba a mí y al mundo cuando volvió a hablar:

–Haz que el nuevo curso sea el mejor de todos –anunció, y contuve el aliento al anticipar la siguiente frase, la última, la que por una vez era realmente verdad–. Es hora de volver a clase.

El plano se quedó fijo y apareció el logotipo de Kopf debajo de mí. En unos instantes daría paso a un anuncio de wafles congelados o al parte meteorológico; estos quince segundos se integrarían sin fisuras en los siguientes, pero no me quedé para verlo. En lugar de eso, agarré el control remoto, me apagué y me dirigí a la puerta.

Había tenido más de tres meses para preparar el encuentro con Sophie. Pero cuando ocurrió, seguía sin estar lista.

Me hallaba en el estacionamiento antes de que sonara el timbre anunciando el comienzo de las clases, intentando reunir valor para salir y dejar que el curso comenzara oficialmente. Mientras la gente pasaba a mi lado, hablando y riéndose de camino al patio, yo seguía procesando todos los «quizá». Quizá se le había pasado. Quizá había ocurrido algo durante el verano que había sustituido nuestro pequeño drama. Quizá nunca fue tan

9

malo como yo creía. Todas estas cosas eran improbables, pero posibles.

Me quedé sentada hasta el último momento antes de sacar las llaves del contacto. Cuando puse la mano sobre la jaladera y me giré hacia la ventanilla, apareció.

Por un segundo nos miramos fijamente, y enseguida noté los cambios: llevaba más corto el pelo oscuro y rizado; los pendientes eran nuevos. Estaba más delgada, si es que eso era posible, y había dejado de usar el delineador que solía llevar la primavera pasada para adoptar una imagen más natural, todo bronces y rosados. Me pregunté qué vería ella diferente en mí en aquella primera impresión.

Justo cuando estaba pensando esto, Sophie abrió su boca perfecta, entrecerró los ojos y emitió el veredicto que yo había estado esperando todo el verano:

–Zorra.

El cristal que nos separaba no amortiguó el sonido ni la reacción de la gente que pasaba. Vi que una chica de mi clase de lengua del año pasado ponía mala cara, mientras que otra, desconocida, se reía a carcajadas.

Sophie, en cambio, permaneció inexpresiva mientras me daba la espalda, se colocaba el bolso encima del hombro y avanzaba hacia el patio. Me ruboricé y noté que me miraban.

No estaba lista para esto, pero probablemente nunca iba a estarlo, y el curso, como tantas otras cosas, no esperaba. No tenía más alternativa que salir del coche, con todos mirándome, y enfrentarme a él, sola. Y eso hice.

Había conocido a Sophie cuatro años atrás, a principios del verano de sexto. Me encontraba en la piscina del barrio, haciendo fila en el bar, con dos billetes húmedos de un dólar en la mano, para comprar una coca-cola, cuando noté que alguien se ponía detrás de mí. Volví la cabeza y allí estaba aquella chica, totalmente desconocida, con un bikini diminuto de color naranja y unas chanclas de plataforma que hacían juego. Tenía la piel aceitunada y el pelo, oscuro y rizado, recogido en una coleta alta; llevaba gafas de sol negros y tenía una expresión de aburrimiento e impaciencia en la cara. En nuestro barrio, donde todos nos conocíamos, era como si hubiera caído del cielo. No fue mi intención quedarme mirándola, pero al parecer eso fue lo que hice.

–¿Qué? –me dijo. Me vi reflejada en los cristales de sus gafas, pequeña y fuera de perspectiva–. ¿Se puede saber qué miras?

Noté que me ponía colorada, como me pasaba cada vez que alguien me levantaba la voz. Era demasiado sensible al tono, tanto que incluso me alteraban los programas de juicios de la tele; siempre tenía que cambiar de canal cuando el juez iba a echarle la bronca a alguien.

–Nada –respondí, y me di la vuelta.

Un momento después, el chico de la escuela que trabajaba en el bar me hizo una seña con expresión cansada. Notaba la presencia de la chica como un peso detrás de mí mientras me servía la bebida y extendía mis dos billetes sobre el mostrador de cristal concentrándome en alisar cada una de sus arrugas. Después de pagar, me alejé con la vista clavada en el cemento agujereado del camino de vuelta hacia la parte honda de la piscina, donde me esperaba mi mejor amiga, Clarke Reynolds.

–Whitney me ha encargado que te diga que se va a casa –dijo; y se sonó la nariz mientras yo colocaba con cuidado el vaso de cola sobre el cemento, junto a mi tumbona–. Le he dicho que podemos volver andando.

–De acuerdo –dije.

Mi hermana Whitney acababa de sacar la licencia de conducir, con lo que le tocaba llevarme en coche a todas partes. Pero el trayecto de vuelta era asunto mío, ya fuera desde la piscina, de la que podía volver andando, o desde el centro comercial del pueblo vecino, del que no. Whitney era una solitaria, incluso entonces. Todo espacio a su alrededor era su espacio personal; con sólo existir, ya lo estabas invadiendo.

Después de sentarme me permití volver a mirar a la chica del bikini naranja. Se había marchado del bar y estaba de pie al otro lado de la piscina, con la toalla sobre un brazo y una bebida en la mano, inspeccionando la disposición de los bancos y las tumbonas.

–Toma –dijo Clarke, pasándome la baraja de cartas que tenía en la mano–. Te toca dar a ti.

Clarke era mi mejor amiga desde que teníamos seis años. En nuestro barrio había muchísimos niños, pero por alguna razón eran casi todos adolescentes, como mis hermanas, o estaban por debajo de los cuatro años, como resultado de un *baby boom* unos años atrás. Cuando la familia de Clarke llegó desde Washington, D. C., nuestras madres se conocieron en una reunión de la comunidad de vecinos. En cuanto se dieron cuenta de que teníamos la misma edad, nos juntaron, y así nos quedamos desde entonces.

Clarke nació en China y los Reynolds la adoptaron cuando tenía seis meses. Éramos de la misma estatura, pero eso era prácticamente lo único que teníamos en común. Yo era rubia de ojos azules, una Greene típica, mientras que ella tenía el pelo más oscuro y brillante que había visto en mi vida y los ojos tan marrones que parecían casi negros. Mientras yo me mostraba tímida y deseosa de agradar, Clarke era más seria; en su tono, personalidad y apariencia era moderada y reflexiva. Yo llevaba trabajando como modelo desde que tenía uso de razón, siguiendo la estela de mis hermanas; Clarke era más bien chica, la mejor futbolista de la manzana, por no hablar de lo bien que jugaba a las cartas, especialmente a la canasta, a la que llevaba ganándome todo el verano.

–¿Me das un sorbo de tu cola? –me preguntó. Luego estornudó–. Hace mucho calor.

Asentí y me agaché para dársela. Clarke padecía alergia todo el año, pero en verano se ponía fatal. Normalmente estaba congestionada, moqueando o sonándose la nariz desde abril a octubre, y ninguna pastilla ni inyección parecían hacerle el menor efecto. Hacía mucho que me había acostumbrado a su voz gangosa, así como al omnipresente paquete de clínex en el bolsillo o en la mano.

En nuestra piscina regía una jerarquía en cuanto a los sitios que ocupaba cada uno: los socorristas eran los dueños de las mesas de picnic situadas junto al bar, mientras que las madres con los niños pequeños se quedaban en la parte donde no cubría y en la piscina infantil (o sea, la de la pipí). Clarke y yo preferíamos la zona con sol y sombra que había detrás de los toboganes de los niños, mientras que los chicos más populares de la escuela –como Chris Pennington, tres años mayor que yo y sin duda el tipo más guapo de nuestro barrio y, según pensaba yo entonces, probablemente, del mundo entero– se situaban junto al trampolín alto. El mejor sitio era la hilera de tumbonas entre el bar y la orilla de la piscina , y normalmente estaba ocupado por las chicas más *cool* de la escuela. Allí es donde se encontraba mi hermana mayor, Kirsten, echada en una tumbona, con un bikini rosa fucsia, abanicándose con un ejemplar de la revista *Glamour*.

Cuando repartí las cartas, me sorprendió ver a la chica del bikini naranja avanzar hacia Kirsten y ocupar una tumbona a su lado. Molly Clayton, la mejor amiga de Kirsten, que estaba al otro lado, le dio un codazo a mi hermana y señaló a la chica con la cabeza. Kirsten levantó la vista y la miró; se encogió de hombros y volvió a recostarse, cubriéndose la cara con el brazo.

–¿Annabel? –Clarke ya había tomado las cartas y estaba impaciente por empezar a ganarme–. Te toca robar.

–Oh –respondí, volviéndome hacia ella–. Es verdad.

A la tarde siguiente la chica regresó, esta vez con un traje de baño plateado. Cuando llegué ya estaba sentada en la misma silla que mi hermana había ocupado el día anterior, con la toalla extendida, una botella de agua a su lado y una revista en el regazo. Clarke tenía clase de tenis, así que estaba yo sola cuando Kirsten y sus amigas aparecieron una hora más tarde. Entraron armando escándalo, como todos los días, taconeando sobre el cemento. Cuando llegaron a su sitio de siempre y vieron a la chica, redujeron el paso y se miraron entre ellas. Molly Clayton parecía molesta, pero Kirsten avanzó cuatro sillas más allá y colocó sus cosas como siempre lo hacía.

En los días que siguieron, fui testigo de cómo la chica nueva proseguía con sus obstinados esfuerzos por infiltrarse en el grupo de mi hermana. Lo que había comenzado con la ocupación de una tumbona fue a más. El tercer día las siguió hasta el bar. A la tarde siguiente se metió en el agua segundos después que ellas y se mantuvo a medio metro de distancia mientras ellas se mecían en el agua y hablaban salpicándose. Para el fin de semana las seguía ya constantemente, como una sombra.

Tenía que ser molesto. Había visto a Molly lanzarle un par de miradas desagradables, e incluso Kirsten le pidió que se apartara, por favor, en una ocasión en la que se le había acercado demasiado por la parte honda. Pero a ella no parecía importarle. Si acaso, redoblaba sus esfuerzos, como si le diera igual lo que le dijeran con tal de que hablaran con ella.

–Oye –dijo mi madre una noche durante la cena–. Me he enterado de que una familia nueva se ha instalado en la casa de los Daughtry, en la calle Sycamore.

–¿Los Daughtry se han marchado? –preguntó mi padre.

Mi madre asintió.

–En junio. A Toledo. ¿No te acuerdas?

Mi padre se quedó un momento pensando.

–Es verdad –respondió, asintiendo al fin–. Toledo.

–También he oído –continuó mi madre, alcanzándole el tazón con la pasta a Whitney, que a su vez me lo pasó a mí inmediatamente– que tienen una hija de tu edad, Annabel. Creo que la vi el otro día, cuando fui a casa de Margie.

—Ah, ¿sí? –dije.

Asintió.

—Tiene el pelo oscuro; es algo más alta que tú. A lo mejor la has visto por el barrio.

Me quedé pensando un momento.

—No sé…

—¡Así que ésa es! –exclamó Kirsten, de repente, soltando de golpe el tenedor–. La acosadora de la piscina. ¡Lo sabía! Estaba segura de que era mucho más pequeña que nosotras.

—Un momento –ahora mi padre prestaba atención–. ¿Alguien las está acosando en la piscina?

—Espero que no –señaló mi madre, con su voz de preocupada.

—No es una acosadora, en realidad –explicó Kirsten–. Tan sólo es una chica que se nos ha pegado. Es muy rara, me pone nerviosa. Se sienta a nuestro lado, nos sigue a todas partes y no habla, y siempre está escuchando todo lo que decimos. Le he dicho que se aleje, pero no me hace caso. ¡Dios! No puedo creer que sólo tenga doce años. Eso es peor todavía.

—Qué dramático –murmuró Whitney, ensartando un pedazo de lechuga con el tenedor.

Tenía razón, claro. Kirsten era nuestra particular reina del drama. Sus emociones iban siempre al límite, al igual que su lengua; no paraba de hablar, incluso cuando se daba cuenta de que no la estabas escuchando. En cambio, Whitney era de las calladitas, pero lo que lo poco que decía tenía mucha más importancia.

—Kirsten –dijo mi madre–, sé buena.

16

–Mamá, ya lo he intentado. Pero si la vieras, lo entenderías. Es muy rara.

Mi madre dio un sorbito de vino.

–Es difícil llegar a un sitio nuevo, ¿sabes? A lo mejor no sabe cómo hacer amigos…

–Eso está claro –interrumpió Kirsten.

–… Lo que quiero decir es que tal vez te corresponda a ti dar un paso –terminó mi madre.

–Tiene doce años –replicó Kirsten, como si eso significara estar enferma o en llamas.

–Igual que tu hermana –señaló mi padre.

Kirsten agarró el tenedor y le apuntó con él.

–Exacto –declaró.

A mi lado, Whitney soltó un bufido. Pero mi madre, por supuesto, ya estaba volviendo su atención hacia mí.

–Bueno, Annabel –dijo–, tal vez podrías hacer un esfuerzo, si la ves. Decirle hola o algo así.

No le dije a mi madre que ya me había topado con la chica nueva porque se hubiera horrorizado de sus malas maneras. Mi madre era famosa por su educación y esperaba lo mismo de nosotras, en cualquier circunstancia. No debíamos olvidarnos nunca de nuestros buenos modales.

–Bueno –dije–. A lo mejor.

–Muy bien –me respondió. Y esperé que así quedara la cosa.

Al día siguiente por la tarde, cuando Clarke y yo llegamos a la piscina, Kirsten ya estaba allí, tumbada, con Molly a un lado y con la chica nueva al otro. Intenté ignorarla mientras nos colocábamos en nuestro sitio, pero terminé levantando la vista y vi que Kirsten me estaba observando. Cuando se levantó, un momento después, y se dirigió al bar, lanzándome una mirada, inmediatamente seguida por la chica nueva, supe lo que tenía que hacer.

–Ahora mismo vuelvo –le dije a Clarke, que estaba leyendo una novela de Stephen King y sonándose la nariz.

–De acuerdo –respondió.

Me levanté y me dirigí a la zona del trampolín alto; crucé los brazos sobre el pecho al pasar junto a Chris Pennington. Estaba en una tumbona, con una toalla sobre los ojos, mientras un par de amigos suyos se peleaban en la terraza. Ahora, en lugar de dedicarme a lanzarle miradas furtivas, que además de nadar y perder a las cartas había sido mi actividad principal en la piscina durante todo el verano, iba hacia la barra para que volvieran a tratarme mal; y todo por la insistencia de mi madre de que nos portáramos como buenas samaritanas. Genial.

Le podría haber contado a Kirsten mi encuentro anterior con esta chica, pero ni me pasó por la cabeza. Al contrario que yo, ella no rehuía la confrontación; si acaso, se lanzaba hacia ella a toda velocidad, hasta dejarla atrás. Era el polvorín de la familia y yo ya había perdido la cuenta de las veces que me había quedado al margen, colorada y encogida de vergüenza, mientras ella dejaba clara su desaprobación ante algún dependiente, conductor o ex novio. La quería mucho, pero la verdad es que me ponía nerviosa.

Whitney, por el contrario, era de las que se indignaban en silencio. Cuando se enfadaba, nunca te lo decía. Lo sabías por la expresión de su cara, la mirada torva y fría, los suspiros pesados y expresivos que podían ser tan insultantes como las palabras; cualquier palabra era preferible a eso. Cuando se peleaban, lo que, teniendo en cuenta que se llevaban dos años, era bastante a menudo, al principio siempre parecía una discusión unilateral, porque sólo se oía a Kirsten enumerando las infinitas acusaciones y ofensas. Pero si se prestaba más atención, se notaban los silencios pesados y duros de Whitney, además de sus réplicas que, aunque eran pocas, solían dar en el clavo con mucha más dureza que los comentarios pintorescos y rebuscados de Kirsten.

Una abierta, otra cerrada. No es de extrañar que la primera imagen que me viniera a la mente al pensar en cualquiera de mis hermanas fuera una puerta. Con Kirsten, era la puerta principal de nuestra casa, por la que siempre estaba entrando o saliendo, normalmente sin dejar de hablar, con un grupo de amigas detrás. La de Whitney era la puerta de su cuarto, que prefería mantener cerrada entre ella y el resto de nosotros, siempre.

En cuanto a mí, yo me encontraba entre mis dos hermanas y sus fuertes personalidades. Parecía la personificación de la vasta zona gris que las separaba. No era valiente ni sincera, ni tampoco silenciosa o calculadora. No tenía idea de cómo me describiría otra persona, ni qué imagen evocaría el sonido de mi nombre. Era, simplemente, Annabel.

A mi madre, que también rehuía los conflictos, le disgustaba que mis hermanas se pelearan. «¿Por qué no pueden ser buenas?», les suplicaba. Ellas no le hacían caso, pero a mí me marcó aquel mensaje: ser buena era el ideal; la gente no se gritaba ni guardaba silencio hasta provocar miedo. Si eras buena, no tendrías que preocuparte por las discusiones, en absoluto. Pero ser buena no era tan fácil como parecía, especialmente cuando el resto del mundo era tan malo.

Cuando llegué a la barra, Kirsten había desaparecido (claro), pero la chica todavía seguía allí, esperando que el camarero le cobrara su chocolate. En fin, pensé. Vamos a ese asunto.

–Hola –saludé. Me miró con una expresión indescifrable–. Eh, soy Annabel. Acabas de mudarte, ¿no?

Pasó un rato, que me pareció larguísimo, sin decir nada. Mientras tanto, detrás de ella, Kirsten había salido del baño. Se quedó quieta al ver que estábamos hablando.

–Bueno –continué, aún más incómoda–, creo que vamos al mismo curso.

La chica levantó la mano y empujó sus gafas de sol sobre el puente de la nariz.

–¿Y? –dijo, en el mismo tono despectivo y antipático que la primera vez que se había dirigido a mí.

–Bueno, sólo pensaba que, ya sabes, como somos de la misma edad, a lo mejor te gustaría quedar. O algo.

Otra pausa. Luego la chica dijo, como para aclarar las cosas:

–¿Quieres que quedemos? ¿Nosotras?

Lo hizo sonar tan ridículo que inmediatamente empecé a retractarme.

–Bueno, no tienes que quedar conmigo –le contesté–. Sólo quería…

–No –me cortó. Luego levantó la barbilla y se echó a reír–. Ni loca.

La cosa es que, si hubiera estado yo sola, ahí se habría acabado todo. Me habría dado media vuelta, colorada, y habría vuelto junto a Clarke. Fin de la partida. Pero no estaba sola.

—Un momento —dijo Kirsten en voz alta—. ¿Qué has dicho?

La chica se dio media vuelta. Cuando vio a mi hermana, puso cara de sorpresa.

—¿Qué? —preguntó, y no pude dejar de darme cuenta de lo diferente que sonaba comparado con la vez que me lo había dicho a mí.

—Te he preguntado —repitió Kirsten, en tono cortante— que qué le has dicho.

Uy, uy, uy, pensé.

—Nada —respondió la chica—, sólo...

—Ésta es mi hermana —continuó Kirsten, señalándome con el dedo—, y te has portado como una imbécil con ella.

Para entonces, yo ya estaba colorada y muerta de vergüenza. Kirsten, en cambio, se puso la mano en la cadera, lo que quería decir que no había hecho más que empezar.

—No me he portado como una imbécil —replicó la chica, que se quitó las gafas—, sólo...

—No es verdad, y lo sabes —la interrumpió Kirsten—. Así que no intentes negarlo. Y deja de seguirme todo el tiempo, ¿de acuerdo? Me estás poniendo de los nervios. Vamos, Annabel.

Yo me había quedado paralizada al mirar la cara de la chica. Sin las gafas de sol y con la expresión desolada sí parecía tener doce años. Se nos quedó mirando mientras Kirsten me agarraba de la muñeca y me jalaba hasta donde estaban sentadas sus amigas.

–Alucinante –repetía. Al mirar al otro lado de la piscina, vi que Clarke me observaba, confundida, mientras Kirsten me obligaba a sentarme en su silla. Molly se incorporó, parpadeando, y se ató las tiras del bikini.

–¿Qué ha pasado? –preguntó. Y mientras Kirsten le contaba, miré hacia el bar, pero la chica se había ido. Luego la vi al otro lado de la valla, a mi espalda, cruzando el estacionamiento descalza, con la cabeza gacha. Había dejado todas sus cosas en la tumbona que estaba a mi lado: una toalla, los zapatos, una bolsa con una revista, una cartera y un cepillo rosa. Creí que se daría cuenta y volvería a buscarlas. No lo hizo.

Sus cosas se quedaron allí toda la tarde. Cuando volví a sentarme con Clarke le conté todo. Luego jugamos varias manos de canasta y nadamos hasta que los dedos se nos quedaron como ciruelas pasas. Después Kirsten y Molly se marcharon y otras personas ocuparon sus hamacas. Allí estuvimos hasta que el socorrista sopló el silbato, anunciando la hora de cierre, momento en el que Clarke y yo recogimos y rodeamos la piscina, quemadas por el sol, hambrientas y listas para marcharnos a casa.

Sabía que aquella chica no era problema mío. Había sido muy grosera conmigo, dos veces, y por lo tanto no se merecía mi compasión ni mi ayuda. Pero al pasar junto a la tumbona, Clarke se detuvo.

–No podemos dejar ahí sus cosas –dijo. Se agachó para recoger las chanclas y meterlas en la bolsa–. Y nos queda de camino a casa.

Podría haberle llevado la contraria, pero me acordé de ella cuando cruzaba el estacionamiento, descalza y sola. Así que retiré la toalla y la doblé por encima de la mía.

–Sí –dije–. De acuerdo.

Aun así, cuando llegamos a la antigua casa de los Daughtry me alegré de que todas las ventanas estuvieran a oscuras y de que no hubiera ningún coche en el camino de entrada, para que pudiéramos dejar las cosas de la chica y marcharnos de una vez. Pero cuando Clarke se agachó para colocar la bolsa contra la puerta principal, ésta se abrió y apareció ella.

Llevaba jeans cortados, una camiseta y el pelo recogido en una coleta. Sin gafas de sol. Sin sandalias de tacón. Al vernos, se puso colorada.

–Hola –saludó Clarke, después de un silencio embarazoso lo bastante largo para que lo notáramos. Luego estornudó antes de añadir–: Te hemos traído tus cosas.

La chica bajó la vista hacia los pies un segundo, como si no la hubiera entendido. Lo que tal vez fuera el caso, con la voz congestionada de Clarke. Yo me agaché, agarré la bolsa y se la tendí.

–Dejaste esto –le anuncié.

Miró la bolsa y luego me miró a mí, con cautela.

–Oh –dijo, extendiendo la mano–. Gracias.

Detrás de nosotras pasó un grupo de chicos montados en sus bicis, llamándose a gritos unos a otros. Después, todo volvió a quedarse tranquilo.

–¿Cariño? –oí una voz desde el final del pasillo, a oscuras–. ¿Hay alguien ahí?

–No pasa nada –respondió ella por encima del hombro. Luego dio un paso adelante, cerró la puerta a su espalda, y salió al porche. Pasó a nuestro lado rápidamente, pero no sin que me diera tiempo a ver que tenía los ojos rojos e hinchados: había estado llorando. Y de repente, como tantas otras veces, oí la voz de mi madre en mi cabeza: «Mudarse a un sitio nuevo es difícil. A lo mejor no sabe cómo hacer amigos».

–Mira –le dije–, sobre lo de antes… Mi hermana…

–No pasa nada –me interrumpió–. Estoy bien.

Pero cuando lo dijo se le quebró la voz ligeramente. Nos dio la espalda y se llevó la mano a la boca. Yo me quedé quieta, sin saber qué hacer, pero cuando miré a Clarke vi que ya estaba metiendo la mano en el bolsillo de los pantalones cortos en busca de su inseparable paquete de clínex. Sacó uno y se lo alcanzó a la chica. Un segundo después, la chica lo aceptó, en silencio, y se lo llevó a la cara.

–Me llamo Clarke –se presentó –. Y ella es Annabel.

En los años siguientes, a menudo recordé este momento. Clarke y yo, en el verano de sexto, de pie detrás de la chica, que nos daba la espalda. ¡Tantas cosas habrían sido distintas para mí y para todos nosotros si hubiera ocurrido algo diferente en aquel momento! Pero entonces fue como cualquier otro instante, pasajero y sin importancia: se dio la vuelta, ya sin llorar –sorprendentemente compuesta, la verdad– para dirigirnos la palabra.

–Hola –dijo–. Soy Sophie.

2

–¡Sophie!

Por fin era la hora del almuerzo, lo que quería decir que ya había pasado la primera mitad de este primer día de escuela. A mi alrededor el pasillo estaba abarrotado y lleno de ruido, pero incluso con los portazos de los casilleros y la voz monótona que leía anuncios por los altavoces fui capaz de distinguir la voz de Emily Shuster, clara como el agua.

Miré al otro lado del pasillo, hacia la escalera principal, y allí estaba, avanzando hacia mí, con su cabeza pelirroja subiendo y bajando entre la gente. Cuando por fin apareció a medio metro de distancia, nos miramos brevemente. Luego siguió avanzando por el pasillo hasta donde Sophie la estaba esperando.

Como Emily había sido mi amiga primero, pensé que, tal vez, só lo tal vez, podría seguir siéndolo. Al parecer no era así. Se habían establecido las fronteras y ahora ya sabía con toda seguridad que yo me había quedado fuera.

Tenía otras amigas, claro. Gente que conocía de las clases y de la agencia Lakeview Models, donde llevaba años trabajando. Pero estaba quedando claro que el aislamiento que yo misma me había impuesto durante el verano había sido más eficaz de lo que creía. Justo después de que todo ocurriera, me mantuve totalmente al margen, pues me figuraba que sería más seguro que arriesgarme a que la gente me juzgara. No respondía a las llamadas de teléfono y cuando me cruzaba con alguien, en el centro comercial o en el cine, lo evitaba. No quería hablar de lo que había pasado, por lo que me pareció que lo mejor era no hablar de nada. Pero el resultado había sido que ahora, durante toda la mañana, cuando me paraba a saludar a chicas que conocía o me acercaba a grupos que charlaban, sentía una frialdad y una distancia instantáneas, que no desaparecían hasta que me disculpaba y me marchaba. En mayo quería estar sola. Y mi deseo se había cumplido.

Mi relación con Sophie tampoco ayudó, claro. Salir con ella me hacía cómplice de sus delitos y sus faltas sociales, que eran muchos, por lo que había un amplio sector de estudiantes que no me recibirían precisamente con los brazos abiertos. A las chicas que Sophie había insultado y aislado mientras yo me quedaba mirando sin hacer nada, les parecía que me merecía con creces un trago de mi propia medicina. Si no se atrevían a hacerle el vacío a Sophie, al menos me lo harían a mí.

Ahora me dirigía a la entrada principal y me detuve frente a la larga hilera de puertas de cristal que daban al patio. Fuera, diseminados entre el césped y varios caminos que lo cruzaban, se encontraban los distintos grupitos: los fortachones, los artistas, los activistas, los enamorados. Cada uno tenía su sitio y antes yo sabía cuál era el mío: el banco largo a la derecha del camino principal, donde se sentaban Sophie y Emily. Pero ahora dudaba, incluso, si debía salir.

–Ha llegado de nuevo esa época del año... –dijo alguien detrás de mí, con voz de *falsetto*. Se oyeron carcajadas y al darme la vuelta vi a un grupo de jugadores de futbol americano junto a la secretaría. Uno alto con rastas imitaba mi forma de ofrecerle el brazo al chico del anuncio, mientras los demás se reían burlonamente. Sabía que sólo le estaba haciendo al tonto, y tal vez en otro momento no me hubiera molestado, pero ahora sentí que me sonrojaba. Abrí las puertas de un empujón y salí.

A mi derecha había un muro largo y bajo, y me dirigí hacia él en busca de un sitio, cualquiera, donde sentarme. Sólo había dos personas allí sentadas y la distancia entre ambas era suficiente para dejar claro que no estaban juntas. Una era Clarke Reynolds. La otra era Owen Armstrong. No es que tuviera mucha elección en cuanto al lugar y la compañía, así que me senté entre los dos.

Sentí los ladrillos calientes bajo las piernas desnudas mientras me disponía a sacar el almuerzo que mi madre me había preparado por la mañana: sándwich de pavo con una sola rebanada de pan, botella de agua y una nectarina. Abrí la botella y bebí un trago largo antes de permitirme echar un vistazo alrededor. En cuanto miré hacia el banco, vi que Sophie me estaba observando. Cuando se cruzaron nuestras miradas, sonrió forzadamente y sacudió la cabeza antes de apartar la vista.

Patética, le oí decir en mi cabeza, y luego deseché este pensamiento. Tampoco es que quisiera sentarme con ella. Pero claro, nunca hubiera esperado hallarme en semejante compañía: a un lado Clarke y, al otro, el chico más violento de la escuela.

Al menos a Clarke la conocía, o la conocí, hace tiempo. La única información que tenía sobre Owen Armstrong era superficial. Alto, musculoso, ancho de hombros y con unos buenos bíceps. Y siempre llevaba botas con suelas gruesas de goma que lo hacían parecer aún más alto y, si cabe, más firme. Tenía el pelo oscuro y lo llevaba corto, un poco de punta; nunca lo había visto sin su iPod y sus audífonos, que se ponía dentro, fuera, en clase o fuera de clase. Y aunque sabía que debía de tener amigos, nunca lo había visto hablando con nadie.

Y luego estaba lo de la pelea. Había ocurrido el pasado mes de enero, en el estacionamiento, antes de entrar al aula. Yo acababa de salir del coche cuando vi a Owen, con la mochila al hombro y los audífonos puestos como siempre, dirigirse al edificio principal. Por el camino pasó junto a Ronnie Waterman, que estaba apoyado en su coche hablando con unos cuantos amigos. En todas las escuelas siempre hay alguien como Ronnie: un imbécil integral, famoso por poner zancadillas en el pasillo, la clase de tipo que grita «¡Bonitas nalgas!» cuando pasas a su lado. Su hermano mayor, Luke, era todo lo contrario: capitán del equipo de futbol americano y presidente de la asociación de estudiantes, supersimpático; le caía bien a todo el mundo. Por eso la gente aguantaba al pesado de su hermanito. Pero Luke se había graduado el año anterior y ahora Ronnie estaba solo.

Owen pasaba por allí, sin meterse con nadie, y Ronnie le gritó algo. Como no respondió, Ronnie se separó de su coche y se puso en medio para cortarle el paso. Incluso desde donde me encontraba me di cuenta de que era una mala idea; Ronnie no era bajito, pero parecía diminuto comparado con Owen Armstrong, que le sacaba al menos una cabeza, por no hablar de la envergadura. Ronnie, sin embargo, no pareció percatarse. Le dijo algo más a Owen; Owen lo miró un segundo y lo rodeó. Cuando echó a andar de nuevo, Ronnie le dio un golpe en el mentón.

Owen se tambaleó, pero sólo un poco. Luego soltó la mochila, echó el otro brazo hacia atrás y lo soltó, describiendo un arco sólido, que conectó de lleno en plena cara de Ronnie. Oí el golpe del puño contra el hueso desde donde me encontraba.

Ronnie se desplomó en cuestión de segundos: primero le cedieron las rodillas y luego los hombros, seguidos de la cabeza, que rebotó ligeramente tras chocar contra el suelo. Owen, por su parte, dejó caer la mano, pasó por encima de él de una zancada, tan campante, recogió su mochila y siguió caminando. La multitud que se había formado se apartó rápidamente y después se dispersó a toda prisa para dejarlo pasar. Los amigos de Ronnie se arremolinaron a su alrededor; alguien llamó al guardia del estacionamiento, pero de lo único que me acuerdo es de Owen alejándose, al mismo paso, al mismo ritmo que antes, como si ni siquiera se hubiera detenido.

Por aquel entonces, Owen era relativamente nuevo; sólo llevaba un mes en la escuela. Como consecuencia de este incidente, lo expulsaron otro mes. Cuando regresó, todos hablaban de él. Oí que había estado en el reformatorio, que lo habían expulsado de su escuela anterior y que formaba parte de una pandilla. Había tantos rumores que, un mes más tarde, cuando me enteré de que lo habían arrestado por pelearse en un club durante el fin de semana, imaginé que no sería cierto. Pero entonces desapareció y no se le volvió a ver por la escuela. Hasta ahora.

De cerca, sin embargo, Owen no parecía un monstruo. Estaba sentado tranquilamente, con gafas de sol y una camiseta roja, tamborileando con los dedos sobre la rodilla y escuchando su música. De todas formas, me pareció que sería mejor que no me agarrara observándolo, así que después de desenvolver mi sándwich y dar un bocado, respiré hondo y dirigí mi atención a mi derecha, hacia Clarke.

Estaba en el extremo del muro, con un cuaderno abierto sobre las piernas, y comía una manzana con una mano mientras escribía algo con la otra. Llevaba el pelo recogido con una liga y vestía una camiseta blanca lisa, pantalones de camuflaje y chanclas, con las gafas que había empezado a llevar el año anterior, pequeñas y de concha, encaramadas sobre la nariz. Al cabo de un momento levantó la vista y me miró.

Tenía que haberse enterado de lo que había ocurrido el pasado mes de mayo. Todos lo sabían. A medida que transcurrían los segundos y no apartaba la mirada, me pregunté si por fin me habría perdonado. Si, tal vez, ahora que se había abierto un nuevo conflicto, podría arreglarse el anterior. Sería perfecto, puesto que Sophie nos había mandado al cuerno a las dos. Volveríamos a tener algo en común.

Y seguía mirándome. Dejé el sándwich y respiré. Lo único que tenía que hacer, ahora mismo, era decirle algo, algo fantástico, algo que pudiera…

Pero de repente se volteó hacia el otro lado. Metió el cuaderno en la mochila y cerró la cremallera. Su lenguaje corporal mostraba tensión, con el codo apuntando en mi dirección. Se bajó del muro de un salto, se puso la mochila al hombro y se alejó.

Bajé la vista a mi sándwich, a medio comer, y sentí un nudo en la garganta. Lo cual era una tontería, porque Clarke me odiaba desde hacía siglos. Esto, al menos, no resultaba nuevo.

Durante el resto de la comida me empeñé en quedarme allí, sin levantar la vista. Cuando miré el reloj y vi que sólo me quedaban cinco minutos; pensé que lo peor ya habría pasado. Me equivocaba.

Estaba metiendo la botella de agua en la mochila cuando oí que un coche entraba en la rotonda que se encontraba después del muro. Vi que un *jeep* rojo se estacionaba junto al bordo. Se abrió la puerta del copiloto y salió un chico de pelo oscuro colocándose un cigarro detrás de la oreja, mientras se agachaba para decirle algo a la persona que conducía. Cuando cerró la puerta y empezó a alejarse, pude ver al conductor. Era Will Cash.

Sentí cómo el estómago me daba un salto, un salto físico, como desde una altura considerable, directo al vacío. Todo se encogió, los sonidos a mi alrededor se silenciaron mientras me sudaban las manos y oía el latido de mi corazón en los oídos: *bum, bum, bum.*

Fui incapaz de apartar la vista. Estaba allí sentado, con una mano sobre el volante, esperando a que avanzara el coche que estaba adelante, un coche familiar del que una chica estaba sacando un violoncelo u otro tipo de instrumento grande. Al cabo de un segundo, sacudió la cabeza irritado.

«Shhh, Annabel. Soy yo.»

En los últimos meses debí haberme cruzado con más de un millón de *jeeps* rojos y, contra mi voluntad, los había mirado todos en busca de su cara, de esta cara. Pero sólo ahora, aquí, estaba él. Y si bien me había dicho a mí misma que a plena luz del día podía mostrarme fuerte y no tener miedo, me sentía tan indefensa como aquella noche, como si incluso al aire libre, en la brillante luz del día, todavía no estuviera segura.

La chica por fin sacó el estuche del coche y se despidió del conductor con la mano mientras cerraba la puerta. Cuando el coche avanzó, vi que Will volteaba hacia el patio y su mirada recorría a todos los presentes, al parecer sin fijarse en nadie en particular. Y luego me miró a mí.

Yo mantuve la vista en él, con el corazón acelerado. Sólo duró un segundo y no me pareció que me reconociera; en su cara no había más que una mirada vacía, como si yo fuera una desconocida, una cualquiera. Luego el coche se puso en marcha, se convirtió en un borrón rojo, y ahí terminó todo.

De repente, volví a estar consciente del ruido y la conmoción a mi alrededor. La gente pasaba a toda prisa hacia su siguiente clase, se llamaban unos a otros y tiraban los restos de la comida en los cubos más cercanos. Yo seguí mirando al *jeep*, observándolo mientras subía la colina que llevaba a la carretera principal, alejándose de mí poco a poco. Y entonces, en medio de todo aquel ruido y vocerío, movimiento y cambio, giré la cabeza, me llevé una mano a la boca y vomité en la hierba.

Cuando volví a darme la vuelta instantes después, el patio se encontraba casi vacío. Los fortachones habían abandonado el otro muro, la hierba bajo los árboles estaba casi desierta, Emily y Sophie habían dejado su banco. No fue hasta que me hube limpiado la boca cuando miré al otro lado y vi que Owen Armstrong seguía allí, observándome. Sus ojos eran oscuros e intensos, y me sobresalté tanto que aparté la vista enseguida. Un minuto después ya se había marchado.

Sophie me odiaba. Clarke me odiaba. Todos me odiaban. Bueno, puede ser que no todos.

–A los de Mooshka les han *encantado* tus fotos –me decía mi madre. Su animada voz contrastaba radicalmente con la forma en que me sentía yo, allí en el atasco, intentando salir del estacionamiento después de la última clase–. Lindy me ha dicho que la llamaron y estaban entusiasmados.

–Ah, sí –respondí, mientras me cambiaba el teléfono de oreja–. Genial.

Intenté parecer entusiasta, pero la verdad era que había olvidado por completo que unos días antes mi madre me había contado que Lindy, mi agente, le había mandado mis fotos a una marca de trajes de baño de la zona llamada Mooshka Surfwear, que buscaba modelos para su nueva campaña publicitaria. Baste con decir que la publicidad no estaba entre mis prioridades en aquellos días.

–Pero –continuó– dice Lindy que quieren verte en persona.

—Oh —respondí, mientras la fila de coches se movía otro par de centímetros—. Bueno. ¿Cuándo?

—Pues —respondió—, la verdad es que... hoy.

—¿Hoy? —salté, mientras Amanda Cheeker, al volante de lo que parecía un BMW nuevecito, me cortaba el paso sin mirar siquiera.

—Sí. Al parecer, uno de sus directivos de publicidad está en la ciudad, pero sólo hasta esta noche.

—Mamá —avancé lentamente y luego saqué la cabeza por la ventana para intentar ver quién estaba formando aquel congestionamiento—. No puedo. He tenido un día fatal y...

—Cariño, ya lo sé —dijo, como si de verdad lo supiera, lo cual no era el caso en absoluto. Habiendo criado a tres hijas, mi madre era experta en dinámicas de chicas, por lo que me había resultado fácil explicarle la razón por la que Sophie había desaparecido repentina y definitivamente de mi vida con un «Está muy rara últimamente», y «No tengo idea de qué ha pasado». Por lo que ella sabía, Sophie y yo nos habíamos distanciado, nada más; no puedo imaginarme lo que habría pensado si le hubiera contado la verdad. Bueno, sí puedo imaginarlo, por eso no se lo había contado ni tenía la más mínima intención de hacerlo—. Pero Lindy dice que están muy interesados en ti.

Me miré en el espejo lateral: la cara enrojecida, el pelo aplastado y las manchas de rímel alrededor de los ojos, eran el resultado de que por fin me hubiera echado a llorar en el cubículo del baño después de la penúltima clase. Tenía un aspecto horrible, así era como me sentía.

34

–No lo entiendes –dije, mientras avanzábamos, apenas un par de metros–. Anoche no dormí bien, tengo cara de cansada, estoy sudada...

–¡Oh, Annabel! –exclamó, y sentí que se me formaba un nudo en la garganta como reacción inmediata a su tono tierno y comprensivo, que tanta falta me hacía después de ese día tan largo y terrible–. Ya lo sé, cariño. Pero es sólo un momentito, y ya está.

–Mamá... –el sol me daba en los ojos y lo único que olía eran los gases de los tubos de escape–. Es que estoy...

–Escúchame –me dijo–. A ver qué te parece esto. Vamos a casa, te das un baño rápido, te preparo un sándwich y te maquillo. Luego te llevo, nos lo quitamos de encima y no tendrás que volver a pensar en ello. ¿De acuerdo?

Típico de mi madre. Siempre salía con su «a ver qué te parece esto», una oferta que se sacaba de la manga y te la vendía, algo que sin ser muy distinto de la propuesta inicial, al menos sonaba mejor. Antes, excusarme no era mi prerrogativa. Ahora, negarme sería mostrarme poco razonable.

–Bueno –respondí, mientras el tráfico por fin comenzaba a moverse a buen ritmo. Un poco más adelante vi al guardia de seguridad que daba indicaciones para que rodeáramos a un Toyota azul con la deefensa abollada–. ¿A qué hora es la cita?

–A las cuatro.

Eché un vistazo al reloj.

–Mamá, son las tres y media y ni siquiera he salido del estacionamiento. ¿Dónde está la oficina?

–Está en... –dijo. Oí que buscaba entre los papeles–. El Pueblo del Alcalde.

Que se encontraba a más de veinte minutos. Incluso si salía hacia allí ahora mismo, necesitaría algo de suerte para llegar a tiempo; y eso sólo si los semáforos se apiadaban de mí.

–Genial –le dije–. Ni de casualidad.

Sabía que estaba actuando de forma difícil, por no decir petulante. También sabía que tenía que ir a la reunión y mostrar mi mejor cara, porque, en opinión de mi madre, ser difícil y petulante era mi peor comportamiento posible. Después de todo, yo era la niña buena.

–Bueno –me dijo ahora con su vocecita más cándida–. Podría llamar a Lindy y decirle que no puedes, si eso es lo que quieres. No me importaría.

–No –repliqué al llegar a la salida del estacionamiento y poner la luz intermitente–. No pasa nada. Iré.

Llevaba haciendo de modelo desde que tenía uso de razón. Incluso desde antes, la verdad. Había hecho mis primeras poses a los nueve meses, vestida con un *body* para una circular de un supermercado. Lo conseguí un día en que mi madre tuvo que llevarme a un *casting* de mi hermana Whitney porque le había fallado la niñera. La encargada de contratación le preguntó si yo estaba disponible, mi madre dijo que sí, y eso fue todo.

Pero en realidad la cosa había empezado con Kirsten. Tenía ocho años cuando un cazatalentos siguió a mis padres hasta el estacionamiento después de un recital de ballet, les dio su tarjeta y les dijo que lo llamaran. Mi padre se echó a reír, suponiendo que sería algún engaño, pero mi madre se sintió lo bastante intrigada como para llevar a Kirsten a una cita. El agente le consiguió inmediatamente un *casting* para el anuncio de una concesionaria de coches de la zona, que no consiguió, seguido de una campaña en la prensa para las festividades de Semana Santa del centro comercial Lakeview, que sí consiguió. Mi carrera como modelo comenzó con *bodys,* pero Kirsten podía presumir de conejitos de Pascua, al menos uno muy grande, que se inclinaba para depositar un reluciente huevo en su cesta mientras ella, con un vestido blanco con pliegues, le sonreía a la cámara.

Cuando Kirsten comenzó a trabajar con regularidad, Whitney también quiso probarlo, y al poco tiempo se encontraron las dos en el mismo circuito, a menudo incluso compitiendo por el mismo trabajo, lo que no hizo más que aumentar la fricción natural existente entre ellas. Pero eran muy distintas y particulares, tanto en su imagen como en su temperamento. Whitney era la belleza, con una estructura ósea perfecta y unos ojos arrebatadores, mientras Kirsten lograba transmitir su personalidad arrolladora con tan sólo una mirada. Whitney quedaba mejor en papel, pero Kirsten dominaba la pantalla. Y así con todo.

Por eso, cuando empezó mi carrera de modelo mi familia ya era bien conocida en el circuito local, que consistía principalmente en los anuncios para prensa de centros comerciales y grandes almacenes y algunos anuncios para la televisión regional. Mi padre solía mantenerse al margen de nuestro trabajo, como hacía con todo lo que resultara vagamente femenino, desde los tampones hasta los desengaños amorosos, pero mi madre disfrutaba. Le encantaba llevarnos a las citas, hablar de negocios con Lindy por teléfono y reunir las fotos para poner al día nuestros *books*. Pero si le preguntaban al respecto, lo primero que decía siempre era que lo habíamos elegido nosotras, no ella. «Yo habría estado encantada si se hubieran dedicado a hacer pasteles de barro en el jardín», le había oído decir un millón de veces. «Pero lo que a ellas les gusta es esto.»

La verdad, sin embargo, era que a mi madre también le gustaba este mundillo, aunque no quisiera admitirlo. Incluso a mí me parecía que había algo más. De alguna manera, creo que esto la había salvado.

Al principio no, claro. Al principio, el hecho de que trabajáramos como modelos no era más que una afición entretenida para ella, algo que hacer cuando no tenía que trabajar todo el día en la oficina de mi padre. Siempre decíamos, en broma, que era el lugar más fértil del planeta, porque las secretarias estaban constantemente embarazadas y a mi madre le tocaba encargarse del teléfono hasta que mi padre encontraba una sustituta. Pero entonces, el día en que cumplí nueve años, mi abuela murió y algo cambió.

Los recuerdos que tengo de mi abuela son algo distantes, basados más en las fotografías que había visto de ella que en los hechos reales. Mi madre era hija única y tenía una relación muy estrecha con su madre, aunque vivían en extremos opuestos del país y sólo se veían unas pocas veces al año. Hablaban por teléfono casi todos los días, normalmente cuando mi madre se tomaba el café de media mañana. Si entrabas a la cocina a las diez y media, la encontrabas puntualmente en su silla frente a la ventana, dándole vueltas a la nata en el tazón, con el teléfono encajado entre la oreja y el hombro. Para mí eran unas conversaciones aburridísimas, sobre gente a la que no conocía, o lo que mi madre había cocinado la noche anterior, o incluso sobre mi vida, que sonaba de lo más sosa también, así contada. Para mi madre era distinto. Crucial. Y nos dimos cuenta de ello cuando mi abuela murió. No es que mi madre hubiera sido siempre una fortaleza. Era una mujer callada, de hablar tranquilo, dulce, con un rostro amable: el tipo de persona a la que elegirías si alguna vez te ocurriera algo malo en público, o si querías que alguien te consolara inmediatamente. Siempre había confiado en mi madre para que fuera justo eso, exactamente lo que había sido siempre; por eso el cambio que experimentó en las semanas posteriores al funeral de mi abuela resultó tan extraño. Se volvió... más callada. Aún más que antes. En su cara se notaba una angustia y un cansancio tan obvios que incluso yo, con nueve años, los percibía. Al principio mi padre nos aseguró que era el proceso normal de duelo, que mi madre estaba cansada y que se pondría bien. Pero el tiempo fue pasando y ella no mejoraba. En vez de eso, dormía cada vez más, y más, e incluso a veces no se levantaba en todo el día. Si se levantaba, solía encontrármela en la cocina a media mañana, sentada en la misma silla, con el tazón vacío en la mano y mirando por la ventana.

–Mamá –le decía, y ella no respondía. A veces hacían falta tres intentos hasta que comenzaba a girar la cabeza, pero entonces me entraba miedo de repente, como si no quisiera verle la cara. Como si en esos momentos hubiera cambiado de nuevo, transformándose aún más en algo que yo no reconocía.

Mis hermanas recordaban esa época mejor que yo, ya que eran mayores y tenían más información. Y, como con todo, cada una tenía su forma de procesarlo. Kirsten se encargaba de las cosas de la casa, como de limpiar y prepararnos la comida, cuando mi madre no se encontraba con fuerzas. Y lo hacía con su energía habitual, como si no pasara nada extraño. A Whitney, en cambio, la encontraba a menudo junto a la puerta entreabierta del dormitorio de mi madre, escuchando o asomándose, pero siempre se marchaba cuando me veía, sin mirarme. Al ser la pequeña, yo no estaba segura de cómo reaccionar, aparte de intentar no causar problemas ni hacer muchas preguntas.

El estado de mi madre enseguida dictó nuestras vidas. Era el barómetro por el que lo juzgábamos todo. Según recuerdo, todo se reducía al momento en el que la veía cada mañana. Si estaba levantada y vestida a una hora normal, preparando el desayuno, todo iba bien. Pero si no lo estaba, y encontraba en su lugar a mi padre en la cocina haciendo lo que podía con los cereales y las tostadas, o aún peor, si ninguno de los dos estaba a la vista, sabía que no iba a ser un buen día. Tal vez fuera un sistema rudimentario, pero más o menos funcionaba. Aparte de eso no tenía nada más con que guiarme.

–Tu madre no se encuentra bien –era lo único que decía mi padre cuando le preguntábamos por ella sentados a la mesa del comedor, con el lugar de mi madre palpablemente vacío, o cuando no salía de su cuarto en todo el día, y lo único que vislumbrábamos de ella era un bulto bajo las sábanas, apenas visible con el haz de luz que penetraba entre las cortinas cerradas–. Tenemos que procurar facilitarle las cosas todo que podamos hasta que se sienta mejor. ¿De acuerdo?

Recuerdo que asentí con la cabeza, y ví que mis hermanas hacían lo mismo. Pero *cómo* hacerlo era otra cuestión totalmente distinta. Yo no tenía idea de cómo facilitarle las cosas, ni tampoco si antes había hecho algo para ponérselas difíciles. Lo que sí entendí es que era fundamental proteger a mi madre de cualquier cosa que pudiera perturbarla, aunque no estuviera segura de qué tipo de cosas eran ésas. Así que aprendí otro sistema: en caso de duda, dejarlo fuera. Fuera del alcance de sus oídos, fuera de la casa, incluso aunque esto quisiera decir, en realidad, guardártelo dentro.

La depresión de mi madre, o episodio, nunca tuvo nombre concreto, lo que lo convertía en algo más difícil de definir. Fuera lo que fuera, duraba ya tres meses cuando mi padre la convenció de que acudiera con un terapeuta. Al principio fue de mala gana y abandonó la terapia después de un par de sesiones. Pero luego volvió a empezar, no lo dejó y continuó durante un año. De todas formas, no fue un cambio inmediato; no llegué un día a la cocina a las diez y media y allí estaba ya ella, alegre y radiante, como si estuviera esperando mi llegada. Fue un proceso lento, gradual, como avanzar medio milímetro al día, de forma que el progreso sólo se notaba desde cierta distancia. Al principio dejó de dormir todo el día, luego empezó a levantarse a media mañana, y por último comenzó a preparar el desayuno de vez en cuando. Sus silencios, que tanto se notaban en la mesa y en todas partes, se fueron acortando cada vez más, un poco de conversación aquí, un comentario allá.

41

Al final el trabajo de modelo fue lo que me convenció de que ya había pasado lo peor. Como mi madre era la que nos conseguía los trabajos y trataba con Lindy sobre los planes y las pruebas, desde que se puso mala habíamos trabajado todas mucho menos. Mi padre llevó a Whitney a un par de cosas y yo acudí a una sesión de fotos que habíamos acordado hacía mucho tiempo, pero todo se enfrió tanto que, cuando Lindy llamó un día a la hora de la cena sobre una entrevista, ya había asumido que le íbamos a decir que no.

—Probablemente será lo mejor —dijo mi padre, mirándonos a todas en la mesa antes de llevarse el teléfono hacia la cocina—. No creo que sea el momento oportuno.

Kirsten, que estaba masticando un pedazo de pan, preguntó:

—Oportuno, ¿para qué?

—Un trabajo —respondió Whitney sin expresión—. ¿Para qué iba a llamar Lindy a la hora de la cena si no?

Mi padre rebuscó en un cajón junto al teléfono hasta que por fin encontró un lápiz.

—Bueno, de acuerdo —dijo mientras tomaba un bloc de notas—. Apunto la información, pero lo más probable... bien. ¿Cuál era la dirección?

Mis hermanas lo observaban mientras escribía, seguramente preguntándose qué tipo de trabajo era, y para quién. Pero yo miraba a mi madre, que también observaba a mi padre mientras tomaba la servilleta de su regazo y se secaba las comisuras de los labios. Cuando volvió a la mesa, se sentó y tomó el tenedor, esperando que mis hermanas le preguntaran por los detalles. Pero mi madre fue la primera en hablar.

–¿De qué se trata?

Mi padre se le quedó mirando.

–Oh –dijo–, sólo era una prueba para mañana. Lindy pensó que podría interesarnos.

–¿A quién? –preguntó Kirsten.

–A ti –respondió mi padre mientras clavaba unos ejotes en el tenedor–. Le dije que quizá no fuera el momento oportuno. Es por la mañana y yo tengo que estar en la oficina…

Se interrumpió sin molestarse en terminar, aunque no hacía falta. Mi padre era arquitecto y ya estaba bastante ocupado con su trabajo, además de cuidar a mi madre y encargarse de la casa, sin tener que llevarnos por toda la ciudad. Kirsten lo sabía, aunque era evidente que se sentía desilusionada. Pero entonces, en el silencio que se hizo cuando volvimos a comer, oí que mi madre aspiraba hondo.

–Yo podría llevarla –dijo. Todos la miramos–. Bueno, si quiere ir.

–¿En serio? –preguntó Kirsten–. Porque eso sería…

–Grace –dijo mi padre con voz preocupada. Kirsten se apoyó en el respaldo, en silencio–. No tienes que hacerlo.

–Ya lo sé –afirmó mi madre con una sonrisa, una sonrisa tenue, pero una sonrisa al fin y al cabo–. Es sólo un día. Una cosa. Me gustaría hacerlo.

Al día siguiente mi madre estaba levantada para el desayuno –lo recuerdo claramente–, y cuando Whitney y yo salimos hacia el colegio, Kirsten y ella se dirigieron a una prueba para el anuncio de un boliche. Kirsten consiguió el trabajo. No era su primer anuncio, ni mucho menos; tampoco era muy importante. Pero después de eso, cada vez que lo ponían y yo veía cómo lanzaba aquella bola perfecta (manipulada, porque mi hermana era un desastre con los bolos y siempre lanzaba la bola al canalillo), me acordaba de aquella noche en la mesa y de cómo, por fin, parecía que las cosas podían recuperar la normalidad.

Y así ocurrió, más o menos. Mi madre volvió a llevarnos a las pruebas, y si bien no estaba siempre animada y alegre, es posible que antes tampoco lo hubiera estado. Tal vez aquello, como tantas otras cosas, sólo lo había imaginado o supuesto. De todas formas, aquel año me costó creer que la situación, realmente, fuera mejor. Por muchas esperanzas que quisiera tener, siempre sentía que estaba aguantando el aliento, segura de que no duraría. E incluso cuando parecía que iba a durar, como lo que le pasó a mi madre llegó tan de repente, sin un principio ni un fin verdadero, hacía que pareciera más probable el hecho de que volviera a aparecer de la misma forma. Entonces, pensaba que bastaría un acontecimiento negativo, una decepción, para que mi madre volviera a dejarnos. Tal vez seguía sintiendo lo mismo.

Ésa era una razón por la que todavía no le había dicho a mi madre que quería dejar de ser modelo. La verdad era que durante aquel verano, cuando iba a las entrevistas, me había sentido extraña, nerviosa como nunca antes. No me gustaba el escrutinio al que me sometían, tener que caminar delante de gente, de desconocidos que me miraban fijamente. Durante una prueba que hice en junio para un anuncio de trajes de baño no dejaba de sobresaltarme cada vez que la estilista intentaba ajustarme la prenda, y se me hacía un nudo en la garganta cuando me disculpaba y le decía que no me pasaba nada.

Pero siempre que estaba a punto de hablarle de esto a mi madre, algo me lo impedía. Yo era la única que seguía trabajando de modelo. Y si ya es bastante difícil quitarle a una persona algo que la hace feliz, todavía lo es más cuando parece que es lo *único*.

Por eso, cuando llegué al Pueblo del Alcalde quince minutos después, no me sorprendió encontrar a mi madre esperándome. Al entrar al estacionamiento volvió a sorprenderme, como siempre, lo *bajita* que era. Pero claro, mi perspectiva estaba distorsionada, porque yo medía 1.73 y, aun así, era la más baja de mis hermanas: Kirsten me sacaba un centímetro y Whitney cinco. Mi padre se alzaba por encima de todas nosotras con su 1.88, por lo que mi madre siempre quedaba un poco rara cuando estábamos todos juntos, como uno de esos acertijos que solíamos hacer en primaria de «busca cuál de estas figuras es distinta».

Al estacionarme junto a su coche, vi que Whitney estaba en el asiento del copiloto, de brazos cruzados. Parecía irritada, lo que no era sorprendente ni novedoso, así que no lo pensé mientras sacaba el estuche de maquillaje de mi bolso y rodeaba el coche para reunirme con mi madre, que se hallaba de pie junto al maletero abierto.

–No tenías por qué venir –le dije.

–Ya lo sé –replicó sin levantar la vista mientras me pasaba un *tupperware* con un tenedor de plástico en equilibro sobre él–. Macedonia de frutas. No me ha dado tiempo de hacer un sándwich. Siéntate.

Me senté, abrí el *tupper* y clavé con el tenedor. Me di cuenta de que estaba hambrienta, lo que era normal, ya que había vomitado lo poco del almuerzo que había logrado comer. Dios mío, ¡qué día más asqueroso!

Mi madre me quitó el estuche de maquillaje de las manos y empezó a rebuscar en él. Sacó la sombra de ojos y los polvos.

–¡Whitney! –la llamó–, pásame la ropa, por favor.

Whitney suspiró audiblemente y se volteó para agarrar la ropa que colgaba en el gancho de la puerta, detrás de ella.

–Toma –dijo sin expresión desde el asiento trasero. Mi madre intentó asir la ropa, pero no llegó, así que me di la vuelta para tomarla yo. Cuando mi mano se cerró sobre las perchas e intenté jalarlas, Whitney las sujetó un segundo más, con una fuerza que me sorprendió, mientras me miraba a los ojos. Luego las soltó de golpe y dio media vuelta.

Estaba intentando ser paciente con mi hermana. Recordar, en momentos como aquél, que no era con ella con quien me sentía molesta, sino con su trastorno alimenticio. Pero la verdad es que se parecía mucho a Whitney, y viceversa, así que era difícil notar la diferencia.

–Bebe un poco de agua –dijo mi madre, y me pasó una botella mientras agarraba las camisas–. Y mírame.

Di un sorbo y me quedé quieta para dejar que me empolvara la cara. Luego cerré los ojos y escuché cómo los coches pasaban por la avenida, detrás de nosotras, mientras me aplicaba la sombra y el lápiz de ojos antes de empezar a mirar las camisas. Las perchas entrechocaban. Abrí los ojos y vi que me ofrecía una camisa de ante rosa.

«Sssssh, Annabel. Soy yo.»

–No –le dije. Lo pronuncié con más dureza de la que quería, en un tono cortante. Respiré hondo, me obligué a sonar más normal y añadí–, ésa no.

Pareció sorprendida, miró la camisa y después a mí.

–¿Estás segura? Te queda preciosa. Creí que te encantaba.

Sacudí la cabeza y aparté la vista rápidamente, concentrándome en una camioneta, una de ésas con una calcomanía de «Mi hijo es un estudiante modelo» en la ventanilla trasera.

–No –le repetí. Todavía seguía mirándome, así que añadí–; me aprieta por algún sitio.

–¡Oh! –la oí decir. Me ofreció en su lugar una azul de cuello redondo–. Toma –dijo, mientras yo la examinaba más de cerca, viendo la etiqueta del precio todavía puesta–. Sube y cámbiate, son las cuatro menos diez.

Asentí, me bajé del maletero de un salto y rodeé el coche para subirme en el asiento trasero. Me agaché para quitarme la camiseta sin mangas y me quedé quieta.

–Mamá –llamé–, no llevo sujetador.

Escuché sus tacones sobre el asfalto mientras rodeaba el coche.

–¿No?

Sacudí la cabeza intentando permanecer muy abajo en el asiento.

–Llevaba una camiseta sin mangas, con sujetador incorporado.

Mi madre se quedó un momento pensando.

–Whitney –dijo–. Dale a…

Whitney meneó la cabeza.

–Ni loca.

Ahora le llegó a mi madre el turno de suspirar.

–Cariño, por favor –suplicó–. Ayúdanos un poco, ¿de acuerdo?

Y entonces, como llevábamos haciendo unos nueve meses, tuvimos que esperar, y preocuparnos, por culpa de Whitney. Después de lo que pareció un silencio larguísimo, levantó los brazos bajo la camiseta, se revolvió y se sacó un sujetador color carne por el cuello, dejándolo caer por detrás del respaldo. Yo lo recogí del suelo, me lo puse (no teníamos exactamente la misma talla, pero era mejor que nada) y luego me coloqué la camisa por encima.

–Gracias –le dije. Por supuesto, me ignoró.

–Quedan ocho minutos –avisó mi madre–. Vamos, cariño.

Salí del coche y me acerqué a ella, que llevaba mi bolso en la mano. Me lo pasó y me miró a la cara una vez más, examinando su obra.

–Cierra los ojos –ordenó mientras se inclinaba para retirarme un pegote de rímel de las pestañas. Cuando volví a abrirlos, me sonrió–: Estás preciosa.

–Sí, claro –protesté, pero me lanzó una mirada y añadí–; gracias.

Dio un golpecito en el reloj.

–Anda. Te esperamos.

–No hace falta. Todo irá bien.

El motor del coche se puso en marcha de repente cuando Whitney giró la llave, y luego bajó la ventanilla y extendió el brazo afuera. Llevaba manga larga, como siempre, pero se le veía un poco la muñeca, pálida y muy delgada, mientras tamborileaba con los dedos en el lateral del coche. Mi madre la miró, y luego otra vez a mí.

—Bueno, al menos esperaré a que entres —afirmó—. ¿De acuerdo?

Asentí, y me incliné para darle un beso justo sobre la mejilla, cuidando que no se me corriera el lápiz de labios.

—De acuerdo.

Cuando llegué al edificio di media vuelta. Mi madre me saludó con la mano y yo hice lo mismo y volteé hacia Whitney, cuyo rostro veía enmarcado en el retrovisor. Ella también me estaba mirando, el rostro inexpresivo; como tantas veces últimamente, sentí una punzada, algo que se me retorcía en el estómago.

—Buena suerte —se despidió mi madre; yo asentí, y me di la vuelta hacia Whitney. Pero ella se había deslizado hacia abajo en el asiento y había desaparecido de mi vista, dejando el espejo vacío.

3

Whitney siempre había sido delgada. Kirsten era voluptuosa, con curvas, y yo era más fibrosa y atlética, pero mi hermana mediana había nacido con un auténtico cuerpo de modelo: alta y delgadísima. A Kirsten y a mí los fotógrafos nos decían constantemente que éramos guapas de cara, pero que nos sobraban unos kilos o nos faltaban unos centímetros, respectivamente, para que nos dieran campañas importantes. Sin embargo, desde el principio quedó claro que Whitney tenía potencial.

Así que pareció de lo más natural que el verano que terminó la preparatoria Whitney se trasladara a Nueva York para probar suerte como modelo. Era lo mismo que había hecho Kirsten dos años antes. Les pidió a mis padres que la dejaran mudarse con dos chicas mayores que conocía de la agencia, y ellos se lo permitieron con la condición de que se matriculara en algunos cursos de la universidad. Aunque al principio Kirsten consiguió hacerlo todo, en cuanto le salieron unas cuantas campañas de prensa y un par de anuncios de televisión, sus estudios se resintieron. Pero incluso con eso, casi todo el dinero lo ganaba trabajando de camarera y azafata.

Y no es que le molestara mucho. Desde la preparatoria, donde había descubierto a los chicos y la cerveza, aunque no necesariamente en ese orden, la concentración de Kirsten en el mundo de la moda había disminuido considerablemente. Mientras que Whitney siempre se aseguraba de dormir suficiente antes de un trabajo y era escrupulosamente puntual, Kirsten solía llegar tarde, con el pelo revuelto y resaca. Una vez se presentó a una sesión de fotos con un chupetón tan grande que no lograron disimularlo del todo con el maquillaje. Cuando salieron los anuncios, semanas más tarde, me lo enseñó riéndose: un círculo marrón, apenas visible bajo los tirantes de su vestido de princesa.

Mi madre tenía mayores esperanzas para Whitney. A las dos semanas de que se graduara, hicieron las maletas y se fueron en coche para instalarla en el departamento donde Kirsten ya vivía sola. Aquella cohabitación me pareció una mala idea desde el principio. Pero mis padres se mostraron firmes: Whitney sólo tenía dieciocho años y necesitaba a alguien de la familia que la cuidara, y como ellos colaboraban con el alquiler de Kirsten, ésta no podía quejarse. (Aunque se quejó, claro.) Además, según mi madre, mis hermanas eran mayores y sus conflictos, cosa del pasado.

Cuando Whitney se instaló, mi madre se quedó un tiempo para ayudarla a acomodarse, la inscribió en un par de cursos y la acompañó a algunas citas con agencias. Todas las noches llamaba después de la cena para contarnos las novedades a papá y a mí, y parecía más contenta que nunca cuando nos hablaba de los famosos que había visto, las reuniones con los agentes y el ritmo frenético e increíble de Nueva York. Al cabo de una semana, Whitney logró su primera entrevista y, poco después, su primer trabajo. Cuando mi madre se marchó, un mes más tarde, tenía más encargos de los que Kirsten hab ía soñado nunca. Todo funcionaba exactamente según lo previsto... hasta que dejó de hacerlo.

Mis hermanas llevaban unos cuatro meses viviendo juntas cuando Kirsten empezó a llamar a mi madre diciendo que Whitney estaba rara. Que había perdido peso, que apenas la veía comer y que cuando Kirsten intentaba hablar de ello, se molestaba. Al principio no parecía haber mucho motivo de alarma. Whitney siempre había sido temperamental, y ni siquiera mis padres esperaban que las dos fueran a vivir juntas sin tener problemas. Lo más probable, pensaba mi madre, era que Kirsten estuviera dramatizando un poco, y si Whitney había perdido algo de peso, bueno, estaba trabajando en un mercado muy competitivo, lo que supondría una presión añadida sobre su apariencia. A medida que ganara confianza, todo se arreglaría.

Pero la siguiente vez que vimos a Whitney, el cambio ya era evidente. Antes su aspecto era ligero y elegante; ahora se hallaba demacrada y la cabeza parecía demasiado grande para su cuerpo y demasiado pesada para su cuello. Kirsten y ella vinieron juntas para el día de Acción de Gracias y, cuando las recogimos en el aeropuerto, el contraste era sorprendente. Kirsten, con sus mejillas redondas y sus claros ojos azules, llevaba un suéter rosa chillón. Me abrazó exclamando cuánto nos había echado de menos, y yo noté el calor de su piel. A su lado, Whitney, con un conjunto deportivo y un suéter de cuello alto y negro, sin maquillaje, parecía muy pálida. Nos quedamos impresionados; al principio nadie dijo nada y nos limitamos a saludarnos, abrazarnos y a las típicas preguntas sobre cómo había estado el vuelo. Pero cuando nos dirigíamos a la cinta de recogida de equipaje, mi madre no pudo más.

–Whitney, cariño –le dijo–. Pareces *agotada*. ¿No te has recuperado de ese resfriado que tenías?

–Estoy bien –le contestó ella.

–No, no está bien –nos informó Kirsten secamente, mientras tomaba su maleta de la cinta–. No come. Nunca. Se está matando.

Mis padres se miraron.

–No es eso, es sólo que está enferma –dijo mi madre. Miró a Whitney, que lanzaba miradas asesinas a Kirsten–. ¿Verdad, cariño?

–Mentira –respondió Kirsten. Y a continuación le advirtió a Whitney–: Ya lo hemos hablado en el avión: se lo dices tú o se lo digo yo.

–¡Cállate! –le ordenó Whitney, en tono tenso.

–Por favor, tranquilas –intervino mi padre–. Vamos a recoger las maletas.

Era típico de mi padre, el único hombre en nuestra casa hiperestrogenada: siempre reaccionaba ante cualquier tipo de conflicto o situación emocional haciendo algo concreto y específico. ¿Charla sobre calambres y flujo abundante en la mesa del desayuno? Se levantaba y salía a cambiar el aceite a uno de los coches. ¿Llegabas a casa llorando por razones de las que no querías hablar? Te preparaba un sándwich de queso a la plancha, que probablemente terminaba comiéndose él. ¿Se avecinaba una crisis familiar en público? Maletas. Recoger las maletas.

Mi madre seguía estudiando a Whitney con cara de preocupación.

–¿Cariño? –dijo, con voz tenue, mientras mi padre sacaba otra maleta de la cinta–. ¿Es verdad? ¿Te pasa algo?

–Estoy bien –repitió Whitney–. Es sólo que está celosa por todo el trabajo que me sale.

–¡Uff, por favor! –protestó Kirsten–. Eso me importa un bledo y lo sabes perfectamente.

Mi madre puso cara de susto, y volví a percibirla muy pequeña entre nosotros, pequeña y frágil.

–Controla ese tono –reprendió mi padre a Kirsten.

–Papá, no lo entiendes –replicó ella–. Esto es grave. Whitney sufre un trastorno alimenticio. Si no se trata, se va a…

–¡Cállate! –gritó Whitney; su voz se hizo aguda de repente–. ¡Que te calles de una vez!

Aquella explosión fue muy sorprendente; estábamos acostumbrados a que fuera Kirsten quien perdiera el control, y nos quedamos parados unos segundos, como confirmando si había ocurrido de verdad. Entonces vi que algunas personas nos miraban y me quedó claro. Mi madre se había ruborizado, avergonzada.

–Andrew –dijo, acercándose a mi padre–. No…

–Vamos al coche –la interrumpió mi padre mientras agarraba la maleta de Whitney–. Ahora mismo.

Y allá fuimos. En silencio, mi madre y mi padre delante, el brazo de él sujetándola por los hombros, Whitney tras ellos, con la cabeza agachada contra la brisa, y Kirsten y yo en la retaguardia. Mientras caminábamos, me dio la mano y sentí su palma cálida en contraste con el aire frío.

–Tienen que saberlo –explicó, pero cuando volví la cabeza ella estaba mirando hacia otro lado y me pregunté si hablaba conmigo–. Es lo correcto. Es lo que tengo que hacer.

Cuando nos metimos en el coche nadie habló. Tampoco cuando salimos del estacionamiento ni cuando enfilamos a la autopista. En el asiento trasero, encajada entre mis hermanas, oí varias veces a Kirsten tomar aire, como si fuera a decir algo; pero no hubo palabras. A mi otro lado, Whitney se apretaba contra la ventana, mirando hacia fuera, con las manos sobre el regazo. Yo no dejaba de mirarle las muñecas, delgadas, nudosas y pálidas contra el negro de los pantalones deportivos. Mis padres, delante, mantenían la vista al frente; de vez en cuando, veía moverse el hombro de mi padre; yo sabía que le estaba dando una palmadita a mi madre en la mano, consolándola.

En cuanto entramos en la cochera, Whitney salió del auto. En cuestión de segundos había llegado a la puerta que daba a la cocina. Desapareció en su interior y cerró de un portazo. Kirsten suspiró junto a mí.

–Bueno –dijo en voz baja cuando mi padre apagó el motor–. Tenemos que hablar.

Y hablaron, pero a mí no me permitieron oír lo que dijeron. Me dejaron claro («Annabel, ¿por qué no vas a hacer tu tarea?») que yo no iba a participar en aquella conversación. Me quedé en mi cuarto con el libro de matemáticas abierto sobre las piernas, intentando enterarme de lo que estaba pasando abajo. Oía la voz grave de mi padre, la voz aguda de mi madre y, de vez en cuando, un cambio de tono indignado de Kirsten. Al otro lado de la pared, Whitney permanecía en silencio en su cuarto.

Por fin mi madre subió las escaleras y pasó por delante de mi habitación para llamar a la puerta de Whitney. Como no hubo respuesta, dijo:

–Whitney, cariño. Déjame entrar.

Nada. Se quedó allí lo que me pareció un minuto completo o dos antes de que se oyera descorrerse el cerrojo. La puerta se abrió y se cerró.

Bajé las escaleras y encontré a Kirsten sentada junto a la mesa de la cocina con mi padre, frente a un sándwich de queso a la plancha intacto.

–Mira –dije mientras abría un armario para sacar un vaso–, ella lo explica todo muy bien. En tres segundos le habrá lavado el cerebro a mamá.

–Estoy seguro de que no –replicó mi padre–. Confía en tu madre.

Kirsten meneó la cabeza.

–Está enferma, papá. Casi nunca come, y cuando lo hace, se pone muy rara. Por ejemplo, come un cuarto de manzana para desayunar o tres galletitas saladas para la comida. Y hace ejercicio todo el tiempo. El gimnasio de la esquina está abierto veinticuatro horas y a veces me despierto por la noche y no está, y sé que está allí.

–A lo mejor no –responde mi padre.

–La he seguido. Varias veces. Corre en la cinta durante horas. Mira, cuando llegué a Nueva York, una amiga mía tenía una compañera de piso así. Llegó a pesar cuarenta kilos o menos. La tuvieron que hospitalizar. Es algo grave.

Mi padre guardó silencio un segundo.

–Vamos a escuchar su versión –dijo al fin–. Y así veremos cómo están las cosas. ¿Annabel?

–¿Sí? –me sobresalté.

–¿No sería mejor que fueras a terminar tu tarea?

–Bueno –respondí. Me bebí el agua, metí el vaso en el lavaplatos y volví a subir. Mientras me obligaba a estudiar los paralelogramos oí a mi madre hablando con Whitney, en un tono reposado y tranquilizador. Ya casi había terminado cuando se abrió la puerta.

–Ya lo sé –decía mi madre–. ¿Qué te parece si te das un baño, duermes un poco y te despierto a la hora de la cena? ¿De acuerdo? Seguro que las cosas se ven más claras entonces.

Oí un soplido, e imaginé que sería Whitney asintiendo a esta propuesta, y luego a mi madre que pasaba por delante de mi puerta. Esta vez, se asomó.

–No pasa nada –me dijo–. No te preocupes.

Ahora, al recordarlo, no tengo la menor duda de que en aquel momento mi madre lo pensara. Luego me enteré de que Whitney la había tranquilizado por completo, asegurándole que simplemente se hallaba agotada de tanto trabajar y, aunque era cierto que había estado comiendo menos y haciendo más ejercicio, porque había descubierto que no era tan delgada como las chicas con las que competía en el trabajo, no lo estaba llevando al extremo ni mucho menos. Si Kirsten creía que no comía, afirmaba Whitney, era porque tenían horarios totalmente distintos, ya que Kirsten trabajaba por la noche y ella durante el día. Personalmente, dijo, a ella le parecía que detrás de todo esto había algo más que mera preocupación. Desde que había llegado a Nueva York, Whitney estaba trabajando mucho más que Kirsten en toda su vida, y a lo mejor eso no le sentaba bien a su hermana. Quizá fueran celos.

–¡No estoy celosa! –oí decir a Kirsten, indignada, unos minutos después de que mi madre bajara–. ¿No te das cuenta de que te ha engañado? ¡Abre los ojos!

Dijo más cosas, claro, pero yo no lo oí. Y cuando me llamaron para cenar una hora después, lo que hubiera pasado había terminado ya, y de nuevo reinaba el ambiente típico de la familia Greene, fingiendo que todo iba perfectamente. Y desde fuera, estoy segura de que es lo que parecía.

Mi padre había diseñado nuestra casa y en aquella época era la más moderna del barrio. Todos la llamaban «la casa de cristal», aunque en realidad sólo era de cristal la fachada. Desde fuera se veía toda la planta baja: la sala, dividida por la enorme chimenea de piedra, la cocina más allá y al fondo la piscina en el jardín trasero. También se veían las escaleras y parte del primer piso: las puertas de mi cuarto y el de Whitney, y el pasillo entre ambos, dividido por la chimenea. El resto se encontraba recogido en la parte de atrás, fuera de la vista. Aunque parecía que se veía todo, no era así. Sólo se veían pedazos sueltos que parecían un todo.

El comedor se encontraba en la parte delantera de la casa, así que a la hora de la cena estábamos siempre completamente expuestos. Desde mi lugar en la mesa veía que los coches siempre reducían un poco la velocidad al pasar y que los conductores nos miraban, como si fuéramos un cuadro: una familia feliz compartiendo una comida casera. Pero todo el mundo sabe que las apariencias engañan.

Aquella noche, Whitney se comió la cena; era la primera vez, pero no sería ni mucho menos la última, que me fijaba en ello. Kirsten bebió demasiados vasos de vino y mi madre no dejó de repetir lo estupendo que era que estuviéramos todas juntas, por fin. Lo mismo ocurrió durante los tres días siguientes.

La mañana en que se marcharon, las sentó a las dos junto a la mesa de la cocina y les pidió que le hicieran una promesa cada una. Quería que Whitney se cuidara más, durmiera más y siguiera una dieta saludable. A Kirsten le pidió que estuviera pendiente de Whitney y que intentara comprender la presión que tenía que soportar, al vivir en una ciudad nueva y trabajar tanto.

–De acuerdo –contestó Whitney–. Te lo prometo.

Kirsten, sin embargo, sólo meneó la cabeza.

–El problema no soy yo –le dijo a mi madre, a la vez que empujaba la silla y se levantaba–. Se los he advertido. No pienso repetirlo más. Ya se los dije y ustedes han decidido no hacerme caso. Sólo quiero que esto quede claro.

–Kirsten –replicó mi madre, pero ella ya había salido hacia la cochera, donde mi padre estaba colocando las maletas en el auto.

–No te preocupes –dijo Whitney, que se levantó y besó a mi madre en la mejilla–. Todo va bien.

Durante una temporada pareció que era cierto. A Whitney siguieron saliéndole trabajos, incluida una sesión fotográfica para la revista *New York,* su mayor éxito hasta la fecha. Kirsten empezó a trabajar como recepcionista en un restaurante muy famoso y salió en un anuncio en la televisión por cable. Si no se llevaban bien, nosotros no nos enterábamos. En lugar de llamar juntas un día a la semana, y hablar por turnos, ahora llamaban por separado, Kirsten normalmente a última hora de la mañana y

Whitney por la noche. Una semana antes de que llegaran a casa por Navidad, recibimos una llamada durante la cena.

–Perdón, ¿cómo dice? –preguntó mi madre al teléfono, de pie en la puerta entre la cocina y el comedor. Mi padre la miró mientras ella se tapaba la otra oreja para oír mejor–. ¿Qué ha dicho?

–¿Gracie? –dijo mi padre, empujando la silla y levantándose–. ¿Qué pasa?

Mi madre meneó la cabeza.

–No lo sé –contestó, dándole el teléfono a mi padre–. No entiendo...

–¿Diga? –dijo mi padre–. ¿Quién es?... Oh... Ya veo... Sí... Bueno, es un error, estoy seguro... Espere un momento y busco los datos que necesita.

Mientras dejaba el teléfono, mi madre dijo:

–No he entendido nada, ¿qué decía?

–Hay un problema con la tarjeta médica de Whitney –explicó mi padre–. Parece que ha estado en el hospital hoy.

–¿En el hospital? –preguntó mi madre con una voz aguda, que se elevaba esa octava temblorosa con la que siempre conseguía acelerarme el corazón instantáneamente–. ¿Está bien? ¿Qué le ha pasado?

–No lo sé –dijo mi padre–. Ya la han dado el alta, pero hay un problema con la factura. Tengo que encontrar su tarjeta nueva...

Mientras mi padre subía a su despacho a buscarla, mi madre volvió al teléfono e intentó sacarle información a la mujer que había llamado. Pero ésta, alegando respeto a la privacidad, no quiso contarle mucho, sólo que Whitney había llegado en una ambulancia por la mañana y se había marchado hacía unas horas. En cuanto mi padre solucionó el problema de la factura, llamó al departamento de Kirsten y Whitney. Kirsten tomó el teléfono.

–Intenté avisarles –fue todo lo que dijo. La oía desde mi sitio–. Lo intenté.

–Dile a tu hermana que tome el teléfono –le ordenó mi padre–. Ahora mismo.

Whitney contestó y la oí hablar muy deprisa, en un tono agudo y animado. Mis padres estaban los dos inclinados sobre el teléfono, escuchando. Después me contaron lo que les había dicho: que no había sido para tanto, que se había deshidratado por culpa de una sinusitis que venía arrastrando, y que se desmayó en una sesión fotográfica. Que sonaba peor de lo que era y que lo de la ambulancia había sido porque a alguien le había entrado el pánico. No nos lo había contado porque no quería preocupar a mamá, y de verdad que no era nada, nada en absoluto.

–Tal vez sería mejor que fuera para allá –dijo mi madre–. Sólo para estar seguros.

No, Whitney le explicó que no tenía sentido. Dentro de dos semanas vendrían a pasar la Navidad y eso era lo único que necesitaba: un descanso de verdad, dormir bien, y estaría totalmente recuperada.

–¿Estás segura? –insistió mi madre.

–Sí. Completamente.

Antes de colgar, mi padre pidió que la comunicara con Kirsten.

–¿Está bien tu hermana? –le preguntó.

–No –dijo Kirsten–. No está bien.

Pero de todas formas mi madre no fue. Esto sigue siendo el misterio más grande, la única cosa que, al mirar atrás, no consigo explicarme. Por la razón que fuera, eligió creer a Whitney. Fue un error.

Cuando Whitney vino a casa por Navidad llegó sola, porque Kirsten tuvo que quedarse un par de días más trabajando. Mi padre fue a buscarla al aeropuerto. Mi madre y yo estábamos en la cocina, preparando la cena, cuando llegaron. Al mirar a mi hermana, no podía creer lo que veían mis ojos.

Estaba delgadísima. Consumida. Era evidente, aunque llevaba ropa más holgada que la última vez, y más capas aún. Tenía los ojos hundidos y se le veían todos los tendones del cuello, que se movían como los hilos de una marioneta cada vez que se volteaba. Me quedé mirándola.

–Annabel –me llamó, molesta–. Ven y dame un abrazo.

Dejé el pelapapas que tenía en la mano y avancé con cautela. Cuando la rodeé con los brazos, temí que pudiera romperse de lo frágil que parecía. Mi padre estaba detrás de ella con su maleta y cuando lo miré me di cuenta de que él también estaba horrorizado por el cambio que había tenido en tan sólo un mes.

Mi madre hizo como que no se daba cuenta; al menos no dijo nada. En lugar de eso, cuando solté a Whitney, dio un paso hacia ella, sonriendo, y la abrazó.

–Oh, cariño –dijo–. La has pasado tan mal.

Y cuando se inclinó sobre el hombro de mi madre, Whitney cerró los ojos lentamente. Sus párpados eran casi translúcidos y un escalofrío me recorrió el cuerpo.

–Vamos a hacer lo posible para que te pongas bien –anunció mi madre–, empezando ahora mismo. Ve a lavarte un poco y nos sentaremos a cenar.

–Oh, no tengo hambre –dijo Whitney–. Ya he comido, mientras esperaba el avión.

–¿Ya has comido? –mi madre pareció dolida. Llevaba todo el día cocinando–. Bueno, seguro que puedes tomar al menos un poco de sopa de verduras. La he hecho especialmente para ti y es justo lo que te hace falta para reforzar tus defensas.

–De verdad, lo único que quiero es dormir –explicó Whitney–. Estoy cansadísima.

Mi madre miró a mi padre, que seguía observando a Whitney con expresión seria.

–Bueno, está bien, entonces será mejor que te acuestes un rato. Ya comerás cuando te levantes, ¿de acuerdo?

Pero Whitney no comió. Ni aquella noche, que durmió de un tirón, sin moverse cada vez que mi madre entraba con una charola, ni a la mañana siguiente. Se levantó al amanecer, y cuando mi padre, que era el primero que se despertaba, bajó a hacer café, le dijo que ya había desayunado. A la hora del almuerzo estaba otra vez dormida. Por fin, a la hora de la cena, mi madre la obligó a sentarse con nosotros.

Empezó en cuanto mi padre comenzó a servir. Whitney estaba a mi lado y, cuando mi padre se dispuso a cortar la carne para distribuirla en los platos, me di cuenta claramente de que era incapaz de estarse quieta: se removía nerviosa, jalaba de la manga de su amplia sudadera, cruzaba y descruzaba las piernas, bebía un sorbo de agua, y volvía a jalar de la manga. Sentí el estrés que emanaba, era palpable; y cuando mi padre le puso delante un plato lleno de carne, papas, ejotes y un buen trozo del famoso pan de ajo de mi madre, ya no pudo soportarlo más.

–La verdad es que no tengo hambre –dijo rápidamente, y lo apartó–. No tengo hambre.

–Whitney –le ordenó mi padre–. Tienes que comer.

–No quiero –respondió enfadada, mientras mi madre, al otro lado de la mesa, tenía una expresión tan dolida que me resultaba insoportable mirarla–. Es por Kirsten, ¿verdad? Ella les dijo que me hicieran esto.

–No –dijo mi madre–. Es por ti, cariño. Tienes que recuperarte.

–No estoy enferma –explicó Whitney–. Estoy bien. Sólo me encuentro cansada y no pienso comer si no tengo hambre. No lo haré. Y no pueden obligarme.

Nos quedamos callados, mirándola, mientras volvía a jalarse de la manga, con la mirada puesta en la mesa.

–Whitney, estás demasiado delgada –dijo mi padre–. Necesitas…

–No me digas lo que necesito –replicó, empujando la silla hacia atrás y levantándose–. No tienes *idea* de lo que necesito. Si la tuvieras, no estaríamos teniendo esta conversación.

–Cariño, sólo queremos ayudarte –intervino mi madre–. Queremos…

–¡Entonces déjenme en paz!

Empujó la silla con fuerza contra la mesa, lo que hizo saltar los platos, y se fue hecha una fiera. Un segundo más tarde oí la puerta principal abrirse y cerrarse, y se marchó.

Y esto es lo que pasó después: tras hacer todo lo posible por calmar a mi madre, mi padre se metió en el coche y salió a buscar a Whitney. Mi madre tomó posición en una silla de la entrada, por si acaso no la encontraba, y yo terminé mi cena rápidamente, cubrí sus platos con plástico transparente, los metí en la nevera y recogí auto mesa. Estaba terminando cuando vi llegar el auto de mi padre por el camino hacia la cochera.

Cuando Whitney y él entraron, mi hermana no miró a nadie. Tenía la cabeza gacha y la vista clavada en el suelo, mientras mi padre explicaba que ahora iba a comer algo y después podría irse a dormir, con la esperanza de que al día siguiente se sintiera mejor. No hubo ninguna discusión al respecto, ni se habló de cómo habían llegado a este acuerdo. Ya estaba decidido.

Mi madre me pidió que subiera a mi cuarto, así que no vi cómo Whitney cenaba, ni oí si hubo más discusiones. Después, cuando la casa se quedó tan en silencio que supe que todos se habían acostado, bajé. De los tres platos que había tapado sólo quedaba uno, y aunque parecía que lo habían tocado un poco, no estaba ni mucho menos vacío.

Tomé algo para picar y me fui al cuarto de la tele, donde volví a ver un documental sobre maquillaje y un rato de noticias locales. Volví arriba justo en ese momento tan raro de la noche en el que la luna brilla radiante a través del cristal, iluminándolo todo. Siempre me parecía extraño ver tanta luz de luna en el interior y me cubrí los ojos.

El pasillo que llevaba a mi cuarto y al de Whitney estaba iluminado también, con una parte central en penumbra, por la chimenea. Cuando entré en esa oscuridad repentina, olí el vapor.

O lo sentí. Lo único que sé es que, de repente, fue como si el mismo aire cambiara y se volviera más pesado y húmedo, y por un segundo me quedé quieta, aspirándolo. El baño estaba en el extremo del pasillo y no se veía luz por debajo de la puerta, pero al acercarme, el vapor se fue volviendo más denso y acre, y oí cómo el agua salpicaba. Era muy extraño. Entendía que alguien hubiera dejado el grifo abierto, pero, ¿la regadera? Por otro lado, Whitney se había comportado de forma muy rara desde que llegó a casa, así que cualquier cosa era posible. Por fin llegué a la puerta entreabierta y la empujé.

Al abrirse ésta, chocó contra algo y rebotó hacia mí. Volví a empujarla; el vapor denso se concentraba alrededor de mi cara y empezaba a condensarse sobre la piel. No veía nada y sólo oía el agua, así que palpé a ciegas el lado derecho de la pared, hasta alcanzar el interruptor de la luz.

Whitney estaba tirada en el suelo, a mis pies. Era su hombro lo que había chocado contra la puerta al intentar abrirla la primera vez. Se hallaba encogida ligeramente, envuelta en una toalla y con la mejilla apoyada sobre el linóleo. La regadera, como sospechaba, estaba abierta a tope y el agua se acumulaba en el lavabo porque resultaba demasiada cantidad para el desagüe.

–¿Whitney? –dije, agachándome a su lado. No podía imaginar qué había estado haciendo allí sola en la oscuridad, a esas horas de la noche–. ¿Estás…?

Luego vi el retrete. La tapa estaba levantada y en su interior había una mezcla amarillenta manchada de rojo. Con una sola mirada supe que era sangre.

–Whitney –le puse una mano sobre la cara. Su piel estaba caliente, húmeda, y sus párpados temblaban. Me agaché y la sacudí por los hombros–. ¡Whitney, despierta!

No se despertó. Pero se movió, lo suficiente para que la toalla se soltara. Y entonces, por fin, vi lo que mi hermana se había hecho a sí misma.

Era un manojo de huesos. Aquello fue lo primero que pensé. Huesos y nudos; cada vértebra de la columna despuntaba visiblemente. Las caderas sobresalían en distintos ángulos, las rodillas pálidas y pellejudas. Parecía imposible que pudiera estar viva con semejante delgadez, y aún más imposible que hubiera sido capaz de ocultarlo. Cuando volvió a moverse vi algo que se me quedaría grabado para siempre: los omóplatos afilados, que se alzaban en su piel como las alas de un pajarito muerto que encontré una vez en el jardín. No tenía plumas: era un recién nacido y ya había sido derrotado.

–¡Papá! –grité; mi voz resonó en la pequeña habitación–. ¡Papá!

Del resto de la noche recuerdo sólo retazos. Mi padre, colocándose las gafas mientras corría por el pasillo en piyama. Mi madre tras él, inmóvil en aquel rayo de luna en el otro extremo del pasillo, iluminada, con las manos en la cara mientras mi padre me apartaba y se agachaba junto a Whitney para auscultarla. La ambulancia, las luces giratorias que hacían que la casa entera pareciera un caleidoscopio. Y luego el silencio, cuando la ambulancia se marchó con Whitney y con mi madre dentro, y mi padre detrás en su coche. Me dijeron que me quedara allí y que me llamarían.

No sabía qué hacer. Así que volví al baño y lo limpié. Tiré de la cadena apartando la vista, recogí el agua que había salpicado el suelo, llevé las toallas que había usado a la lavadora y las metí dentro. Luego me senté en la sala, a la luz de la luna, y esperé.

Fue mi padre quien por fin llamó, dos horas más tarde. El sonido del timbre del teléfono me despertó de golpe y, cuando tomé el auricular, el sol despuntaba por la parte delantera de la casa; el cielo estaba veteado de rosas y rojos. «Tu hermana se va a poner bien», me dijo. «Cuando lleguemos a casa, te explicaremos qué pasa.»

Después de colgar, volví a mi cuarto y me metí en la cama. Dormí dos horas más, hasta que escuché cómo se abría la puerta de la cochera y supe que habían vuelto. Cuando bajé a la cocina, mi madre estaba haciendo café, de espaldas a mí. Tenía puesta la misma ropa que la noche anterior y el pelo despeinado.

–¿Mamá? –pregunté.

Se dio la vuelta y, al verle la cara, sentí un vuelco en el estómago. Estaba como en aquellos años: su rostro exhausto, los ojos hinchados de llorar, sus rasgos angustiados. Presa de un ataque de pánico repentino, quise protegerla, interponerme entre ella y el mundo, y todo lo que el mundo pudiera hacerle a ella, a mí, a cualquiera de nosotros.

Y entonces ocurrió. Mi madre rompió en sollozos. Sus ojos se llenaron de lágrimas; se miró las manos, que estaban temblando, y se echó a llorar. Su llanto resonó en la cocina silenciosa. Di un paso hacia ella, sin saber qué hacer, aunque, afortunadamente, no tuve que hacer nada.

–Grace –mi padre estaba de pie en la puerta del pasillo que daba al despacho–. Cariño. No te preocupes.

Los hombros de mi madre temblaban al respirar.

–Dios mío, Andrew. ¿Qué hemos…?

Y mi padre avanzó inmediatamente hacia ella y la abrazó, envolviéndola con la gran envergadura de su cuerpo. Ella apretó la cara contra su pecho, y la camisa de mi padre amortiguó sus sollozos; yo retrocedí hasta quedar fuera de su vista, y me senté en el comedor. Aún la oía llorar y era horrible. Pero verlo era peor.

Mi padre, por fin, logró calmarla y la mandó arriba para que se diera un baño e intentara descansar un poco. Luego volvió y se sentó frente a mí.

—Tu hermana está muy enferma —me informó—. Ha perdido una cantidad excesiva de peso, y al parecer lleva meses sin comer con normalidad. Anoche, su cuerpo simplemente ya no pudo más.

—¿Se va a poner bien? —pregunté.

Se pasó una mano por la cara y tardó un momento en contestar.

—Los médicos piensan que debe ir inmediatamente a un centro de tratamiento. Tu madre y yo... —se interrumpió y miró por detrás de mí, a la piscina—. Sólo queremos lo mejor para Whitney.

—¿Entonces no va a volver?

—Ahora mismo, no —me explicó—. Es un proceso. Tenemos que ver cómo va.

Bajé la vista hacia mis manos, que había extendido sobre la mesa, delante de mí; sentía la madera fresca bajo las palmas.

—Anoche —dije—, cuando la vi, pensé...

—Ya lo sé —empujó la silla y se levantó—. Pero ahora la van a ayudar, ¿de acuerdo?

Asentí. Era obvio que mi padre no estaba dispuesto a hablar del impacto emocional de lo sucedido. Me había contado los hechos, la prognosis, y eso era lo único que me iba a dar.

Después de unos cuantos días en el hospital, trasladaron a Whitney a un centro de tratamiento, pero lo aborrecía de tal manera que al principio se negaba a hablar con mis padres cuando iban a visitarla. De todas formas, la estaban ayudando, y empezó a ganar peso poco a poco, día tras día. En cuanto a Kirsten, al llegar Nochebuena encontró a mis padres agotados y estresados, a mí intentando mantenerme al margen y sin ninguna posibilidad de disfrutar del espíritu navideño. Lo que no la privó de soltar su bomba particular.

–He tomado una decisión –anunció cuando estábamos sentados a la mesa esa noche–. Voy a dejar de trabajar como modelo.

Mi madre, en el extremo de la mesa, dejó el tenedor en el plato.

–¿Qué?

–Ya no me gusta –dijo Kirsten, mientras daba un sorbo de vino–. La verdad, es que hace tiempo que había dejado de gustarme. De todas formas, no es que me estuvieran saliendo muchos trabajos. Pero, simplemente, he decidido hacerlo oficial.

Miré a mi madre. Ya estaba lo bastante triste y cansada, y era obvio que esto no ayudaba. Mi padre también la observaba. Y le pidió:

–No te precipites, Kirsten.

–Si no me precipito. Lo he pensado mucho –de todos nosotros, ella era la única que seguía comiendo, y llenó el tenedor de papas mientras decía esto–. Vamos, seamos

70

sinceros, nunca voy a pesar cincuenta kilos. Ni voy a medir un metro ochenta, ya que estamos.

–Tienes bastante trabajo tal como eres –dijo mi madre.

–Algo de trabajo –la corrigió Kirsten–. No llega ni de lejos para mantenerme. Llevo en esto desde que tenía ocho años. Ahora tengo veintidós y quiero hacer algo distinto.

–¿Como por ejemplo...? –preguntó mi padre.

Kirsten se encogió de hombros.

–Todavía no lo sé. En el restaurante recibo a los clientes y tengo una amiga en una peluquería, que me ha ofrecido un puesto de recepcionista. Con eso llegaré a fin de mes, más o menos. Estaba pensando en apuntarme a algunas clases o algo así.

Mi padre arqueó las cejas.

–¿Estudiar?

–No te sorprendas tanto –replicó Kirsten, aunque tuve que admitir que para mí también era una sorpresa. Incluso antes de dejar las aulas en Nueva York, nunca había sido buena estudiante. En la preparatoria, las clases que no se perdía por sus trabajos de modelo se las saltaba, y prefería pasar su tiempo con el novio *hippy* de turno–. La mayoría de las chicas de mi edad ya se han graduado y tienen carreras de verdad. Siento que he perdido mucho tiempo, ¿saben? Quiero tener un título.

–Podrías ir a clase y seguir trabajando de modelo –sugirió mi madre–. No son cosas excluyentes.

–Sí, lo son –dijo Kirsten–. Para mí, lo son.

En otras circunstancias, tal vez mis padres hubieran querido seguir hablando del tema. Pero estaban cansados, y si bien Kirsten destacaba por su sinceridad, su terquedad no le iba a la zaga. Tampoco debería haber sido una sorpresa, en cualquier caso, pues llevaba años sin dedicarse mucho a la moda. Pero ahora, tan cerca del colapso de Whitney, tenía un mayor significado. Especialmente para mí, aunque en aquel momento no me di cuenta.

Whitney pasó un mes en el centro de tratamiento, durante el cual engordó cinco kilos. En cuanto la dieron de alta, quiso regresar a Nueva York, pero mis padres insistieron en que volviera a casa y los médicos opinaban que volver a trabajar de modelo pondría en peligro cualquier progreso en el presente o en el futuro. Esto fue en enero; desde entonces, asistía a un centro de día, veía a un terapeuta dos veces a la semana y se paseaba enfurruñada por la casa. Mientras tanto, Kirsten había mantenido su palabra, se había inscrito a clases en una escuela universitaria en Nueva York y las alternaba con sus dos trabajos. Sorprendentemente, vista su experiencia en la preparatoria, le encantaban las clases, y todos los fines de semana llamaba feliz y dicharachera contándonos los detalles y lo que estaba estudiando. De nuevo, mis hermanas eran dos extremos; sin embargo, se parecían mucho: las dos estaban empezando de nuevo, aunque sólo una por voluntad propia.

Había semanas en las que parecía que Whitney estaba mejorando de verdad, ganando peso, yendo por el buen camino. Y luego había otras en las que se negaba a desayunar, o la descubríamos haciendo abdominales prohibidos en su cuarto; no obstante, la sola amenaza de tener que volver al hospital y de ser alimentada a la fuerza conseguía que se portara bien. Durante sus altibajos una única cosa permanecía constante: se negaba a hablar con Kirsten.

Ni cuando llamaba, ni cuando vino a casa un fin de semana aquella primavera. Al principio, Kirsten se sintió dolida, luego enfadada, y finalmente correspondió también con el mutismo. Los demás nos encontrábamos en medio, y rellenábamos los silencios incómodos con charla que siempre sonaba artificial. Desde entonces, aunque mi madre y mi padre habían ido a visitarla en distintas ocasiones, ella dejó claro que no iba a volver a casa.

Era muy raro. De niña yo odiaba que mis hermanas discutieran, pero que no se hablaran resultaba aún peor. La ausencia de comunicación entre ellas, que ahora duraba casi nueve meses, me daba miedo por su condición de permanente.

Los cambios en mis hermanas durante el último año se podían ver y sentir. En una saltaba a la vista, mientras que en la otra se escuchaba en cuanto te acercabas un poco, tanto si querías oírla como si no. En cuanto a mí, me encontré donde siempre había estado: atrapada en medio de las dos.

Pero esto también había cambiado, aunque yo fuera la única que se daba cuenta. Yo era distinta. Y la diferencia se me antojaba tan grande como la que existía entre cómo era mi familia la noche en que todo comenzó y la imagen que daríamos a cualquiera que pasara en un coche por la calle: una familia feliz, cenando los cinco juntos en nuestra casa de cristal.

73

4

Durante la primera semana de clase, Sophie me ignoró por completo. Fue muy duro. Pero cuando comenzó a hablarme, enseguida me di cuenta de que prefería el silencio.

–Zorra.

Era sólo una palabra. Una palabra, pronunciada con claridad y con el suficiente desprecio como para hacerme daño. A veces llegaba desde atrás, flotando sobre mis hombros cuando menos lo esperaba. Otras la veía venir y me daba en plena cara. Lo que no variaba era que siempre llegaba en el peor momento. En cuanto empezaba a sentirme mejor o estaba pasando un buen rato en un día más o menos decente, allí estaba ella para asegurarse de que no durara.

Esta vez pasó a mi lado cuando estaba sentada en el muro durante la pausa del almuerzo. Emily iba con ella, como siempre, y yo no las miré. En lugar de eso, me concentré en el cuaderno que tenía sobre las piernas, y seguí con mi trabajo de historia. Acababa de escribir la palabra «Ocupación» y apoyé el bolígrafo sobre la página, marcando cada vez más las oes, hasta que Emily y Sophie pasaron de largo.

Todo esto tenía algo de karma, aunque no me gustaba pensar en ello. La verdad es que, no hacía mucho, era yo quien caminaba junto a Sophie mientras ella hacía el trabajo sucio; y también yo la persona que, si bien no participaba en el insulto, tampoco hacía nada por evitarlo. Como había ocurrido con Clarke.

Al pensar en ello, levanté la vista y escudriñé el patio hasta que la vi sentada en una de las mesas de picnic con unas cuantas amigas. Estaba en un extremo del banco, ante un libro abierto, escuchando a medias la conversación de las chicas mientras pasaba las páginas. Era evidente que para ella haberse sentado sola el primer día había sido algo voluntario. Desde entonces, no había vuelto a acercarse al muro, ni a mí.

Pero Owen Armstrong seguía allí. Otros iban y venían en torno a nuestro muro, algunos en grupos, otros solos, pero él y yo éramos los únicos que seguíamos allí día tras día. Manteníamos siempre una distancia sobreentendida, de unos dos metros, centímetro más o menos, y quien llegara al último la respetaba. Había otras constantes: él no comía nunca, que yo viera, mientras que yo siempre tomaba un almuerzo completo, cortesía de mi madre. Él parecía no enterarse de lo que hacían los demás, y no le preocupaba, mientras que yo pasaba la hora convencida de que todo el mundo me miraba y hablaba de mí. Yo hacía las tareas; él escuchaba música. Y nunca hablábamos, jamás.

Tal vez fuera porque pasaba mucho tiempo sola. O porque tampoco podía dedicar tanto tiempo a hacer tareas. Sea lo que sea, Owen Armstrong había empezado a fascinarme. Todos los días me aseguraba de mirarlo un par de veces de reojo y anotaba algo más sobre su apariencia o sus costumbres. Hasta el momento, había acumulado bastante información.

Por ejemplo, los audífonos. No se los quitaba *nunca*. Estaba claro que le encantaba la música y llevaba siempre su iPod en el bolsillo o en la mano, o lo dejaba en el muro, a su lado. También había notado que, cuando escuchaba música, sus reacciones variaban. Por lo general se sentaba totalmente quieto, excepto por un leve balanceo de cabeza, casi imperceptible. De vez en cuando tamborileaba con los dedos sobre la rodilla y sólo en raras ocasiones canturreaba, apenas lo bastante alto para que yo lo oyera, y únicamente cuando no había nadie hablando cerca de nosotros o pasando a nuestro lado. Aquellos eran los momentos en que me preguntaba qué estaría escuchando, aunque imaginaba que sería algo como él: oscuro, furioso y a todo volumen.

Luego estaba su apariencia. Su tamaño era lo primero que se notaba, claro: la altura, las muñecas anchas, la enormidad de su presencia. Pero había otras cosas también, como sus ojos oscuros, que eran verdes o marrones, y los dos anillos idénticos de plata, anchos y planos, que llevaba en el dedo medio de cada mano.

Ahora, mientras lo miraba, estaba sentado con las piernas extendidas, apoyado en las palmas de las manos. Un rayo de sol le caía sobre la cara y tenía los audífonos puestos. Movía la cabeza ligeramente, con los ojos cerrados. Una chica que llevaba una cartulina pasó a mi lado; vi que reducía el paso al acercarse a él y sorteaba sus pies con mucho cuidado, como en el cuento de *Juan y las habichuelas mágicas*, cuando Juanito se va sin hacer ruido pasando por encima del gigante dormido. Owen no se movió y ella se marchó deprisa.

Yo también había sentido algo similar hacia Owen, claro. Como todos. Pero aquella proximidad diaria había hecho que me relajara, o al menos que no me sobresaltara cada vez que miraba hacia donde yo estaba. Estos días me preocupaba más Sophie, que era una amenaza creíble, o incluso Clarke, que había dejado claro que todavía me odiaba.

Resultaba extraño que Owen Armstrong pudiera parecer más inofensivo que las únicas dos mejores amigas que había tenido. Pero estaba empezando a darme cuenta de que lo desconocido no es siempre lo más temible. La gente que mejor te conoce puede suponer un peligro mayor, porque las palabras que dicen y las cosas que piensan tienen el riesgo no sólo de dar miedo sino también de ser verdad.

Yo no tenía ninguna historia con Owen. Pero con Sophie y Clarke era distinto. Había un patrón, una especie de conexión, aunque yo no quisiera verlo. No parecía justo, ni correcto, pero no podía evitar pensar que tal vez todo aquello, la situación en la que me encontraba, no fuera del todo accidental. Tal vez me la mereciera.

Después de aquella tarde en que Clarke y yo le llevamos las cosas a su casa, Sophie empezó a salir con nosotras. No es que la invitáramos expresamente, pero se fue acoplando a nosotras. De repente había una tercera tumbona, repartíamos cartas para tres, había un refresco más cuando tocaba ir por las bebidas. Clarke y yo llevábamos siendo las mejores amigas desde hacía tanto tiempo que resultaba agradable contar con una mirada fresca, y Sophie la aportaba, desde luego. Con sus bikinis y su maquillaje, y sus historias de los chicos con los que había salido en Dallas, era totalmente distinta a nosotras.

También era escandalosa y valiente; no tenía ningún miedo a hablar con los chicos. Ni de ponerse lo que le apeteciera. Ni de decir lo que pensaba. En cierto modo, no era tan distinta a Kirsten, aunque si bien la franqueza de mi hermana me hacía sentir incómoda, la de Sophie era diferente. Me gustaba, casi la envidiaba. Yo no me sentía capaz de decir lo que quería, pero siempre podía contar con ella para dar su opinión, y las cosas que se le ocurrían —siempre un poco arriesgadas, al menos para mí, aunque al mismo tiempo divertidas—, nunca las hubiera podido experimentar por mí misma.

Sin embargo, había momentos en que me sentía incómoda con Sophie, pero me costaba trabajo saber exactamente por qué. Por mucho que saliéramos juntas y que se hubiera incorporado a mi vida diaria, no podía olvidarme de lo mal que se había portado aquel día en el bar. A veces la miraba mientras estaba contando una historia o pintándose las uñas a los pies de mi cama, y me preguntaba por qué lo había hecho. E inmediatamente, si volvería a hacerlo.

Pero, a pesar de su arrogancia aparente, yo sabía que Sophie tenía sus problemas. Sus padres se habían divorciado hacía poco y, aunque había mencionado todas las cosas que su padre le compraba cuando vivían en Texas –ropa, joyas, todo lo que quería–, un día oí a mi madre y a una amiga suya comentando el divorcio, que al parecer había sido muy desagradable. El padre de Sophie se había marchado con una mujer mucho más joven y tanto él como la madre emprendieron una amarga lucha por la casa en Dallas. Al parecer, el señor Rawlins no estaba en contacto con Sophie ni con su madre. Pero ella nunca lo mencionaba y yo no le pregunté. Me imaginé que si quisiera hablar de ello haría que se abriera más.

Mientras tanto, de todo lo demás hablaba sin ningún pudor. Por ejemplo, siempre nos decía a Clarke y a mí que éramos unas inmaduras. Al parecer, todo estaba mal: nuestra ropa (demasiado infantil), nuestras actividades (aburridas) y nuestras experiencias (inexistentes). Aunque mi trabajo como modelo le interesaba y parecía fascinada con mis hermanas, que la ignoraban por completo igual que a mí, a Clarke no la dejaba en paz.

–Tienes aspecto de chico –le dijo una vez que fuimos todas al centro comercial–. Podrías estar muy mona, si lo intentaras. ¿Por qué no te maquillas un poco o haces algo?

–No me dejan –respondió Clarke, sonándose la nariz.

–Por favor –protestó Sophie–. No hace falta que se enteren tus padres. Te pones el maquillaje fuera de casa y te lo quitas antes de volver.

Clarke no era así, y yo lo sabía. Se llevaba muy bien con sus padres y nunca les mentiría. Pero Sophie seguía a lo suyo. Si no era por lo del maquillaje, era por su ropa, o sus estornudos constantes, o el hecho de que tuviera que estar en casa una hora antes que nosotras, con lo que si estábamos haciendo algo juntas teníamos que salir antes de tiempo para que llegara a casa a su hora. Si hubiera prestado más atención, tal vez me habría dado cuenta de lo que estaba ocurriendo. Pero yo pensaba que aquello sólo era el periodo de adaptación y que al final todo iría bien, al menos hasta esa noche de julio.

Era sábado y estábamos en casa de Clarke. Sus padres habían salido a un concierto de música clásica y teníamos la casa para nosotras solas; íbamos a hacer una pizza y a ver una peli. Un sábado típico. Habíamos precalentado el horno y Clarke estaba mirando qué había en el canal de paga cuando llegó Sophie con minifalda vaquera, una camiseta blanca sin mangas que resaltaba su bronceado y sandalias blancas de tacones cuadrados.

–¡Vaya! –dije cuando entró taconeando–. Qué guapa te has puesto.

–Gracias –contestó, mientras la seguía hacia la cocina.

–Te veo muy arreglada para comer una pizza –comentó Clarke, y estornudó.

Sophie sonrió.

–No es para la pizza –explicó.

Clarke y yo nos miramos. Yo pregunté:

–¿Entonces para qué?

–Para los chicos –respondió.

–¿Los chicos? –repitió Clarke.

–Sí –Sophie se sentó sobre la mesa de un salto y cruzó las piernas–. De camino a casa, después de la piscina, me encontré con un par de chicos. Me dijeron que iban a estar por allí esta noche y que nos acercásemos.

–La piscina está cerrada por la noche –le dijo Clarke, mientras deslizaba la pizza en la charola del horno.

–¿Y qué? –replicó Sophie–. Todos van. No pasa nada.

Yo supe instantáneamente que Clarke no iba a ir. En primer lugar, porque sus padres la matarían si se enteraran. Y, en segundo, porque ella siempre seguía las reglas, incluso las que todos los demás se saltaban, como bañarse antes de meterse en la piscina y salir del agua en cuanto lo ordenaba el socorrista.

–No sé –dijo, mientras yo pensaba esto–. Creo que no deberíamos ir.

–¡Oh, vamos, Annabel! –insistió Sophie–. No seas cobarde. Además, uno de los chicos preguntó por ti en particular. Nos ha visto juntas y me preguntó si ibas a venir.

–¿Por mí? –pregunté.

Asintió.

–Sí. Y está muy guapo. Se llama Chris Pennalgo. ¿Penner? ¿Penning?

–Pennington –la corregí. Noté que Clarke me miraba; era la única que sabía lo que sentía por él, el enamoramiento que tenía desde hacía siglos–. ¿Chris Pennington?

–Ése –afirmó Sohpie–. ¿Lo conoces?

Miré a Clarke, que ahora estaba concentrada metiendo la pizza en el horno y colocándola en su sitio, para dejar clara su opinión.

–Sabemos quién es –dije–. ¿Verdad, Clarke?

–Está buenísimo –remarcó Sophie–. Han dicho que estarán allí como a las ocho, y que llevarán unas cervezas.

–¿Cervezas? –pregunté yo.

–Chica, tranquilízate –dijo riéndose–. No tienes que beber si no quieres.

Clarke cerró el horno de golpe.

–Yo no puedo salir –anunció.

–Pues claro que puedes –contrarrestó Sophie–. Tus padres no se van a enterar.

–No quiero salir –aclaró Clarke–. Yo me quedó aquí.

Me le quedé mirando, sabiendo que debería decir lo mismo que ella, pero por alguna razón las palabras no llegaron. Probablemente porque en lo único que podía pensar era en que Chris Pennington, a quien había observado en la piscina un millón de tardes, había preguntado por mí.

–Bueno –empecé, obligándome a hablar–, tal vez…

–Entonces iremos Annabel y yo –dijo Sophie, bajándose de un salto de la mesa–. No pasa nada. ¿No, Annabel?

Ahora Clarke me miró. Volteó la cabeza y vi que sus ojos oscuros me observaban atentamente. De pronto sentí un desequilibrio, la desigualdad del tres, que me obligaba a elegir qué camino seguir. Por un lado, estaba Clarke, mi mejor amiga, y toda nuestra rutina, todo lo que siempre habíamos hecho y conocido. Por el otro lado, no estaban sólo Sophie y Chris Pennington, sino también otro mundo, desconocido y abierto, al menos durante un tiempo, esa noche. Quería ir.

–Clarke –dije, dando un paso hacia ella–. Vamos un ratito, como media hora. Luego volvemos, nos comemos la pizza, vemos la peli y todo eso. ¿Sí?

Clarke no era una persona emotiva. Más bien era estoica de nacimiento, extremadamente lógica; todo en la vida lo interpretaba como si se tratara de resolver problemas, encontrar soluciones y seguir adelante. Pero, en aquel momento, cuando dije eso, percibí algo raro en su cara: sorpresa, seguida de lástima. Fue algo tan inesperado y desapareció tan rápidamente, que era difícil saber si lo había visto siquiera.

–No –replicó–. Yo no voy.

Y eso fue todo. Cruzó la habitación hacia el sofá, se sentó y tomó el control remoto. Un segundo más tarde, estaba recorriendo los canales, y las imágenes y el color brillaban en la pantalla.

–Pues bueno –dijo Sophie, y se encogió de hombros. Luego se volteó hacia mí–. Vamos.

Se encaminó a la puerta y por un segundo me quedé quieta. En la cocina de los Reynolds todo era tan familiar: el olor de pizza en el horno, la coca-cola de dos litros sobre la mesa, Clarke en su lugar del sofá, mi sitio libre esperándome a su lado. Pero entonces miré al pasillo, a Sophie, que ahora sujetaba la puerta abierta. Detrás de ella empezaba a anochecer y se encendieron las luces de las farolas. Antes de poder cambiar de idea, me dirigí hacia ella y salí.

Incluso muchos años después, seguía recordando muy bien aquella noche. Cómo me sentí después de atravesar el agujero en la valla de la piscina y cruzar el estacionamiento oscuro hasta llegar junto a Chris Pennington, que me sonrió y dijo mi nombre. Y el sabor de la cerveza que había traído al dar el primer sorbo, burbujeante y ligera en la boca. Luego, cuando me llevó al otro lado de la piscina, cómo me sentí al besarla, con sus labios cálidos sobre los míos, la espalda contra el fresco de la pared. O la risa de Sophie a lo lejos, su voz que llegaba desde el otro lado del agua tranquila donde estaba con su amigo, un chico llamado Bill, que se marchó al final del verano. Todas estas cosas las recuerdo; pero hubo un momento, una imagen, que destaca sobre todas las demás. Fue más tarde, cuando miré a través de la valla de la piscina y vi a alguien al otro lado de la calle, bajo una farola. Una chica bajita, con el pelo oscuro, con pantalón corto y sin maquillaje, que oía nuestras voces pero no nos veía.

–Annabel –llamó–. Ven, es tarde.

Todos dejamos de hablar. Chris escudriñaba la oscuridad.

–¿Qué ha sido eso?

–Shhh –dijo Bill–. Hay alguien ahí afuera.

–No es nadie –dijo Sophie, haciendo una mueca de burla–. Es Ca-larke.

–¿Ca-qué? –preguntó Bill, riéndose.

Sophie se tapó la nariz con dos dedos.

–Ca-larke –repitió, imitando tan bien la voz congestionada de Clarke, que me sorprendió. Sentí una punzada en el pecho cuando todos se rieron; volteé hacia ella, sabiendo que nos estaba oyendo. Seguía allí, bajo la luz de la farola, y yo sabía que no se acercaría más, que ahora me correspondía a mí ir con ella.

–Será mejor que… –dije, dando un paso al frente.

–Annabel –Sophie me traspasó con la mirada. Entonces era algo nuevo, pero luego llegué a reconocer esa expresión, una mezcla de enfado e impaciencia. Era la mirada que me lanzó un millón de veces durante años, cada vez que no hacía lo que ella quería–. ¿Qué haces?

Chris y Bill nos observaban.

–Es sólo que… –empecé–… debería irme.

–No –me interrumpió Sophie–. No deberías.

Debí haberme alejado de Sophie, de todo aquello, y haber hecho lo correcto. Pero no lo hice. Después me dije que había sido porque Chris Pennington tenía su mano en la base de mi espalda y era verano, y, antes, con sus labios sobre los míos y sus manos en mi pelo, me había susurrado que era preciosa. Pero la verdad es que lo que me lo impidió fue ese momento con Sophie, el temor de lo que podría ocurrir si le ponía mala cara. Y me avergoncé de ello durante años.

Así que me quedé donde estaba y Clarke se marchó a casa. Más tarde fui allí; tenía las luces apagadas y la puerta cerrada con llave. Me acerqué de todas formas, pero, al contrario de lo que ocurrió aquella noche en que fuimos a casa de Sophie, la puerta no se abrió. En lugar de eso, Clarke me dejó allí esperando, igual que yo le había hecho a ella, y al final me marché a casa.

Sabía que estaba enfadada conmigo. Pero supuse que lo arreglaríamos. Había sido una noche; había cometido un error. Me perdonaría. Sin embargo, al día siguiente, cuando fui hacia ella en la piscina, ni siquiera me miró, ignoró mis saludos y dio media vuelta cuando me senté en la silla junto a la suya.

–Anda –le dije. No respondió–. Fue una tontería por mi parte ir. Lo siento, ¿de acuerdo?

Pero evidentemente no estaba de acuerdo, porque seguía sin mirarme y sólo me ofrecía su perfil afilado. Estaba tan enfadada, y yo me sentía tan impotente, que no aguanté más allí sentada y me marché.

–¿Y qué? –preguntó Sophie cuando fui a su casa y le conté lo que había pasado–. ¿Por qué te importa que esté enojada?

–Es mi mejor amiga –le dije–. Y ahora me odia.

–Sólo es una niña –replicó. Estaba sentada en su cama, mirándola mientras se contemplaba en el espejo de su tocador. Se cepilló el pelo–. Y, para serte sincera, es una aburrida, Annabel. O sea, ¿de verdad quieres pasar así todo el verano? ¿Jugando a las cartas y escuchando cómo se suena la nariz? Por favor. Anoche te ligaste a Chris Pennington. Deberías estar contenta.

–Lo estoy –dije, aunque no estaba segura de que fuera verdad, incluso mientras lo decía.

–Bien –dejó el cepillo y se dio media vuelta para mirarme–. Y ahora anda, vamos al centro comercial o a algún otro sitio.

Y eso fue todo. Años de amistad, todas aquellas partidas de cartas y pizzas y quedarme a dormir en su casa… todo se terminó en menos de veinticuatro horas. Cuando lo pienso ahora, estoy segura de que si hubiera intentado hablar con Clarke de nuevo habríamos podido arreglarlo. Pero no lo hice. El paso del tiempo, junto con mi sentimiento de culpabilidad y de vergüenza, abrieron una brecha, cada vez más ancha. Es posible que al principio hubiera podido atravesarla de un salto, pero al final se hizo tan grande que apenas se podía mirar al otro lado, y mucho menos hallar una forma de cruzarla.

Clarke y yo nos volvimos a encontrar, claro: vivíamos en el mismo barrio, íbamos en el mismo autobús, al mismo colegio. Pero no volvimos a hablar. Sophie se convirtió en mi mejor amiga, aunque no pasó nada con Chris Pennington, quien, pese a todo lo que me había dicho esa noche en la oscuridad, no volvió a dirigirme la palabra. En cuanto a Clarke, encontró un nuevo grupo de amigas en el equipo de futbol, al que se apuntó en otoño y del que sería delantera titular. Terminamos por ser tan distintas y movernos en círculos tan diferentes que era difícil imaginar que habíamos sido amigas. Pero mis álbumes

86

de fotos lo probaban, página tras página: las dos en una barbacoa, montando en bici, posando en las escaleras de la entrada, con el eterno paquete de pañuelos de papel entre ambas.

Antes de Sophie, la gente me conocía por mis hermanas y por mis trabajos de modelo, pero cuando me hice amiga suya fue cuando me volví más popular. Y eso supuso una gran diferencia. La temeridad de Sophie era perfecta para moverse entre los grupitos y los dramas de secundaria y de preparatoria. Las chicas mandonas y los cuchicheos que siempre me habían molestado dejaron de hacerlo, y descubrí que era mucho más fácil cruzar distintas barreras sociales una vez que ella ya las había roto por mí. De repente, todo aquello que siempre había observado y envidiado a distancia (la gente, las fiestas y, especialmente, los chicos) no sólo estaba más cerca, sino al alcance de la mano, y todo gracias a Sophie. Hacía que el resto de las cosas que tenía que aguantar de ella, como sus cambios de humor y todo lo que había pasado con Clarke, casi merecieran la pena. Casi.

En cualquier caso, lo de Clarke, Sophie y yo pasó hace siglos. Pero este último verano me encontré pensando en Clarke a menudo, especialmente cuando iba sola a la piscina. Tantas cosas serían distintas si me hubiera quedado con ella aquella noche, a su lado en el sofá, y hubiera dejado que Sophie saliera sin mí. Pero hice una elección y no había vuelta atrás. Aunque a veces, a última hora de la tarde, cuando cerraba los ojos y me adormilaba, oyendo a los niños salpicando en el agua y el silbato del socorrista, casi me parecía que no había cambiado nada. Al menos hasta que me despertaba sobresaltada y me encontraba en la sombra, con el aire de repente más frío, cuando había pasado hacía mucho la hora de irme.

Al llegar a casa después de clases la encontré vacía y la luz de la contestadora automática parpadeaba. Saqué una manzana de la nevera y la froté en la camisa mientras atravesaba la cocina para oír los mensajes. El primero era de Lindy, mi agente.

–Hola, Grace, soy yo, te devuelvo la llamada. Perdona la tardanza, mi ayudante se ha despedido y tengo una empleada de trabajo temporal en el conmutador contestando el teléfono; ha sido un desastre total. Bueno, de todas formas no sé nada aún, pero tengo que llamar a los de Mooshka, así que espero que pronto tengamos buenas noticias. Te mantendré informada; espero que todo vaya bien. Un saludo a Annabel. ¡Adiós!

Biip. Llevaba días sin pensar en la entrevista de Mooshka, pero evidentemente mi madre sí lo había hecho. Y ahora tampoco quería pensar en ello, así que pasé al siguiente mensaje, que era de Kirsten. Era famosa por echar mucho rollo y dejar mensajes larguísimos, y a menudo llamaba con la segunda parte cuando la máquina la cortaba, así que en cuanto oí su voz, agarré una silla.

–Soy yo –empezó–, solo llamaba para decir hola y ver qué tal estás. Ahora mismo voy de camino a clase; hace un día precioso aquí… No sé si les había dicho, pero este semestre me he apuntado a una clase de comunicación que me recomendó una amiga y me encanta. Tiene un enfoque psicológico y estoy aprendiendo muchísimo.

Y el ayudante encargado de mi grupo es genial. Hombre, a veces me distraigo en las conferencias, aunque el tema me parezca fascinante, pero Brian es interesantísimo. De verdad. Incluso me ha hecho pensar en tomar una optativa en comunicación, sólo por lo que estoy aprendiendo en sus clases... Pero también están las clases de cine, que me encantan, así que no sé. Bueno, ya casi he llegado, espero que todos estén bien. Los echo de menos, lo quieros mucho, adiós.

Kirsten estaba tan acostumbrada a que la cortaran, que al final de sus mensajes siempre se aceleraba. Esta última parte la dijo toda atropellada y se libró por poco del *biip*. Alargué la mano, apreté el botón de *guardar* y la casa volvió a quedar en silencio.

Me levanté con la manzana y crucé la cocina hacia el comedor. Al llegar al recibidor me detuve, como hacía a menudo, para mirar una gran foto en blanco y negro que colgaba en la pared frente a la puerta principal. Era una imagen horizontal de mi madre con nosotras tres, de pie en el espigón, cerca de la casa de veraneo de mi tío. Todas íbamos de blanco: Kirsten con jeans blancos y una camiseta lisa de cuello de pico, mi madre con un vestido de verano, Whitney con la parte de arriba del bikini y unos pantalones con cordón en la cintura, y yo con una falda larga y una camiseta sin mangas. Estábamos morenas y el agua se extendía hacia las esquinas de la foto, por detrás de nosotras.

La habían hecho hacía tres años durante una reunión familiar en la playa; el fotógrafo era un conocido de un amigo de mi padre. En aquel momento, nos pareció algo espontáneo cuando nos sugirió que posáramos, pero en realidad mi padre llevaba semanas planeándolo para regalársela a mi madre en Navidad. Recordé cómo habíamos seguido al fotógrafo, un hombre alto y ágil cuyo nombre he olvidado, por la arena de la playa hasta el espigón. Kirsten llegó primero y extendió la mano para ayudar a mi madre, mientras que Whitney y yo cerramos la retaguardia. No era fácil caminar sobre las rocas, y recuerdo que Kirsten iba guiando a mi madre por los cantos aserrados hasta que llegamos a un lugar plano y nos reunimos.

En las fotos estamos todas entrelazadas: los dedos de Kirsten con los de mi madre; Whitney tiene un brazo sobre su hombro y yo estoy delante, ligeramente curvada hacia ella también, con el brazo en su cintura. Mi madre sonríe, igual que Kirsten, mientras que Whitney mira fijamente a la cámara, con su belleza arrebatadora, como siempre. Y aunque yo recuerdo haber sonreído cada vez que saltaba el flash, mi expresión en el producto final no me resulta reconocible: mi cara se sitúa entre la sonrisa amplia de Kirsten y la belleza sobrenatural de Whitney.

La foto era preciosa, la composición perfecta. La gente siempre hacía algún comentario, pues era lo primero que se veía al entrar en casa. Pero en los últimos meses había empezado a parecerme inquietante. Como si no pudiera ver el delicado contraste del blanco sobre blanco, o cómo nuestros rasgos se repetían, con distintas medidas pero siempre similares, en nuestros rostros. En lugar de eso, al observarla veía otras cosas. Por ejemplo, lo cerca que estaban Whitney y Kirsten la una de la otra; no había espacio entre ellas. El hecho de que mi cara fuera distinta, más relajada. Y lo pequeña que parecía mi madre con todas nosotras a su alrededor, acercándonos a ella, protegiéndola con nuestros cuerpos, como si, de no estar allí todos ellos para sujetarla, pudiera salir volando.

Agarré la manzana y, cuando le estaba dando otro mordisco, el coche de mi madre entró a la cochera. Un segundo más tarde oí que se cerraban las puertas, junto con su voz y la de Whitney.

—Hola —dijo mi madre al verme, mientras dejaba de golpe sobre la mesa las bolsas de la compra—. ¿Qué tal las clases?

—Bien —respondí, y di un paso atrás para dejar pasar a Whitney, que no me saludó y se fue directo arriba. Era miércoles, lo que quería decir que venían de la cita con su psiquiatra, y eso siempre la ponía de mal humor. Yo creía que ver a un terapeuta te ayudaba a sentirte mejor, no peor, pero al parecer la cosa era más complicada. Aunque, claro, con Whitney todo resultaba siempre más complicado.

—Había un mensaje de Lindy —le anuncié a mi madre.

—¿Qué decía?

—Que los de Mooshka no han llamado todavía.

Mi madre pareció decepcionada, pero sólo durante un instante.

—Bueno, seguro que llamarán.

Se dirigió al fregadero, abrió el grifo y se lavó las manos con jabón líquido mientras miraba hacia la piscina por la ventana. A la luz de la tarde se veía algo cansada: los miércoles también eran duros para ella.

—Y ha llamado Kirsten. Dejó un mensaje muy largo —informé.

Ella sonrió.

—No me digas.

–El resumen –expliqué– es que le gustan sus clases.

–Bueno, me alegro de oírlo –dijo secándose las manos con el trapo. Lo dobló, volvió a colocarlo junto al fregadero y vino a sentarse a mi lado–. A ver. Cuéntame algo que te haya pasado *a ti* hoy. Algo bueno.

Bueno. Pensé un momento en lo de Sophie, en mis observaciones diarias de Owen Armstrong, y en el hecho de que Clarke siguiera odiándome. Ninguna de estas cosas entraba en la categoría de bueno, ni por asomo. A medida que pasaban los segundos me di cuenta de que empezaba a entrarme el pánico, buscando desesperadamente algo que ofrecer a mi madre para compensarla por Mooshka, por el malhumor de Whitney, por todo. Ella seguía esperando.

–Bueno, hay un chico en mi clase de educación física –dije por fin–. Es bastante guapo y hoy ha hablado conmigo.

–¿Ah, sí? –exclamó con una sonrisa–. ¿Cómo se llama?

–Peter Matchinsky –respondí–. Está en el último curso.

Aquello no era mentira. Peter Matchinsky estaba en mi clase de educación física, era bastante guapo y estudiaba en el último curso. Y había hablado conmigo ese día, aunque sólo para preguntarme qué había dicho el entrenador Erlengach sobre el examen de natación. Normalmente no solía contarle mentiras a mi madre, pero en los últimos meses había aprendido a perdonarme esos pequeños deslices porque la hacían feliz. Al contrario que la verdad, que sería lo último que querría oír.

–Un chico guapo –dijo, recostándose en la silla–. Anda, cuéntame algo más.

92

Y se lo conté, aunque no había mucho más. Si no quedaba más remedio, magnificaría la historia, añadiría detalles aquí y allá, intentando darle la sustancia suficiente como para satisfacer su necesidad, su hambre por mi vida, al menos para ser normal de alguna manera. Lo peor era que había cosas que querría contarle a mi madre, demasiadas, pero ninguna de ellas parecía fácil de escuchar. Y ella ya había sufrido demasiado por mis hermanas; no podía acrecentar su carga. Así que, en lugar de eso, hice lo que pude para equilibrar la balanza, poco a poco, palabra por palabra, historia tras historia, incluso aunque ninguna de ellas fuera cierta.

La mayoría de las mañanas antes de ir a clase desayunábamos mi madre y yo solas; mi padre únicamente nos acompañaba si empezaba tarde. Whitney nunca salía de la cama antes de las once, si podía evitarlo. Así que un par de semanas después, cuando bajé y la encontré bañada, vestida y sentada a la mesa, con las llaves de mi coche delante de ella, tuve el presentimiento de que pasaba algo. Y tenía razón.

—Tu hermana va a llevarte a clase hoy —me anunció mi madre—. Y luego se va a llevar tu coche para ir un rato de compras y ver una película. Te recogerá por la tarde. ¿De acuerdo?

Miré a Whitney, que me estaba observando con los labios apretados.

—De acuerdo —dije.

Mi madre sonrió y miró a mi hermana, después a mí, y de nuevo a mi hermana.

–¡Genial! –exclamó–. Todo estupendo.

Hizo lo que pudo por mostrarse relajada, pero por su tono quedó claro que no lo estaba en absoluto. Desde que Whitney había vuelto a casa después de su estancia en el hospital, mi madre prefería mantenerla ocupada y a la vista, por lo que mi hermana tenía que acompañarla a todas partes a todo lo que tenía que hacer y a sus citas. Whitney discutía constantemente porque quería más libertad, pero a mi madre le preocupaba que, si se la daba, comiera en exceso y vomitara, hiciera ejercicio o cualquier cosa prohibida. Era evidente que algo había cambiado, aunque yo no tenía idea de qué era, ni por qué.

Cuando salimos hacia el coche, me dirigí automáticamente al asiento del conductor, y luego me detuve al ver que Whitney hacía lo mismo. Por un segundo nos quedamos las dos paradas. Luego dijo:

–Conduzco yo.

–Bueno –asentí–. No me importa.

El trayecto fue incómodo. Hasta que estuvimos en camino me di cuenta del tiempo que hacía que no estaba a solas con ella. No tenía idea de qué decirle. Podría preguntarle por sus compras, pero a lo mejor eso le recordaba los problemas que tenía con su cuerpo, así que intenté pensar en otros temas. ¿Una película? ¿El tráfico? No tenía idea. Así que me quedé callada.

Whitney tampoco hablaba. Se notaba que llevaba mucho tiempo sin conducir. Lo hacía con mucha precaución: en las señales de alto se detenía un poco más de lo necesario y siempre cedía el paso a los demás coches. En un semáforo vi que dos ejecutivos en un SUV se le quedaban mirando. Los dos vestían de traje; uno tendría veintitantos, el otro sería de la edad de mi padre. E inmediatamente me sentí a la defensiva, queriendo protegerla, aunque sabía que si se daba cuenta lo aborrecería. Pero luego vi que no la miraban por lo delgada que estaba, sino por lo guapa que era. Ya se me había olvidado que mi hermana era la chica más guapa que había visto en mi vida. El mundo, o al menos parte de él, lo seguía pensando.

Estábamos a un par de kilómetros de la escuela cuando por fin me decidí a probar algo:

—Bueno —le dije—, ¿estás contenta por lo de hoy?

Me miró y volvió a concentrarse en la carretera.

—Contenta —repitió—. ¿Y por qué iba a estar contenta?

—No sé —respondí, mientras tomábamos la entrada de la escuela—. Pues porque, ya sabes, tienes todo el día para ti sola.

Por un momento no contestó y se concentró en acercarse a la acera.

—Es un día —explicó por fin—. Antes tenía una vida entera.

No supe qué decir. «Bueno, de acuerdo, ¡hasta luego!» hubiera sido demasiado frívolo, o totalmente inapropiado. Así que me limité a abrir la puerta y tomé mi mochila del asiento trasero.

—Nos vemos a las tres y media —me dijo.

—Sí —contesté.

Puso las luces intermitentes y me miró por encima del hombro. Cerré la puerta, ella se incorporó al tráfico y se marchó.

Durante el resto del día me olvidé de Whitney. Había un examen de literatura esa tarde y estaba nerviosísima. Y resultó que tenía buenas razones para ello. Aunque me había pasado casi toda la noche estudiando y había ido a la clase de repaso de la señora Gingher a la hora del almuerzo, hubo algunas preguntas en las que me quedé en blanco. Lo único que pude hacer fue quedarme allí sentada, mirarlas y sentirme una idiota total, hasta que la profesora nos dijo que se había terminado el tiempo y tuve que entregar el examen.

Cuando bajé las escaleras hacia la entrada principal donde me esperaba Whitney, saqué los apuntes para intentar averiguar lo que había hecho mal. Había muchísima gente atascada en la rotonda y yo estaba tan concentrada que ni siquiera vi el *jeep* rojo estacionado hasta que me encontré directamente frente a él.

Estaba ojeando los apuntes de literatura sureña, intentando encontrar una cita que había dejado en blanco, cuando me topé de frente con Will Cash. Y esta vez él me había visto primero. Me estaba mirando fijamente.

Aparté la vista enseguida y apresuré el paso al cruzar delante de su vehículo. Ya estaba casi en la acera cuando me llamó.

–Annabel –dijo.

Sabía que tenía que ignorarlo. Pero incluso mientras pensaba esto, mi cabeza ya estaba girando, como por instinto. Él estaba sentado, con una camisa de cuadros, sin afeitar, con las gafas sobre la frente, como si fueran a resbalarse en cualquier momento.

–¡Eh! –exclamó.

Me encontraba lo bastante cerca del coche como para notar el aire acondicionado que salía por la ventanilla abierta.

–Hola –sólo una palabra, pero me salió retorcida, ahogada al pasar por mi tensa garganta.

No pareció notar mi nerviosismo cuando deslizó un codo fuera de la ventanilla y miró hacia el patio, a mi espalda.

–No te he visto últimamente en ninguna fiesta –dijo–. ¿Ya no sales?

Se levantó una ligera brisa que sacudió mis apuntes, haciéndolos revolotear con un ruido como de alas pequeñas. Sujeté el papel con más fuerza.

–No –fue todo lo que pude decir–. No mucho.

Sentí un escalofrío en el cuello y pensé que me iba a desmayar. No era capaz de mirarlo, por lo que mantuve la vista baja, pero de reojo vi su mano, que descansaba sobre la ventanilla abierta, y no pude dejar de mirarla, con los dedos largos y delgados que tamborileaban ociosamente sobre la puerta del *jeep*.

«Shhh, Annabel. Soy yo.»

–Bueno –se despidió–, ya te veré por ahí, supongo.

Asentí y, por fin, conseguí dar la vuelta y alejarme. Respiré hondo e intenté recordar que estaba rodeada de gente, a salvo. Pero luego sentí la prueba definitiva de lo contrario: el borboteo de mi estómago, que se levantaba, la única respuesta que no era capaz de controlar. ¡Oh, Dios mío!, pensé, y metí los apuntes de cualquier manera en la mochila. Me la llevé al hombro, sin perder tiempo en cerrar la cremallera, y comencé a caminar hacia el edificio más cercano, rogando poder aguantar hasta llegar al baño. O al menos adonde nadie me viera. Pero no llegué tan lejos.

–¿Qué fue *eso*?

Era Sophie. Estaba justo detrás de mí. Dejé de caminar, pero la bilis siguió subiendo. Después de las muchas veces en que sólo me dirigía una palabra, oírla decir tres fue demasiado. Y volvió a hablar:

–¿Qué demonios te crees que estás haciendo, Annabel? –preguntó.

Dos chicas más pequeñas pasaron asustadas a mi lado, con el espanto en sus ojos. Apreté la correa de la mochila y volví a tragar.

–¿Es que aquella noche no tuviste suficiente? ¿Acaso quieres más o qué?

Como pude, empecé a moverme de nuevo. No vomites, no mires atrás, no hagas nada, me repetía, pero sentía la garganta rasposa y estaba mareada.

–No me ignores –ordenaba Sophie–. ¡Date la vuelta, zorra!

Lo único que quería, lo único que siempre he querido, era escapar. Estar en algún escondrijo donde poder acurrucarme y sentirme segura, entre cuatro paredes, sin nadie que me señalara ni me gritara. Pero aquí estaba al descubierto, a la vista de todos. Podría haberme rendido, dejarla hacer lo que quisiera, como llevaba semanas haciendo, pero entonces ocurrió algo.

Cuando ella extendió la mano y me agarró del hombro, algo se quebró en mi interior. Se rompió de golpe, como un hueso o una rama; una rotura limpia. Antes de darme cuenta de lo que hacía, volteé rápidamente y me encontré cara a cara con ella, levantando unas manos que no estaba segura de que fueran mías, para quitármela de encima, y golpeándola con las palmas sobre el pecho, con fuerza, de forma que la empujé y la hice tropezar. Fue algo primitivo e inmediato, y nos sorprendió a las dos, pero sobre todo a mí.

Perdió el equilibrio, con cara de susto, pero se enderezó rápidamente y avanzó hacia mí de nuevo. Llevaba una falda negra, una camiseta sin mangas de color amarillo intenso que mostraba sus brazos bronceados y fibrosos y el pelo suelto sobre los hombros.

−¡Oh, Dios mío! −exclamó en voz baja; yo retrocedí un poco, sintiendo los pies muy pesados−. Será mejor que…

A nuestro alrededor empezaba a formarse un grupo. A pesar de todo el movimiento, oí el zumbido del carrito del guardia de seguridad que se acercaba.

−¡Dispérsense! −gritó−. Sigan avanzando hacia el estacionamiento o a la zona de autobuses.

Sophie se acercó un paso más.

−Eres una puta −dijo en voz baja, y oí un siseo en alguna parte, un «oooooh», seguido de la voz del guardia, segundo aviso.

−No te acerques a mi novio −ordenó en voz baja−. ¿Me oyes?

Yo me quedé quieta. Todavía sentía la presión de su pecho contra mis manos, la sensación de empujar algo sólido que cedía.

−Sophie… −empecé.

Ella sacudió la cabeza y avanzó, rozándome. Su hombro golpeó el mío con fuerza, y me hizo tropezar y chocar con alguien a mi espalda antes de recuperar el equilibrio. Todo el mundo nos miraba, un borrón de caras que fluctuaban y cambiaban. Ella se abrió paso entre la multitud y todas las miradas se volvieron hacia mí.

Avancé entre los cuerpos más próximos con una mano sobre la boca. Oí cómo la gente hablaba, se reía, mientras se iba dispersando poco a poco, y por fin llegué al final del camino. El edificio principal se alzaba delante de mí; una hilera de arbustos altos lo rodeaba en la parte trasera. Corrí hacia allí, apartando sus hojas, que me arañaban las manos. No llegué lejos; esperé que no me estuviera viendo nadie cuando me agaché, llevándome una mano al estómago, y vomité sobre la hierba, tosiendo y escupiendo, con los oídos llenos de aquel ruido desagradable.

Al terminar, sentí un sudor frío y tenía lágrimas en los ojos. Fue horrible y embarazoso, uno de esos momentos en los que lo que más deseas es estar sola. Especialmente cuando de repente te das cuenta de que no lo estás.

No oí los pasos. Tampoco vi la sombra. En vez de eso, lo primero que distinguí desde donde estaba agachada, con el verde de la hierba ocupando mi campo de visión, fueron unas manos, con sendos anillos planos de plata en el dedo medio. Una sujetaba mis apuntes. Y la otra estaba tendida hacia mí.

5

Owen Armstrong parecía un gigante, con su mano enorme extendida hacia mí. De alguna forma me vi alargando la mía hacia él, y él cerró sus dedos sobre los míos y me levantó. Me quedé quieta un momento antes de sentirme mareada y de tambalearme.

–Eh –dijo, agarrándome para sostenerme–, un momento. Será mejor que te sientes.

Me llevó dos pasos hacia atrás y sentí los ladrillos frescos del edificio contra la espalda. Me dejé resbalar despacio por la pared hasta tocar la hierba. Desde abajo, Owen parecía aún más alto.

De repente soltó la mochila del hombro, que cayó al suelo con un golpe seco. Se agachó y empezó a buscar algo en su interior. Oí objetos que chocaban unos con otros mientras los apartaba y redistribuía, y pensé que tal vez tendría que preocuparme. Por fin, su mano dejó de buscar y Owen se echó un poco hacia atrás. Me preparé mientras sacaba la mano de la bolsa y, poco a poco, extrajo un pequeño paquete de clínex, arrugado y doblado. Antes de sacar un pañuelo y ofrecérmelo, lo apretó contra su pecho, que también era enorme, Dios mío. Lo tomé del mismo modo que le había tomado la mano: con incredulidad y muy despacio.

–Puedes quedarte con el paquete –ofreció–, si quieres.

–No hace falta –tenía la voz rasposa–. Con uno está bien –me lo llevé a la boca y respiré a través de él. De todas formas dejó el paquete al lado de mi pie–. Gracias –le dije.

–De nada.

Se sentó en la hierba junto a su mochila. Como a la hora de comer había ido a la clase de repaso, no lo había visto en todo el día, pero tenía el mismo aspecto de siempre: jeans, camiseta desgastada, zapatos con cordones negros y suela ancha, y audífonos. Al verlo de cerca, o desde más cerca, me fijé en que tenía algunas pecas y en que sus ojos eran verdes, no marrones. Oí voces que venían del patio; parecían flotar sobre nuestras cabezas.

–Bueno, ¿estás bien?

Asentí, y respondí de inmediato:

–Sí –dije–. Sólo que me sentí fatal de repente, no sé…

–Vi lo que pasó –me explicó.

–¡Oh! –exclamé. Sentí que me ponía colorada. Era imposible disimular–. Sí. Ha sido… bastante horrible.

Se encogió de hombros.

–Podría haber sido peor.

–¿Tú crees?

–Claro –no tenía una voz tronante, como hubiera imaginado, sino grave y uniforme. Casi suave–. Podrías haberle dado un puñetazo.

Asentí.

–Sí –afirmé–. Supongo que tienes razón.

–Pero es mejor que no lo hayas hecho. No habría valido la pena.

–¿No? –pregunté, aunque ni siquiera me había cruzado por la cabeza esa idea.

–No. Aunque te diera gusto en el momento –dijo–. Créeme.

Lo más raro de todo era que le creía. Confiaba en él. Miré el paquete de pañuelos de papel que me había dado, lo tomé y saqué otro. Y justo en ese momento oí un zumbido en mi mochila. El teléfono.

Lo saqué y miré quién llamaba. Era mi madre, y por un momento dudé si contestar. Ya era bastante raro estar allí sentada con Owen como para que mi madre se metiera enmedio. Pero tampoco es que tuviera nada que perder en ese momento, teniendo en cuenta que ya me había visto vomitar, dos veces en realidad, y explotar de nervios delante de la mitad de la escuela. Habíamos dejado atrás la fase de las formalidades. Así que respondí.

–¿Sí?

–¡Hola, cariño! –mi madre hablaba muy alto, tanto que me pregunté si Owen la estaría oyendo. Apreté el teléfono contra la oreja–. ¿Qué tal tu día?

Para entonces ya había detectado ese nerviosismo agudo que se colaba en su voz cuando estaba preocupada pero fingía no estarlo.

–Bien –contesté–. Muy bien. ¿Qué pasa?

–Bueno –dijo–. Whitney sigue en el centro comercial. Ha encontrado unas rebajas geniales, pero se perdió la primera sesión de la película. Y tenía muchísimas ganas de verla, así que me llamó para decir que se quedaba hasta más tarde.

Me cambié el teléfono de oreja, pues se oyó un ruido de voces de un grupo que estaba al otro lado del edificio. Owen les lanzó una mirada y un segundo después se marcharon.

–Entonces, ¿no va a venir a recogerme?

–Bueno, pues no, resulta que no –respondió. Estaba claro que Whitney querría exprimir su primer día de libertad. Y también que mi madre le diría: «Oh, sí, quédate hasta más tarde, no pasa nada», y después se pondría histérica–. Pero puedo ir a recogerte yo –añadió–, ¿o crees que alguno de tus amigos puede traerte?

Uno de mis amigos. Sí, claro. Sacudí la cabeza y me pasé una mano por el pelo.

–Mamá –le expliqué, intentando no alzar la voz–, es que se está haciendo tarde y ...

–¡Oh, de acuerdo! ¡Ahora mismo voy a buscarte! –exclamó–. En quince minutos estoy ahí.

Claro que no tenía ganas de venir, y las dos lo sabíamos. Podía ser que Whitney llamara o apareciera por casa. O, aún peor, que no apareciera. Deseé, y no era la primera vez, que las dos pudiéramos decir lo que estábamos pensando realmente. Pero eso, como tantas otras cosas, era imposible.

–No te preocupes –dije–. Ya veré quién me lleva.

–¿Estás segura? –preguntó, aunque pude percibir que se relajaba, pensando que al menos este problema quedaba solucionado.

–Sí. Si no, te llamo.

–De acuerdo –replicó. Y entonces, por si acaso me enfadaba, añadió–: Gracias, Annabel.

Cuando colgué me quedé callada, con el teléfono en la mano. Otra vez todo giraba en torno de Whitney. Era posible que para ella fuera sólo un día más, pero para mí había sido un día horrible. Y encima tenía que volver a casa andando.

Levanté la vista hacia Owen. Mientras pensaba en este nuevo problema, él había sacado su iPod y estaba jugueteando con él.

–Así que necesitas que te lleven a casa –afirmó sin mirarme.

–Oh, no –aclaré rápidamente, sacudiendo la cabeza–. Es sólo que mi hermana... es una pesada.

–A mí me lo vas a decir –dijo. Apretó otro botón, se metió de nuevo el iPod en el bolsillo, se levantó y se sacudió los pantalones. Después se agachó, agarró la mochila y se la echó encima del hombro–. Vamos.

Desde el comienzo del curso había soportado muchas miradas curiosas. Pero nada comparable con las que nos dirigieron a Owen y a mí de camino al estacionamiento. Todo el que se cruzaba con nosotros se nos quedaba mirando, la mayoría abiertamente, y otros cuchicheaban: «Chica, ¿has visto eso?», incluso cuando todavía estábamos lo bastante cerca como para oírlo. Pero Owen parecía no darse cuenta mientras me llevaba a su viejo Land Cruiser de color azul; en el asiento del pasajero había unos veinte CD. Se sentó al volante, los quitó de allí y se inclinó para abrirme la puerta.

Me senté y agarré el cinturón. Acababa de pasármelo por el pecho cuando oí:

–Espera. Está roto –y me indicó que se lo pasara. Obedecí, él le dio un jalón y lo cruzó sobre mí, manteniendo su mano a una distancia muy formal y educada de mi estómago, y luego dio otro tirón a la parte de la base, por donde introdujo el cinturón. Después sacó un pequeño martillo de la portezuela.

Debí poner cara de susto –«Chica, 17 años, encontrada muerta en el estacionamiento de la preparatoria»–, porque me miró y dijo:

–Es la única manera de abrocharlo –dio tres golpecitos a la hebilla con el martillo, en el centro, antes de jalar el cinturón para asegurarse de que había quedado bien fijo. Tras comprobarlo, volvió a guardar el martillo y encendió el motor.

–¡Vaya! –exclamé, dándole un pequeño jalón. No se salió–. ¿Y cómo lo sacas?

–Apretando el botón –dijo–. Ésa es la parte fácil.

Cuando rodábamos por el estacionamiento, Owen bajó la ventanilla y sacó el brazo, mientras yo miraba a mi alrededor. El tablero estaba abollado, el cuero de los asientos cuarteado y con grietas. Además, olía ligeramente a humo, aunque vi el cenicero entreabierto lleno de monedas, no de colillas. En el asiento trasero había unos audífonos, junto a unas Doc Martens rojo sangre y varias revistas.

Pero lo que más había eran CD. Millones. No sólo los que había retirado para que me sentara, y que tiró al suelo de la parte de atrás, sino montones de ellos, algunos comprados y otros claramente grabados por él, amontonados al azar sobre los asientos y en el suelo. Volví a mirar el tablero. Aunque el coche era viejo, el equipo de música parecía prácticamente nuevo, además de ser de alta tecnología, con una hilera de luces parpadeantes.

Justo cuando estaba pensando en esto llegamos a la señal de alto, en la salida del estacionamiento. Owen puso las luces intermitentes, miró a ambos lados y luego llevó la mano hacia el estéreo y subió el volumen con el lateral del pulgar antes de girar a la derecha.

A pesar de todas las horas que había pasado observándolo durante el almuerzo y de todos los detalles que había logrado acumular, seguía existiendo un gran enigma: la música de Owen. Yo tenía mis suposiciones, así que me preparé para oír algo de punk, rock, *thrash metal*, u otro material rápido y estruendoso.

Sin embargo, tras un silencio, escuché unos gorjeos. Píos y gorjeos, como un coro de grillos. Pasados unos segundos, se oyó una voz que salmodiaba en una lengua que no entendí. Los gorjeos fueron subiendo de intensidad y la voz también, de forma que parecía que estaban llamándose unos a otros. A mi lado, Owen conducía meneando ligeramente la cabeza.

Al cabo de un minuto y medio ya no aguanté más la curiosidad.

–A ver –dije–, ¿qué es esto?

Me lanzó una mirada de reojo.

–Cantos espirituales mayas –respondió.

–¿Qué? –exclamé en voz alta, por encima de los gorjeos, que ahora estaban desatados.

–Cantos espirituales mayas –repitió–. Se transmiten de generación en generación, como la tradición oral.

–Ah –dije. Los cantos estaban a un volumen tan alto que más bien parecían gritos–. ¿Dónde los has conseguido?

Se inclinó hacia delante para bajar un poco el volumen.

–En la biblioteca de la universidad –contestó–. Los saqué de la colección de músicas y culturas.

–Ah –respondí. Así que Owen Armstrong era espiritual. Quién lo diría. Pero, claro, ¿quién hubiera pensado que me encontraría en su coche, escuchando salmos con él? Yo no. Ni nadie. Y, sin embargo, ahí estábamos.

—Sí que te debe gustar la música —le dije mirando hacia atrás, a los montones de discos.

—¿A ti no? —contestó, cambiando de carril.

—Claro —respondí—. Bueno, a todo el mundo le gusta, ¿no?

—No —contestó él secamente.

—¿No?

Meneó la cabeza.

—Hay gente que cree que le gusta la música, pero no tiene ni idea de qué se trata. Se engañan a sí mismos. Luego están los que sienten la música de verdad, pero escuchan el tipo de música equivocado. Están mal informados. Y luego está la gente como yo.

Me quedé un rato sin decir nada, estudiándolo. Seguía con el codo apoyado en la ventanilla y estaba sentado cómodamente; su cabeza rozaba el techo. Me di cuenta de que desde tan cerca seguía intimidando, pero por distintas razones. Por su tamaño, sí, pero también por otras cosas, como esos ojos oscuros y los antebrazos fibrosos o la intensidad de su mirada, que ahora volvió hacia mí un momento antes de fijar de nuevo su atención en la carretera.

—La gente como tú —repetí—. ¿Y qué tipo de gente es ésa?

Volvió a poner las intermitentes y empezó a reducir la velocidad. Más adelante vi mi viejo colegio de secundaria, de cuyo estacionamiento salía un autobús amarillo.

—El tipo de gente que vive para la música y la busca constantemente, en todas partes. Que no puede imaginarse una vida sin ella. Iluminados.

–Ajá –asentí, como si sus palabras tuvieran sentido para mí.

–Bueno, si te das cuenta –continuó–, la música une a la gente. Posee una fuerza increíble. Algo que dos personas totalmente distintas en todo lo demás pueden tener en común.

Asentí, sin saber qué decir.

–Además –añadió, dejando claro que no hacía falta que yo respondiera–, la música es una constante absoluta. Por eso tenemos una conexión tan visceral con ella, ¿sabes? Porque una canción puede llevarte instantáneamente a un momento o a un lugar, o incluso a una persona. No importa si todo lo demás ha cambiado en ti o en el mundo, esa canción sigue siendo la misma, justo como en aquel momento. Lo que es alucinante, si te detienes a pensarlo.

Y la verdad es que lo era. Igual que esta conversación, totalmente distinta a todo lo que podía o querría imaginar.

–Sí –dije despacio–. Es verdad.

Seguimos avanzando en silencio. Si exceptuamos los salmos, claro.

–Lo que quería decir –terminó–, es que sí. Me gusta la música.

–Ya me di cuenta.

–Y ahora –anunció cuando entramos en el estacionamiento de la escuela secundaria Lakeview–, te pido disculpas por adelantado.

–¿Disculpas? ¿Por qué?

Redujo la velocidad y se detuvo junto a la acera.

–Por mi hermana.

Había varias chicas de pie cerca de la entrada de la escuela y estudié sus rostros rápidamente, intentando averiguar cuál de ellas sería la hermana de Owen. ¿La chica con el estuche de un instrumento y con trenza, que se apoyaba contra el edificio con un libro abierto en la mano? ¿La rubia alta con la gran bolsa de lona de Nike y el palo de jóquey, que bebía una cola *light*? ¿O, la que parecía más probable, la chica de pelo oscuro con el pelo a lo *pixie*, vestida toda de negro, que estaba tumbada en un banco cercano, de brazos cruzados, mirando al cielo con expresión afligida?

Justo entonces oí un golpe en mi ventanilla. Cuando volteé la cabeza vi a una chica bajita, delgada y con el pelo oscuro, vestida de rosa de la cabeza a los pies: la coleta sujeta con un listón rosa, brillo de labios rosa brillante, camiseta rosa fucsia, jeans y chanclas de plataforma de color rosa. Cuando me vio, soltó un grito.

–¡Oh, Dios mío! –exclamó, con la voz amortiguada por la ventanilla–. ¡Es *ella*!

Abrí la boca para decir algo, pero antes de poder hacerlo desapareció de la ventanilla como un torbellino rosa. Un segundo más tarde se abrió la puerta trasera y entró al auto.

–¡Owen, por favor! –exclamó, todavía a todo volumen, nerviosa–. ¡No me habías dicho que eras amigo de Annabel Greene!

Owen le lanzó una mirada por el retrovisor.

–Mallory –le advirtió–, contrólate un poco.

Iba a voltear para saludarla, pero ella ya estaba inclinada hacia delante, asomando la cabeza entre mi asiento y el de Owen, tan cerca de mí que percibí su aliento a chicle.

110

–Esto es increíble –continuó–. ¡Eres tú!

–Hola –dije.

–¡Hola! –gritó y luego dio saltitos en el asiento–. Vaya, chica, me encanta tu trabajo, de verdad.

–¿Trabajo? –preguntó Owen.

–Owen, por favor –suspiró Mallory–. Es modelo de Lakeview, hombre. Y ha hecho un montón de anuncios. Y luego ése de la tele, que me encanta, el de la chica con el uniforme de animadora.

–No –dijo Owen.

–¡Es ella! No lo puedo creer. Ya verás cuando se lo cuente a Shelley y a Courtney. ¡Dios mío! –Mallory sacó su mochila y abrió la cremallera para sacar un celular–. ¡Ah! A lo mejor puedes saludarlas, eso sería genial, y…

Owen se dio la vuelta en el asiento.

–Mallory.

–Un momento –respondió ella, apretando el teclado–. Sólo quiero…

–Mallory –repitió Owen con voz más grave y severa.

–Un momento, Owen, ¿sí?

Owen echó la mano hacia atrás y le quitó el teléfono. Ella vio cómo desaparecía de su mano, con los ojos muy abiertos, y lo miró.

–¡Anda! Si sólo quería que le dijera hola a Courtney.

–No –ordenó él, y dejó el teléfono en el tablero, entre él y yo.

–¡Owen!

–Abróchate el cinturón –le dijo Owen cuando se separó de la acera–. Y respira hondo.

Tras una breve pausa, Mallory hizo ambas cosas, audiblemente. Cuando volví a mirarla estaba enfurruñada, con los brazos cruzados. Al ver que la miraba se alegró de inmediato.

–¿Es un suéter de Lanoler?

–¿Un qué?

Se inclinó hacia delante y acarició el suéter amarillo que me había puesto esa mañana.

–Este. Es precioso. ¿Es un Lanoler?

–Bueno –dije–, no...

Subió la mano hacia el cuello y le dio la vuelta para ver la etiqueta.

–¡Sí! Lo sabía. Caramba, me muero por tener un suéter Lanoler, llevo años...

–Mallory –le dijo Owen–, no seas estúpida con las marcas.

Mallory bajó la mano.

–¡Owen! –exclamó–. R y R.

Owen le lanzó una mirada por el retrovisor. Luego suspiró hondo.

–Lo que quiero decir –se explicó, avergonzado– es que tu obsesión por las marcas y las cosas materiales me preocupa.

–Gracias –respondió–. Comprendo y aprecio tu preocupación. Pero, como sabes, la moda es mi vida.

Miré a Owen.

–¿R y R?

–Reformular y redirigir –contestó Mallory–. Es parte de su control de la agresividad. Si dice algo insultante, puedes decirle que ha herido tus sentimientos y tiene que expresarlo de otra manera.

Owen la estaba mirando por el retrovisor, con una expresión neutra.

–Gracias, Mallory –dijo.

–De nada –respondió ella. Luego me dedicó una amplia sonrisa y volvió a dar saltos en el asiento.

Por un momento permanecimos en silencio, lo que me permitió intentar asimilar toda esta información sobre la vida privada de Owen Armstrong. Por ahora, lo único que no resultaba una sorpresa era que hubiera estado en un curso de control de la agresividad. Mallory, la música y, sobre todo, el hecho de que yo me hubiera enterado de ambas cosas, eran bombazos en todo el sentido de la palabra. Por otra parte, no estaba segura de qué esperaba. Vamos, debía tener familia y una vida propia, pero nunca me había detenido a imaginarlas. Es como cuando eres pequeña y te encuentras a tu profesora o a la bibliotecaria en el supermercado o en una tienda y te quedas alucinada, porque nunca se te ocurrió pensar que existieran fuera del colegio.

–Muchas gracias por traerme –le dije a Owen–. No sé cómo habría llegado a casa.

–No hay de qué –dijo–. Sólo tengo que hacer un par de...

Pero su pensamiento se vio interrumpido por el sonido de Mallory aguantando la respiración.

–Oh, Dios mío –exclamó–. ¿Voy a poder ver tu casa?

–No –respondió Owen bruscamente.

–¡Pero vamos a llevarla a casa! ¡Y yo estoy aquí!

–Te dejamos a ti primero –le dijo.

–¿Por qué?

–Porque –explicó Owen mientras atravesábamos un cruce y dejábamos la calle principal– tengo que ir a la emisora y mamá me ha dicho que te llevara a la tienda.

113

Mallory suspiró con expresión afligida.

–Pero Owen…

–Nada de peros –dijo–. Ya está decidido.

Se oyó otro golpe cuando Mallory se dejó caer, derrotada y teatral, contra el respaldo del asiento.

–No es justo –afirmó un segundo después.

–La vida no es justa –replicó Owen–. Vete acostumbrando.

–¡R y R! –respondió ella.

–No –dijo Owen. Subió el volumen de la radio y volvieron a oírse los gorjeos.

Durante unos minutos seguimos nuestro camino acompañados tan sólo por las salmodias mayas, lo suficiente como para acostumbrarme a ellas. De repente sentí una respiración en el oído.

–Cuando hiciste ese anuncio –preguntó Mallory–, ¿te dejaron quedarte con la ropa?

–¡Mallory! –exclamó Owen.

–¿Qué?

–¿No puedes calmarte y escuchar la música?

–¡Esto no es música! Son grillos y gritos –y dirigiéndose hacia mí, dijo–: Owen es un nazi musical. No nos deja oír nada más que la música que pone en su programa de radio.

–¿Tienes un programa de radio? –le pregunté a Owen.

–Es sólo una emisora local –respondió.

–Es su… vida –explicó Mallory teatralmente–. Se pasa la semana entera preparándolo, preocupándose, aunque lo emiten cuando la gente normal ni siquiera se ha levantado.

–Yo no pongo música para gente normal –dijo Owen–. Pongo música para gente…

114

–Iluminada, ya lo sabemos –Mallory terminó la frase, haciendo una mueca–. Yo, la verdad, prefiero escuchar el top cuarenta, que tiene muy buenas canciones para bailar. Como las de Bitsy Bonds. Es mi cantante favorita. El verano pasado fui a un concierto suyo, con todos mis amigos. Fue genial. ¿Conoces su canción *Pirámide?*

–Mm… –respondí–. No lo sé.

Mallory se incorporó en el asiento y dio un golpe de melena.

–Más y más alto, brilla el sol, es puro fuego, entre los dos, bésame ahora, que no me olvide, *baby,* me caigo, pirámide.

Owen puso cara de disgusto.

–Bitsy Bonds no es una cantante, Mallory. Es un producto. Es falsa. No tiene alma; no tiene ideales.

–¿Y qué?

–Y –continuó– es más famosa por su ombligo que por su música.

–Bueno –dijo Mallory –, tiene un ombligo bien bonito.

Owen meneó la cabeza, molesto, y abandonó la carretera principal para entrar en un pequeño estacionamiento. A la izquierda había una hilera de tiendas y se introdujo en un espacio delante de una de ellas, en cuyo escaparate había un maniquí con un poncho y unos pantalones anchos de color terroso. El cartel sobre la puerta decía: «TEJEDORES DE SUEÑOS».

–Bueno –dijo–. Ya hemos llegado.

Mallory puso mala cara.

–¡Genial! –exclamó, sarcástica–. Otra tarde más en la tienda.

–¿Es de tus padres? –pregunté.

–Sí –gruñó Mallory mientras Owen tomaba el celular del tablero y se lo devolvía–. ¡Qué injusticia! Yo soy una fanática de la ropa y resulta que mi madre tiene una tienda de ropa. Pero de cosas que yo no me pondría ni en un millón de años. Ni muerta.

–Si estuvieras muerta –le dijo Owen–, tendrías problemas más graves que la ropa que llevaras puesta.

Mallory me miró, con expresión seria.

–Annabel, en serio. Son todo, ya sabes, fibras y tejidos naturales, batiks tibetanos, zapatos veganos.

–¿Zapatos veganos? –pregunté.

–Son horribles –susurró–. Horribles. Ni siquiera terminan en punta.

–¡Mallory! –ordenó Owen–. Por favor, sal del coche.

–Ya me voy, ya me voy –aun así, se tomó su tiempo para agarrar la mochila, desabrocharse el cinturón y abrir la puerta–. Me ha encantado conocerte –me dijo.

–Lo mismo digo –respondí.

Salió del coche, cerró y se encaminó a la tienda. Al abrir la puerta, se volteó a mirarnos y me dijo adiós con la mano, excitada. Yo hice lo mismo y luego Owen puso el auto en marcha en dirección a la calle principal. Sin Mallory el coche parecía más pequeño, por no hablar de silencioso.

–De nuevo –afirmó, mientras se detenía en un semáforo en rojo–, lo siento.

–No lo sientas –respondí–. Es encantadora.

–Tú no vives con ella. Ni tienes que escuchar su música.

–Los cuarenta –dije–. «Todas las canciones, nada de tostones.»

–¿Tú también escuchas esa emisora?

–Antes sí la escuchaba –contesté–. Especialmente cuando estaba en secundaria.

Owen meneó la cabeza.

–Sería distinto si no tuviera acceso a buena música, si no pudiera acceder a la cultura. Le he grabado montones de CD, pero se niega a escucharlos. Prefiere llenarse la cabeza con esas porquerías pop y escucha una emisora que pone alguna canción de vez en cuando, entre los anuncios.

–Entonces, en tu programa –dije– es distinto.

–Pues sí –me lanzó una mirada y cambió de velocidad mientras avanzábamos de camino hacia la carretera principal–. Bueno, es una radio pública, de la comunidad, así que no hay anuncios. Pero yo creo que hay que ser responsable con las cosas que se emiten para que la gente las oiga. Si puedes elegir entre contaminación o arte, ¿por qué no escoger el arte?

Me quedé mirándolo. Era evidente que me había equivocado con Owen Armstrong. No estaba segura de qué tipo de persona había creído que era, pero desde luego no la persona que tenía a mi lado.

–Bueno, y ¿dónde vives? –me preguntó, cambiando de carril cuando nos acercábamos a un semáforo.

–En los Arbors –contesté–. Está unos kilómetros al otro lado del centro comercial; puedes irte por…

–Lo conozco –dijo–. La emisora está a un par de manzanas. Tengo que parar allí un momento, si no te importa.

–Claro –asentí–, no hay problema.

La emisora local se encontraba en un edificio cuadrado y chato que antiguamente había sido un banco. Junto a él se alzaba una torre de metal, y sobre su entrada principal colgaba un cartel sin consistencia que decía con grandes legras negras: «WRUS. La radio de la comunidad. Nuestra radio». Había un gran ventanal delantero, y al otro lado del cristal se veía a un hombre sentado en una cabina de emisión, con audífonos y hablando frente a un micrófono. En la esquina de la ventana, un cartel luminoso decía: «O AIR»; al parecer, la N se había fundido.

Owen estacionó justo delante y apagó el motor antes de voltearse en el asiento para tomar unos discos del suelo.

–Ahora mismo vuelvo –me dijo mientras abría la puerta.

Asentí.

–De acuerdo.

Cuando desapareció en el interior del edificio, me puse a leer los nombres escritos a mano en las cajas de los CD; no reconocí ninguno: The Handywacks (selección), Jeremiah Reeves (primera época), Pelotón de la Verdad (opus). De repente oí un pitido, y volteé la cabeza. Un Honda Civic se estacionó a mi lado. Lo que no tendría nada de particular, excepto porque el conductor llevaba puesto un casco de color rojo.

No era como los de los jugadores de futbol americano, sino un poco más grande, con más refuerzo. El chico que lo llevaba parecía de mi edad e iba vestido con jeans y una sudadera negra. Me saludó con la mano y le devolví el saludo, insegura. Entonces bajó la ventanilla.

–Hola –me dijo–. ¿Está Owen dentro?

–Sí –respondí. En la estrecha abertura para la cara, vi unos ojos azules y grandes, con pestañas muy largas. Llevaba el pelo largo, por debajo de los hombros, recogido en una coleta que asomaba por debajo del casco–. Ha dicho que ahora mismo vuelve.

Asintió.

–¡Genial! –exclamó, retrepándose en el asiento. Yo intentaba no mirarlo directamente, pero era bastante difícil–. Soy Rolly, por cierto.

–Oh. Hola. Yo soy Annabel.

–Encantado –se agachó hacia el portabebidas y tomó un vaso desechable con un popote, por el que bebió un sorbo. Lo estaba colocando de nuevo en su sitio cuando Owen salió del edificio.

–¡Eh! –le llamó Rolly–. Pasaba por aquí y he visto tu coche. Creía que tenías que trabajar hoy.

–A las seis –respondió Owen.

–Ah, de acuerdo. Muy bien –asintió Rolly y se encogió de hombros–. A lo mejor paso luego o algo.

–Muy bien, pásate –dijo Owen–. Y, Rolly...

–¿Sí?

–Sabes que llevas el casco puesto, ¿no?

Rolly abrió mucho los ojos y se llevó las manos a la cabeza con cuidado. Luego se puso colorado, casi tanto como el casco.

–¡Oh! –exclamó, mientras se lo quitaba. Debajo de éste tenía el pelo aplastado y la frente llena de arrugas–. Sí. Gracias.

–De nada. Te veo dentro de un rato.

–Bueno.

Rolly dejó el casco en el asiento del copiloto y se pasó una mano por la cabeza mientras Owen volvía a sentarse al volante. Cuando salíamos de reversa, volví a saludarlo con la mano y él asintió, sonriendo, con el rostro todavía ligeramente colorado.

Una vez en la carretera, avanzamos un momento antes de que Owen dijera:

–Es por su trabajo. Nada más para que lo sepas.

–El casco –añadí yo, para aclararlo.

–Sí. Trabaja en un sitio de autodefensa. Es un atacante.

–¿Un atacante?

–Con el que practica la gente –me dijo–. Ya sabes, cuando ya han aprendido la técnica. Por eso tiene que llevar la protección.

–Oh –dije–. Entonces… ¿trabajan juntos?

–No. Yo reparto pizzas. Vamos bien, ¿no? –me preguntó cuando llegamos a la entrada de mi barrio. Asentí y él puso las intermitentes y dio vuelta–. Hace el programa de radio conmigo.

–¿Viene a nuestra escuela?

–No. Al colegio Fountain.

El colegio Fountain era un «espacio de aprendizaje alternativo», conocido también como «el cole *hippy*». Tenía pocos alumnos y en él fomentaban la expresión personal; entre las optativas tenían batik y *Ultimate Frisbee*. Kirsten había salido con un par de chicos *hippylonguis,* en sus buenos tiempos.

–¿Derecha o izquierda? –preguntó Owen cuando llegamos a una señal de alto.

–Todo recto, durante un rato –le indiqué.

A medida que nos internábamos en mi barrio, en silencio, tuve la misma sensación que por la mañana con Whitney, como si al menos debiera intentar empezar una conversación.

–Y entonces –le dije por fin–, ¿cómo es que tienes un programa de radio?

–Es algo que siempre me ha interesado, más o menos –dijo Owen–. Y al poco de mudarnos aquí me enteré de un curso que hacían en la emisora, donde te enseñan lo básico. Después del curso, puedes presentar una propuesta de programa. Si lo aprueban, te conceden una audición y, si les gusta, te asignan una hora. A Rolly y a mí nos dieron el nuestro el invierno pasado. Pero luego me arrestaron. Eso nos retrasó un poco.

Lo dijo sin darle importancia, como si estuviera hablando de unas vacaciones en el Gran Cañón o de una boda.

–¿Te arrestaron? –pregunté.

–Sí –redujo la velocidad ante otra señal de alto–. Me metí en una pelea en un club. Con un tipo, en el estacionamiento.

–Ah –dije–. Sí.

–¿Ya lo habías oído?

–Algo, tal vez.

–Entonces, ¿para qué preguntas?

Sentí que me ponía colorada. Si haces una pregunta incómoda, más te vale estar dispuesta a responder con otra.

–No lo sé –le dije–. ¿Tú te crees todo lo que oyes?

–No –dijo. Luego me miró un momento, antes de volver a concentrarse en la carretera–. Todo no.

Bueno, pensé, muy bien. Así que yo no era la única que había oído rumores. Me lo merecía. Aquí estaba, con todas mis suposiciones acerca de Owen basadas en lo que había oído sobre él, pero no se me había ocurrido que sobre mí también circulaban historias. O al menos una.

Continuamos en silencio durante dos señales de alto más. Luego, por fin, tomé aire y dije:

–Pues no es verdad, si eso es lo que te estabas preguntando.

Estaba reduciendo la velocidad para dar vuelta en una esquina.

–¿Qué es lo que no es verdad? –me preguntó.

–Lo que has oído sobre mí.

–No he oído nada sobre ti.

–Sí, claro –dije.

–De verdad –insistió Owen–. Si hubiera oído algo, te lo diría.

–Sí, por supuesto.

–Sí –dijo. Seguramente puse cara de incredulidad, porque añadió–: Yo no miento.

–No mientes –repetí.

–Eso es lo que he dicho.

–Nunca.

–No.

Sí, hombre, claro, pensé.

–Bueno –añadí–, es una política correcta. Si la puedes cumplir.

–No tengo elección –dijo–. En realidad, aguantarme las cosas no me sienta bien. Lo he aprendido a las malas.

Me vino la imagen de Ronnie Waterman cayendo al suelo en el estacionamiento, su cabeza rebotando sobre la grava.

–Entonces, siempre eres sincero –dije.

–¿Tú no?

–No –contesté. Y me salió tan rápido y tan fácil, que debería haberme sorprendido a mí misma. Pero por algún motivo, no fue así–. Yo no.

–Vaya –dijo mientras nos acercábamos a otra señal de alto–, supongo que es bueno saberlo.

–No quiero decir que sea una mentirosa –arqueó las cejas ante mi explicación–. Al menos no es eso lo que he querido decir.

–¿Y qué quieres decir?

Sabía que me estaba metiendo en una bronca yo solita. Pero, aun así, intenté explicarme.

–Es sólo que… no siempre digo lo que siento.

–¿Por qué no?

–Porque la verdad a veces hace daño –respondí.

–Sí –dijo–. Pero también las mentiras.

–Yo no… –empecé, pero me interrumpí, sin saber exactamente cómo expresarme–. No me gusta hacerle daño a la gente. Ni disgustarla. Así que, a veces, bueno, pues no digo exactamente lo que pienso, para ahorrarles un disgusto.

Lo más irónico de todo era que al decir esto en voz alta estaba siendo más sincera que hacía siglos. O que nunca.

–Pero eso sigue siendo una mentira –dijo–. Aunque lo hagas con buena intención.

–La verdad –respondí– es que me resulta muy difícil creer que siempre seas sincero.

–Créeme. Es la verdad.

Me volteé para mirarla a la cara.

–Entonces si te preguntara si esta ropa me hace ver gorda –dije–, y a ti te pareciera que sí, ¿me lo dirías?

–Sí –respondió.

–No lo harías.

–Lo haría. Puede ser que no lo dijera así exactamente, pero si creyera que no te favorece…

–No te creo –afirmé tajantemente.

–… y si me lo hubieras preguntado –continuó–, te lo diría. Pero no lo diría voluntariamente, claro. Tampoco soy tan odioso. No obstante, si me pidieras mi opinión, te la daría.

Meneé la cabeza sin creerle del todo.

–Como te he dicho, para mí, no decir las cosas como las siento, cuando las siento, es una mala idea –dijo–. Por eso no lo hago. Míralo de este modo: a lo mejor te digo que estás gorda, pero al menos no te doy un puñetazo en la cara.

–¿Y ésas son las únicas dos opciones? –pregunté.

–No siempre –respondió–. Pero sí a veces. Y siempre es bueno saber cuáles son tus opciones, ¿no?

Noté que se me iba a escapar una sonrisa, lo que era tan raro que volví la cabeza cuando llegamos a otra señal de alto. Había un coche estacionado un poco más adelante, en medio de la calle, frente a nosotros. Un segundo después, me di cuenta de que era el mío.

–¿Sigo derecho? –preguntó Owen.

–Mmm, no –le dije, inclinándome hacia la ventanilla. Y vi a Whitney sentada al volante. Tenía una mano sobre la cara, con los dedos extendidos tapándole los ojos.

–Entonces… ¿qué? ¿Derecha? ¿Izquierda? –preguntó Owen. Soltó una mano del volante–. ¿Qué pasa?

Miré de nuevo a Whitney y me pregunté qué estaría haciendo, tan cerca de casa, estacionada.

–Es mi hermana –expliqué, señalando el coche con la cabeza.

Owen se inclinó hacia delante y la miró.

–¿Está… está bien?

–No –respondí. A lo mejor lo de no mentir surtía efecto; esta respuesta llegó automáticamente, antes de poder elegir otras palabras para explicarme–. No está bien.

–Oh –dijo. Por un momento guardó silencio–. Bueno, ¿quieres…?

Negué con la cabeza.

–No –contesté–. Da vuelta a la derecha.

Lo hizo y volví a relajarme en el asiento. Al pasar junto a Whitney me di cuenta de que estaba llorando; sus hombros delgados se sacudían y se tapaba la cara con la mano. Sentí que se me hacía un nudo en la garganta, y luego avanzamos y la dejamos atrás.

Vi que Owen me observaba cuando llegamos a la siguiente señal de alto.

–Está enferma –expliqué–. Lleva así una temporada.

–Lo siento –dijo.

Eso era lo que se supone que había que decir. Lo que cualquiera diría. Pero lo raro era que, después de todo lo que me había contado, sabía que lo decía en serio. Sincero, de verdad.

–¿Cuál es la tuya? –me preguntó cuando entramos en mi calle.

–La de cristal –le dije.

–La de cristal… –empezó, pero se interrumpió al verla–. Ah. Sí.

Era la hora del día en que el sol pega contra el cristal de forma que el campo de golf se refleja a la perfección en el segundo piso. Abajo, vi a mi madre de pie junto a la mesa de la cocina. Había empezado a dirigirse hacia la puerta cuando nos estacionamos y luego se detuvo al darse cuenta de que era yo y no Whitney. Pensé en mi hermana, aparcada dos calles más abajo, y en mi madre, preocupada en casa, y sentí la punzada habitual en el estómago, una mezcla de tristeza y deber.

–¡Qué pasada! –exclamó Owen mirándola de arriba abajo–. Linda casa.

–La gente que vive en casas de cristal, ya se sabe, es mejor que no tiren piedras y eso… –dije. Volví a mirar a mi madre, que seguía en la cocina, observándonos. Me pregunté si sentiría curiosidad por Owen o si estaba demasiado preocupada como para darse cuenta de que llegaba en un coche desconocido, y además con un chico. Tal vez pensó que era Peter Matchinsky, el de la clase de gimnasia.

–Bueno –dije, alcanzando mi mochila–. Muchas gracias por traerme. Por todo.

–De nada –contestó él.

Oí un coche que venía detrás de nosotros y un segundo más tarde Whitney tomó el camino hacia casa. Hasta que se estacionó y salió del vehículo nos vio a Owen y a mí. Levanté la mano para saludarla, pero me ignoró.

Ya sabía lo que me encontraría cuando llegara a casa. Whitney estaría irritada e ignoraría las preguntas animadas de mi madre. Al final, se cansaría y se iría a su cuarto, daría un portazo y mi madre se ofendería pero intentaría disimularlo. Incluso así, me preocuparía por ella hasta que mi padre volviera a casa, momento en que nos sentaríamos juntos a cenar como si todo fuera de maravilla.

Al pensar en esto, miré a Owen.

–¿Y cuándo es tu programa de radio? –le pregunté.

–Los domingos –contestó–. A las siete.

–Lo escucharé –le dije.

–De la mañana –añadió.

–¿A las siete de la mañana? –pregunté–. ¿En serio?

–Sí –contestó, y le dio un pellizco al volante–. No es el horario ideal, pero hay que aceptar el que te dan. Al menos los que padecen insomnio nos escuchan.

–Sólo los iluminados –añadí.

Me miró un segundo, como si lo hubiera sorprendido al decir esto.

–Sí –afirmó, y sonrió–. Exactamente.

Fíjate, pensé. Owen Armstrong sonriendo. En un día extraño, aquello fue lo más sorprendente de todo.

–Bueno –dije–. Creo que me tengo que ir.

–Bueno. Nos vemos.

Asentí y me desabroché el cinturón. Funcionó: con un clic ya estaba libre. Era más difícil entrar que salir, al revés de lo que suele pasar.

Cuando cerré la puerta, Owen arrancó y tocó el claxón una vez, mientras se alejaba. Y al darme la vuelta, vi a Whitney subiendo las escaleras de dos en dos. Mi madre seguía en la cocina, mirando por la ventana trasera.

Yo no miento, había dicho Owen, con la misma certidumbre tajante con la que alguien te diría que no come carne o que no sabe conducir. No estaba segura de poder imaginar cómo sería eso, pero de todas formas envidiaba la franqueza directa de Owen, su habilidad de abrirse al mundo en lugar de esconderse cada vez más en su interior. Especialmente ahora, mientras me encaminaba a casa, donde mi madre me estaba esperando.

6

—A ver, chicas, silencio. ¡Atención, por favor! Vamos a empezar, esperen a que diga su nombre.

Llevaba participando desde los quince años en el desfile de Lakeview Models. Todos los veranos se hacía un *casting* con el fin de elegir a dieciséis chicas para las promociones del centro comercial, que consistían en posar con los *boy scouts* en el derbi de Pinewood o en repartir globos en el Festival de la Cosecha. Las modelos también aparecían en anuncios de prensa, hacían desfiles de moda y participaban en el calendario del centro comercial Lakeview, que se distribuía todos los años junto a la guía telefónica. Y para eso era la sesión de fotos de hoy. Tendríamos que haber terminado el día anterior, pero el fotógrafo se tomaba su tiempo, y nos habían llamado a todas, un domingo por la mañana, para terminar.

Bostecé y me recosté contra un macetero situado detrás de mí, mientras observaba la sala. Las nuevas estaban todas juntas en una esquina, hablando demasiado alto, mientras un par de chicas que conocía de otras veces chismorreaba sobre una fiesta. Las dos mayores se hallaban sentadas lejos del resto, una con la cabeza echada hacia atrás y los ojos cerrados, la otra hojeando un libro de preparación para los exámenes SAT. Y, por último, justo enfrente de mí, también sentada sola, estaba Emily Shuster.

Conocí a Emily el año anterior, en la sesión del calendario. Era un año más pequeña que yo y acababa de mudarse a la ciudad. No conocía a nadie y mientras esperábamos vino a sentarse a mi lado. Empezamos a hablar y nos hicimos amigas, así de fácil.

Emily era muy simpática. Llevaba una melena pelirroja corta y su cara tenía forma de corazón. La invité a salir conmigo y con Sophie aquella noche después de la sesión de fotos y se mostró encantada. Cuando pasé a recogerla ya estaba fuera, con las mejillas coloradas por el aire frío, como si llevara un rato esperando.

Sophie no se alegró tanto. Dicho claramente, tenía problemas con otras chicas, en especial con las guapas, aunque ella era guapísima. Siempre que yo tenía que ir a algo de Lakeview Models, o a algún otro trabajo importante, se ponía de mal humor. También había otras cosas que me molestaban de ella. Por ejemplo, cuando me hablaba de mala manera y me trataba como si fuera estúpida; a menudo se portaba así con la gente, incluso aunque no tuviera razón alguna para ello, y mucho más si la tenía. La verdad era que mi amistad con Sophie era complicada y a veces me preguntaba por qué era mi mejor amiga, cuando casi siempre tenía que andarme con pies de plomo a su alrededor o ignorar su ristra de comentarios mordaces. Pero entonces recordaba cuánto había cambiado desde que iba con ella, desde aquella noche con Chris Pennington; todas las cosas que habían pasado y que nunca hubiera hecho sin ella. Y, la verdad, sinceramente, tampoco es que tuviera a nadie más. Sophie se había asegurado también de eso.

El día que conocí a Emily teníamos una fiesta en la Mansión, una casa a las afueras de la ciudad que alquilaban unos chicos que habían estudiado en Perkins Day, el colegio privado. Formaron un grupo llamado El Día Después y, tras graduarse, se quedaron en la ciudad tocando en los bares e intentando conseguir un contrato con una compañía discográfica. Mientras tanto, casi todos los fines de semana organizaban fiestas que atraían a una mezcla de estudiantes de preparatoria y jóvenes de la zona.

Desde el momento en que las tres entramos en la fiesta esa noche, noté que la gente miraba a Emily. Era una chica preciosa, pero llamaba más la atención al estar con nosotras, especialmente con Sophie, que era muy conocida no sólo en nuestra escuela sino también en Perkins Day. Ni siquiera habíamos llegado a medio camino del barril de cerveza cuando Greg Nichols, un pesado, se acercó a nosotras.

–Hola, chicas –se presentó–. ¿Qué pasa?

–Vete de aquí, Greg –le replicó Sophie por encima del hombro–. No estamos interesadas en ti.

–Habla por ti –dijo, sin inmutarse–. ¿Quién es tu amiga?

Sophie suspiró y meneó la cabeza.

Yo dije:

–Mmm, ésta es Emily.

–Hola –dijo Emily poniéndose colorada.

–Hola –saludó Greg–. Voy a buscarte una cerveza.

–Bueno –contestó ella. Cuando se marchó, mirando hacia atrás de vez en cuando, ella se volteó hacia mí con los ojos como platos–. Ay, amiga –dijo–. ¡Es guapísimo!

–No –le explicó Sophie–. No lo es. Y la única razón por la que habla contigo es porque ya lo ha intentado con todas las demás.

Emily puso cara de desilusión.

–Oh –murmuró.

–Sophie –dije yo–. De verdad.

–¿Qué? –preguntó mientras se quitaba una bolita de lana del suéter y estudiaba a la gente–. Es cierto.

Probablemente lo era. Pero eso no significaba que tuviera que decirlo. Aquello era típico de Sophie. Creía que todo el mundo tenía su lugar y a ella le correspondía dejarte claro cuál era el tuyo. Lo había hecho con Clarke. Lo hacía conmigo. Y ahora le tocaba el turno a Emily. Pero aunque llevaba años sin intervenir, esta vez sentí que tenía que hacer algo, aunque sólo fuera porque Emily había venido por mí.

–Anda –le dije–. Vamos por una cerveza. Sophie, ¿quieres una?

–No –contestó secamente, y se dio media vuelta.

Cuando conseguí la cerveza y regresamos a buscarla, ya había desaparecido. Así que está enfadada, pensé. Nada nuevo, enseguida lo arreglo. Pero entonces volvió Greg Nichols y no quise dejar a Emily sola con él. Tardamos veinte minutos en quitárnoslo de encima, y entonces la dejé con unas chicas que conocía y, por fin, fui a buscar a Sophie. La encontré fumando en el porche trasero; estaba sola.

–Hola –saludé, pero me ignoró. Di un sorbo a mi cerveza mientras miraba la piscina, situada abajo. Estaba vacía y cubierta de hojas, con una silla de jardín en el fondo.

–¿Dónde está tu amiga? –me preguntó.

–Sophie –continué–. Por favor.

–¿Qué? Es sólo una pregunta.

–Está dentro –contesté–. Y también es amiga tuya.

–No –dijo resoplando–. Para nada.

–¿Por qué no te cae bien?

–Porque es una niñita, Annabel. Y es… –se interrumpió para dar otra calada al cigarro–. Mira, si quieres estar con ella, adelante. Yo no quiero.

–¿Por qué no?

–Porque no –se dio la vuelta y me miró–. ¿Qué pasa? No tenemos que hacer todo juntas, ¿sabes? No tienes que hacer siempre lo mismo que yo.

–Ya lo sé –respondí.

–¿En serio? –exhaló y un caracol de humo se enroscó entre las dos–. Pues, la verdad, nunca haces nada sin mí. Desde el día que nos conocimos, soy yo la que ha conseguido a todos los chicos para las dos, la que se entera de dónde son las fiestas. Antes de conocerme, lo único que hacías era pasarle pañuelos de papel a Ca-larke Rebbolds.

Di otro sorbo. Odiaba cuando Sophie se ponía así, pesada y antipática. Y lo odiaba todavía más cuando creía que era culpa mía, lo que en este caso estaba claro.

–Mira –le expliqué–, he invitado a Emily porque no conoce a nadie.

–Te conoce a ti –añadió–, y ahora a Greg Nichols.

–Muy graciosa.

–No me estoy haciendo la graciosa –replicó–. Es la verdad. No me cae bien. Si quieres estar con ella, adelante. A mí no me interesa.

Dejó caer el cigarro al suelo, lo aplastó con la bota, se dio media vuelta y entró.

133

Me sentí intranquila y nerviosa al verla marcharse. Como si, tal vez, tuviera razón, y sin ella, realmente, yo no fuera nada. Una parte de mí sabía que esto no era cierto, pero me quedaba un pequeño resquicio de duda, que me molestaba como una astilla clavada. Con Sophie era siempre todo o nada. Estabas con ella o contra ella. Mejor dicho: siguiéndola, o contra ella. No había término medio. Así que, si ser amiga suya era muchas veces difícil, ser su enemiga sería mucho, muchísimo peor.

Miré el reloj y me di cuenta de que Emily tenía que volver a casa pronto, así que fui a buscarla, abriéndome paso entre la gente hasta que la encontré hablando con una de las modelos. Me quedé un rato con ellas, dejando que Sophie se calmara. Me figuré que su pequeño enfado se habría pasado para la hora en que debíamos irnos.

Pero cuando fui a buscarla había vuelto a desaparecer. No estaba afuera, ni en la cocina. Por fin miré en un pasillo y la vi en el otro extremo, abriendo una puerta. Me vio, dio media vuelta y se deslizó dentro. Respiré hondo y fui hacia allá. Llamé dos veces.

–Sophie –dije–, es hora de irnos.

No hubo respuesta. Suspiré, me crucé de brazos y me acerqué más a la puerta.

–Bueno –continué–, ya sé que estás enfadada conmigo, pero ahora vámonos, podemos hablar después, ¿sí?

Todavía nada. Volví a mirar el reloj: si no nos íbamos ya, Emily iba a llegar tarde a casa.

–Sophie –dije, y agarré el picaporte. La puerta no estaba cerrada con cerrojo, así que giré despacio la manilla, abrí y me dispuse a entrar–. Lo único que...

Dejé de hablar. Y de andar. Me quedé quieta, en la penumbra, mirando a Sophie, que estaba apoyada contra la pared de enfrente con un chico apretado contra ella. Tenía una mano debajo de la camisa y la otra avanzaba por su muslo; con la cabeza agachada, él la besaba en el cuello. Cuando retrocedí hacia el umbral, sobresaltada, me volteé y él me miró. Era Will Cash.

–Estamos ocupados –señaló en voz baja. Tenía los ojos enrojecidos y sus labios estaban muy cerca del hombro de Sophie.

–Lo... –tartamudeé–, lo siento...

–Vete a casa, Annabel –me dijo Sophie, acariciándole el pelo, por la parte en que se le rizaba, junto al cuello de la camisa–. Anda, vete a casa.

Di un paso atrás, cerré la puerta y me quedé en el pasillo sin moverme. Will Cash era uno de los chicos del Perkins Day. Tocaba la guitarra en el grupo y estaba en el último año de preparatoria. Aunque era guapo –muy guapo, el típico chico en el que siempre te fijas–, también tenía fama de ser un tanto odioso, además de salir con muchísimas chicas, una detrás de otra. Siempre estaba con alguna, pero no le duraban mucho. Sophie, por su parte, prefería a los deportistas y a los chicos formales, y aborrecía a los que eran mínimamente alternativos. Era evidente que estaba haciendo una excepción. Al menos por el momento.

Aquella noche intenté localizarla varias veces en el celular, pero no contestó. Al día siguiente, sobre el mediodía, cuando por fin me llamó, ni siquiera mencionó a Emily ni lo que había ocurrido entre nosotras. Sólo quería hablar de Will Cash.

–Es increíble –me dijo. Me dio todos los detalles antes de anunciar que venía a mi casa, como si el tema fuera demasiado importante para una simple conversación telefónica. Ahora estaba sentada en mi cama, mirando un número atrasado de *Vogue*–. Conoce a todo el mundo, toca la guitarra genial y además es listísimo. Por no hablar de sexy. Podría haberme pasado toda la noche besándolo.

–Parecías contenta –señalé.

–Y lo estaba. Lo *estoy* –dijo, volviendo una página y acercándose a examinar un anuncio de zapatos–. Es justo lo que necesito ahora mismo.

–Entonces –pregunté, pensando en su fama de mujeriego–, ¿vas a quedar con él?

–Claro –respondió, como si fuera una pregunta estúpida–. Esta noche. Su grupo toca en Bendo.

–¿Bendo?

Suspiró y se apartó el pelo detrás del cuello con una mano.

–Es un club, cerca de Finley –explicó–. Vamos, Annabel. No me digas que no has oído hablar de Bendo.

–Oh, sí –dije, aunque no lo conocía.

–Empiezan a las diez –informó, pasando la página.

–Yo no puedo. Mañana tengo que levantarme pronto.

–Como quieras –dijo.

Así que aquella noche me quedé en casa mientras Sophie iba a aquel club para ver al grupo, después de lo cual, según me contó, fue con Will a la Mansión y se acostó con él. Pese a toda su palabrería y fanfarronería, aquella fue su primera vez y, desde ese momento, él pasó a ser lo único que le importaba.

A mí, en cambio, me resultaba difícil ver su atractivo. Sophie decía que Will era tierno y divertido y sexy y listo (y un millón de adjetivos más), pero no me parecía ninguna de estas cosas cuando me encontraba cara a cara con él. Will era guapo, e increíblemente popular. Pero también era difícil de interpretar; se trataba del típico galán que imponía tanto que no te atrevías a acercarte a menos que tuviera una personalidad acogedora. Y Will no la tenía. En lugar de eso, parecía distante, además de extrañamente intenso, y en las ocasiones en que tenía que hablar con él, por ejemplo, en el coche, cuando Sophie iba a pagar la gasolina, o en las fiestas, cuando los dos la estábamos buscando, me ponía nerviosa por cómo me miraba, o cuando dejaba que un largo silencio se instalara entre los dos.

Lo peor era que parecía saber que producía ese efecto en mí, y daba la impresión de que le gustaba. Normalmente intentaba compensar mi incomodidad hablando demasiado, o demasiado alto, o las dos cosas. Y entonces Will mantenía la mirada fija, la cara sin expresión, mientras yo balbuceaba sin cesar hasta que acababa callándome. Estaba convencida de que me consideraba boba. Y es que sonaba como una boba, como una niñita intentando impresionar. En cualquier caso, hacía todo lo que estaba en mi mano por evitarlo, aunque no siempre era posible.

Pero otras chicas no parecían tener este problema y, por eso, salir con Will se convirtió en un trabajo de tiempo completo, incluso para una chica tan trabajadora como Sophie. Hubo habladurías desde el principio y parecía que, dondequiera que fuéramos, Will conocía a alguien, normalmente a una chica. Si sumamos el hecho de que iban a escuelas distintas, resultaba difícil comprobar los constantes rumores de segunda o tercera mano sobre cómo se le iban los ojos, o las manos, detrás de otras. Además, estaba el factor de tocar en un grupo. En definitiva, Sophie tenía mucho trabajo y su relación quedó definida por un ciclo repetitivo: Will se relacionaba de cierta manera con alguna chica, surgían los rumores; Sophie iba por esa chica, después por Will; discutían, rompían y volvían a juntarse. Y vuelta a empezar.

–No entiendo cómo lo aguantas –le dije una noche en que íbamos conduciendo demasiado deprisa por un barrio que no conocíamos, buscando otra vez la casa de alguna chica que, según se decía, había estado coqueteando con Will en una fiesta.

–Claro que no lo entiendes –contestó, pasándose un alto y dando vuelta en una esquina–. Tú nunca has estado enamorada, Annabel.

No contesté, porque era cierto. Había salido con un par de chicos, pero con ninguno en serio. Aunque, si esto era el amor, pensé mientras las ruedas rechinaban en otra curva y Sophie se inclinaba hacia mí, con la cara colorada, para ver los números de las casas, dudé que realmente me estuviera perdiendo algo.

–Will podría estar con cualquier chica que quisiera –me explicó, bajando un poco la velocidad cuando nos aproximamos a una fila de casas a la izquierda–. Pero me ha elegido a mí. Está *conmigo*. Y no pienso dejar que ninguna zorra decida cambiar las cosas.

–Pero sólo estaban hablando, ¿no? Quiero decir, que eso no tiene que significar nada, necesariamente.

–Sólo hablando, a solas, en una fiesta, en un cuarto sin nadie más: eso no es sólo hablando –saltó–. Y si sabes que un tipo tiene novia, especialmente si esa novia soy yo, no hay absolutamente ninguna razón para hacer algo con él que se pueda interpretar de forma equivocada. Es una elección, Annabel. Y si eliges la opción equivocada, tú eres la única culpable de las consecuencias.

Me recosté en el asiento en silencio mientras se detenía delante de una pequeña casa blanca. La luz del porche delantero estaba encendida, y había un Volkswagen rojo en el camino de entrada, con una calcomanía del equipo de jóquey sobre hierba de Perkins en la defensa. Si yo hubiera tenido más valor, o fuera muy estúpida, podría haber comentado que no era posible que todas las chicas de la ciudad estuvieran deseando acabar con su relación, que Will debía tener algo de culpa en aquellos rumores. Pero entonces la miré a la cara y algo en su expresión me hizo recordar aquel día en la piscina, hacía tantos años, cuando apareció e, inmediatamente, decidió que quería ser amiga de Kirsten. No le importó que mi hermana la ignorara o que fuera grosera con ella. Cuando Sophie decidía que quería algo, lo quería y punto. Y a pesar de todo el drama, estar con Will había hecho que la envidiaran más que nunca. Ya no tenía que seguir a la chica más popular por todas partes. Ahora ella era la chica más popular. Por todo eso, me pregunté si lo que Sophie veía en Will no sería, en realidad, algo parecido a lo que yo veía en ella; si bien permanecer con él podía ser difícil, estar sin él podía ser muchísimo peor.

Así que me quedé en el coche mientras ella salía, esquivando la luz de la lámpara del porche, y se acercaba al Volkswagen. Yo quise mirar para otro lado mientras ella tomaba las llaves y arañaba con ellas el flamante lateral rojo, deletreando lo que pensaba de su propietaria. Pero no lo hice. La observé, como siempre, y sólo me volteé cuando vino hacia mí, cuando ya era cómplice del crimen.

La ironía de todo esto era que, aunque había visto a Will y a Sophie revivir su drama tantas veces como para sabérmelo de memoria, me agarró totalmente desprevenida cuando de repente me encontré formando parte de él. Un mal paso en una noche, y en cuanto me di cuenta la que estaba en su punto de mira era yo. Yo era la zorra, la puta, la que se quedaba fuera, no sólo de su vida, sino de la que consideraba la mía propia.

–Annabel –dijo al pasar detrás de mí la señora McMurty, directora de Models–, eres la siguiente, ¿de acuerdo?

Asentí, me levanté y me estiré la ropa. Al otro lado de la sala vi a una de las chicas nuevas, alta y morena, que posaba de forma poco natural con una charola azul de la tienda de cocinas. La sesión para el calendario siempre era un poco rara. A cada chica se le asignaba un mes y tenía que posar con los productos de una de las tiendas del centro comercial. El año anterior tuve la mala suerte de que me tocara Ruedas Rochelle y debí posar con unos neumáticos sobre fondo blanco.

–Hacia delante, como si estuvieras ofreciendo algo –dijo el fotógrafo, y la chica se inclinó estirando el cuello–. No tanto –señaló él, y ella se puso colorada y se echó hacia atrás.

Me dirigí hacia donde el fotógrafo se encontraba, sorteando a unas cuantas chicas que estaban apoyadas contra la pared. Ya me hallaba cerca cuando Hillary Prescott se puso delante de mí, bloqueándome el paso.

–Hola, Annabel.

Hillary y yo empezamos juntos en Models. Aunque al principio fuimos más o menos amigas, enseguida aprendí a guardar las distancias, porque era una chismosa de campeonato. También era una conflictiva, y no se contentaba con difundir los rumores, sino que los provocaba.

–Hola, Hillary –le contesté. Estaba desenvolviendo un chicle, que se metió en la boca, y luego me ofreció el paquete. Negué con la cabeza–. ¿Qué hay?

–Nada de particular –se agarró un mechón de pelo y se puso a enrollárselo en el dedo, sin dejar de mirarme–. ¿Qué tal te fue el verano?

Si hubiera sido cualquier otra, hubiera contestado con mi «bien» habitual, sin detenerme a pensarlo. Pero como era Hillary, estaba en guardia.

–Bien –respondí secamente–. ¿Y el tuyo?

–Un aburrimiento total –respondió con un suspiro. Mascó un momento su chicle; podía verlo, rosa y brillante, sobre su lengua–. ¿Qué les pasa a ti y a Emily?

–Nada –respondí–. ¿Por qué?

Se encogió de hombros.

–Por nada, es que antes salían juntas, ¿no? Y ahora ni se hablan. Simplemente me parece raro.

Lancé una mirada a Emily, que se estaba observando las uñas.

–No lo sé –expliqué–. Supongo que las cosas cambian.

Noté cómo me miraba y me percaté, a pesar de sus preguntas, de que sabía exactamente lo que había pasado, o la mayor parte al menos. De todas formas, no tenía ninguna intención de proporcionarle los detalles que le faltaban.

–Será mejor que me vaya –señalé–. La siguiente soy yo.

–Sí –dijo ella, mirándome con incredulidad cuando la sorteé–. Hasta luego.

Ocupé mi lugar en la pared y me dispuse a esperar de nuevo, bostezando. Eran las dos de la tarde, pero me sentía agotada. Y todo por culpa de Owen Armstrong.

Resulta que aquella mañana me desperté un momento y miré el reloj. Eran las 6:57. Justo cuando estaba a punto de dar media vuelta en la cama, me acordé del programa de Owen. Aquel fin de semana había pensado mucho en él, aunque sólo fuera porque me hizo ser consciente de cada mentirijilla que soltaba, desde el «bien» que contesté el viernes cuando mi padre me preguntó qué tal en la escuela, hasta cómo había asentido cuando mi madre me preguntó la noche anterior si tenía ganas de volver a Models. Sumándolo todo, parecía mucha insinceridad junta, así que me descubrí intentando decir la verdad siempre que fuera posible. Le dije a Owen que escucharía su programa. Y lo hice.

Cuando lo sintonicé, a las siete en punto, lo único que se oía era el ruido de la energía estática. Me incliné sobre la radio y apreté la oreja contra ella, y justo entonces se produjo una explosión de ruido: un rasgueo súbito de guitarra, un restallar de platillos, seguidos de unos gritos. Salté hacia atrás, sobresaltada, le di un golpe a la radio con el codo, y la tiré de la cama. Cayó al suelo con un golpe seco pero siguió sonando, ahora a todo volumen.

Whitney empezó a dar golpes al otro lado de la pared; recogí la radio y bajé el volumen lo más rápido que pude. Cuando por fin me la llevé de nuevo a la oreja, esta vez con cuidado, la canción seguía sonando, pero las palabras que decía el cantante (o más bien aullaba) eran indescifrables. Nunca había oído una música como aquélla, si es que era música.

Por fin, con un estrépito de platillos, se terminó. El siguiente tema no era mejor. En lugar de guitarras, sonaba una extraña pieza electrónica, que consistía en varios pitidos y un hombre hablando de fondo que recitaba lo que, al menos para mí, sonaba como una lista del súper. Y además duró cinco minutos y medio; lo sé porque estuve mirando el reloj todo el tiempo, rezando para que terminara. Y cuando por fin lo hizo, entró Owen:

–Esto ha sido Misanthrope con *Descartes dream* –dijo–. Antes de eso, hemos escuchado a Lipo con *Jennifer.* Estás escuchando *Control de la agresividad,* aquí en WRUS, tu emisora de radio comunitaria. Ahora viene *Nuptial.*

Que era otra canción tecno larga, seguida de algo que parecían viejos recitando poemas sobre barcos balleneros, con voces roncas e irregulares; después vinieron dos minutos enteros de música de arpa que parecía agua goteando. Era una mezcla tan rara que no podía asimilarla. En lugar de eso, durante una hora entera escuché una canción tras otra esperando que llegara una que pudiera: *a)* entender o *b)* disfrutar. Pero no llegó. Era obvio que no iba a terminar iluminada, sino exhausta.

–Annabel –llamó la señora McMurty, devolviéndome de golpe al presente–. Estamos listos.

Asentí y avancé hasta colocarme delante del decorado, que consistía de varias plantas: una trepadora, varios helechos y una palmera en un macetero con ruedas. Este año me había tocado la Floristería Laurel. Al menos parecía mejor que los neumáticos.

Al fotógrafo no lo conocía y no me saludó cuando me coloqué frente a él.

–Necesitamos más plantas –le dijo a la señora McMurty, que estaba en un lateral–. Si no, voy a tener que acercarme muchísimo.

–¿Tenemos más plantas? –le preguntó ella al encargado del decorado.

Éste miró en el cuarto de al lado.

–Un par de cactus –contestó–. Y un ficus. Pero tiene mala pinta.

Se oyó un *pop* cuando saltó el medidor de la luz. Levanté la mano para intentar quitarme las hojas de la cara.

–Muy bien –dijo el fotógrafo, acercándose y colocando la planta otra vez en su lugar–. Me gusta. Parece como si estuvieras revelando algo. Hazlo otra vez.

Y lo hice, aguantando un estornudo cuando una rama me hizo cosquillas en la cara. Detrás del fotógrafo vi a las otras chicas que me miraban: las nuevas modelos, las veteranas, Emily. Pero, aunque últimamente había tenido tantos problemas con las miradas que atraía, en

144

esta situación era algo familiar, lo que se suponía que tenía que pasar. Aunque fuera durante unos minutos, podía dejar de pensar en todo lo demás y concentrarme sólo en la superficie: un destello, un vistazo, una mirada. Esta.

–Bien –afirmó el fotógrafo. Un cactus se fue acercando lentamente a mi campo de visión, pero mantuve la vista fija en el fotógrafo mientras éste se movía a mi alrededor, con el *flash* saltando continuamente; me ordenaba que volviera a salir, a surgir, una y otra vez.

Aquella noche, cuando mi madre se había ido a la cama y Whitney se encontraba encerrada en su cuarto, bajé a la cocina en busca de un vaso de agua. Mi padre estaba sentado en el cuarto de la tele, al lado de la cocina, con la pantalla encendida y los pies en alto en el diván. Cuando encendí la luz, dio media vuelta.

–Justo –dijo–; llegas a tiempo para un gran documental sobre Cristóbal Colón.

–¿En serio? –le pregunté mientras sacaba un vaso del armario.

–Es fascinante –explicó–. ¿Quieres verlo conmigo? Puede ser que aprendas algo.

A mi padre le encantaba el History Channel. «¡Es la historia del mundo!», decía siempre, cuando los demás nos quejábamos por tener que ver otro programa sobre el Tercer Reich, la caída del muro de Berlín o las pirámides. Normalmente se rendía ante los gustos de la mayoría, y se tenía que someter a las series de moda o a una sucesión interminable de *realitys*. Pero cuando estaba solo por las noches, la televisión era toda suya. En cualquier caso, parecía que le gustaba tener compañía, como si la historia fuera aún mejor cuando tenías a alguien con quien compartirla.

Ese alguien solía ser yo. Mi madre se acostaba temprano, Whitney decía que le aburría y Kirsten siempre hablaba demasiado, daba igual lo que estuviera viendo. Mi padre y yo hacíamos una buena pareja por las noches, sentados juntos mientras la historia se desarrollaba ante nosotros. Incluso si era un programa que sabía que él ya había visto, seguía mostrando interés, asintiendo y diciendo «mmm» y «no me digas», como si el narrador no sólo lo oyera, sino que exigiera sus comentarios para seguir hablando.

En los últimos meses había dejado de ver la televisión con él. No sabía por qué, pero cada vez que me preguntaba, me sentía cansada de pronto, demasiado cansada para estar al día de lo que pasaba en el mundo, incluso de lo que había ocurrido hacía mucho tiempo. Había algo tan pesado en la carga de la historia y del pasado... No estaba segura de ser capaz de seguir mirando atrás.

–No, gracias –le contesté–. Ha sido un día muy largo. Estoy muy cansada.

–Bueno –dijo él, recostándose en el sillón con el control remoto en la mano–. La próxima vez.

–Sí. Seguro.

Bebí el agua, me acerqué a él y se inclinó a un lado, ofreciéndome la mejilla para que le diera un beso de buenas noches. Después sonrió y subió el volumen. La voz del narrador se elevó cuando salí de la habitación.

–En el siglo xv los exploradores deseaban…

A mitad de las escaleras me detuve y di otro sorbo de agua; luego di media vuelta y lo miré. Tenía el control remoto sobre el estómago y la luz de la televisión reverberaba en su cara. Intenté imaginarme a mí misma volviendo sobre mis pasos y ocupando mi sitio en el sofá, pero no pude. Así que lo dejé allí, solo, viendo una repetición de la historia, los mismos acontecimientos contados una y otra vez.

7

Durante todo el fin de semana me estuve preguntando qué pasaría cuando volviera a ver a Owen en la escuela. Si algo sería distinto después de lo que había ocurrido el viernes, o si volveríamos a nuestros silencios y a la distancia habitual, como si nada hubiera pasado. Unos minutos después de sentarse, él decidió por los dos.

—Entonces, ¿lo oíste?

Dejé el sándwich y volteé para mirarlo. Estaba en el sitio de siempre, con sus jeans y su camiseta negra de cuello redondo. También llevaba el iPod, con los audífonos colgando del cuello.

—¿Tu programa? —pregunté.

—Sí.

Asentí.

—Pues sí, lo oí.

—¿Y?

Aunque me había pasado todo el fin de semana dándome cuenta de que falseaba la verdad o mentía descaradamente muy a menudo, para tener la fiesta en paz, mi primer instinto en este momento fue volver a hacerlo. La sinceridad teórica es una cosa, pero decir la verdad a la cara, otra muy distinta.

—Bueno... —empecé—. Fue... interesante.

—Interesante —repitió.

–Sí –continué–. La verdad, no había oído nunca esas canciones.

Se me quedó mirando, examinando mi cara; aquel lapso se me hizo larguísimo. Luego me asustó cuando se levantó y dio tres pasos, para sentarse a mi lado.

–Bueno –me dijo–. ¿Escuchaste de verdad?

–Sí –respondí, intentando no tartamudear–. Claro.

–No sé si te acuerdas, pero me dijiste que mentías.

–Yo no dije eso –él levantó una ceja–. Dije que a menudo no decía la verdad. Pero no es el caso, escuché el programa entero.

Era evidente que no me creía. Y tampoco me sorprendía del todo.

Respiré hondo.

–*Jennifer* de Lipo. *Descartes dream* de Misanthrope. Una canción con muchos pitidos...

–Lo escuchaste de verdad –se apoyó en la pared moviendo la cabeza–. Bueno. Ahora dime lo que realmente pensaste.

–Ya te lo he dicho. Fue interesante.

–Interesante –replicó– no es una palabra.

–¿Desde cuándo?

–Es un comodín. Algo que se usa para evitar decir otra cosa –se acercó un poco más–. Mira, si lo que te intranquiliza son mis sentimientos, no te preocupes. Puedes decir lo que quieras. No me voy a ofender.

–Pero es verdad. Me gustó.

–Vamos, dime la verdad. Di lo que sea. Cualquier cosa. Suéltalo.

–Yo... –empecé, y luego me interrumpí. Tal vez fuera porque estaba claro que me había sorprendido. O por mi conciencia repentina de las pocas veces que era sincera. En cualquier caso, dije–: pues... no me gustó.

Se dio una palmada en la pierna.

–¡Lo sabía! ¿Sabes? Para ser una mentirosa habitual, no lo haces muy bien.

Eso era algo bueno. ¿O no? No estaba segura.

–No soy una mentirosa –repliqué.

–Sí. Tú eres una chica *buena* –señaló.

–¿Y qué hay de malo en ser buena?

–Nada. Excepto que normalmente implica no decir la verdad –respondió–. Vamos, ahora dime lo que pensaste realmente.

Lo que realmente pensé es que me sentía muy desconcertada, como si de alguna forma Owen Armstrong me conociera muy bien y yo ni siquiera me hubiera dado cuenta.

–Me gustó el formato del programa –le expliqué–, pero las canciones eran un poco...

–Un poco ¿qué? –me preguntó agitando el dedo levantado–. Dame algún adjetivo. Que no sea *interesante*.

–Ruidoso –dije–. Extraño.

–Muy bien –me animó–. ¿Qué más?

Lo miré a la cara atentamente, buscando señales de que estuviera ofendido o molesto. Pero no las había, así que continué:

–Bueno, la primera canción era... dolorosa de escuchar. Y la segunda, la de Misanthrope...

–*Descartes dream*.

–Me durmió, literalmente.

–A veces pasa –dijo–. Continúa.

Lo dijo tan tranquilamente, como si no le molestara en absoluto. Así que continué:

–La música de arpa sonaba como el tema que tocarían en un funeral.

–Ah –señaló–. Sí. Bueno.

–Y el tecno no me gustó nada.

–¿Ninguna?

–Ninguna.

Asintió.

–Está bien. De acuerdo. Son buenos comentarios. Muchas gracias.

Y eso fue todo. Sacó su iPod y empezó a darle a los botones. Sin pataletas, sin ofenderse, sin resentimiento.

–Entonces, ¿te parece bien? –le pregunté.

–¿Que no te gustara el programa? –preguntó sin levantar la vista.

–Sí.

Se encogió de hombros.

–Claro. Hombre, habría estado genial que te hubiera gustado. Pero a la mayoría de la gente no le gusta, así que no me sorprende mucho.

–¿Y eso no te molesta? –pregunté.

–La verdad es que no. Al principio era algo decepcionante. Pero uno se recobra de las decepciones. Si no, estaríamos todos colgados de una cuerda, ¿no?

–¿Qué?

–Oye, ¿y lo de la barca de marineros? –preguntó. Me quedé mirándolo–. Los hombres que cantaban sobre navegar en alta mar. ¿Qué te pareció?

–Raro –dije–. Rarísimo.

–Raro –repitió despacio–. Ah. Bueno.

Y justo entonces oí voces, y pasos, y volteé la cabeza en el momento en que Sophie cruzaba el patio con Emily. Lo que pasó el viernes con Owen me había tenido tan ocupada que, en un principio, había olvidado la confrontación precedente. Pero aquella mañana, de camino a la escuela, el miedo empezó a apoderarse de mí al pensar qué ocurriría. Hasta ahora solo me había cruzado una vez con Sophie; me miró con mala cara y murmuró «zorra» al pasar. Lo mismo de siempre.

Ahora me miró y abrió los ojos sorprendida antes de darle un codazo a Emily. Se quedaron las dos mirándome y sentí que me ponía colorada mientras bajaba la vista a mis zapatos y a mi mochila.

Owen, por su parte, no se dio cuenta de nada; estaba dejando su iPod y se pasaba una mano por el pelo.

–¿Entonces no te gustó nada del tecno? –preguntó–. ¿Ni siquiera algún aspecto?

Meneé la cabeza.

–No –dije–. Lo siento.

–No lo sientas; es tu opinión. En la música no existe lo verdadero y lo falso, ¿sabes? Todo es posible.

Justo entonces sonó el timbre y me sorprendió. Estaba acostumbrada a que la hora de la comida se me hiciera interminable, pero ese día se me había pasado volando. Hice una pelota con lo que me quedaba de sándwich mientras Owen se bajaba de un salto del muro, se metía el iPod en el bolsillo y echaba mano a los audífonos.

–Bueno –dijo–, supongo que nos veremos por ahí.

–Sí –empezó a colocarse los audífonos mientras yo agarraba la mochila y me deslizaba hacia el suelo–. Nos vemos.

Cuando se marchó eché otro vistazo al banco. Y allí estaban Sophie y Emily, que seguían observándome. Vi que Sophie decía algo y Emily sonreía, meneando la cabeza. Pude imaginarme lo que dirían sobre nosotros, las historias que se inventarían. Ninguna de ellas iba a ser más rara que la propia verdad: que Owen Armstrong y yo podríamos ser simplemente amigos.

Al pensar esto, busqué a Owen entre la gente. Se había puesto los audífonos y se dirigía al edificio de arte, con la mochila al hombro. Ellas también habían estado mirándolo, pero él no se dio cuenta. Y, si lo hizo, estoy segura de que no le importaba. Por eso, más que por su sinceridad, su franqueza y todo lo demás, era por lo que más lo envidiaba.

No me dieron el trabajo de Mooshka. Ni me molestó ni me sorprendió, aunque mi madre pareció desilusionada. Personalmente, me sentí aliviada de que aquello hubiera terminado y pudiera pasar la página. Pero al día siguiente, cuando saqué la comida, una nota cayó al suelo.

Annabel:

Sólo quería decirte que estoy muy orgullosa de ti por todo lo que has conseguido y que no te desanimes por lo de la campaña de Mooshka. Lindy me dijo que había mucha competencia y que causaste muy buena impresión. Hemos quedado de vernos hoy para hablar de otras cosas que está preparando, con muy buena pinta. Ya te contaré esta noche. Que tengas un día genial.

–¿Malas noticias?

Di un respingo y luego vi que Owen estaba delante de mí.

–¿Qué?

–Parecías nerviosa –dijo, señalando con la cabeza la nota que tenía en la mano–. ¿Pasa algo malo?

–No –contesté mientras la doblaba y la dejaba a mi lado–. Todo bien.

Siguió caminando junto al muro. No se sentó a mi lado, como el día anterior, pero tampoco tan lejos como antes. Vi que se sacaba el iPod del bolsillo y luego apoyaba las manos en la hierba, observando el patio.

Durante todo este tiempo, estuve consciente de que con mi última respuesta no había sido totalmente sincera con él. Claro que él nunca lo hubiera adivinado. Y probablemente no le importaba. Pero de todas formas, por alguna razón, sentí la necesidad de *reformular* y *redirigir*. Más o menos.

–Es sólo una cosa con mi madre –le dije.

Volvió la cabeza y me pregunté si iba a pensar que estaba loca, o no tendría ni idea de qué estaba hablando.

–Cosa –repitió–. Para tu información, *cosa* es un tremendo comodín.

Pues claro, pensé. De todas formas, aclaré:

–Tiene que ver con mis trabajos de modelo.

–¿Modelo? –parecía confundido–. Ah, sí. Lo que decía Mallory. ¿Has salido en un anuncio o algo?

–Llevo en eso desde niña. Mis dos hermanas también lo hacían. Pero últimamente tengo ganas de dejarlo.

Ya estaba. La cosa que sólo había formulado dentro de mi cabeza ahora por fin salí. Y se la había contado a

Owen Armstrong, precisamente. Para mí, aquello había sido un paso tan grande, que debería haberme detenido ahí. Pero por alguna razón, seguí:

–Y además –continué– es muy complicado, porque mi madre está muy metida, y si lo dejo, se llevará un disgusto.

–Pero tú no quieres seguir haciéndolo, ¿no?

–No.

–Pues deberías decírselo.

–Lo dices como si fuera fácil –señalé.

–¿No lo es?

–No.

Se oyeron unas carcajadas en la puerta situada a nuestra izquierda, cuando salió un grupo de novatos, hablando demasiado alto. Owen los miró, y después a mí.

–¿Por qué no?

–Porque no se me dan bien las confrontaciones.

Echó un vistazo a Sophie, que estaba sentada en su banco con Emily, y luego volvió la mirada lentamente hacia mí.

–Es cierto –añadí–. No se me dan nada bien.

–¿Y qué pasó entre ustedes dos?

–¿Entre Sophie y yo? –pregunté, aunque sabía lo que había querido decir. Asintió–. Simplemente... nos peleamos durante el verano.

Permaneció callado; sabía que estaba esperando más detalles.

–Cree que me acosté con su novio –añadí.

–¿Y lo hiciste?

Estaba claro que lo iba a preguntar, a bocajarro. De todas formas, me puse colorada.

–No –contesté.

–Tal vez deberías decírselo –sugirió.

–No es tan fácil.

–Mmm –comentó–, vas a decir que estoy loco, pero me parece que la historia se repite.

Me miré las manos y volví a pensar que yo debía ser tremendamente simple si él era capaz de averiguar tanto sobre mí en menos de una semana.

–Entonces, si estuvieras en mi lugar –le dije–, lo que tú harías sería…

–… simplemente ser sincero –terminó–. En los dos casos.

–Lo dices como si fuera algo sencillo –repetí.

–No lo es. Pero se puede hacer. Hace falta práctica.

–¿Práctica?

–En los cursos de control de la agresividad –explicó– teníamos que hacer estos juegos de roles todo el tiempo. Ya sabes, para acostumbrarnos a reaccionar de forma menos explosiva.

–Hacías juegos de rol –repetí, intentando imaginármelo.

–No tuve más remedio. Me lo ordenó el juez –suspiró–. Pero tengo que admitir que me ayudó bastante. Ya sabes, si alguna vez te surge algo parecido, ya tienes una especie de instrucciones internas para enfrentarte a ello.

–Ah –dije–. Bueno, parece que tiene sentido.

–Así que vamos –se deslizó un poco más cerca de mí–. Digamos que soy tu madre.

–¿Qué? –pregunté.

–Soy tu madre –repitió–. Ahora dime que quieres dejar de trabajar como modelo.

Noté que me ponía colorada.

–No puedo –expliqué.

–¿Por qué no? –preguntó–. ¿Es tan difícil de creer? ¿Te parece que no se me da bien este juego?

–No es eso –respondí–. Es sólo que…

–Porque se me da muy bien. Todos los del grupo querían que fuera su madre.

Me quedé mirándolo.

–Es que es… raro.

–No, es difícil. Pero no imposible. Inténtalo.

Una semana antes ni siquiera sabía de qué color tenía los ojos. Y ahora éramos de la familia. Al menos, temporalmente. Respiré hondo.

–Bueno –acepté–. Entonces…

–Mamá –le dije.

–¿Qué? Cuanta mayor precisión tenga el ejercicio, más útil resultará –explicó–. Tienes que darlo todo, o nada.

–Bueno –repetí–. Mamá.

–¿Sí?

Esto sí que es raro, pensé. En voz alta, anuncié:

–La cosa es que ya sé que el asunto de ser modelo es muy importante para…

Levantó una mano en posición de alto.

–R y R. Reformula y Redirige eso.

–¿Por qué?

–Cosa. Como te he dicho, es un comodín muy amplio, muy vago. En las confrontaciones tienes que ser lo más específica posible, para evitar malos entendidos –se acercó un poco a mí–. Mira, ya sé que es rarísimo –dijo–, pero funciona, te lo aseguro.

Aquello no me consoló, y pasé de estar simplemente incómoda a sentirme cerca de la humillación.

–Sé que mi trabajo como modelo es muy importante para ti –comencé–, y que disfrutas mucho con ello.

Owen asintió y me indicó que siguiera.

–Pero, para serte sincera… –me coloqué un mechón de pelo detrás de la oreja–, es sólo que últimamente he estado pensando mucho en eso, y siento que…

Sabía que esto era sólo un juego. De práctica, no de verdad. Pero incluso así noté que algo se atascaba, como cuando un motor falla. Me jugaba demasiado; equivocarme aquí no sólo revelaría mi debilidad en las confrontaciones, sino que me dejaría en ridículo delante de él.

Owen seguía esperando.

–No puedo –estallé, y aparté la mirada.

–¡Pero sí ya lo tenías! –exclamó, y dio una palmada contra el muro–. Estabas a punto de hacerlo.

–Lo siento –me excusé, y volví a agarrar el sándwich. La voz me salió muy tensa cuando dije–: Es que… no puedo.

Me miró un momento. Luego se encogió de hombros.

–Bueno –dijo–. No pasa nada.

Nos sentamos en silencio un segundo. No tenía ni idea de qué había pasado, pero me pareció algo importante, de repente. Luego oí que Owen respiraba hondo.

–Mira –comenzó–, voy a decir sólo una cosa: tiene que ser horrible, ¿sabes? Guardarte dentro algo como eso. Andar por ahí todos los días con tantas cosas que querrías decir, pero que no dices. Seguramente estarás muy enfadada, ¿no?

Sabía que estaba hablando sobre lo de trabajar de modelo. Pero, al oírlo, pensé en otra cosa, lo que nunca podría confesar, el mayor secreto de todos. Lo que no podría contar nunca porque, si el menor rayo de luz cayera sobre ello, no podría volver a ocultarlo nunca más.

–Tengo que irme –me apresuré, y metí el sándwich de nuevo en la mochila–. Tengo… tengo que hablar con mi profe de lengua sobre un proyecto que debo hacer.

–Oh –soltó. Noté que me estaba observando e hice un esfuerzo por desviar la mirada–. De acuerdo.

Me levanté y tomé la mochila.

–Este… nos vemos.

–Sí –agarró su iPod–. Nos vemos.

Asentí y después, de alguna manera, me las arreglé para alejarme y dejarlo allí. Esperé a llegar a la entrada principal para darme la vuelta y mirarlo.

Seguía allí sentado, con la cabeza gacha, escuchando su música como si no hubiera pasado nada. Me vino una imagen de mi primera impresión de él: que era peligroso, una amenaza. Ahora sabía que no lo era, al menos no como yo había creído entonces. Pero Owen Armstrong tenía algo que daba miedo: era sincero y esperaba lo mismo de los demás. Y eso me aterrorizaba.

Cuando me alejé de él, sentí alivio. Pero no duró mucho.

Conforme fue avanzando el día, me di cuenta de que, aunque apenas lo conocía, había sido más sincera con Owen que con ninguna otra persona en mucho tiempo. Sabía lo que había pasado entre Sophie y yo, lo de la enfermedad de Whitney, y que odiaba trabajar de modelo. Eran muchas cosas para revelarle a alguien con el que, al final, ni siquiera podía arriesgarme a que fuéramos amigos. Pero no estuve segura hasta que vi a Clarke.

Fue después de la última clase; estaba abriendo su casillero. Llevaba el pelo recogido en dos coletas pequeñas y vestía jeans, una camisa negra y zapatos con hebilla de charol. Mientras la miraba, una chica que conocía pasó por detrás de ella y dijo su nombre. Clarke se dio media vuelta con una sonrisa y la saludó. Era todo totalmente normal, otro momento más en un día más; pero algo me conmovió y mi mente retrocedió lejos, muy lejos, hasta aquella noche junto a la piscina. Otra ocasión en la que había tenido miedo del conflicto, miedo de ser sincera, miedo incluso de hablar. Y había perdido a una amiga, también. La mejor amiga que había tenido en mi vida.

Era demasiado tarde para intentar cambiar lo que había ocurrido entre Clarke y yo, pero tal vez todavía hubiera tiempo para modificar otras cosas. Tal vez, incluso, a mí misma. Así que fui en busca de Owen.

En una escuela de más de dos mil alumnos, era fácil perderse, y mucho más encontrar a alguien. Pero a Owen se le distinguía entre la multitud, así que cuando no di con él ni con la Land Cruiser, me figuré que se me había escapado. Sin embargo, cuando salí a la carretera con el coche, lo vi. Iba a pie, caminando por el centro del camellón, con la mochila al hombro y los audífonos puestos.

Hasta que estuve a su altura se me ocurrió que podía ser un error. Pero en la vida no hay tantas segundas oportunidades, tantas ocasiones para cambiar, si no tu pasado, al menos tu futuro. Así que reduje la velocidad y bajé la ventanilla.

–Hola –lo llamé, pero no me oyó–. ¡Owen!

No respondió. Moví la mano al centro del volante y apreté con fuerza el claxon. Por fin volteó la cabeza.

–Hola –me dijo mientras alguien detrás de mí pitaba enfadado antes de rebasarme–. ¿Qué pasa?

–¿Qué le ha pasado a tu coche? –le pregunté.

Dejó de andar y se quitó el audífono de la oreja izquierda.

–Asuntos de transporte –respondió.

Ahora o nunca, me dije. Di algo. Lo que sea. Sólo habla.

–La historia de mi vida –le dije, y luego abrí la puerta del copiloto–. Sube.

8

Lo primero que hizo Owen cuando se subió a mi coche fue darse un golpe en la cabeza con el techo, que hasta entonces nunca me había parecido demasiado bajo.

–¡Uf! –exclamó, frotándose la frente mientras una de sus rodillas se estampaba contra el tablero–. Chica, este coche es enano.

–¿Sí? –pregunté–. Hasta ahora no me había dado cuenta, y mido un metro setenta y tres.

–¿Y eso es ser alta?

–Antes creía que sí –respondí, mirándolo.

–Yo mido uno noventa y tres –explicó él, mientras intentaba empujar el asiento hacia atrás, aunque ya estaba al máximo. Luego movió el brazo, intentando ponerlo en equilibrio en la ventanilla, pero era demasiado grande; cambió de posición y se lo cruzó sobre el pecho antes de dejarlo caer en el costado–. Así que supongo que todo es relativo.

–¿Te duele?

–No –contestó sin inmutarse, como si estas cosas le pasaran continuamente–. Gracias por llevarme, por cierto.

–De nada –dije–. Dime adónde vas.

–A casa –volvió a mover el brazo, intentando acomodarse en el asiento–. Sigue derecho. No tienes que dar vuelta en un rato.

Conduje en silencio unos minutos. Yo sabía que éste era el momento de decir lo que estaba pensando, de explicarme. Respiré hondo, preparándome.

–¿Cómo lo aguantas? –me preguntó.

Parpadeé.

–¿Cómo?

–Quiero decir –se explicó– que es tan silencioso… Vacío.

–¿Qué?

–Esto –respondió, haciendo un gesto que abarcaba el coche–. Conducir en silencio. Sin música.

–Bueno –dije despacio–, la verdad, no había pensado en eso.

Se echó hacia atrás y se golpeó la cabeza con el reposacabezas.

–¿Ves?, para mí es inmediato. El silencio suena demasiado alto.

Aquello parecía muy profundo o totalmente contradictorio. No sabía qué pensar.

–Bueno –comencé–, mis CD están en el compartimento del centro, si quieres…

Pero él ya lo estaba abriendo y sacando un montón de CD. Mientras los estudiaba, lo miré nerviosa.

–Esos no son mis favoritos de verdad –expliqué–. Son sólo los que tengo aquí ahora.

–Eh –exclamó, sin levantar la vista. Volví a mirar a la carretera y oí el ruido de las cajas de CD al entrechocar mientras los iba viendo.

–Drake Peyton, Drake Peyton… ¿entonces te gusta el rock *hippy* de niñitos universitarios?

–Me imagino que sí –contesté. Pero eso era malo, me pareció–. Hace dos veranos lo vi en vivo y en directo.

–Eh –volvió a decir–. Más Drake Peyton... Y Alamance. Eso es *country* del viejo, ¿no?

–Sí.

–Interesante –apreció–. Porque no habría pensado que... ¿Tiny? Es el último, ¿no?

–Me lo compré en verano –expliqué, reduciendo la velocidad ante un semáforo en rojo.

–Entonces lo es –sacudió la cabeza–. Oye, tengo que admitir que me has sorprendido. Nunca te hubiera tomado por una fan de Tiny. Ni de ningún otro grupo de rap, la verdad.

–¿Por qué no?

Se encogió de hombros.

–No lo sé. Una mala suposición, digo yo. ¿Quién te ha grabado éste?

Eché un vistazo y enseguida reconocí aquella letra inclinada.

–Mi hermana Kirsten.

–Le gusta el rock clásico –dijo.

–Desde que iba a la preparatoria –comenté–. Tuvo, durante años, un póster de Jimmy Page en la pared.

–Ah –leyó la lista de canciones–. Pues tiene buen gusto. Vamos, hay algo de Led Zeppelin, pero al menos no es *Stairway to heaven*. De hecho –continuó, impresionado–, *Thank you* es mi canción favorita de Led Zeppelin.

–¿En serio?

–En serio. Tiene ese toque de balada *rocker*, un poco pastel. Con algo de ironía, pero auténtica. ¿Puedo ponerla?

–Claro –le dije–. Gracias por preguntar.

164

–Hay que preguntar –continuó él, inclinándose e introduciendo el CD en el equipo–. Sólo un imbécil se tomaría libertades con el equipo del coche de otro. Eso es grave.

El reproductor hizo clic un par de veces y después se oyó la música, muy bajito. Owen buscó el botón del volumen y me miró. Cuando asentí, lo subió. Al oír los acordes iniciales, eché de menos a Kirsten. Durante su etapa rebelde del último año de preparatoria le había dado fuerte por el rock guitarrero de los setenta; en su apogeo, escuchaba constantemente *Dark side of the moon,* de Pink Floyd, durante semanas enteras.

Al recordar esto, miré a Owen, que tamborileaba sobre la rodilla. Kirsten, claro, nunca dudaría en decir lo que estuviera pensando. Así que, con su canción de fondo, decidí hacer lo mismo que ella. O intentarlo:

–Siento lo de antes –dije. Me miró–. Siento lo que pasó.

–¿Qué pasó?

Me concentré en la carretera y sentí que me ponía colorada.

–Cuando estábamos haciendo lo del juego de roles y me dio una neura.

Yo estaba esperando un «No pasa nada», o tal vez un «No te preocupes». En lugar de eso, preguntó:

–¿A eso lo llamas neura?

–Bueno –respondí–. Supongo. Sí.

–Eh –dijo–, de acuerdo.

–No quería ponerme así –expliqué–. Como ya te he dicho, los conflictos no se me dan bien. Creo que eso es obvio. Así que… lo siento.

165

–No pasa nada –intentó echarse hacia atrás y su codo chocó contra la puerta–. De hecho…

Esperé a que terminara la frase. Como no lo hizo, le pregunté:

–¿Qué?

–Es que, para mí, eso no es una neura de verdad.

–¿No?

Sacudió la cabeza.

–Para mí, que te dé una neura es levantar la voz. Gritar. Las venas hinchadas. Pegarle a alguien en un estacionamiento. Ese tipo de cosas.

–Yo no hago esas cosas –dije.

–No quiero decir que tengas que hacerlas –se llevó una mano al pelo; cuando lo hizo, la luz se reflejó un momento en el anillo de su dedo medio–. Supongo que es cuestión de semántica. Toma la siguiente a la derecha.

Entramos en una calle arbolada. Todas las casas eran grandes, con porches delanteros igualmente grandes. Pasamos delante de un grupo de chicos jugando al jóquey sobre patines en una calle sin salida, y luego delante de unas madres situadas en una esquina, agrupadas en torno a varios carritos de bebé.

–Ésa es –me indicó–. La gris.

Reduje la velocidad y me acerqué a la acera. La casa era preciosa, con un gran porche donde había un columpio y flores de color rosa vivo en maceteros situados a ambos lados de los escalones. Un gato atigrado se encontraba tumbado en el camino de entrada, estirado al sol.

–¡Vaya! –exclamé–. Qué casa tan bonita.

–Bueno, no es de cristal –dijo–. Pero no está mal.

166

Nos quedamos un momento en silencio. Nuestra situación era la opuesta a la última vez; ahora era yo quien esperaba que él entrara en casa.

–¿Sabes? –pregunté al fin–, sólo quería que supieras que tenías razón sobre lo que dijiste antes. Es difícil guardarse todo dentro. Pero para mí… a veces es todavía más difícil soltarlo.

No estaba segura sobre por qué me sentía obligada a volver a sacar el tema. Tal vez para explicarme por fin. Ante él, o ante mí misma.

–Sí –replicó–. Pero tienes que dejar salir las cosas. Si no, se enquistan y al final explotas.

–¿Ves? Ésa es la parte que no puedo soportar –expliqué–. No aguanto cuando la gente se enfada.

–El enfado no es malo –explicó–. Es humano. Y además, sólo porque alguien esté enfadado no quiere decir que vaya a estarlo siempre.

Miré el volante y pellizqué un poco los bordes.

–No sé –dije–. Según mi experiencia, cuando la gente cercana se ha enfadado conmigo, se acabó. Para siempre. Todo cambia.

Owen no dijo nada durante un momento. Oí ladrar a un perro en una casa más allá.

–Bueno –señaló–, tal vez no eran tan cercanos como creías.

–¿Qué quieres decir?

–Quiero decir que si alguien es un amigo de verdad, no pasa nada si tú o ellos se enfadan, y no cambian por eso. Es parte de la relación. Esas cosas pasan. Y se resuelven.

–Se resuelven –repetí–. Yo no sabría cómo hacerlo.

–Bueno, no me extraña –continuó–. Si, para empezar, no dejas que se produzcan.

El CD seguía sonando, ahora con una canción de Rush, mientras una camioneta pasaba a nuestro lado, levantando algunas hojas. No tenía ni idea de cuántos minutos habían transcurrido desde que estábamos allí. Parecía mucho tiempo.

–Tienes respuesta para todo –señalé.

–Pues no –replicó, y dio vueltas a uno de sus anillos–. Lo hago lo mejor que puedo, dadas las circunstancias.

–¿Y cómo lo llevas? –pregunté.

Levantó la vista y me miró.

–Pues ya sabes –respondió–. Depende del día.

Sonreí.

–Me gustan tus anillos –dije, señalando sus manos con la cabeza–. ¿Son idénticos?

–Más o menos. Pero no –se sacó el de la mano izquierda y me lo pasó–. Son algo así como un «antes y después». Rolly los hizo para mí. Su padre es joyero.

El anillo era pesado, de plata gruesa.

–¿Lo hizo él?

–El anillo no –dijo–. Lo que está grabado en el interior.

–Oh –incliné el anillo ligeramente y miré en su cara interna. Allí, en mayúsculas, con una letra muy elegante, decía: «JÓDETE»–. Muy bonito –comenté.

–Menuda clase, ¿eh? –dijo. Hizo una mueca–. Éste fue antes del arresto. Yo estaba un poco…

–¿Enfadado?

–Pues sí. Este otro lo hizo cuando terminé el curso de control de la agresividad –sacó el dedo del otro anillo y me

168

lo puso cerca de la cara. Con el mismo tipo de letra, y del mismo tamaño, decía–: «O NO».

Me reí.

–Por supuesto –le dije, devolviéndole el anillo–. Siempre es bueno saber cuáles son tus opciones.

–Exacto.

Luego me sonrió y sentí que volvía a ponerme colorada, pero no por vergüenza ni nerviosismo, sino por otra sensación totalmente distinta. Una que nunca pensé que sentiría junto a Owen Armstrong. Nunca. Pero una voz rompió el momento.

–¡Annabel!

Miré a mi derecha: era Mallory. En algún momento de esta conversación había aparecido en la ventanilla de Owen, donde ahora sonreía ampliamente mientras saludaba:

–¡Hola!

–Hola –saludé.

Le hizo un gesto a Owen para que abriera la ventanilla y él obedeció, bajándola muy despacio y claramente a disgusto. En cuanto el espacio fue lo suficientemente grande, metió la cabeza.

–¡Ay, chica, me encanta tu camisa! ¿Es de Tosca?

Miré hacia abajo.

–Puede ser –respondí–. Me la compró mi madre.

–¡Qué suerte tienes! Me encanta Tosca. Es mi tienda favorita en el mundo entero. ¿Vas a entrar?

–¿Entrar? –pregunté.

–En casa. ¿Te quedas a cenar? ¡Sí, tienes que quedarte a cenar!

–Mallory –le dijo Owen, frotándose la cara–. Por favor, deja de dar gritos.

Ella lo ignoró e introdujo la cabeza un poco más.

–Podría enseñarte mi cuarto –propuso, abriendo mucho los ojos de excitación–. Y mi vestidor, y podría enseñarte…

–Mallory –insistió Owen–, apártate del coche.

–¿Te gusta mi conjunto? –me preguntó. Dio un paso atrás para que pudiera verlo: camiseta blanca lisa, una chaquetilla corta, jeans con los bajos enrollados y botas brillantes de suela gruesa. Dio una vuelta y volvió a meter la cabeza por la ventanilla–. Está inspirado en Nicholls Lake; es mi cantante favorita ahora mismo. Es totalmente punk.

Owen dio un respingo y su cabeza chocó contra el reposacabezas.

–Nicholls Lake –dijo bajando la voz– no es punk.

–Sí lo es –insistió Mallory–. Y, ¿ves? ¡Hoy yo también soy punk!

–Mallory, ya hemos hablado de esto, ¿recuerdas? ¿No hemos hablado de la verdadera definición de punk? –preguntó Owen–. ¿Es que no has escuchado el CD de Black Flag que te di?

–Era demasiado ruidoso –contestó–. Además, ni siquiera se puede cantar la letra. Nicholls Lake es mejor.

Owen respiró hondo y se estremeció.

–Mallory –le dijo–. Si pudieras…

Justo entonces, una mujer alta y morena que imaginé que sería la madre de Owen, apareció en la puerta de la casa, llamándola. Mallory le lanzó una mirada de enojo.

–Tengo que entrar –anunció, y luego se inclinó aún más, de forma que su cara estaba a sólo unos centímetros de la de Owen–. Pero vendrás otro día, ¿no?

–Claro –le respondí.

–Adiós, Annabel.

–Adiós.

Sonrió, se enderezó y se despidió agitando la mano. Yo le devolví el saludo y la vimos subir las escaleras y andar por el camino, volteando para mirarnos cada dos o tres pasos.

–¡Anda! –exclamé–, así que es punk, ¿eh?

Owen no me contestó. En lugar de eso, lo oí respirar hondo varias veces.

–¿Te está dando una neura? –le pregunté.

–No. Es sólo que estoy enojado. No sé qué le pasa. Yo creo que es algo propio de las hermanas. Te pueden volver loco.

–La historia de mi vida –le dije.

Otro silencio. Cada vez que llegaba uno, me decía que esta vez iba a levantarse y marcharse, y esto se terminaría. Y cada vez tenía menos ganas de que eso ocurriera.

–Dices eso a menudo, ¿sabes?

–¿Qué?

–«La historia de mi vida.»

–Lo dijiste tú primero.

–Ah, ¿sí?

Asentí.

–Aquel día. Detrás de la escuela.

–Oh –se quedó callado un momento –. ¿Sabes?, si lo piensas bien, es una cosa rara. Cuando lo dices, se supone

171

que lo que quieres decirle a la otra persona es que la entiendes, ¿no? Pero, en el fondo, no es eso. Es como si le estuvieras indicando a la otra persona que lo que está diciendo no tiene nada de particular.

Lo pensé mientras un par de chicos con patines pasaban a toda velocidad junto a nosotros, con los palos de jóquey sobre los hombros.

–Sí –acabé admitiendo–, pero también se puede mirar al revés. Como si estuvieras diciendo: «Por muy mal que te vayan las cosas, me puedo identificar contigo».

–Ah –dijo–. Estás insinuando que te puedes identificar conmigo.

–No, para nada.

–Qué bien –se rio, y volteó la cabeza para mirar por la ventanilla. Por un instante lo vi de perfil, y recordé todos esos días en que lo había estudiado de lejos.

–Bueno –admití–. Tal vez un poco.

Volteó otra vez, me miró, y volví a sentirlo. Otra pausa, lo bastante larga como para que me preguntara qué estaba pasando exactamente. Luego abrió la puerta.

–Bueno –dijo–, mmm, gracias otra vez por traerme.

–De nada. Te debía una.

–No –señaló–, no me debías nada –se liberó del asiento–. Nos vemos mañana.

–Sí. Nos vemos.

Salió, cerró la puerta, agarró la mochila y empezó a subir las escaleras. Me quedé observándolo hasta que entró.

Puse el coche en marcha y toda la tarde me pareció extraña, irreal. Tenía la cabeza llena de cosas, demasiadas para empezar a entenderlas, pero al conducir, de repente, noté algo que me estaba molestando: el CD se había detenido y no había música. Probablemente antes no me habría dado cuenta, pero ahora que notaba el silencio, si bien no era ensordecedor, resultaba molesto. No estaba segura de qué significaba eso. Aun así, estiré la mano y puse la radio.

9

La Bella y la Bestia. La extraña pareja. Shrek y Fiona. Había que reconocer su mérito a los inventores de rumores: durante las siguientes semanas se les ocurrieron muchos nombres para nosotros y para cualquier cosa que hiciéramos en el muro a la hora de comer. En mi opinión, era más difícil de definir. No estábamos saliendo, de ninguna manera, pero tampoco éramos desconocidos. Como tantas cosas, nos encontrábamos en algún lugar enmedio.

En cualquier caso, había varias cuestiones claras. En primer lugar, que nos sentábamos juntos. En segundo, que yo siempre le daba lata porque no comía nada –me había confesado que se gastaba en música el dinero del almuerzo de todos los días– antes de que yo compartiera con él lo que hubiera traído. Y en tercero, que discutíamos. Bueno, no era exactamente discutir. Digamos, mejor, *dialogar*.

Al principio, sólo sobre música, el tema favorito de Owen, sobre el que tenía opiniones más claras. Cuando me mostraba de acuerdo con él, era brillante e iluminada. Y cuando no, tenía el peor gusto musical del mundo. Normalmente, nuestros diálogos más intensos tenían lugar los primeros días de la semana, cuando hablábamos de su programa, que ahora escuchaba fielmente cada domingo a

174

primera hora. Resultaba difícil creer que antes me pusiera demasiado nerviosa como para decirle lo que pensaba. Ahora, en cambio, me salía de forma natural.

–¡Estás bromeando! –me dijo un lunes, meneando la cabeza–. ¿No te gustó la canción de Baby Bejesuses?

–¿Ésa no era la que estaba todo el tiempo con tonos de teléfono?

–No era toda así –contestó indignado–. Había otras cosas.

–¿Como qué?

Me miró un segundo, con la mitad de mi sándwich de pollo en la mano.

–Como –replicó, y dio un bocado, lo que quería decir que estaba ganando tiempo. Después de dedicarse a masticar y a tragar, siguió– que los Baby Bejesuses son innovadores en su género.

–Pues entonces deberían ser capaces de componer una canción usando algo más que un teclado del teléfono a modo de tonos.

–Eso –dijo, apuntándome con el sándwich–, es Leng-I. Cuidado.

Leng-I quería decir *lenguaje insultante*. Y al igual que R y R y comodín, se habían incorporado a mi vocabulario habitual. Si pasabas el suficiente tiempo con Owen, tenías una tutoría gratis en control de la agresividad.

–Mira –le respondí–, ya sabes que no me gusta la música tecno. Así que, bueno, tal vez sería mejor que dejaras de preguntarme qué opino sobre canciones tecno.

–¡Eso es una generalización horrible! –replicó–. ¿Cómo puedes descartar un género por completo? Estás sacando conclusiones antes de tiempo.

–No –respondí.

–¿Pues entonces cómo lo llamas?

–Ser sincera.

Me miró un momento. Y luego, con un suspiro, dio otro mordisco al sándwich.

–Bueno –dijo, masticando–. Pasemos a otra cosa. ¿Y qué te parece la canción de *thrash metal* de los Lipswitches?

–Demasiado ruidosa.

–¡Tiene que ser ruidosa! ¡Es *thrash metal*!

–No me importaría el ruido si tuviera otras cosas buenas –le expliqué–. Pero suena como si alguien se hubiera puesto a ver cuánto es capaz de gritar.

Se metió en la boca el último bocado.

–O sea que nada de tecno y nada de *thrash metal* –dijo–. ¿Y qué queda entonces?

–Pues todo lo demás.

–Todo lo demás –repitió despacio, no muy convencido–. Bueno, muy bien, ¿y qué te parece la última canción que puse, la del *glockenspiel*?

–¿*Glockenspiel*?

–Sí, la de Aimee Decker. Había un contrabajo y al principio cantaban al estilo tirolés y luego…

–¿Al estilo tirolés? –interrumpí–. ¿Eso es lo que era?

–¿Qué pasa? ¿Ahora tampoco te gusta *lo tirolés*?

Y vuelta a empezar. A veces nos apasionábamos, pero nunca tanto como para que se nos fuera de las manos. La verdad era que me apetecía pasar ese rato de la comida con Owen, mucho más de lo que nunca hubiera confesado.

Entre nuestras charlas sobre los inicios del punk, las *big bands* y el *swing*, y las cuestionables cualidades de la música tecno, cada vez lo iba conociendo mejor. Ahora sabía que, aunque siempre le había encantado la música, en la época en que sus padres se divorciaron hacía año y medio, fue cuando se obsesionó, como él mismo lo definió. Al parecer, la ruptura había sido bastante desagradable, con acusaciones por ambos lados. La música –me contó– fue una vía de escape. Todo lo demás estaba cambiado o llegaba a su fin, pero la música era un recurso vasto, infinito.

–Básicamente –me explicó un día–, cuando ellos dejaron de hablarse, yo me quedé atrapado en medio, haciendo de mensajero. Y, claro, siempre era el *otro* el terrible y desconsiderado. Si estaba de acuerdo, la había fastidiado, porque alguien se ofendía. Pero si no estaba de acuerdo, también parecía que elegía un bando. No había forma de ganar. Fue horrible. A partir de allí comencé a meterme en la música, escuchando las cosas más raras. Si nadie lo conocía, nadie podía decirme cuál debía ser mi opinión al respecto. No había ni verdad ni mentira –se puso más cómodo y ahuyentó a una abeja que volaba a su alrededor–. Además, más o menos por esa época había empezado a escuchar una estación de radio universitaria, la KXPC de Phoenix. En ella, un tipo que tenía un programa muy tarde los fines de semana... ponía cosas de lo más raras, como música tribal, o punk totalmente *underground,* o cinco minutos enteros de un grifo goteando. Y otros estilos así.

–¿Un grifo goteando? –pregunté, asintiendo–. ¿Y eso es música?

–Obviamente no para todo el mundo –contestó, lanzándome una mirada. Yo sonreí–. Pero ahí estaba la cuestión. Era un territorio nuevo, por descubrir. Empecé a anotar las cosas que tocaba y a buscarlas en las tiendas de discos y en internet. Eso me dio algo en lo que concentrarme fuera de lo que ocurría en casa. Además, me resultaba bastante práctico para no oír los gritos en el piso de abajo.

–¿En serio? ¿Gritos?

Se encogió de hombros.

–No fue tan malo. Pero a los dos les dieron varias neuras. Aunque, la verdad, el silencio era peor.

–¿Peor que los gritos?

–Mucho peor –dijo, asintiendo con la cabeza–. Mira, en una discusión al menos sabes qué es lo que está pasando. O tienes una idea. El silencio es… Puede ser cualquier cosa. Es tan…

–Tan ensordecedor… –terminé por él.

Me señaló con un dedo.

–Exactamente.

Así que Owen odiaba el silencio. En su lista de cosas que no le gustaban se encontraban la crema de cacahuate (demasiado seca), los mentirosos (se entiende) y la gente que no da propinas (al parecer, repartir pizzas no estaba muy bien pagado). Y ésas eran las cuestiones que conocía hasta el momento. Tal vez fuera a causa de su paso por el curso de control de la agresividad, pero Owen era muy franco a la hora de decir qué cosas le molestaban.

–¿Y tú no? –me preguntó un día, cuando se lo mencioné.

–No –dije–. Bueno, supongo que sobre algunos aspectos sí.

–¿Qué cosas te enojan?

Instintivamente lancé una mirada a Sophie, que estaba en su banco, hablando por el celular. Y en voz alta dije:

–La música tecno.

–Ja, ja, ja –dijo–. En serio.

–No sé –le di un pellizco a la corteza del sándwich–. Mis hermanas, supongo. A veces.

–¿Y qué más?

–No se me ocurre nada –contesté.

–¡Por favor! ¿Esperas que crea que las únicas cosas que te molestan son tus hermanas y un tipo de música? ¡Cómo no! ¿No eres humana?

–Tal vez –le expliqué–. No siento tanta agresividad como tú.

–Nadie siente tanta agresividad como yo –replicó, sin inmutarse–. Eso es un hecho. Pero incluso a ti tiene que enojarte algo de verdad.

–Seguramente. Es sólo que... no se me ocurre en este momento –puso cara de incredulidad–. Además, ¿qué quieres decir con que no hay nadie con tanta agresividad como tú? ¿Qué me dices de tu curso?

–¿Qué pasa con eso?

–Bueno –dije–, ¿no se trataba de que dejaras de estar enfadado?

–El propósito de los cursos no es que dejes de estar enfadado.

–¿No?

Meneó la cabeza.

–No. Enfadarse es inevitable. Lo que se persigue en los cursos es ayudarte a controlar esa agresividad. Expresarla de forma más productiva que, por ejemplo, pegarle a alguien en un estacionamiento.

Al principio lo dudaba, porque no lo conocía, pero Owen siempre era igual de directo. Si le hacías una pregunta, te respondía. Durante una temporada lo había puesto a prueba y le había pedido opinión sobre varias cosas, como mi ropa («No es tu mejor color», me dijo sobre una blusa color melocotón), su primera impresión de mí («Demasiado perfecta y totalmente inaccesible») y el estado de su vida amorosa («Actualmente no existe»).

–¿Hay algo que no dirías? –le pregunté un día por fin, después de que me hubiera contestado que, aunque mi nuevo corte de pelo estaba bien, le gustaba más largo–. Lo que sea.

–Tú me has preguntado qué pensaba –replicó, mientras agarraba una papa frita de la bolsa que estaba entre los dos–. ¿Por qué me lo preguntas, si no quieres que sea sincero?

–No estoy hablando de mi pelo. Digo en general –me miró indeciso y se metió una papa en la boca–. En serio. ¿Piensas alguna vez: «Tal vez sería mejor no decir esto, tal vez no sería lo correcto»?

Caviló durante un momento.

–No –dijo por fin–. Ya te lo he dicho. No me gustan los mentirosos.

–Pero no hablo de mentir, sino de no decir algo.

–¿Te parece que hay alguna diferencia?

–La hay –contesté–. Mentir es engañar activamente. Lo otro es simplemente no decir algo en voz alta.

–Sí, pero –replicó, tomando otra papa– sigues participando en un engaño. En el engaño a ti misma, ¿no?

Me quedé mirándolo y pensé en lo que acababa de decir.

–No lo sé –dije despacio.

–De hecho –continuó–, es peor que mentir, si lo piensas bien. Hombre, al menos podrías decirte la verdad. Si no puedes confiar en ti misma, ¿en quién puedes hacerlo, eh?

Nunca habría sido capaz de decírselo, pero Owen me inspiraba. Las mentiras piadosas que yo decía a diario, las cosas que me guardaba, cada vez que no era sincera del todo... Ahora me daba cuenta de eso. También era consciente de lo bien que me sentía al ser capaz de decirle a alguien lo que pensaba de veras. Aunque sólo fuera sobre música.

Un día, a la hora de comer, Owen dejó su mochila en el muro, enmedio de los dos, abrió la cremallera y sacó un montón de CD.

–Toma –dijo, empujándolos hacia mí–. Para ti.

–¿Para mí? –pregunté–. ¿Qué es?

–Una panorámica –explicó–. Iba a hacer más, pero la grabadora no funcionaba bien. Así que sólo he podido grabarte unos cuantos.

Para Owen, «unos cuantos» CD quería decir diez, por lo visto. Al mirar los primeros, vi que cada uno tenía un título: *Hip hop auténtico, Cánticos y canciones de marineros (varios), Jazz tolerable, Cantantes auténticos cantando de verdad,* y que por detrás estaban los títulos de las canciones escritos en mayúscula con muy buena letra. Se me ocurrió que, seguramente, eran resultado de la discusión agitada sobre el rock alternativo que habíamos tenido el día anterior, cuando Owen decidió que, tal vez, mis conocimientos musicales eran tan «escasos y patéticos» (sus palabras) debido a mi falta de exposición a la música.

181

Y aquí estaba su remedio: una introducción personalizada, dividida en capítulos.

–Si de verdad te gusta alguno de ellos –dijo–, puedo darte más. Ya sabes, cuando estés lista para profundizar.

Tomé el montón y fui pasando el resto de los títulos. Había uno de *country,* otro titulado *La invasión británica* y otro de *folk.* Cuando llegué al último, vi que la portada estaba vacía, exceptuando dos palabras: *Sólo escucha.*

Instantáneamente desconfié, me resultó sospechoso.

–¿Es tecno? –le pregunté.

–No puedo creer que hayas pensado eso –replicó, ofendido–. Chica.

–Owen –dije.

–No es tecno.

Me quedé mirándolo.

–La cuestión es –explicó, mientras yo sacudía la cabeza– que todos los demás son listas por estilo, por género. Una educación musical, si quieres. Deberías escucharlos primero. Y luego, cuando hayas terminado y creas que estás lista, realmente preparada, puedes poner éste. Es un poco más… raro.

–De acuerdo –respondí–. Ahora sí que desconfío oficialmente.

–Puede ser que lo odies con toda tu alma –admitió–. O no. Quizá sea la respuesta a todas las preguntas de la vida. Eso es lo bonito, ¿sabes?

Volví a mirarlo y examiné la portada.

–*Sólo escucha* –dije.

–Sí. No pienses, ni juzgues. Sólo escucha.

–Y luego, ¿qué?

–Y luego –contestó– puedes sacar tus conclusiones. Es lo justo, ¿no?

Y la verdad es que a mí también me lo parecía. Ya fuera una canción, una persona o una historia, muchas cosas no se conocían con sólo un capítulo, una mirada o parte de un estribillo.

–Sí –dije, devolviéndolo al fondo del montón–. De acuerdo.

–Grace –dijo mi padre, volviendo a mirar una vez más su reloj–. Es hora de irse.

–Ya lo sé, Andrew. Estoy casi lista –mi madre pasó corriendo por la cocina, agarró el bolso y se lo colgó en el hombro–. Bueno, Annabel, ahí dejo dinero para que pidan una pizza esta noche, y mañana pueden cocinar lo que quieran. Acabo de hacer la compra, así que hay de todo, ¿de acuerdo?

Asentí, mientras mi padre se removía junto a la puerta.

–Y ahora, ¿dónde he puesto las llaves?

–No las necesitas –dijo mi padre–. Conduzco yo.

–Pero mañana voy a estar todo el día en Charleston, y también la mitad del lunes, mientras tú estás en junta –replicó, dejando el bolso otra vez y rebuscando en su interior–. Puede ser que necesite salir un rato del hotel.

Mi padre, que según mis cálculos llevaba veinte minutos esperando en la puerta abierta de la cochera, se apoyó contra el dintel dejando escapar un hondo suspiro. Era sábado por la mañana y mis padres debían haber salido hacía rato hacia Carolina del Sur, a pasar un fin de semana largo con motivo de una importante conferencia sobre arquitectura.

—En ese caso podrías usar las mías —sugirió mi padre, pero ella lo ignoró y empezó a sacar cosas del bolso y a colocarlas en la mesa: la cartera, un paquete de clínex y el celular—. Grace, vamos.

Ella no se movió. Cuando mi padre le propuso este viaje, se lo había vendido como una gran escapada a una de sus ciudades favoritas. Mientras él estuviera en sus juntas, ella podría ir de compras y darse una vuelta por la ciudad, y por las noches irían a cenar a los mejores restaurantes y disfrutarían estando solos. A mí me había sonado muy bien, pero mi madre tenía sus dudas; no estaba segura de querer dejarnos a Whitney y a mí solas. Especialmente desde la semana anterior, cuando Whitney había empezado a asistir a un grupo nuevo de terapia que la tenía de peor humor que de costumbre. En contra de su voluntad y con una «pirada», según decía ella.

—Whitney, por favor —le dijo mi madre una noche durante la cena, cuando salió el tema por primera vez—. El doctor Hammond cree que este grupo podría ayudarte muchísimo.

—El doctor Hammond es un idiota —replicó Whitney. Mi padre le lanzó una mirada, pero si ella lo vio, lo ignoró—. Conozco a gente que ha trabajado con esa mujer, mamá. Está como una cabra.

—Me parece difícil de creer —dijo mi padre.

—Créelo. Ni siquiera es psiquiatra de verdad. Muchos de los doctores de mi programa piensan que está pirada. Sus métodos no son nada ortodoxos.

—¿Y eso por qué? —preguntó mi padre.

–El doctor Hammond –explicó mi madre, y esta vez Whitney puso cara de hastío al oír su nombre– cree que esta mujer, Moira Bell, ha hecho grandes progresos con muchos de sus pacientes, precisamente por tener un enfoque distinto.

–Sigo sin entender qué tiene de distinto esta mujer –dijo mi padre.

–Hace muchos ejercicios prácticos –le explicó mi madre–. No se limita a sentarse y hablar.

–¿Quieres un ejemplo? –Whitney dejó el tenedor en el plato–. Janet, esta chica que conozco del hospital, tuvo que aprender a hacer fuego cuando estaba en el grupo de Moira Bell.

Mi madre pareció confundida.

–¿Hacer fuego?

–Sí. Moira le dio dos palos y su tarea consistía en frotarlos hasta que lograra hacer fuego. Cosa que fue capaz de hacer después de mil intentos.

–¿Y cuál era exactamente el propósito de este ejercicio? –preguntó mi padre.

Whitney se encogió de hombros y volvió a tomar el tenedor.

–Janet dijo que tenía algo que ver con ser autosuficiente. También me dijo que Moira Bell estaba loca.

–Sí que suena diferente –confirmó mi madre. Parecía preocupada, como si estuviera imaginándose a Whitney quemando la casa.

–Sólo digo una cosa –dijo Whitney–: va a ser una pérdida de tiempo.

–Dale una oportunidad –le dijo mi padre–. Y luego decides.

Pero era evidente que la decisión estaba tomada, al menos a juzgar por cómo transcurrió el resto de la noche: sus típicos ataques verbales, sus suspiros y sus malas caras, sólo que más frecuentes de lo normal. Al día siguiente, después de asistir a la sesión del grupo como estaba previsto, llegó a casa del peor humor hasta la fecha. Ya había ido dos veces y, aunque todavía no había quemado la casa, mi madre seguía nerviosa. Y yo, un poco, también, pues al fin y al cabo era la que me quedaba con ella.

Pero mi padre sentía que ya era hora de confiar en Whitney y darle algo más de responsabilidad. Nunca sería independiente si mi madre no dejaba de vigilarla, dijo, y sólo se iban dos días. Incluso había consultado al doctor Hammond, quien apoyaba la iniciativa. De todas formas, mi madre no estaba convencida, y por eso ahora perdía el tiempo, rebuscando de nuevo entre las cosas que llevaba en el bolso mientras mi padre miraba el reloj.

—No lo entiendo —explicó, abriendo el bolso aún más—. Anoche las tenía y no sé dónde pueden haber ido a…

Justo entonces oí cerrarse la puerta principal. Un momento después, apareció Whitney con sus pantalones de yoga, camiseta y tenis, con el pelo recogido en una coleta. En una mano llevaba una bolsa de Casa y Jardín. En la otra, las llaves de mi madre.

—¡Ah! —exclamó mi padre, acercándose a mi madre—. Misterio resuelto —agarró el bolso y metió dentro todo lo que había sobre la mesa—. Vámonos, antes de que perdamos algo más.

Por fin se marcharon, y por la ventana de la cocina observé cómo partían. Lo último que vi fue a mi madre,

186

volteando la cabeza para mirar hacia la casa mientras se alejaban.

En cuanto se fueron, empujé la silla hacia atrás, me levanté, y luego miré a Whitney, que se estaba enredando con lo que había comprado, y mantenía el ceño fruncido mientras examinaba el contenido de la bolsa.

–Bueno –dije–, parece que estamos las dos solas.

–¿Qué? –preguntó, sin levantar la vista siquiera.

A mi alrededor, la casa parecía vacía. Silenciosa. Iba a ser un fin de semana muy largo.

–Nada –le aclaré–. Olvídalo.

Afortunadamente tenía otras cosas que hacer, además de ser ignorada por mi hermana. Bueno, una cosa.

La Pasarela de Otoño del centro comercial Lakeview se celebraba el fin de semana siguiente, y aquella tarde tenía que ir a una reunión para hablar sobre los horarios de los ensayos. Cuando llegué a Kopf, estaban en plena locura típica de los sábados, incluida la visita de una cantante de pop llamada Jenny Reef, que se encontraba de promoción con Mooshka Surfwear, precisamente. El departamento de adolescentes se hallaba lleno de niñas y la fila llegaba hasta la sección de lencería, mientras una canción de pop muy animada sonaba sin cesar por un altavoz cercano.

–¡Annabel!

Me di la vuelta y allí estaba Mallory Armstrong. Me mostraba una gran sonrisa y venía hacia mí a grandes pasos, aunque andaba con torpeza debido al póster, al CD y a la cámara que llevaba. Detrás de ella, a un ritmo más tranquilo, venía su madre, a quien reconocí del día en que llevé a Owen a su casa.

–¡Hola! –dijo Mallory–. No lo puedo creer. ¿También te gusta Jenny Reef?

–Mmm –contesté, mientras otro grupo de chicas pasaba a nuestro lado para ponerse a la fila–, la verdad es que no. He venido a una reunión…

–¿Para lo del desfile?

–Sí –confirmé–, justamente. Es el fin de semana que viene.

–La Pasarela de Otoño. ¡Ya lo sé! Estoy deseando verla, pienso venir –dijo–. ¿Puedes creer que Jenny Reef está aquí de verdad? ¡Me ha firmado el póster!

Lo desenrolló para que pudiera verlo. Y allí estaba Jenny Reef, con una imagen surfera y californiana, posando en una playa. A un lado había una guitarra clavada en la arena, y al otro, una tabla de surf. Debajo de la imagen, escrito con rotulador negro, decía: «Para Mallory. Surfea conmigo y con Mooshka Surfwear. Besos, Jenny».

–¡Vaya! –exclamé, mientras su madre se acercaba a nosotras–. Qué lindo.

–¡Y me han regalado un disco y una foto! –siguió Mallory, dando saltitos sobre los talones–. Quería comprarme también una camiseta de Mooshka, pero…

–Pero ya tienes mil camisetas –concluyó su madre. Al mirarla, veía de dónde había sacado Owen su estatura: era más alta que yo, con el pelo oscuro recogido en la nuca; llevaba jeans y un suéter de punto. Lancé una mirada rápida a los zapatos y vi que no eran puntiagudos. Me pregunté si serían veganos–. Hola –me dijo–. Soy Teresa Armstrong. ¿Y tú?

–¡Mamá! –Mallory meneó la cabeza–. Es Annabel Greene, no puedo creer que no la hayas reconocido.

–Lo siento –se disculpó la señora Armstrong–. ¿Debería conocerte?

–No –le aclaré.

–Sí –le explicó Mallory, volteando hacia a su madre–. Annabel sale en el anuncio de Kopf, ése con el que estoy totalmente obsesionada.

–Ah –dijo su madre, sonriendo educadamente–. Ya.

–Y es amiga de Owen. *Muy* amiga.

–¿En serio? –preguntó la señora Armstrong, que pareció sorprendida. Me sonrió–. Bueno. Me alegro.

–Annabel va a salir en el desfile de modelos del fin de semana que viene, ése del que te hablé –explicó Mallory. A mí me dijo–: A mamá no le gusta mucho la moda. Pero estoy intentando educarla.

–Y yo –dijo la señora Armstrong con un suspiro– intento que Mallory se interese por cosas más importantes, en lugar de los cantantes y la ropa.

–Parece complicado –le dije.

–Casi imposible –se colgó el bolso un poco más alto–. Pero hago lo que puedo.

–¡Hola, compradores de Kopf! –atronó una voz que salía de unos altavoces–. Gracias por venir a nuestra presentación exclusiva de Jenny Reef, patrocinada por Mooshka Surfwear. Los invitamos a presenciar dentro de unos minutos, a la una en punto, la interpretación de Jenny en su último sencillo, *Tranquila,* en el Café Kopf, situado junto a la sección de caballeros. ¡Nos vemos allí!

–¿Has oído eso? ¡Va a tocar! –Mallory agarró la mano de su madre–. *Tenemos* que quedarnos.

–No podemos –le explicó la señora Armstrong–. Hemos quedado a la una y media en el Centro Femenino, para la reunión de grupo.

–Mamá –gimió Mallory–. Por favor, hoy no. ¿Por favor?

–Tenemos un grupo de madres e hijas –me explicó la señora Armstrong–. Nos reunimos una vez a la semana, seis madres y seis hijas, y hablamos de nuestro desarrollo personal. Lo dirige una profesora de la universidad, del Departamento de Estudios de la Mujer, Boo Connell. Es realmente...

–Aburrido –terminó Mallory–. La semana pasada me quedé dormida.

–Lo que fue una lástima, porque el tema era la menstruación –replicó su madre–. Es una manifestación de muchos cambios y comienzos para las niñas... La charla fue realmente fascinante.

Mallory se quedó boquiabierta.

–¡Mamá! ¡No se te ocurra hablar sobre la regla con Annabel Greene!

–La menstruación no es nada de lo que haya que avergonzarse, cariño –explicó su madre, mientras Mallory se ponía aún más colorada–. Estoy segura de que incluso las modelos la tienen.

Mallory se tapó la cara con la mano.

–Oh –dijo–, Dios mío.

Luego cerró los ojos, como si quisiera desaparecer, o tal vez estaba fingiendo haber desaparecido ya.

–Tengo que irme –anuncié, mientras la voz hablaba de nuevo por los altavoces–. Bueno, encantada de conocerla.

–Igualmente –respondió la señora Armstrong.

Sonreí a Mallory, que seguía con la expresión mortificada.

–Nos vemos –me despedí.

Mallory asintó.

–Bueno. Adiós, Annabel.

Me dirigí a la sala de conferencias. Sólo había dado un par de pasos cuando oí a Mallory sisear a su madre:

–Mamá, no me puedo creer que me hayas hecho eso.

–¿Qué?

–*Humillarme* de esa manera –respondió Mallory–. Me debes una disculpa.

–Cariño –dijo la señora Armstrong con un suspiro–. Realmente no entiendo cuál es el problema. Tal vez si...

No pude oír el resto, pues estaba pasando junto al departamento de cosméticos, donde un grupo de mujeres se sometía a un cambio de imagen, y sus voces lo ahogaban todo. Cuando llegué a la sala de conferencias, me di la vuelta y vi que Mallory y su madre seguían donde las había dejado. La señora Armstrong estaba agachada delante de su hija y escuchaba, asintiendo ocasionalmente, mientras Mallory hablaba.

En el interior de la sala oí a la señora McMurty pidiendo silencio, pues era la hora de comenzar. De todas formas, me quedé donde estaba hasta que la señora Armstrong se levantó por fin y se dirigió a la salida seguida por Mallory. Ésta no parecía especialmente contenta, pero cuando al cabo de un momento su madre buscó su mano, ella no la retiró. Al revés, la tomó con fuerza y aceleró el paso mientras caminaban juntas hacia la puerta.

Cuando llegué a casa aquella tarde, Whitney se hallaba sentada en los escalones de la entrada. Había cuatro macetas pequeñas alineadas frente a ella, con una bolsa de tierra al lado. Sostenía una pala pequeña en una mano y tenía una expresión de enojo.

—Hola —saludé a la vez que iba hacia ella—. ¿Qué haces?

Al principio no me contestó, abrió la bolsa de tierra y metió la pala. Pero luego, cuando pasaba a su lado para dirigirme a la puerta, me dijo:

—Tengo que plantar hierbas.

Me detuve en seco.

—¿Hierbas?

—Sí —agarró tierra de la bolsa y la dejó caer en una de las pequeñas macetas, derramando un poco por los lados—. Para mi estúpido grupo de terapia.

—¿Por qué hierbas?

—Ve tú a saber —llenó otra maceta, con el mismo poco cuidado, y luego se limpió la cara—. Para esto le pagan mamá y papá ciento cincuenta dólares a Moira Bell, para que me diga que siembre una maldita planta de romero —tomó un montón de sobrecitos de semillas que tenía cerca del pie, y los fue pasando—. Y albahaca. Y orégano. Y tomillo. Dinero bien empleado, ¿no te parece?

—Me parece un poco raro.

—Porque lo es —replicó, mientras agarraba más tierra para la tercera maceta—. También es una estupidez y una pérdida de tiempo, y no va a funcionar. Estamos casi en invierno. Las plantas no crecen en invierno.

—¿Y se lo dijiste?

–Lo intenté. Pero no le importa. No le importa nada, excepto asegurarse de que quedes del asco –echó tierra en la última maceta e hizo que se tambaleara, pero no se cayó–. «Puedes tenerlas dentro», me explicó toda contenta. «Busca una ventana soleada.» Sí, claro. Se me van a morir en cuestión de días. E incluso aunque no se mueran, ¿qué diablos se supone que voy a hacer con un montón de hierbas?

La observé mientras agarraba el sobrecito de semillas de albahaca, lo rasgaba, y echaba unas semillas en la mano.

–Bueno –dije–, las puedes usar para cocinar, o algo así.

Había estado a punto de plantarlas, pero ahora levantó la vista con una expresión neutra, imposible de interpretar.

–Cocinar –repitió–. Ajá.

Noté que me ponía colorada. De nuevo, había conseguido decir algo equivocado, incluso cuando no creía estar diciendo nada de particular. Afortunadamente, empezó a sonar el teléfono dentro de la casa y fui a contestar, agradecida de tener una razón para cerrar la puerta entre las dos.

Cuando llegué a la cocina, ya se había activado el contestador. Se oyó un pitido y luego la voz de Kirsten.

–¿Hola? –preguntó, hablando alto, como siempre–. ¿Hay alguien ahí? Soy yo, contesten si están ahí... Pero bueno, ¿dónde está todo el mundo? Y eso que tenía buenas noticias...

Tomé el auricular.

–¿Qué buenas noticias? –pregunté.

–¡Annabel! ¡Hola! –su voz saltó un par de octavas, en marcado contraste con el más monótono de Whitney. Me senté y me puse cómoda; si los mensajes de Kirsten eran largos, encontrarse al teléfono con ella podía durar toda la tarde–. Me alegro de que estés en casa. ¿Cómo estás?

–Bien –respondí, mientras movía la silla un poco a la derecha. Al mirar a través del comedor, vi a Whitney sacudiendo semillas en las macetas, con la frente arrugada por la concentración–. ¿Cómo te va a ti?

–Fabuloso –claro, como siempre–. ¿Te acuerdas de esa clase de cine de la que te hablé? ¿La que estoy tomando este semestre?

–Sí –contesté.

–Bueno –continuó–, pues hemos tenido que rodar un corto de cinco minutos para la evaluación de mitad de semestre. Y sólo escogen dos para una velada a la que asiste todo el mundo. ¡Han elegido el mío!

–¡Genial! –exclamé–. Enhorabuena.

–Gracias –se rio–. Tengo que decirte una cosa: ya sé que es algo de clase nada más, pero estoy emocionada. Esta clase, y la otra de comunicación… Bueno, la verdad es que han cambiado totalmente mi forma de ver las cosas. Como dice Brian, estoy aprendiendo a contar, pero también a mostrar. Y…

–Un momento –la detuve–. ¿Quién es Brian?

–El instructor de mi curso de comunicación. Ayuda al profesor a dar las sesiones y dirige el grupo de prácticas en el que participo los viernes. Es increíble, super listo, chica. Bueno, pues estoy muy orgullosa de esto, pero ahora tengo que salir ahí y presentarlo el fin de semana que viene delante de todo el mundo. Estoy tan nerviosa que no te imaginas.

–¿Nerviosa? –de todos los adjetivos que podría usar para describir a mi hermana, éste nunca habría sido uno de ellos–. ¿Tú?

–Pues sí –confirmó–. Annabel, tengo que hablar sobre mi película delante de gente desconocida.

–Antes salías a desfilar delante de gente desconocida –le recordé–. Incluso en traje de baño.

–Ah, eso es distinto –aclaró.

–¿Por qué?

–Porque eso es... –se interrumpió y suspiró–. Esto es personal. Algo real. ¿Sabes?

–Sí –respondí, aunque no estaba segura de saberlo de verdad–. Supongo.

–Bueno, pues es dentro de una semana. Así que mándame energía positiva, ¿de acuerdo?

–Claro –le dije–. Y... ¿de qué se trata?

–¿Mi corto?

–Sí.

–Bueno, es difícil de explicar... –señaló justo antes de lanzarse a ello, claro–: Básicamente es sobre mí. Y sobre Whitney.

Volví a mirar a Whitney, que estaba afuera rasgando otro sobrecito de semillas, y me pregunté cómo reaccionaría ella ante esto.

–Ah, ¿sí?

–Bueno, es ficción, por supuesto –aclaró–. Pero está basado en la época en que éramos niñas, y en una ocasión en que salimos con las bicis y ella se rompió el brazo. ¿Te acuerdas? Tuve que llevarla a casa montada en el manubrio.

Pensé un momento.

–Sí –dije–, ¿no fue en…?

–Tu cumpleaños –replicó–. Tu noveno cumpleaños. Papá se perdió la fiesta por llevarla al hospital. Volvió con el yeso justo a tiempo para el pastel.

–Es verdad –estaba empezando a recordar todo–. Me acuerdo de eso, ahora que lo dices.

–Bueno, pues básicamente trata de eso. Pero con alguna diferencia. Es difícil de explicar. Puedo mandártelo por correo electrónico, si quieres. Todavía lo estoy retocando, aunque podrías hacerte una idea.

–Me encantaría verlo –la animé.

–Pero si es terrible tienes que decírmelo.

–Estoy segura de que no lo es.

–Supongo que lo descubriré el sábado –suspiró–. Bueno, tengo que irme. Sólo se los quería contar. ¿Todo bien por ahí?

Volví a mirar a Whitney. Había puesto otra capa de tierra en las macetas y agarró una manguera para regarlas. Cuando las gotas empezaron a salpicarla puso cara de enojo.

–Sí –contesté–, todo va bien.

Después de colgar oí cómo se abría la puerta principal. Un momento más tarde, al pasar por la entrada, vi que Whitney alineaba sus macetas en la ventana del comedor. Me quedé en el umbral, mirando cómo las colocaba en el alféizar, en una fila ordenada, y limpiaba los bordes con los dedos. Cuando terminó, se levantó y se puso en jarras.

–Bueno –dijo–. Todo esto para nada.

–O no –sugerí yo.

Me miró y me pregunté si iba a decirme algo o a dirigirme uno de sus comentarios sarcásticos.

–Ya veremos –señaló; dejó caer los brazos y se dirigió a la cocina.

Cuando abrió el grifo y empezó a lavarse las manos, me acerqué a la ventana para mirar las macetas. La tierra era oscura y fragante, con manchitas de fertilizante, y vi algunas gotas de agua aquí y allá, brillando al sol. Tal vez era un ejercicio estúpido y posiblemente las plantas no crecieran en invierno. Pero había algo que me gustaba en la idea de que estas semillas, enterradas tan hondo, tuvieran al menos una oportunidad de salir. Incluso aunque no pudiera mirar bajo la superficie, imaginaba cómo las moléculas estaban uniéndose y también cómo la energía empujaba despacio hacia arriba, mientras algo luchaba en solitario para crecer.

10

Aquella tarde mi madre ya había dejado dos mensajes: uno para hacernos saber que habían llegado al hotel y otro recordándome dónde había dejado dinero para la pizza, su forma sutil de asegurarse de que cenábamos (o sea, de que Whitney cenaba).

Mensaje recibido, pensé mientras me dirigía a la cocina. El dinero estaba sobre la mesa con una lista de varias pizzerías. Una cosa parecía clara: mi madre estaba preparada para todo.

—¿Whitney? —la llamé. No hubo respuesta. Lo que no quería decir que no estuviera, sino que probablemente no tenía ganas de contestar—. Voy a pedir una pizza. ¿Te parece bien de queso?

Otro silencio. Bueno, me dije. Pues de queso. Elegí un número al azar y marqué.

Después de pedir, fui a mi cuarto y me dispuse a escuchar los discos que me había grabado Owen, empezando por el titulado *Canciones de protesta (acústicas e internacionales)*. Escuché tres seguidas sobre sindicatos antes de quedarme dormida; me desperté sobresaltada al oír el timbre de la puerta.

Me senté en la cama justo cuando Whitney pasaba por delante de mi cuarto y bajaba pesadamente las escaleras en dirección a la puerta. Después de lavarme los dientes, la seguí. Cuando llegué al vestíbulo estaba junto a la puerta abierta, que me bloqueaba la visión tanto de ella como de la persona que se hallaba al otro lado. Pero podía oír sus voces.

–… No tanto el último, más bien los primeros discos –decía ella–. Tengo un par de fuera que me dio un amigo, son buenísimos.

–¿En serio? –respondió otra voz, más grave, de chico–. ¿De Gran Bretaña o de otro sitio?

–Creo que de Gran Bretaña. Pero tendría que mirarlo.

Tal vez fuera porque acababa de despertarme, pero algo me resultaba familiar en esta escena, aunque no sabía exactamente qué.

–¿Cuánto te debo? –preguntó Whitney.

–Once con ochenta y siete –contestó el chico.

–Aquí tienes veinte. Cóbrate quince.

–Gracias.

Di otro paso. Ahora estaba segura de conocer esa voz.

–Lo que pasa con Ebb Tide –continuó– es que hay que agarrarles la onda.

–Cierto –dijo Whitney.

–La mayoría de la gente ni siquiera…

Llegué a la puerta y, sí, era Owen. Estaba sobre el tapete de la entrada de mi casa, con los audífonos colgando del cuello, contando billetes de un dólar en la mano de mi hermana. Ella asentía y lo miraba con una expresión mucho más agradable de las que me venía dedicando a mí, digamos, en el último año. Cuando me vio, Owen sonrió.

–¿Ves? –le explicó a Whitney–, aquí tenemos un ejemplo. A Annabel no le gusta Ebb Tide. De hecho, odia el tecno.

Whitney me miró y luego miró de nuevo a Owen, confundida.

–Ah, ¿sí?

–Sí. Pese a mis esfuerzos por convencerla de lo contrario –confirmó–. Es muy obstinada, cuando se decide por algo. Totalmente sincera y dogmática. Pero supongo que ya lo sabes.

Whitney se me quedó mirando y supe lo que estaba pensando: que yo no era así, para nada. A mí tampoco me pareció del todo cierto, pero su incredulidad me molestó.

–Bueno –dijo, y se inclinó hacia la bolsa de plástico que había dejado en el suelo. Abrió la cremallera y sacó un cartón de pizza–. Aquí tienen. Buen provecho.

Whitney asintió, sin dejar de mirarme, y yo la tomé.

–Gracias –se despidió Whitney–. Buenas noches.

–Igualmente –respondió Owen mientras Whitney se daba la vuelta y se dirigía a la cocina a través del comedor.

Yo me situé en el centro de la puerta abierta y observé a Owen mientras se guardaba el dinero en el bolsillo y agarraba la bolsa. Llevaba jeans y una camiseta roja que decía: ¡MUCHO QUESO! De todos los números de pizzerías que me había dejado mi madre, había tenido que llamar a ése. ¿Quién lo hubiera dicho? Pero tuve que admitir que me alegraba de verlo.

–A tu hermana –me explicó– le gusta Ebb Tide. Tiene discos de importación.

–¿Y eso es bueno?

–Muy bueno –replicó–. Es casi de persona iluminada. Los discos de importación suponen un esfuerzo.

–¿Hablas de música con todo el que te encuentras?

–No –contestó. Me quedé mirándolo. A mi espalda, oí que Whitney ponía la tele.

–Bueno, no siempre. En este caso, tenía los audífonos puestos y me preguntó qué estaba escuchando.

–Y resulta que es un grupo que conoce y le encanta.

–Ahí está la universalidad de la música –me dijo alegremente, mientras se pasaba la bolsa al otro brazo–. Establece lazos. Une a la gente. Amigos y enemigos. Viejos y jóvenes. Tu hermana y yo. Y…

–Tu hermana y tú –terminé por él–. Y tu madre.

–¿Mi madre? –preguntó.

–Me la he encontrado hoy en el centro comercial. En el acto de Jenny Reef.

Puso mala cara.

–¿Fuiste a ver a Jenny Reef?

–Me encanta Jenny Reef –contesté, y él hizo una mueca–. Es mucho mejor que Ebb Tide.

–Eso –me explicó en tono serio– no tiene ni pizca de gracia.

–¿Qué tiene de malo Jenny Reef? –le pregunté.

–¡Todo! –exclamó. Allá vamos, pensé–. ¿Has visto el póster que le firmó a Mallory? ¿Haciendo publicidad en el autógrafo? Vamos, es horroroso que alguien se considere un artista y luego se venda en cuerpo y alma a la máquina corporativa en nombre de…

–Bueno, bueno, cálmate –le expliqué, pensando que sería mejor confesar antes de que le estallara la vena del cuello–. No fui a ver a Jenny Reef. Tenía una reunión para el desfile de Kopf.

Suspiró, meneando la cabeza.

–¡Menos mal! Por un momento me habías preocupado.

–¿Y eso de que en la música no hay verdadero o falso? –le pregunté–. ¿O eso no cuenta para las estrellas de pop adolescente?

–Sí cuenta –contestó secamente–. Tienes derecho a tu propia opinión sobre Jenny Reef. Pero me darías un disgusto si de verdad te gustara.

–Pero, ¿le has dado una oportunidad? Recuerda –le dije, levantando la mano–. No pienses ni juzgues. *Sólo escucha.*

Hizo una mueca.

–Claro que he escuchado a Jenny Reef. No voluntariamente, pero la he oído. Y, en mi opinión, sólo busca publicidad y ha permitido que su música, si se le puede llamar así, esté al servicio del materialismo y de las grandes corporaciones.

–Bueno –lo animé–. Mientras no te lo tomes muy en serio...

De repente oí un zumbido grave. Sacó su celular del bolsillo trasero y miró la pantalla.

–La siguiente está lista, me tengo que ir –dijo él, poniéndose la bolsa debajo del brazo–. Ya sé que te encantaría, pero no puedo quedarme toda la noche a hablar contigo de música.

–¿No? –le pregunté.

–No –se apartó de la puerta–. Pero si quieres continuar esta conversación en otro momento, estaré encantado.

–¿Como por ejemplo el martes?

–Bien –empezó a bajar las escaleras. Asentí.

–Hasta luego, Owen.

–¡Y que no se te olvide el programa mañana! –me recordó por encima del hombro de camino al coche–. Va a ser todo de tecno. Una hora entera de grifos goteando.

–¿Estás bromeando?

–A lo mejor. Tendrás que escucharlo para averiguarlo.

Sonreí y me quedé allí, mirándolo, mientras entraba en el coche. Antes de arrancar, encendió la radio. Típico.

Cuando llegué a la sala, Whitney se encontraba sentada en el sofá, bebiendo agua mineral. La pizza estaba sobre la mesa. No dijo nada, tenía los ojos clavados en la tele, donde se veía a una actriz que había tenido problemas con la cocaína. Tomé un plato y un trozo de pizza y me senté a la mesa de la cocina.

–¿Vas a...? –comencé, y luego me interrumpí–. ¿No tienes hambre?

No apartó la vista de la televisión y dijo:

–Dentro de un rato.

Bueno, pensé. A mi madre no le haría gracia; pero mi madre no estaba. Y yo me moría de hambre. En cuanto di un bocado, Whitney le quitó el volumen a la tele y me preguntó:

–¿De qué conoces a ese chico?

–Va a mi escuela –respondí, y tragué. Me estaba observando, así que añadí–: Somos amigos.

–Amigos –repitió.

Pensé en la sonrisa sorprendida de la señora Armstrong al oír la misma palabra, hacía unas horas.

–Sí –le expliqué–. A veces comemos juntos.

Ella asintió.

–¿También es amigo de Sophie?

203

–No –respondí. No sabía la razón, pero inmediatamente me puse en guardia y pensé por qué me preguntaría eso. Incluso por qué estábamos hablando, ya que llevaba todo el día resistiendo mis intentos de conversación. Pero luego recordé su cara cuando Owen me había descrito como una chica sincera, vi que fue una sorpresa para ella, y añadí–: Últimamente, Sophie y yo no somos muy amigas.

–Ah, ¿no?

–No.

–¿Qué ha pasado?

¿A ti qué te importa?, quise responder. Pero en vez de eso, dije:

–Nos peleamos la primavera pasada. La cosa no terminó bien… La verdad es que no nos hablamos.

–Oh –dijo.

Bajé la vista hacia el plato y me pregunté por qué había decidido, de repente, contarle esto precisamente a Whitney. Me parecía un error y esperaba que dijera algo desagradable o antipático, pero no lo hizo. En vez de eso, volvió a encender la tele y, al cabo de un momento, subió el volumen.

En la pantalla, la actriz contaba su historia y se secaba las lágrimas con un pañuelo de papel. Pasé mi mirada de la pantalla a Whitney, que estaba sentada en el sillón de mi padre. ¿Quién hubiera dicho que le gustaba Ebb Tide, que tenía discos de importación y que posiblemente, al menos en opinión de Owen, era una iluminada? Por otro lado, no es que ella supiera mucho de mí. Tal vez podríamos haber remediado esto durante el fin de semana, pero no lo hicimos. En lugar de eso, nos quedamos allí sentadas, juntas pero en realidad separadas, mirando un programa sobre una desconocida y todos sus secretos, mientras nos guardábamos los nuestros para nosotras, como siempre.

A la mañana siguiente, Owen comenzó su programa con una canción tecno que duró, sin mentir, ocho minutos y medio. Durante todo ese tiempo no paré de decirme a mí misma que tenía todo el derecho a volver a dormirme, pero por algún motivo no fui capaz de hacerlo.

–Eso ha sido Prickle con *Velveteen* –dijo cuando al fin terminó–. De su segundo trabajo, *The burning*, probablemente uno de los mejores discos de tecno de la historia. Difícil de creer que haya gente a la que no le gusta esta música, ¿verdad? Estás escuchando *Control de la agresividad*. ¿Tienes alguna petición? Llámanos al 555-WRUS. Aquí viene Snakeplant.

Puse cara de hastío, pero no me dormí. En vez de eso, escuché el programa entero, como ya tenía por costumbre últimamente. Owen puso algo de *rockabilly*, cantos gregorianos y una canción en español que describió como «similar a Astrid Gilberto y, sin embargo, totalmente distinto». Significara lo que significara. Por fin, en los últimos momentos, justo antes de las ocho, oí las primeras notas de una canción que me resultó conocida. Aunque no estaba segura de lo que era, hasta que Owen volvió a hablar.

–Han escuchado *Control de la agresividad*, en su emisora de radio comunitaria, WRUS, 89.9. Y hoy vamos a terminar con una dedicatoria de larga distancia para una

205

oyente habitual, a quien nos gustaría decirle: «No te avergüences de la música que te gusta. Incluso si, en nuestra humilde opinión, no parece música en absoluto. Sabemos por qué fuiste ayer al centro comercial. ¡Hasta la semana que viene!»

Sólo entonces la reconocí: era la canción de Jenny Reef, la que habían tocado sin parar el día anterior en el centro comercial. Cuando empezó, me incorporé y tomé el teléfono.

—WRUS, radio comunitaria.

—No fui al centro comercial a ver a Jenny Reef –dije–. Ya te lo expliqué ayer.

—¿Estás disfrutando la canción?

—Pues mira, sí –le contesté–. Es mejor que casi todo lo que has puesto hoy.

—Muy graciosa.

—Lo digo en serio.

—Ya lo sé –me contestó–. Y es muy triste, la verdad.

—Casi tan triste como que hayas puesto a Jenny Reef en tu programa. ¿Qué es esto: «Todas las canciones, nada de tostones»?

—¡Se supone que era irónico!

Sonreí y me pasé un mechón de pelo detrás de la oreja.

—Sí, claro, como que me lo voy a creer.

Suspiró audiblemente.

—Ya está bien de Jenny Reef. Contéstame esto: ¿qué te parece tocino?

—¿Tocino? –repetí–. ¿Qué canción es ésa?

—No es una canción. Es comida. ¿No conoces el tocino? ¿Panceta de cerdo? ¿Que chisporretea al freírlo?

Me separé el teléfono de la oreja, lo miré incrédula y volví a colocar el auricular en su sitio.

–¿Qué dices? ¿Te apetece? –estaba preguntándome.

–¿Qué? –pregunté.

–Desayunar.

–¿Ahora mismo? –pregunté, mirando el reloj.

–¿Qué pasa? ¿Tienes otros planes a estas horas?

–Bueno, no, pero…

–¡Genial! Te paso a buscar dentro de veinte minutos.

Y colgó. Coloqué el teléfono en su base y me di la vuelta para mirarme en el espejo del tocador. Veinte minutos, pensé. Bueno. En diecinueve minutos y medio había conseguido bañarme, vestirme y salir a la puerta de mi casa, donde estaba esperando cuando Owen paró en el camino de entrada. Whitney seguía dormida, así que me ahorré dar explicaciones que, por otra parte, no tenía. Mientras me acercaba al coche, Rolly, que se encontraba sentado delante, abrió la puerta y salió.

–Te acuerdas de Rolly, ¿no? –preguntó Owen.

–Sí –contesté, a la vez que él me saludaba con una inclinación de cabeza–. Pero no tienes que cambiarte de sitio. Puedo sentarme atrás.

–No me importa –me dijo él–. Además, he de comprobar que tengo todo el equipo para después.

–¿Qué equipo? –pregunté al entrar en el coche. Owen me hizo un gesto para que me abrochara el cinturón, y dejé que lo cerrara con el martillo.

–Para trabajar. Tengo una clase hoy –explicó Rolly. Cuando me di media vuelta, vi que tenía en la mano el mismo casco rojo que llevaba la primera vez que lo vi. Y en el asiento había rodilleras, hombreras y todo tipo de protecciones: algunas parecidas a las que llevan los árbitros, otras con forma de tubo, y unos guantes gruesos–. Es nivel intermedio. Tengo que protegerme bien.

–Ah –dije, mientras Owen se echaba de reversa para salir del camino de entrada a mi casa–. ¿Y cómo has conseguido un trabajo así?

–Como la mayoría de la gente –contestó–. Respondí un anuncio. Al principio ayudaba en la secretaría, contestando el teléfono y apuntando a la gente para las clases. Pero un tipo se lesionó en la ingle y se marchó, así que me ascendieron a atacante.

–O te degradaron –añadió Owen–, según se mire.

–¡Oh, no! –protestó Rolly, meneando la cabeza. Me di cuenta de que era muy guapo de cara. Mientras que Owen era alto y ancho, con mucha más pinta de atacante, Rolly era más bajito y fibroso, con ojos azul intenso–. Atacar es mucho mejor que el papeleo.

–¿Sí? –le pregunté.

–Claro. Mira, por un lado es emocionante –explicó–. Y, por otro, conectas con la gente a un nivel personal. Une mucho eso de que te den una paliza.

Le lancé una mirada a Owen, que estaba cambiando de velocidad con una mano y ajustando el volumen con la otra.

–Puedes mirarme todo lo que quieras –me explicó, con la mirada al frente–. No pienso comentar nada al respecto.

–La lucha une a la gente –me aclaró Rolly–. De hecho, muchas de las chicas de la clase se acercan luego a darme un abrazo. La gente conecta conmigo. Me ha pasado muchas veces.

–Pero sólo una –añadió Owen– que importara de verdad.

Rolly suspiró.

–Es cierto –dijo–. Muy cierto.

–¿Y eso qué quiere decir? –le pregunté.

–Rolly está enamorado de una chica que le dio un puñetazo en la cara –explicó Owen.

–No fue en la cara –lo corrigió Rolly–, sino en el cuello.

–Al parecer –continuó Owen–, tiene una derecha demoledora.

–Fue impresionante –confirmó Rolly–. Estaba en una exhibición, en el centro comercial. Teníamos una mesa y la gente podía apuntarse a un sorteo para asistir a una clase gratis y atacarme, por diversión.

Owen puso las intermitentes y meneó la cabeza.

–Bueno –siguió Rolly–, pues ella vino con unas amigas, y Delores, mi jefa, empezó a soltarles el rollo de las clases y los invitó a atacarme. Sus amigas no querían, pero ella se acercó inmediatamente. Me miró a los ojos y ¡bum! Directo a la clavícula.

–Pero llevabas protección, ¿no? –pregunté.

–¡Claro! –dijo él–. Soy un profesional. Pero aun así, incluso a través de la protección, se nota cuando alguien tiene buen golpe. Y esta chica lo tenía. Además, era guapísima. Una combinación letal. Pero antes de que pudiera decirle algo, me sonrió, me dio las gracias y se marchó. Desapareció. Así de fácil. Ni siquiera sé cómo se llama.

En ese momento nos incorporamos a la autopista y ganamos velocidad.

–¡Vaya! –exclamé–. Qué historia.

–Sí –me confirmó, asintiendo con expresión solemne. Colocó las manos sobre el casco que llevaba sobre las rodillas–. Lo sé.

Owen bajó la ventanilla y respiró hondo.

–Sí, señor –dijo–. ¡Ya casi llegamos!

Miré a mi alrededor; no se veía más que la autopista.

–¿Dónde estamos?

–Dos palabras –contestó Owen–: tocino doble.

Cinco minutos más tarde entrábamos en el estacionamiento de El Mundo de las Tortitas, un lugar pegado a la autopista donde servían desayunos las veinticuatro horas del día. Así que les gusta el desayuno, pensé.

El aire cambió de dirección y de repente lo olí: tocino. El aroma era intenso, cargado e ineludible.

–Madre mía… –dije mientras nos acercábamos. Owen y Rolly respiraron hondo.

–Genial, ya lo sé –afirmó Owen–. Antes no era así. Bueno, tenían tocino, sólo que no a este nivel. Pero entonces abrió un sitio nuevo al otro lado de la carretera…

–El Café Matutino –explicó Rolly, arrugando la nariz–. Nada del otro mundo. Las tortitas siempre estaban blandas… Y tuvieron que ser más competitivos. Así que ahora todos los días son Tocino Doble –dio un paso adelante para abrirme la puerta–. Genial, ¿no?

Asentí y entré. Lo primero que noté fue que el olor era aún más fuerte, si es que eso era posible. Y, lo segundo, que en la sala, pequeña y atestada de mesas y cubículos, hacía un frío polar.

–Vaya –dijo Owen cuando vio que me había cruzado de brazos para mantener el calor–. Se me olvidó advertirte del frío. Toma –se quitó la chaqueta que llevaba y me la dio. Empecé a protestar, pero me dijo–: Lo tienen así de frío para que la gente no se quede mucho tiempo.

Créeme; si ahora tienes frío, en diez minutos estarás congelada. Tómala.

Y lo hice. Me quedaba enorme, claro, y las mangas me cubrían las manos completamente. Me la ajusté bien mientras seguíamos a una camarera alta y delgada hasta una mesa junto a la ventana. En su gafete de identificación decía: «Deann». Detrás de nosotros, una mujer le daba el pecho discretamente a su bebé, con la cabeza agachada. Al otro lado había una pareja, más o menos de nuestra edad, comiendo tortitas, ambos con ropa deportiva. La chica tenía el pelo rubio y llevaba una liga en la muñeca, mientras que el chico era alto y más moreno; bajo la manga de la camiseta se veía la parte inferior de un tatuaje.

–Te recomiendo las tortitas con trocitos de chocolate –me sugirió Rolly después de que Deann nos trajera café y nos dejara para que estudiáramos la carta–. Con mucha mantequilla y miel. Y tocino.

–¡Puaj! –exclamó Owen–. Yo voy a lo básico: huevos, tocino y tostada. Listo.

El cerdo parecía ser obligatorio, así que cuando volvió Deann pedí una tortita con tocino. Aunque no estaba segura de que eso fuera lo que quería; me parecía que ya había comido un plato entero sólo con respirar.

–¿Vienen todas las semanas? –pregunté, antes de dar un sorbo al vaso de agua.

–Sí –asintió Owen–. Desde el primer programa. Es una tradición. Y Rolly paga siempre.

–Eso no es tradición –dijo Rolly–. Es porque perdí una apuesta.

–¿Durante cuánto tiempo tienes que pagar?

–Para siempre –contestó–. Tuve mi oportunidad y la perdí. Y ahora me toca pagar. Literalmente.

–No es para siempre –aclaró Owen, dando golpecitos en su vaso de agua con la cuchara–. Sólo hasta que hables con ella.

–¿Y cuándo va a ocurrir eso? –preguntó Rolly.

–La próxima vez que la veas.

–Sí –dijo con pesadumbre–. La próxima vez.

Miré a Owen.

–La chica del derechazo –explicó–. En julio la vimos en un club. Era la primera vez que nos la encontrábamos. Y Rolly no había parado de hablar de ella desde que lo noqueó…

Rolly se puso colorado.

–Sí he parado.

–… y ahí se presentó su oportunidad –terminó Owen–. Pero no fue capaz de actuar.

–Lo que pasa –explicó Rolly– es que yo creo en el momento perfecto. Y no ocurre tan a menudo.

Aquel pensamiento profundo quedó subrayado, o interrumpido, según se mire, por la llegada de Deann con la comida. No había visto tanto tocino en mi vida; estaba amontonado alrededor de la tortita, desbordando, literalmente, el plato.

–Así que ahí estaba yo –contó Rolly, mientras untaba las tortitas con mantequilla–, intentado encontrar una manera de entrarle, cuando de repente se le cae el suéter del respaldo de la silla. Como si fuera el destino, ¿sabes? Pero me quedé paralizado. No fui capaz.

212

A mi lado, Owen ya se había metido una tira de tocino en la boca y la estaba masticando mientras echaba pimienta a los huevos.

–La cuestión es –continuó Rolly– que cuando por fin tienes la oportunidad de hacer lo que más deseas, resulta que es demasiado. Te puede entrar un miedo tremendo.

Me pasó la miel; la tomé y rocié con ella la tortita.

–Ya me imagino –señalé.

–Por eso –siguió Owen– le dije que si recogía el suéter y hablaba con ella, lo invitaría a desayunar para siempre. Y si no lo hacía, le tocaría pagar a él.

Rolly dio otro bocado a sus tortitas.

–La verdad es que me levanté y fui hacia ella. Pero entonces se dio la vuelta y yo…

–Se quedó helado –dijo Owen.

–Me entró el pánico. Me vio, me puse nervioso y seguí andando. Y ahora tengo que pagar los desayunos de por vida. O hasta que hable con ella, lo que es poco probable porque no la he vuelto a ver desde entonces.

–¡Vaya! –exclamé–. Qué historia.

Asintió apesadumbrado, igual que había hecho en el coche.

–Sí –me confirmó–. Lo sé.

Cuando nos marchamos, una hora después, no quedaba nada de tocino y me sentía tan llena que creí que iba a estallar. En el coche agarré el cinturón de seguridad y lo crucé hacia el anclaje. Dejé que Owen lo introdujera en su sitio y luego tomó el martillo de nuevo. Mientras martillaba, sus manos estaban junto a mi cintura y su cabeza agachada cerca de mi hombro. Contemplé su pelo oscuro, las pecas cerca de la oreja, las largas pestañas, pero enseguida terminó y se apartó.

Todo el camino de vuelta fui observando a Rolly desde el retrovisor mientras se ponía las protecciones para su trabajo: primero la pieza más grande en el pecho, luego los tubos en los brazos y las piernas. Iba haciéndose cada vez más corpulento y menos reconocible. Se estaba colocando el casco justo cuando llegamos al centro comercial donde se encontraba el gimnasio ¡AutoDefensa!

–Gracias por traerme –dijo. Abrió la puerta y se deslizó hasta el suelo. Las protecciones de las piernas eran tan gruesas que tenía que andar con pasos cortos y torpes y con los brazos extendidos–. Luego te llamo.

–De acuerdo –le gritó Owen.

De camino a casa, con el paisaje borroso tras la ventanilla, recordé aquel primer día y lo extraño que me había parecido encontrarme a solas con él. Ahora era casi normal. Afuera, el barrio estaba en calma; se oía el sonido de unos cuantos aspersores, un hombre en bata caminaba torpemente hacia la entrada de su casa a recoger el periódico y, entonces, recordé lo que había dicho Rolly sobre el momento perfecto. De repente, éste parecía ser uno de ellos, el instante adecuado para decirle algo a Owen. Para darle las gracias, tal vez, o sólo para que supiera lo mucho que su amistad había significado para mí durante las últimas semanas. Pero cuando estaba reuniendo valor para decir algo, se me adelantó.

–Bueno. ¿Has escuchado alguno de los discos que te grabé?

–Sí –contesté, mientras entrábamos en mi calle–. La verdad es que empecé ayer con las canciones de protesta.

–¿Y?

–Me quedé dormida –confesé. Hizo una mueca–. Pero estaba muy cansada. Lo intentaré otra vez y te cuento.

–No hay prisa –me animó, mientras se estacionaba delante de mi casa–. Estas cosas requieren su tiempo.

–Y tanto. Me has dado un montón de discos.

–Diez –precisó–, no son muchos. Unas meras nociones.

–Owen, son más o menos ciento cuarenta canciones, como mínimo.

–Si quieres una verdadera educación musical –continuó, ignorándome– no puedes esperar sentada a que la música venga a buscarte. Tienes que ir tú hacia ella.

–¿Me estás sugiriendo que realice algún tipo de peregrinación?

Yo estaba bromeando. Pero a juzgar por la expresión seria de su cara, él no.

–Podrías llamarlo así –respondió.

–Uy, uy, uy –dije, y me puse más cómoda en el asiento–. ¿Cómo lo llamarías tú?

–Ir a un club a ver a un grupo –contestó–. Un buen grupo. En vivo y en directo. El próximo fin de semana.

Lo primero que me vino a la cabeza fue una pregunta: ¿me estás pidiendo que salgamos? Lo segundo, inmediatamente después, fue que, si se lo preguntaba, me contestaría sinceramente, y no estaba segura de querer oírlo. Si decía que sí, sería... ¿qué? Genial. Y terrorífico. Y si decía que no, me sentiría como una idiota.

–Un buen grupo –repetí, en lugar de eso–. Bueno, ¿según quién?

–Según yo, claro.

–Claro.

Arqueó una ceja.

–Y otros –añadió–. Es el grupo del primo de Rolly.

–¿Son de música…?

–No. No es tecno –respondió secamente–. Son más bien un rock relajado, con canciones originales, un poco gamberros, pero con música sólida y alternativa.

–¡Vaya! –dije–. Menuda descripción.

–La descripción no significa nada. La música es lo que cuenta –explicó–. Y la música te va a gustar. Confía en mí.

–Ya veremos –señalé, y él sonrió–. ¿Y cuándo toca este grupo de rock con canciones originales y un poco gamberro y alternativo?

–El sábado por la noche –contestó–. Es para todos los públicos, en Bendo. Tienen teloneros, así que empezarán como a las nueve.

–Bueno.

–¿Bueno quiere decir que irás?

–Sí.

–Genial.

Sonreí mientras, detrás de él, vi aparecer a Whitney en lo alto de la escalera. Tenía puesto la piyama y estaba bostezando, tapándose la boca con la mano, mientras empezaba a bajar hacia el vestíbulo. Su sombra se proyectaba sobre la pared. Llegó al pie de la escalera, cruzó el comedor y se agachó junto a sus macetas en el ventanal de la fachada. Al cabo de un momento, alargó la mano para tocar la tierra de una de ellas y giró otra para que la luz le diera por el otro lado. Luego se sentó sobre los talones, con las manos en el regazo, y las contempló. Miré a Owen, que también la estaba observando, y me pregunté que le parecería la escena. Desde fuera, tenía que resultar muy distinto a lo que era de verdad. Si avanzáramos a la siguiente casa veríamos alguna otra cosa, otra imagen, otra historia. Ésta ni siquiera era la mía, pero por alguna razón quise contarla de todas formas.

–Son hierbas –le dije a Owen–. Las plantó ayer. Forman parte de su terapia, por así decirlo.

Él asintió.

–Me dijiste que estaba enferma. ¿Qué le pasa? Si no te importa que te pregunte.

–Tiene un trastorno alimenticio –respondí.

–Ah.

–Ya está mucho mejor –continué. Y era cierto. De hecho, la anoche anterior vi cómo se comía dos pedazos de pizza. Mucho más tarde que yo y sólo después de retirarles cualquier asomo de grasa y de cortarlos en mil pedazos minúsculos, sí. Pero se los comió, y eso era lo que contaba.

–Bueno, cuando nos enteramos fue horrible. El año pasado estuvo una temporada en el hospital.

Los dos la observamos mientras se ponía de pie y se retiraba un mechón de pelo de la cara. Me pregunté si, de repente, le parecería distinta, como si esta información la hiciera diferente para él. Estudié su expresión, pero era imposible saberlo.

–Seguramente fue muy difícil –señaló, mientras ella se daba la vuelta para rodear la mesa del comedor–. Verla pasar por una cosa así.

Cuando Whitney atravesó el arco que daba a la cocina, desapareció. Un segundo más tarde, volví a verla justo por delante de la mesa. Siempre se me olvidaba eso. Desde el exterior parecía que podía contemplarse todo, pero había ciertas partes que quedaban fuera de la vista, escondidas.

–Sí –le confesé–. Fue horrible. Tuve mucho miedo.

–Esta vez no me di cuenta de que estaba diciendo la verdad. No sentí ese momento en el que me anticipaba al salto, atreviéndome a ser sincera. Simplemente había ocurrido. Owen se volteó para mirarme y tragué saliva. Luego, como me ocurría tantas veces cuando me dedicaba su atención, continué:

–El problema con Whitney –dije– es que siempre ha sido muy reservada. Así que nunca sabemos si le pasa algo. Mi hermana Kirsten es todo lo contrario: el tipo de persona que siempre da demasiada información. Cuando Kirsten tiene algún problema, te enteras incluso aunque no quieras. Mientras que a Whitney hay que sacárselo. O averiguarlo de alguna otra manera.

Owen volvió a mirar hacia la casa, donde Whitney había vuelto a desaparecer.

–¿Y tú? –preguntó.

–¿Yo qué?

–¿Cómo saben si te pasa algo?

No lo pueden saber, pensé, pero no lo dije. No podía decirlo.

–No lo sé –respondí–. Eso tendrías que preguntárselo a ellos.

Una camioneta grande pasó a nuestro lado y levantó un montón de hojas que estaban amontonadas junto a la banqueta. Mientras caían revoloteando delante del parabrisas, miré hacia la casa y vi que Whitney volvía a subir las escaleras con una botella de agua en la mano. Esta vez miró hacia fuera. Cuando nos vio, redujo un momento el paso antes de continuar hasta el descansillo.

–Tengo que entrar –dije, desabrochándome el cinturón–. Gracias otra vez por el desayuno.

–De nada –contestó Owen–. Que no se te olvide la peregrinación, ¿de acuerdo? El sábado. A las nueve.

–Sí.

Abrí la puerta del coche, salí y la cerré. Mientras rodeaba la parte delantera, Owen encendió el motor y me dijo adiós con la mano. A la mitad del camino que llevaba hacia la puerta principal me di cuenta de que todavía tenía puesta su chaqueta. Me volteé a toda prisa, pero él ya estaba dando vuelta en la esquina y comenzaba a desaparecer, como un borrón azul. Demasiado tarde.

Abrí la puerta principal, entré, me quité la chaqueta y me la colgué del brazo. Había algo pesado en el bolsillo exterior. Metí los dedos hasta rozar un objeto sólido. Incluso antes de sacarlo, ya sabía qué era: el iPod de Owen. Estaba abollado y arañado por todas partes, con la pantalla atravesada por una grieta delgada y los audífonos enrollados. Y a pesar del frío de El Mundo de las Tortitas, ahora lo sentía caliente en la mano.

–¿Annabel?

Me sobresalté y levanté la vista; Whitney estaba en lo alto de las escaleras, mirándome.

–Hola –saludé.

–Te has levantado temprano.

–Sí –dije–. Bueno, es que salí a desayunar.

Puso cara de desconfianza.

–¿A qué hora te fuiste?

–Hace un buen rato –respondí, mientras empezaba a subir las escaleras. Cuando llegué al descansillo se apartó sólo un poco y la rocé al pasar. Oí cómo olisqueaba una vez. Y otra. Tocino, pensé–. Más vale que me ponga a hacer las tareas –le dije, y me fui a mi cuarto.

–Sí –asintió. Pero se quedó donde estaba, observándome, mientras yo cerraba la puerta.

Como nunca había visto a Owen sin su iPod, supuse que se daría cuenta de su ausencia enseguida. Por eso, cuando sonó el teléfono aquella tarde, lo tomé esperando oírlo con todos los síntomas de síndrome de abstinencia musical.

Pero no era Owen; era mi madre.

–¡Annabel! ¡Hola!

Cuando mi madre estaba nerviosa su porcentaje de jovialidad se disparaba. La línea telefónica casi chisporroteaba debido a su alegría forzada.

–Hola –saludé–. ¿Qué tal el viaje?

–Muy bien –respondió–. Ahora mismo tu padre está jugando al golf y yo me acabo de hacer la manicura. Hemos estado muy ocupados, pero pensé que sería mejor llamar. ¿Cómo va todo?

Aquella era su tercera llamada en treinta y seis horas. Pero le seguí el rollo de todas formas.

–Bien –respondí–. No hay mucho que contar.

–¿Cómo está Whitney?

–Bien.

–¿Está por ahí?

–No lo sé –contesté. Me senté y me levanté de la cama, fui hacia la puerta y abrí–. Voy a ver…

–¿Ha salido? –preguntó.

–No estoy segura –dije. Qué pesada, pensé–. Un momento.

Salí al pasillo y me puse el teléfono en el pecho mientras escuchaba. No oí la tele ni ningún otro ruido en el piso de abajo, así que avancé un par de pasos hacia la puerta de Whitney, que se hallaba entornada. Llamé suavemente.

–¿Sí?

Cuando abrí la puerta, me la encontré sentada en la cama, con las piernas cruzadas y escribiendo en un cuaderno que tenía apoyado sobre las rodillas.

–Mamá al teléfono –le anuncié.

Suspiró y me alargó la mano, con la palma hacia arriba. Me acerqué y le pasé el aparato.

–¿Sí? Hola… Sí, estoy aquí… Estoy bien… Todo está bien. No hace falta que llames todo el tiempo, ¿sabes?

Mi madre dijo algo y Whitney se apoyó contra la cabecera de la cama. Mientras ella escuchaba, emitiendo una serie de «mmm-mm» y de «ajás», miré por su ventana. Aunque nuestros cuartos estaban pegados, su vista del campo de golf, donde un hombre con pantalón a cuadros practicaba el *swing*, parecía totalmente distinta a la mía, como si fuera un lugar diferente.

–Sí, bueno –decía ahora, mientras se pasaba una mano para alisarse el pelo. Al mirarla, pensé de nuevo en lo guapa que era; incluso con jeans y una camiseta, sin maquillaje, resultaba espectacular. Tanto que costaba creer que pudiera mirarse a sí misma y ver algo que no le gustara–. Se lo diré… Bueno… Adiós –se quitó el teléfono de la oreja y apretó el botón para apagarlo–. Mamá dice que hasta mañana –me informó–. Regresarán a la hora de cenar.

–Sí –dije, mientras me pasaba el auricular–. Sí, claro.

–Y que podemos hacer espaguetis esta noche o salir a cenar –se echó hacia atrás y dobló las piernas contra el pecho. Después me miró–. ¿Qué quieres hacer?

Dudé, pensando si la pregunta tendría truco.

–Me da igual –respondí–. Espaguetis está bien.

–De acuerdo. Dentro de un rato los hago.

–Muy bien. Te puedo ayudar, si quieres.

–Como quieras –dijo–. Ya lo vemos luego.

Se inclinó hacia delante, agarró un bolígrafo que estaba junto al pie y le quitó la tapa. Vi que la primera página del cuaderno se encontraba rellena con su letra, y me pregunté qué estaría escribiendo. Al cabo de un rato, levantó la vista.

–¿Qué?

–Nada –dije, al darme cuenta de que todavía seguía allí mirándola–. Este… bueno, luego te veo.

Volví a mi cuarto, me senté en la cama y tomé el iPod de Owen. Me parecía extraño, y tal vez no estaba del todo bien, tenerlo allí en mi cuarto, por no mencionar en las manos. De todas formas, desenrollé los audífonos y apreté el botón de encendido. Al cabo de un segundo la pantalla se iluminó. Cuando apareció el menú, hice clic en *Canciones*.

Había 9 987 para elegir. ¡Madre mía!, pensé, y recorrí la lista demasiado deprisa como para leer los títulos. Recordé lo que había dicho sobre que la música tapaba todo lo demás. Eso es lo que había hecho durante el divorcio de sus padres, pero también cada día cuando caminaba por ahí con los audífonos puestos. Diez mil canciones servían para llenar muchos silencios.

Volví al menú e hice clic en «Listas». Apareció otra larga relación: «Programa CD A 12/8, Programa CD A 19/8», «Cánticos (importado)». Y luego: «Annabel».

Llevé el dedo al botón. Pensé que, seguramente, era uno de los CD que me había grabado. Pero de todas formas dudé, igual que me había pasado antes en el coche: queriendo saber, aunque al mismo tiempo sin querer saberlo. Sin embargo, esta vez caí.

Apreté el botón y la pantalla cambió para mostrar una lista de canciones. La primera era *Jennifer,* de un grupo llamado Lipo, que me sonaba de algo. Y estaba *Descartes dream,* de Misanthrope, la segunda canción. Apreté el botón para oírla. Tardé sólo un momento en darme cuenta de que era una de las canciones del primer programa que había escuchado. No que me hubiera gustado, sino que tan sólo la había escuchado. Y sobre la que había hablado con él después.

Estaban todas allí: todas las canciones sobre las que habíamos hablado o discutido, ordenadas cuidadosamente. Los cantos mayas del primer día que me había llevado a casa. *Thank you,* de Led Zeppelin, del día en que lo llevé yo. Demasiado tecno, todas las canciones de *trash metal.* Incluso Jenny Reef. Escuché un poco de cada cosa y pensé en todas las veces que había visto a Owen con los audífonos, preguntándome qué estaría escuchando, y qué estaría pensando. ¿Quién hubiera dicho que tal vez pensara en mí?

Miré el reloj: eran las 4:55. Owen tenía que haberse dado cuenta ya de que le faltaba el iPod. No era tan grave. Pasaría por su casa y se lo devolvería. Fácil.

Pero a mitad de las escaleras oí un golpe, seguido de un «mierda» en voz baja. Cuando asomé la cabeza en la cocina, Whitney estaba metiendo un cazo en el armario.

–¿Todo bien? –le pregunté.

–Bien –se puso de pie y se apartó el pelo de la cara. Delante de ella había un tarro de salsa para pasta, un paquete de espaguetis, una tabla de cortar con un pimiento verde y un pepino, y una bolsa de lechuga–. ¿Vas a salir o algo?

–Mmm –dije–. Será sólo... un momento. A menos que quieras que...

–No, no hace falta.

Agarró el paquete de espaguetis y puso mala cara mientras leía las instrucciones.

–Ah, bueno –asentí–. Entonces volveré a las...

–Es que... –dejó el paquete en la mesa–. No sé qué cacerola tengo que usar para preparar la pasta.

Dejé la chaqueta de Owen sobre la mesa y fui hacia el armario situado cerca del horno.

–Ésta –le dije, sacando la más grande que teníamos y el colador que encajaba dentro–. Así es más fácil colarla después.

–Ah –asintió–. Claro.

Llevé la cacerola al fregadero, la llené de agua y la coloqué sobre el fuego. Noté cómo me observaba mientras lo encendía.

–Va a tardar un poco –le expliqué–. Si lo tapas, hervirá antes.

Ella asintió.

–De acuerdo.

Volví hacia donde había dejado la chaqueta de Owen y me quedé un momento observando cómo tomaba un cazo pequeño y lo colocaba sobre el fuego. Luego abrió el tarro de la salsa y lo echó dentro. Todo lo hacía muy despacio y con mucha concentración, como si estuviera llevando a cabo un experimento nuclear. Lo que tampoco me parecía sorprendente, porque Whitney no cocinaba casi nunca. Mi madre controlaba todas sus comidas, le preparaba los sándwiches e incluso los cereales que tomaba en el desayuno. Me di cuenta de que, si a mí me resultaba raro mirar, para ella tenía que ser aún más raro hacer todo aquello. Especialmente sola.

–¿Quieres que te ayude? –le pregunté cuando sacaba una cuchara del cajón, la metía en la salsa de la pasta y empezaba a darle vueltas cautelosamente–. No me importa.

Durante un momento no dijo nada, y pensé que tal vez la había ofendido. Pero luego, sin voltear, dijo:

–Claro. Bueno, si quieres.

Así que aquella noche, por primera vez desde hacía siglos, preparé la cena con mi hermana. No hablamos mucho, aparte de una o dos preguntas que me hizo –a qué temperatura se ponía el horno para el pan de ajo o cuántos espaguetis hacíamos–, a las que yo contesté –ciento ochenta grados, todos–. Puse la mesa mientras ella preparaba la ensalada a su manera: lenta y metódica. Cortó la verdura con muchísimo cuidado y la colocó por colores en la tabla de cortar. Cuando terminamos, nos sentamos juntas en el comedor. Desde mi silla, eché un vistazo a las macetas que descansaban sobre el alféizar de la ventana.

–Parece que están bien ahí –le dije.

–Me imagino que sí –respondió mientras agarraba la servilleta. Su plato era casi todo ensalada, con un puñadito de pasta, pero no dije nada, aunque sólo fuera porque sabía que mi madre sí lo habría hecho–. Ahora sólo tienen que crecer.

Enrollé unos espaguetis en el tenedor y di un bocado.

–Están muy ricos –le dije–. Perfectos.

–Es pasta –me dijo encogiéndose de hombros–. Es fácil.

–No siempre –puntualicé–. Si no la cueces lo suficiente, se queda dura por dentro. Y si te pasas, se queda blanda. Es difícil agarrarle el punto exacto.

–¿De verdad? –preguntó.

Asentí. Por un momento comimos en silencio. Volví a mirar las macetas y la pista de golf del otro lado, tan verde que parecía irreal.

–Gracias –dijo Whitney.

No sabía si las gracias eran por el cumplido a los espaguetis, o a la ensalada o simplemente por haberme quedado con ella. Tampoco me importaba. Me alegré de aceptarlas, fuera cual fuera la razón.

–De nada –respondí, y ella asintió mientras, afuera, pasaba un coche, que redujo la velocidad a la vez que el conductor nos miraba, antes de continuar su camino.

11

–¡**E**s Annabel!

Ni siquiera había despegado el dedo del timbre de Owen, pero Mallory ya estaba al otro lado. El picaporte se movió y la puerta se abrió de golpe.

Al principio casi no la reconocí. Llevaba una cantidad increíble de maquillaje: polvos, lápiz de ojos y sombra, demasiado colorete y pestañas postizas, una de las cuales se había soltado y se le había pegado en la ceja. También llevaba un vestido negro ajustado, de tubo, y sandalias de tacón altísimo, sobre las que se tambaleaba agarrada al picaporte.

A su alrededor, mirándome fijamente, había cuatro chicas más, todas arregladas y maquilladas: una bajita, de pelo oscuro y con gafas, con un vestido negro y tacones de plataforma; dos pelirrojas idénticas, pecosas, de ojos verdes, ambas con jeans y camisetas recortadas, y una rubia regordeta con un vestido tipo princesa. En el reducido espacio del umbral, el olor a laca resultaba abrumador.

–¡Annabel! –gritó Mallory, dando saltitos. El pelo, que llevaba hacia arriba en una especie de cresta, no se movió–. ¡Hola!

–¡Hola! –dije–. ¿Pero qué llevas…?

Antes de que pudiera terminar de hablar, me agarró la mano y me arrastró adentro.

–¡Chicas! –anunció, mientras las demás retrocedían, sin dejar de mirarme–. Caramba, chicas, ¡es Annabel Greene!, ¿no es increíble?

La rubia con el vestido de princesa me examinó con los labios de color rosa fruncidos.

–Salías en un anuncio.

–¡Claro! –exclamó Mallory. Se ajustó por fin la pestaña–. Es la chica de Kopf. Y una modelo de Lakeview.

–¿Y qué haces aquí? –preguntó una de las pelirrojas.

–Bueno –respondí–, estaba por la zona y…

–Es amiga de mi hermano. Y mía –Mallory me apretó de nuevo la mano; sentí su palma caliente. A mí me dijo–: Has llegado justo a tiempo para nuestra sesión de fotos. ¡Puedes ayudarnos con las poses!

–La verdad es que no puedo quedarme –me excusé–. Pasaba sólo un momento.

Eso era lo que le había dicho a Whitney también, después de cenar. Que tenía que llevarle algo a un amigo y volvería dentro de una hora. Había asentido, aunque me miró con expresión rara, como si se estuviera preguntando si volvería a casa oliendo a tocino.

–¿Te gusta mi modelito? –me preguntó Mallory, haciendo una pose con una mano detrás del cuello y la vista hacia el techo. Se quedó quieta un momento, y luego volvió a su posición normal–. Estamos representando distintos estilos. Yo soy «Elegancia nocturna».

–Nosotras somos «Informal de día» –dijo una de las pelirrojas, plantándose una mano en la cadera. Su hermana, que tenía más pecas, asintió con expresión solemne.

Miré a la chica morena con gafas.

–«Clásico para el trabajo» –murmuró, jalándose del vestido negro.

–Y yo –anunció la rubia, dando vueltas para hacer girar el vestido– soy «Compromiso de fantasía».

–No, señor –dijo Mallory–, eres «Noche formal».

–«Compromiso de fantasía» –insistió la rubia, dando otra vuelta. Y añadió–: este vestido cuesta…

–Cuatrocientos dólares, ya lo sabemos –interrumpió Mallory molesta–. Es una creída, sólo porque su hermana estuvo en su puesta de largo.

–¿Cuándo hacemos las fotos? –preguntó una de las pelirrojas–. Estoy cansada de ser «Informal de día»; quiero ponerme un vestido.

–¡Ahora mismo! –saltó Mallory, encrespada–. Primero tengo que enseñarle mi cuarto a Annabel. Y luego nos puede dar consejos de estilismo.

Empezó a llevarme escaleras arriba y las otras chicas nos siguieron, armando un gran escándalo.

–¿Está Owen? –pregunté.

–Por ahí –dijo mientras subíamos. La chica morena iba a mi lado y me observaba con expresión seria, mientras las otras tres cuchicheaban detrás de mí–. Deberías ver las fotos que hicimos el otro día en casa de Michelle, ¡son geniales! En una yo era «Aire europeo». Estaba fabulosa.

–¿«Aire europeo»?

Asintió.

–Sí, llevaba una boina y una falda escocesa, y posé con una *baguette*. Quedó genial.

–Yo quiero ser «Aire europeo» –dijo la chica de negro–. Este vestido es aburrido. ¿Y por qué siempre te toca a ti ser «Elegancia nocturna»?

–¡Espera un momento! –siseó Mallory mientras llegábamos ante una puerta cerrada. Se puso delante y se agarró las manos llevándoselas al pecho–. Bueno –señaló. La pestaña se le había vuelto a descolgar–. Prepárate para una experiencia total de modelo.

Aquello no pintaba nada bien. Me volví hacia atrás; las chicas no dejaban de mirarme. Volteé hacia Mallory.

–Adelante –dije lentamente.

Giró el picaporte y abrió la puerta.

–Aquí tienes –anunció–. ¿No es increíble?

Y lo era. La pared de enfrente, al igual que las de los lados, estaba cubierta de arriba abajo con fotos de revistas. Una ristra de fotos de modelos, anuncios y famosas. Había rubias, castañas y pelirrojas. Alta costura, vestidos de baile, moda informal, fotos de la alfombra roja. Una enorme cantidad de rostros hermosos de pómulos altos, con una pose así, asá, y de todas las maneras posibles. Había tantas fotos, recortadas y pegadas borde con borde, que no se veía lo que había debajo.

–Bueno –comentó Mallory–. ¿Qué te parece?

La verdad es que resultaba excesivo, incluso antes de que me llevara más cerca para señalar una cara en concreto. Sólo cuando me acerqué más, me di cuenta de que era la mía.

–Mira –señaló–, esto es del calendario Lakeview Models del año pasado, cuando apareciste en abril, posando con los neumáticos. ¿Te acuerdas?

Asentí y me condujo unos pasos a la derecha. Volvió a señalar otra foto. Mientras tanto, las chicas se dispersaron: las pelirrojas se dejaron caer sobre la cama y se pusieron a hojear revistas, mientras que la rubia y la morena

compitieron por ocupar la silla que estaba frente al tocador.

—Y ésta —señaló Mallory, con el dedo cerca de la pared—
es el anuncio de Boca Tan que aparecía en el programa
de un partido de baloncesto al que fui el año pasado en
la universidad. Mira, ahí tenías el pelo más rubio, ¿no?

—Sí —contesté. También tenía un tono ligeramente
anaranjado. Qué raro. Se me había olvidado por completo—. Claro que sí.

Me dio otro jalón y las fotos se volvieron borrosas con
el movimiento, esta vez en dirección contraria. Nos pa-
ramos en el rincón izquierdo.

—Pero ésta es mi favorita. Por eso la tengo junto a la
cama.

Me acerqué más. Era un *collage* de fotos del anuncio
de vuelta al colegio de Kopf: yo con el uniforme de animadora, en el banco, con las chicas detrás de mí, en un
escritorio y del brazo del chico guapo.

—¿De dónde has sacado esas fotos? —le pregunté.

—Son capturas de pantalla —anunció orgullosa—. Grabé
el anuncio en un DVD y luego puse las imágenes en la
computadora. Lindas, ¿eh?

Me incliné sobre ellas y las examiné aún más de cerca,
recordando, como me ocurría cada vez que veía el anuncio, aquel día de abril en que lo había grabado. Yo era
tan distinta entonces; todo era distinto entonces.

Mallory me soltó la mano y se inclinó junto a mí.

—Me encanta ese anuncio —me comentó—. Al principio fue por el traje de animadora, porque este verano me
dio por eso. Pero luego me encantó la ropa y la historia…
O sea, que me parece genial.

–La historia –asentí.

–Sí –se volteó para mirarme–. Ya sabes, eso de que eres esa chica y vas a volver al colegio después de un verano fenomenal.

–Ah –dije–. Claro.

–Al principio es, bueno, todo lo que pasa cuando empieza el curso. Como las animadoras en un partido importante. Y estudiar para los exámenes. Y charlar con todas tus amigas en el patio.

Y charlar con todas mis amigas en el patio, pensé. Sí, seguro.

–Y luego –continuó–, termina con el primer baile, donde estás con el chico más guapo, lo que quiere decir que el final del curso será incluso mejor –suspiró–. Es como si tuvieras esa vida maravillosa e hicieras todas esas cosas que gustan tanto. Todas las cosas que tiene que haber en la escuela. Eres como…

Me volví a mirarla. Su cara estaba pegada a las fotos; no apartaba la vista de ellas.

–La chica que lo tiene todo –concluí, recordando las palabras del director.

Se volvió hacia mí asintiendo.

–Exacto.

Quería decirle, allí mismo, que no era verdad. Que estaba muy lejos de ser la chica que lo tenía todo; que ya ni siquiera me parecía a la chica de las fotos, si es que alguna vez lo había sido. Que nadie tiene una vida así, un momento glorioso detrás de otro; y mucho menos, yo. Que las fotos de cómo había sido de verdad mi vuelta a la escuela serían algo completamente distinto: la bonita boca de Sophie formando una palabrota, Will Cash sonriéndome, yo sola detrás del edificio teniendo arcadas sobre el césped. Ésa había sido mi verdadera vuelta a la escuela. La historia de mi vida.

Oí pasos pesados acercándose por el pasillo, y un suspiro hondo.

—Mallory, ya te lo he dicho, si quieres que les haga fotos, tiene que ser ahora. Tengo que preparar mi programa y no tengo...

Me levanté; Owen estaba en el umbral de la puerta. Al verme puso cara de sorpresa.

—... toda la tarde —terminó—. Hola. ¿Qué haces tú aquí?

—Ha venido a mi fiesta —dijo Mallory.

Owen me miró con desconfianza.

—¿Has venido para esto?

—¿La estás ayudando para la sesión de fotos? —repliqué.

—No —respondió—. Sólo...

—Necesitamos un fotógrafo —me explicó Mallory—, para las fotos de grupo. ¡Y ahora tenemos también una estilista! Es perfecto —dio una palmada—. Vamos, todo el mundo abajo y en posición. Vamos a hacer primero nuestras fotos de grupo y luego pasamos a las individuales. ¿Quién tiene la lista?

La chica morena se levantó de la silla situada frente al espejo y se metió la mano en el bolsillo para sacar un papel doblado.

—Aquí está —exclamó.

—A ver —me dijo Owen mientras Mallory la tomaba—, dime a qué has venido de verdad.

—La moda es mi vida —le contesté—. Ya lo sabes.

Mallory se aclaró la garganta.

–Primero, «Informal de día» –manifestó, señalando a las pelirrojas–, seguidas de «Clásico para el trabajo», «Elegancia nocturna» y «Noche formal».

–«Compromiso de fantasía» –la corrigió la rubia.

–¡Abajo! –ordenó Mallory–. ¡Vamos!

Las pelirrojas se bajaron de la cama y se dirigieron a la puerta, seguidas por la chica morena. La rubia, en cambio, se tomó su tiempo y me lanzó una mirada al pasar.

–Hola, Owen –saludó al pasar a su lado, arrastrando el dobladillo del vestido por la alfombra.

Owen la saludó con una inclinación de cabeza y gesto inexpresivo.

–Hola, Elinor –contestó. Al oír su nombre se puso colorada, aceleró el paso y salió a toda prisa; al llegar al pasillo las demás la recibieron con risitas.

Mallory siguió a sus amigas y luego se paró en la puerta, dándose la vuelta para mirarnos.

–Owen –dijo–. Te necesito abajo dentro de cinco minutos, listo para hacer las fotos. Annabel, tú puedes supervisar y encargarte del estilismo.

–Cuidadito con ese tono, Mallory –advirtió Owen–, o tendrás que hacer autorretratos.

–¡Cinco minutos! –exclamó ella. Y avanzó taconeando por el pasillo, mientras seguía dando órdenes en voz alta a sus amigas.

–¡Vaya! –le señalé a Owen cuando se alejaron–. Tremenda producción.

–No me lo recuerdes –replicó, y se sentó al borde de la cama–. Y fíjate lo que te digo: acabarán en un charco de lágrimas. Siempre pasa lo mismo. Estas chicas no tienen ningún sentido de lo que es pensar hacia el centro.

–¿Pensar hacia el qué?

–El centro –repitió mientras me sentaba a su lado–. Es un término de los cursos de control de la agresividad. Quiere decir no pensar sólo en extremos. Ya sabes, o bien consigo lo que quiero, o no lo consigo. O tengo razón, o no la tengo.

–O soy «Compromiso de fantasía» o «Formal de noche» –añadí.

–Exacto. Es peligroso pensar así, porque nada es completamente blanco o negro –continuó–. Bueno, según parece, a menos que uno tenga trece años.

–La miss «Compromiso de fantasía» se da aires de diva.

–¿Elinor? –exhaló–. Es todo un elemento.

–Parece que le gustas.

–Cállate –contestó, lanzándome una mirada siniestra–. Esto es Leng-I, pero a lo bestia.

–Bueno, ya sabes que resulta casi obligatorio que el fotógrafo se ligue a la modelo –dije, dándole un golpecito con la rodilla.

–¿Y tú por qué has venido, si puede saberse?

–Para darte esto –levanté su chaqueta–. Se me olvidó devolvértela esta mañana.

–Ah –comentó–. Gracias. Pero podías haber esperado hasta el martes para ello.

–Sí –le dije, mientras metía la mano en el bolsillo y sacaba su iPod–, excepto por este pequeño detalle.

Puso cara de sorpresa.

–¡Vaya! –exclamó–. Sí que lo habría echado de menos.

–Me figuraba que ya lo habrías echado en falta.

–Todavía no. Pero estaba a punto de ponerme a planear el programa de la semana que viene, así que gracias.

–De nada.

Se oyó un alboroto en la planta baja; parecía que alguien estaba gritando o llorando.

–¿Ves? –dijo Owen–. Lágrimas. Garantizado. Nada de términos medios.

–Tal vez sería mejor que nos escondiéramos –propuse–. Puede ser más seguro.

–No lo sé –comentó él, mirando las paredes–. Todas estas fotos me molestan.

–Por lo menos no sales tú.

–¿Y tú sí? ¿Hay fotos tuyas?

Le señalé con el dedo las fotos del anuncio y se acercó para verlas mejor.

–No es nada especial –señalé–. De verdad.

Examinó las fotos durante tanto tiempo que empecé a lamentar habérselas enseñado.

–Son raras –acabó diciendo.

–Bueno –dije–. Muchas gracias.

–No, quiero decir que no pareces tú, o algo así –hizo una pausa y se acercó un poco más–. Sí, quiero decir que se parece a ti, pero no es la misma persona en absoluto.

Me quedé callada un momento, un poco atontada; pero eso era exactamente lo que yo sentía cuando miraba los anuncios antiguos, especialmente el de Kopf. Esa chica era distinta a la que yo era ahora, más sana y pura y más normal que la que veía en el espejo estos días. Pero yo creía que era la única que se daba cuenta.

–No he querido ofenderte –dijo Owen.

Meneé la cabeza.

–No pasa nada.

–Oye, la foto es linda. –Volvió a mirarla–. Pero creo que ahora estás mejor.

Al principio pensé que le había entendido mal.

–¿Ahora?

–Sí –me miró–. ¿Qué creías que había dicho?

–Bueno, no… –me interrumpí–. Nada, olvídalo.

–¿Creías que te iba a decir que estás mejor en las fotos?

–Simplemente –comenté– eres sincero.

–Sí, pero no soy un bicho malo –replicó–. Estás bien en las fotos. Es sólo que no pareces tú. Se te ve… diferente.

–Diferente malo.

–Diferente diferente.

–Muy vago –señalé–. Comodín. *Doble* comodín.

–Tienes razón –dijo–. Lo que quiero decir es que, al mirar las fotos, pienso: ¡Eh! Ésa no es Annabel. No parece ella en absoluto.

–Entonces, ¿cómo soy yo?

–Así –respondió, señalándome–. Lo que quiero decir es que yo no te conozco como alguien a quien le sacan fotos vestida de animadora. Ni siquiera como modelo a secas. Para mí, ésa no eres tú.

Quería pedirle que me lo explicara mejor, que me dijera quién era para él exactamente. Pero entonces me di cuenta de que ya lo había hecho. Que él me conocía como una persona sincera, directa, incluso divertida: todas las cosas que yo no había pensado nunca sobre mí. Quién sabe qué otras cosas podría ser, qué potencial había en las diferencias entre esa chica de la foto y la que él veía ahora. Eran muchas las posibilidades.

–¡Owen! –gritó Mallory por las escaleras–. ¡Ya estamos listas!

Owen puso cara de resignación. Luego me ofreció la mano para ayudarme a levantarme.

–Bueno –dijo–. Vamos.

Al mirarlo, me di cuenta de que esto también formaba parte de mi experiencia real de la vuelta a la escuela: junto con Sophie y Will y todas las cosas horribles, también estaba Owen, tendiéndome la mano. Y ahora, al cerrar mis dedos sobre los suyos, me sentí más agradecida que nunca por tener, por fin, a alguien en quien apoyarme.

Owen tenía razón sobre las lágrimas. Al cabo de una hora se había desatado una crisis.

–¡No es justo! –protestó la chica morena, de la que ahora sabía que se llamaba Angela, con voz temblorosa.

–Estás muy bien –le dijo Mallory, colocándose la boa–. ¿Cuál es el problema?

Yo lo sabía. Era totalmente evidente. Mientras Mallory y las demás alternaban entre «Elegancia nocturna» y «Formal de noche» (o, según se mirara, «Compromiso de fantasía»), a Angela le tocaba continuamente «Clásico para el trabajo», que era, de lejos, el menos atractivo. Ahora observaba la falda negra lisa, la camisa negra y los zapatos planos.

–Yo quiero ponerme «Elegancia nocturna» –se quejó–. ¿Cuándo me toca a mí?

–¡Owen! –exclamó Elinor, la rubia, jalándose de un top de tubo por encima de la barriga–. ¿Estás preparado para mí?

–No –murmuró Owen mientras ella avanzaba hacia él, sacudiendo la melena y colocando una mano en la cadera–. Ni de lejos.

La sesión de fotos resultaba todo un numerito. Las chicas no sólo retiraron los muebles de la sala y colgaron una sábana blanca sobre la chimenea como fondo, sino que dispusieron una zona para vestuario y maquillaje (el tocador), y tenían música de fondo (en su mayoría Jenny Reef, Bitsy Bonds y Z104; la oferta de Owen de grabarles una miscelánea había sido rechazada por unanimidad).

–Ya te llegará el turno –le contestó Mallory, que se había puesto la parte de arriba de un bikini y un pareo, con la boa sobre los hombros–. Pero «Clásico para el trabajo» es muy importante. Alguien tiene que hacerlo.

–¿Y por qué no lo haces tú?

Mallory suspiró y se sopló el flequillo.

–Porque mi estilismo pega más para la noche –explicó mientras las pelirrojas, que ahora estaban con la ropa de baño, practicaban para las tomas de acción en la playa pasándose un balón de futbol–. Con tus gafas, te va más la imagen de ejecutiva.

Miré a Angela, cuyo labio superior temblaba ligeramente.

–Bueno –intervine–, pero se puede quitar las gafas, ¿no?

–¡Estoy lista! –le dijo Elinor a Owen–. ¡Adelante! ¡Dispara!

Owen, que se hallaba de pie delante del sofá, hizo una mueca mientras se llevaba la cámara a la cara. Según mi experiencia, las modelos nunca mangoneaban al fotógrafo, pero estaba claro que aquí era distinto. Owen mantuvo el dedo apretado en el disparador, sin dejar de hacer fotos, mientras las chicas se movían haciendo poses.

Ahora, mientras Elinor lanzaba un beso a la cámara y a él, parecía espantado.

Como estilista, me habían dicho que mi trabajo consistía en quedarme en la zona del tocador y supervisar el vestuario, compuesto por montones de ropa y zapatos diseminados por el suelo y las escaleras cercanas. Después de que mis primeras sugerencias fueran ignoradas (reducir el maquillaje y el escote, para empezar), me había dedicado a observar a Owen e intentar controlar la risa.

–Bueno –le dijo a Elinor, que se había tirado al suelo y se retorcía hacia él, con los codos resonando contra el suelo–, creo que ya hemos terminado.

–¡Pero si ni siquiera hemos hecho las fotos de grupo! –protestó Mallory.

–Pues más te vale que se den prisa –replicó Owen–. Tu fotógrafo y tu estilista cobran por hora y no vas a poder pagarnos mucho más.

–Bueno, está bien –murmuró Mallory, echándose la boa sobre un hombro–. Todas juntas delante de la sábana, ¡ahora!

Las pelirrojas agarraron la pelota y se dirigieron hacia allí, mientras Elinor se levantaba y volvía a ajustarse su camiseta de tubo. Miré a Angela, que estaba en el umbral del salón, con los brazos cruzados. El labio superior le temblaba muchísimo. Tres es multitud, pensé, pero cinco todavía más.

–Oye –le dije, y ella se dio la vuelta para mirarme–. Ven. Vamos a ponerte otra cosa.

Oí a Mallory dando instrucciones a las demás sobre cómo debían colocarse y Angela se dirigió conmigo al tocador, donde estudié las opciones.

–Ésta es muy mona –dije, tomando una falda roja–. ¿Qué te parece?

Angela suspiró y se ajustó las gafas.

–No está mal –dijo.

–Y tal vez la podemos combinar con... –miré alrededor, y luego agarré un top negro con tirantes finos–. Esto. Y unos buenos tacones.

Asintió y cogió la falda.

–Bueno –dijo, y se dirigió al dormitorio de al lado–. Voy a cambiarme.

–Muy bien –la animé–. Yo voy a buscar los zapatos.

–¡Angela! –gritó Mallory–. ¡Te necesitamos aquí!

–Un momento –dije yo, mientras rebuscaba en un montón de zapatos. Agarré una sandalia de tiras y estaba buscando su pareja cuando vi que alguien me observaba. Levanté la vista y allí estaba Owen, con la cámara en la mano.

–Un segundo –continué–. Estamos cambiando de imagen.

–Ya lo he oído –entró en el tocador, se apoyó contra la puerta y me miró mientras buscaba y encontraba la sandalia debajo de un plumífero–. Has sido muy amable al ayudarla.

–Bueno –contesté–, el mundo de las modelos puede ser muy duro.

–¿Sí?

Asentí mientras me levantaba y miraba hacia el pasillo buscando a Angela. Luego me apoyé en el lado contrario del dintel, frente a él, con las sandalias en la mano. Después de un momento, levantó la cámara.

–No –dije, tapándome la cara con la mano.

–¿Por qué no?

–Odio que me hagan fotos.

–Pero si eres modelo.

–Por eso –le dije–. Siempre lo mismo.

–Vamos –me animó–. Sólo una.

Bajé la mano pero no sonreí mientras su dedo iba al disparador. Simplemente, me quedé mirándolo, a través de la lente, mientras saltaba el flash.

–Muy buena.

–¿Sí?

Asintió, y le dio la vuelta a la cámara para mirar la pantalla en la parte posterior. Me acerqué más, para verla yo también. Y allí estaba yo, en el marco de la puerta. Tenía el pelo sin cepillar, con unos cuantos mechones sueltos alrededor de la cara, sin maquillaje, y no era mi mejor ángulo. Pero tampoco era una mala foto. Me acerqué para estudiar mi rostro, con la luz tenue detrás.

–¿Ves? –dijo Owen. Noté su hombro pegado al mío y su cara a tan sólo unos centímetros, mientras los dos mirábamos la foto–. *Así* es como eres.

Volteé la cabeza para decir algo, no sé qué, y su mejilla estaba tan cerca, justo ahí… Levanté la vista y entonces, antes de darme cuenta de qué pasaba, giró la cabeza un poco y se inclinó hacia mí. Cerré los ojos y me encontré con sus labios, suaves, sobre los míos; entonces di un paso al frente y me apreté contra él…

–Estoy lista para mis zapatos.

Los dos nos sobresaltamos; Owen se dio un golpe en la cabeza con el marco de la puerta.

–Mierda –gritó.

Con el corazón acelerado, vi que Angela nos miraba con seriedad.

–Zapatos –señalé, entregándoselos–. Claro.

Owen se estaba frotando la cabeza y tenía los ojos cerrados.

–¡Ay!, ¡cómo duele!

–¿Qué tal? –le pregunté. Le toqué la sien y dejé los dedos allí un momento, sintiendo su piel cálida, suave al tacto, antes de retirarlos.

–¡Owen! –gritó Mallory desde la sala–. ¡Estamos listas! ¡Vamos!

Owen se separó del dintel y se dirigió al salón mientras Angela, ahora subida a los tacones, avanzaba despacio detrás de él. Yo me quedé allí un momento y me miré en el espejo del tocador, asombrada por lo que acababa de ocurrir. Estudié mi reflejo un instante y me alejé de él y de mi propia imagen.

Cuando llegué a la sala, ya se habían olvidado del drama y las fotos de grupo se sucedían una tras otra: las cinco chicas ponían poses exageradas y Owen se movía a su alrededor cumpliendo su deber. Me apoyé en el arco de la puerta, observando cómo cada una de ellas se hacía la interesante a su manera: movían las caderas, se echaban el pelo hacia atrás, hacían aletear las pestañas.

La canción que se oía de fondo era de las que Owen odiaba: popera, con ritmos alegres, y una voz de chica, perfectamente manipulada, que se deslizaba sin esfuerzo sobre los instrumentos. Mallory se dirigió al reproductor de CD situado en el suelo y subió el volumen; todas las chicas dieron un gritito y se pusieron a bailar a su lado, con los brazos en alto. Owen se apartó mientras ellas giraban y saltaban, y me apuntó con la cámara, a la vez que las chicas pasaban entre los dos. No estaba segura de lo que estaba viendo, pero ahora tenía una idea. Así que esta vez sonreí.

Cuando más tarde, aquella noche, llegué a casa con el coche, todas las luces estaban apagadas, excepto la del cuarto de Whitney. La veía en su silla, junto a la ventana, sentada sobre las piernas dobladas. Tenía el mismo cuaderno abierto sobre el regazo y estaba escribiendo. Su mano se movía despacio por la página. Me quedé sentada un momento, observándola, pues era lo único que podía distinguir en la oscuridad.

Había abandonado a Owen justo a tiempo. Elinor, Angela y las gemelas se habían cansado tanto de la sesión de fotos como de los aires de mando de Mallory, y estaban al borde de un motín estilístico. La casa, además, se encontraba hecha un desastre, y la madre de Owen, al parecer un tanto obsesionada por la limpieza, estaba a punto de llegar. Me ofrecí para ayudar, o intentar poner paz, pero él declinó la oferta.

–Yo puedo con esto –me dijo en los escalones de la puerta principal–. En tu lugar, me marcharía ahora que puedes. A partir de aquí las cosas sólo pueden empeorar.

–¡Qué optimista! –exclamé.

–No –comentó, mientras del el interior salía un grito indignado, seguido de un portazo. Volvió la cabeza hacia la puerta y luego de nuevo hacia mí–. Sólo realista.

Sonreí y bajé un escalón mientras sacaba las llaves del bolsillo.

–Bueno, nos vemos en la escuela, supongo.

–Sí –respondió–. Allí nos vemos.

Ninguno de los dos nos movimos y me pregunté si iría a besarme otra vez.

–De acuerdo –le contesté, y el estómago me dio un vuelco–. Bueno, me... me voy.

–Sí.

Se acercó un poco más, hasta el borde del escalón donde estaba apoyado, y yo me adelanté un poco en el mío. Nos encontramos a medio camino. Cuando se inclinaba hacia mí y yo cerraba los ojos, oímos algo, un ruido del tipo *pom-pom-pom* cada vez más cerca. El picaporte se movió y los dos nos separamos de un salto cuando Mallory, con pesados tacones de plataforma y un overol ajustado de color negro, además de la boa verde al cuello, irrumpió en el porche.

–¡Espera! –gritó, y se acercó a mí, con la mano extendida–. Toma. Son para ti.

Me pasó un montón de fotos, recién salidas de la impresora, todavía con olor a tinta. En la primera aparecía ella con su bikini dorado, un primer plano con las plumas de la boa enmarcándole la cara. Miré otras cuantas, que eran poses de grupo, Elinor retorciéndose en el suelo y, por fin, Angela con el atuendo que yo había elegido para ella.

–¡Vaya! –exclamé–. Son geniales.

–Son para tu pared –dijo–, para que me mires de vez en cuando.

–Gracias –le contesté.

–De nada –se volteó hacia Owen–. Acaba de llamar mamá desde el coche. Que llega dentro de diez minutos.

–Bueno –Owen suspiró. A mí me dijo–: Nos vemos.

Asentí; ellos entraron en la casa, donde oí discutir a las demás chicas. Mallory se despidió con la mano una vez más antes de cerrar la puerta. Después Owen dijo algo y las chicas se callaron inmediatamente. Cuando empecé a bajar los escalones, ya no se escuchaba nada.

Un rato más tarde salía del coche y echaba a andar hacia casa con las fotos de Mallory en la mano. Durante todo el trayecto no había podido dejar de pensar en la cara de Owen acercándose a la mía, ni en cómo fue su beso, apenas lo bastante largo como para contar, y de todas formas, inolvidable. Sentí que me ponía colorada mientras abría la puerta y empezaba a subir las escaleras.

–¿Annabel? –llamó Whitney cuando llegué arriba–. ¿Eres tú?

–Sí –respondí–. Ya estoy aquí.

Cuando llegué a mi puerta, ella abrió la suya y salió al pasillo.

–Mamá volvió a llamar –me anunció–. Le conté que habías ido a casa de alguien. Me preguntó que de quién, pero le dije que no lo sabía.

Nos miramos un momento y no supe si se suponía que tenía que darle más explicaciones.

–Gracias –dije por fin, mientras abría la puerta y encendía la luz. Dejé las fotos sobre el buró, me quité el abrigo y lo arrojé sobre la silla del escritorio. Luego me di la vuelta. Ella estaba de pie en el umbral de mi cuarto.

–Le dije que a lo mejor la llamarías cuando llegaras –continuó–. Pero seguramente no hace falta.

–Está bien –asentí.

Se movió un poco y se apoyó en el marco de la puerta. Entonces vio las fotos.

–¿De qué son? –preguntó.

–Oh, de nada importante –respondí–. Son sólo… una tontería.

Las tomó con cuidado en la palma mientras las miraba, y su expresión fue cambiando de impasible a curiosa y, ante una imagen de Elinor tirada en el suelo, algo horrorizada.

–Las amigas de la hermana pequeña de mi amigo se quedaban a dormir y habían organizado una fiesta de modelos –expliqué, poniéndome a su lado mientras examinaba el montón de fotos. Estaban las pelirrojas, juntas, en una pose idéntica, y Angela con su vestido negro, el temido «Clásico para el trabajo». Luego había unas cuantas de Mallory, con toda una gama de expresiones: pensativa, soñadora y, tal vez debido a algo que había dicho Owen, molesta–. Se disfrazan y se hacen fotos.

Whitney se detuvo para examinar una imagen de Elinor con un vestido blanco y aspecto pensativo.

–¡Madre mía! –dijo–. Qué pinta.

–Se llama «Compromiso de fantasía».

–Ah –asintió, y siguió hasta la siguiente foto, que era otra vez Elinor, en esta ocasión despatarrada en el suelo con la boca entreabierta–. ¿Y esta cómo se llama?

—Me parece que no tiene nombre –respondí.

Ella no dijo nada más, hasta llegar a la siguiente, que era de Mallory con una camiseta roja, mirando directamente a la cámara. Tenía los labios fruncidos y las pestañas se veían enormes.

—Es bonita –señaló, inclinando la foto ligeramente–. Tiene unos ojos bonitos.

—Uf –suspiré, meneando la cabeza–, le daría un ataque si te oyera decir eso.

—Ah, ¿sí?

Asentí.

—Está obsesionada con las modelos. Deberías ver su cuarto. Lo tiene empapelado con fotos de revistas, por todas partes.

—Debe haberle encantado que estuvieras allí, entonces –comentó–. Una modelo de verdad.

—Supongo –dije, mirando mientras seguía pasando fotos. Ahora venían las de grupo: todas las chicas con los rostros juntos, luego cada una mirando en una dirección, como si estuvieran esperando cinco autobuses distintos–. Pero para mí fue un poco incómodo, la verdad.

Whitney guardó unos segundos de silencio. Y luego dijo:

—Sí. Ya sé qué quieres decir.

Como con tantas otras cosas que habían ocurrido ese fin de semana, en este momento inesperado a solas con mi hermana me encontré casi conteniendo el aliento. Por fin le dije:

—Bueno, nosotras nunca jugamos a esto, ¿verdad? Cuando éramos niñas.

–No hacía falta –dijo cuando llegó a la foto de Angela, con los ojos oscuros tan serios y su palidez de flash–. Lo vivíamos de verdad.

–Sí –continué–. Pero puede ser que así hubiera sido más divertido. Menos presión, seguro.

La vi levantar la vista súbitamente cuando dije eso y me di cuenta demasiado tarde de que había creído que estaba pensando en ella. Esperé que saltara o que dijera algo desagradable, pero no lo hizo, y sólo me devolvió las fotos.

–Bueno –comentó–, supongo que nunca lo sabremos.

Cuando salió al pasillo, miré las fotos; la imagen de Mallory con la boa era la primera.

–Que duermas bien –me despedí.

–Sí –me miró, con la luz a la espalda, y me impresionó la simple perfección de sus mejillas y sus labios, tan extraordinarios y fortuitos al mismo tiempo–. Buenas noches, Annabel.

Después, cuando me metí en la cama, volví a tomar las fotos, me senté en la cama y las fui pasando una a una. Tras verlas dos veces, me levanté, fui a mi mesa y busqué en el primer cajón hasta encontrar unas tachuelas. Luego las coloqué en la pared, en filas de tres, sobre la radio. «Para que me mires de vez en cuando», había dicho Mallory, y cuando apagué la luz fue justo lo que hice. El reflejo de la luna caía inclinado sobre ellas, haciéndolas brillar, y mantuve la vista en las fotos todo lo que pude. Pero de repente sentí que me quedaba dormida, y tuve que darme la vuelta, de nuevo hacia la oscuridad.

12

Mi madre volvió de sus primeras vacaciones en más de un año descansada, rejuvenecida y con la manicura hecha. Lo que habría sido genial, si no hubiera dirigido su energía renovada a la cosa sobre la que yo menos quería pensar, pero que ahora no podía evitar: la pasarela de otoño de Lakeview Models.

–Tienes que pasar por Kopf hoy para unas pruebas y mañana para los ensayos –me dijo mientras jugueteaba con mi desayuno antes de ir a clase–. Y el ensayo general es el viernes. Tienes cita con el peluquero el jueves y para la manicura el sábado por la mañana temprano. ¿Está bien?

Después de tener todo un fin de semana para mí sola, por no mencionar los últimos meses, con muy poco trabajo, no me parecía bien. Me parecía horrible. Pero no dije nada. Por mucho que temiera esta semana y el desfile, al menos había algo que me apetecía mucho después de eso: ir a Bendo con Owen.

–¿Sabes? Se me ha ocurrido una cosa para este fin de semana –continuó mi madre–. Seguramente los de Kopf estarán a punto de elegir a las modelos para la campaña de primavera. Así que el desfile es una gran oportunidad para que te vean en persona, ¿no te parece?

Al oír esto sentí una punzada de pánico, pues sabía que tenía que decirle que quería dejarlo. Pero entonces me vino una imagen de Owen y de mí, interpretando precisamente esta situación, y recordé cómo, incluso aunque se trataba de un juego, había sido incapaz de pronunciar las palabras. Enfrente de mí, mi madre bebía su café, y yo sabía que era el momento perfecto. Se le había caído un suéter y yo podía recogerlo. Pero como Rolly, me quedé paralizada. Y callada. Ya lo haré en otra ocasión, me dije. Después del desfile. Seguro.

Al mismo tiempo que yo estaría desfilando por una pasarela en el centro comercial, mostrando ropa de invierno, mi hermana Kirsten se estaría enfrentando a su propio público, pero por una razón muy distinta. El día anterior me había enviado por fin su cortometraje, según me había prometido. Como estaba acostumbrada a que Kirsten explicara, o sobreexplicara, cualquier parte de su vida, el mensaje que había enviado con él me tomó por sorpresa.

Al principio deslicé el cursor hacia abajo, buscando el resto del mensaje: si mi hermana hablaba mucho por teléfono, sus mensajes de correo resultaban igual de extensos. Pero no había nada más.

Apreté el botón de «descargar ahora» y observé los cuadraditos azules que iban llenando la pantalla. Cuando terminó, apreté el *play*.

En la primera imagen se veía sólo hierba. Hierba verde y hermosa, como la del club de golf del otro lado de la calle, es decir, totalmente artificial, que llenaba la pantalla por completo. Luego la cámara iba retrocediendo cada vez más para mostrar el jardín delantero de una casa blanca con bonitos ribetes azules, y dos figuras pasaban por delante montadas en bici.

Tras un cambio de plano, nos encontrábamos frente a dos chicas que se acercaban en bici hacia nosotros. Una rubia, que parecía tener unos trece años; la otra, castaña, era más delgada y ligera, y se quedaba un poco rezagada.

De repente, la primera chica miraba hacia atrás y se ponía a pedalear más rápido, alejándose de la segunda. La cámara se movía entre su pedaleo y el viento que alborotaba su pelo, mientras se sucedían unas bonitas imágenes del vecindario: un perro dormido en la acera, un hombre recogiendo el periódico, el cielo azul, un aspersor que lanzaba agua en un arco sobre un arriate de flores... A medida que la chica aceleraba, las imágenes se volvían cada vez más rápidas, hasta que la cámara enfocaba la calle delante de ella, que terminaba en forma de T. Después frenaba de golpe, derrapando, y se daba media vuelta. Detrás de ella, a lo lejos, se veía una bici tirada en medio de la calle, con una rueda dando vueltas y la chica menor sentada junto a ella, sujetándose el brazo.

El siguiente plano mostraba a la rubia frenando de golpe junto a ella.

–¿Qué ha pasado? –preguntaba.

La más pequeña meneaba la cabeza.

–No lo sé –contestaba.

La rubia se acercaba más.

–Ven. Sube.

Entonces la chica se subía sobre el manubrio, sujetándose el brazo, mientras la rubia pedaleaba calle arriba. De nuevo la cámara alternaba entre la imagen de las chicas y las del vecindario, aunque ambas eran distintas ahora: el perro ladraba y se lanzaba hacia ellas, el hombre se tropezaba al ir a recoger el periódico, el cielo era gris, el aspersor siseaba y mojaba un coche estacionado, y el agua se deslizaba por los costados. Parecía igual y, sin embargo, tan distinto... Y cuando la casa se elevaba a lo lejos, también parecía distinta. La rubia tomaba después el camino de entrada, con la cámara alejándose, y luego se detenía. La niña se deslizaba por el manubrio, sujetando el brazo con fuerza. Dejaban caer la bici al suelo y se dirigían a la casa. Subían los escalones. La puerta se abría delante de ellas, pero no se veía quién había al otro lado. Al desaparecer en el interior, la cámara se inclinaba hacia abajo, hasta que la hierba volvía a inundar la pantalla de un verde brillante y falso que daba miedo. Y así terminaba.

Me quedé un momento sentada, mirando la pantalla. Luego le di al *play* y volví a verlo. Y una tercera vez. Seguía sin saber cómo interpretarlo, incluso mientras tomaba el teléfono y marcaba el número de Kirsten. Pero cuando contestó y le dije que me gustaba aunque no lo entendía, no se enfadó. Es más, me dijo que de eso se trataba.

–¿De qué?, ¿de dejarme confundida? –pregunté.

–No –respondió–, de que el significado no fuera evidente. Se supone que queda a tu interpretación.

–Sí, pero tú sabes lo que significa, ¿no?

–Claro.

–¿Y qué es?

Suspiró.

–Yo sé lo que significa para mí –explicó–. Para ti será algo distinto. Mira, el corto es muy personal. No hay un mensaje correcto y otro equivocado. Depende de lo que a ti te sugiera.

Miré de nuevo a la pantalla, que había detenido en el último plano de la hierba.

–Oh –dije–. De acuerdo.

Era todo muy raro. Ahí estaba mi hermana, la persona más charlatana del mundo, sin querer contarme algo. Callándoselo. Con otras personas resultaba normal tener que hacer suposiciones de vez en cuando, pero nunca con Kirsten, y no estaba segura de que me gustara el cambio. A ella, por el contrario, no la escuchaba tan feliz desde hacía meses.

–Me alegro de que te guste. ¡Y de que hayas tenido una reacción tan intensa! –se rio–. Ahora sólo falta que todo el mundo piense lo mismo que tú el sábado, y todo será genial.

Genial para ti, pensé, cuando colgamos minutos después. En cuanto a mí, seguía confundida. Y, además, tenía que admitirlo, intrigada. Lo suficiente como para ver la película dos veces más, examinándola plano a plano.

Más tarde, mientras mi padre entraba en la cocina apresurado, porque llegaba tarde, y mi madre se levantaba para ayudarlo, llevé mi plato al fregadero y dejé el agua correr sobre él. Por la ventana vi que Whitney estaba sentada en una silla junto a la piscina, con una taza de café al lado. A estas horas solía hallarse dormida, pero últimamente se levantaba más temprano. Era un cambio reciente, entre otros muchos.

Al principio los cambios eran pequeños, pero aun así se notaban. Últimamente se había vuelto un poco más sociable; hacía un par de días se había citado para tomar café con gente del grupo de Moira Bell, y también había empezado a trabajar unas cuantas mañanas a la semana en la oficina de mi padre, sustituyendo a una secretaria embarazada. Cuando estaba en casa, pasaba al menos una parte del tiempo fuera de su cuarto. Fue algo gradual: primero la puerta dejó de estar siempre cerrada, y a veces, incluso, la dejaba entreabierta. Luego me di cuenta de que pasaba más tiempo en la sala y no sólo encerrada en su cuarto. Y justo el día anterior, al volver de clase, me la encontré sentada a la mesa del comedor, con libros amontonados a su alrededor, escribiendo en un cuaderno.

Me había ignorado durante tanto tiempo, que antes de dirigirme a Whitney seguía dudando. Pero esta vez ella habló primero.

–Hola –dijo, sin levantar la vista–. Mamá ha salido a hacer unos encargos. Dice que no te olvides de los ensayos a las cuatro y media.

–Sí –asentí. Tenía el brazo doblado enmarcando el cuaderno, y el bolígrafo hacía un ruido rasposo al moverse sobre el papel. En la ventana, las macetas con sus plantas reposaban a pleno sol, pero todavía no daban señales de vida–. ¿Qué estás haciendo?

–Tengo que escribir una historia.

–¿Una historia? –repetí–. ¿De qué?

–Bueno, en realidad son dos historias –dejó el bolígrafo en la mesa y estiró los dedos–. Una sobre mi vida. Y otra sobre mi trastorno alimenticio.

Me resultó muy raro oírle decir esto y al cabo de un momento me di cuenta por qué. Aunque había dominado prácticamente nuestra vida familiar durante casi un año, nunca había oído a Whitney reconocer su problema en voz alta. Como tantas otras cosas, se sabía pero no se hablaba de ello; estaba presente, pero no se admitía. Por la naturalidad con la que lo dijo, parecía que, al menos ella, sí estaba acostumbrada a nombrarlo.

—¿Y son dos cosas distintas? —pregunté.

—Eso parece. Por lo menos, según Moira —suspiró, aunque esta vez parecía más cansada que molesta al mencionar a su terapeuta—. La idea es que hay una separación, a pesar de que no siempre lo parezca. Que teníamos una vida antes de tener un trastorno.

Me acerqué más a la mesa y eché un vistazo a los libros situados más cerca.

Morir de hambre para llamar la atención: trastornos alimenticios y adolescentes, se titulaba uno; debajo había otro más delgado llamado *Punzadas de hambre.*

—¿Tienes que leer todos estos libros?

—No es obligatorio —volvió a tomar el bolígrafo—. Son sólo para aportar datos, si los necesito. Pero la historia personal se limita a mis recuerdos. Debemos ir avanzando de año en año.

Señaló con la cabeza la página que tenía delante. En la primera línea vi que había escrito «once». No había nada más.

—Tiene que ser un poco extraño —dije—. Recordar, año a año.

—Es muy difícil. Más de lo que creía —abrió un libro que tenía junto al codo, pasó unas páginas y volvió a cerrarlo—. Por algún motivo, no me acuerdo de mucho.

Volví a mirar hacia las macetas bañadas por el sol. Al otro lado de la ventana, cruzando la calle, estaba el campo de golf, verde y radiante.

–Te rompiste el brazo –dije.

–¿Qué?

–Cuando tenías once años –le recordé–. Te rompiste el brazo. Te caíste de la bici, ¿no te acuerdas?

Por un momento se quedó callada.

–Es verdad –dijo por fin, asintiendo–. ¡Dios mío! ¿No fue justo después de tu cumpleaños?

–Fue en mi cumpleaños –respondí–. Llegaste con el yeso a tiempo para el pastel.

–Es increíble que lo olvidara –comentó. Volvió a sacudir la cabeza y miró al papel antes de agarrar el bolígrafo y apretar el botón para que saliera la punta. Entonces se puso a escribir y su letra llenó la primera línea. Iba a mencionar la película de Kirsten, por la que me había acordado de esto, pero no lo hice. Ya había llenado tres líneas y seguía escribiendo; no quería interrumpirla. Salí del cuarto y la dejé sola. Cuando volví a pasar por allí una hora después, seguía en la misma posición; esta vez no levantó la vista. Continuó escribiendo.

Ahora, al apartarme del fregadero, miré a mi madre pensando qué rememoraría si le preguntara sobre lo que había ocurrido ese día, el de mi noveno cumpleaños, sólo un mes o dos antes de que muriera su madre. La hierba tan verde, como Kirsten. Que había ocurrido justo antes de mi fiesta, como yo. O, como Whitney, nada de nada, al menos al principio. Tantas versiones de un mismo recuerdo, y ninguna de ellas era verdad o mentira. Se trataba de fragmentos. Sólo cuando se colocaran todos juntos, borde con borde, podría empezar a contar la historia completa.

–Sube.

Miré a Owen y arqueé una ceja. Un minuto antes estaba caminando por el estacionamiento de Kopf en dirección a mi coche, después de otro ensayo para el desfile, cuando alguien se detuvo quemando las pastillas de freno en el hueco de al lado. Levanté la vista, asustada, casi esperando ver la camioneta blanca de un secuestrador. Pero era Owen en su Land Cruiser, que ya se inclinaba para abrir la puerta del copiloto.

–¿Es un secuestro? –pregunté.

Negó con la cabeza y me indicó con un gesto impaciente que me subiera al coche, mientras con la otra mano ajustaba el equipo de música.

–En serio –me anunció, mientras subía despacio al vehículo–. Tienes que oír esto.

–Owen –le dije, observando cómo apretaba los botones en la consola–, ¿cómo sabías que estaba aquí?

–No lo sabía –replicó–. Me encontraba parado en aquel semáforo, de camino a casa, cuando miré hacia aquí y te vi. Escucha esto.

Subió el volumen. Un segundo más tarde, un siseo envolvió mis oídos, seguido por lo que parecía un violín, pero a mucha velocidad, y eléctrico. El resultado era un ruido que, en volumen normal, habría resultado perturbador. Pero a tope, como estaba, hizo que se me erizara el vello de la nuca.

–Genial, ¿no? –comentó Owen con una amplia sonrisa, moviendo la cabeza al ritmo de los acordes. Me imaginé uno de esos gigantescos monitores cardiacos, y cada sonido provocaba que mi corazón diera un brinco y apareciera un pico en la pantalla.

Noté que hacía una mueca mientras preguntaba, o gritaba:

—¿Qué es esto?

—Se llaman Melisma —gritó, justo cuando el bajo retumbaba lo bastante fuerte como para que se moviera el asiento. En el coche de al lado, una mujer que subía a un niñito a la silla del vehículo nos lanzó una mirada—. Es un proyecto musical. Son músicos de cuerda espectaculares, sintetizados y mezclados con varios ritmos étnicos influenciados por...

Y dijo algo más que quedó ahogado por un repentino tamborileo. Vi que sus labios se movían hasta que se terminó el ruido y luego siguió—: ... realmente es un esfuerzo en colaboración; me refiero a esta iniciativa musical totalmente nueva. Increíble, ¿verdad?

Antes de que pudiera contestar, se oyó un redoble de platillos, seguido por un ruido sibilante. Quizá se tratara de un acto reflejo, afán de supervivencia o simple sentido común, pero no pude evitarlo: me tapé los oídos con las manos.

Owen puso cara de sorpresa y me di cuenta de lo que había hecho. Pero cuando bajé las manos la canción terminó de repente, por lo que el golpe de las palmas contra el asiento se sintió como un estruendo. Especialmente, si se comparaba con el incómodo silencio que siguió.

—No te acabas de tapar los oídos, ¿verdad? —preguntó Owen en voz baja.

—Ha sido un accidente —me justifiqué—. Yo sólo...

—Eso es grave —se inclinó, meneando la cabeza y apagó el CD—. Hombre, una cosa es escuchar y mostrar tu desacuerdo educadamente. Pero bloquearte completamente y ni siquiera darle una oportunidad...

–¡Le he dado una oportunidad! –protesté.

–¿A eso lo llamas oportunidad? –preguntó–. Han sido cinco segundos.

–Lo bastante como para formarme una opinión –dije.

–¿Y cuál es?

–Me he tapado los oídos –respondí–. ¿Tú qué crees?

Iba a decir algo pero se interrumpió, meneando la cabeza. A nuestro lado, el auto de la señora estaba saliendo de reversa. Vi por la ventanilla cómo maniobraba.

–Melisma –dijo Owen al cabo de un momento– es innovador y tiene textura.

–Si con textura quieres decir que no hay quien lo oiga –comenté en voz baja–, entonces estoy de acuerdo.

–¡Leng-I! –exclamó, señalándome con el dedo. Me encogí de hombros–. ¡No puedo creer lo que estás diciendo! ¡Es el perfecto maridaje de instrumentos y tecnología! ¡No se parece a nada que se haya hecho antes! ¡Es un sonido increíble!

–Tal vez en el túnel de lavado de coches –murmuré.

Tomó aire para seguir hablando, pero volvió a exhalar despacio y giró la cabeza para mirarme.

–¿Qué has dicho?

Al igual que lo de taparme los oídos, se me había escapado el último comentario sin darme cuenta. Hubo un tiempo en que era dolorosamente consciente de todo lo que decía delante de Owen. El hecho de que ya no fuera así podría considerarse bueno o terriblemente malo. A juzgar por la expresión de su cara, una mezcla entre horror y ofensa, tuve la sensación de que probablemente sería lo segundo. Al menos en este momento.

–He dicho… –carraspeé–. He dicho que tal vez suene increíble en el túnel de lavado de coches.

Noté que me miraba intensamente, así que me dediqué a pellizcar los bordes del asiento. Luego preguntó:

–Y eso, ¿qué quiere decir?

–Ya lo sabes –respondí.

–De verdad que no. Por favor, ilumíname.

Estaba claro que iba a hacer que se lo explicara.

–Bueno –proseguí–, seguro que sabes que todo suena mejor dentro del túnel de lavado de coches. Es, como si dijéramos, un hecho comprobado, ¿no?

No dijo nada, sólo se quedó mirándome.

–Lo que quiero decir –aclaré–, es que no es lo mío. Lo siento. No debería haberme tapado los oídos; ha sido una descortesía. Pero sólo…

–¿Qué túnel de lavado?

–¿Qué?

–¿Dónde está esa estación de escucha mágica, donde se decide el valor musical absoluto?

Lo observé detenidamente.

–Owen.

–En serio. Quiero saberlo.

–No es ninguno en concreto –dije–. Es el fenómeno del túnel de lavado. ¿En serio no lo conoces?

–Pues no –repitió. Encendió el motor y puso la reversa–. Pero ahora mismo lo voy a conocer.

Cinco minutos después entrábamos en 123LIMPIO, el túnel de lavado automático de coches de mi barrio, que llevaba allí toda la vida. Cuando era pequeña iba a

261

menudo, sobre todo porque a mi madre le encantaba. Mi padre decía siempre que la única manera de que el coche quedara limpio de verdad era lavándolo a mano, como él solía hacerlo en los días cálidos y soleados en el camino de entrada a la casa, y que el 123LIMPIO era una pérdida de tiempo y de dinero. Pero a mi madre no le importaba.

–De todas formas no voy por el lavado –le decía–. Es por la experiencia.

Cuando íbamos no solía ser algo planeado. Normalmente pasábamos por delante y, de repente, giraba hacia allá, con lo que mis hermanas y yo buscábamos monedas sueltas en el suelo y en el tablero para meterlas en la máquina. Siempre elegíamos el lavado mágico, saltándonos la cera caliente, y a veces añadíamos la armadura protectora para los neumáticos. Entonces subíamos todas las ventanillas, nos acomodábamos bien y entrábamos.

Tenía algo especial. En el interior de aquel túnel oscuro, el agua se abatía sobre el coche como la tormenta más grande de la historia. Golpeaba el techo y el maletero y corría a chorros por las ventanillas, llevándose el polen y el polvo y, si cerrabas los ojos, podías imaginar que estabas flotando. Era una sensación extraña y fantástica; si hablábamos, era siempre en susurros, aunque no supiéramos por qué. Más que nada, recuerdo la música.

A mi madre le encantaba la música clásica; era lo único que se escuchaba en su coche, lo cual nos ponía de nervios a mis hermanas y a mí. Siempre suplicábamos que pusiera una emisora normal, cualquier cosa de este siglo, pero ella no cedía.

–Cuando conduzcan ustedes, podrán escuchar lo que quieran –decía, y subía el volumen de Brahms o Beethoven para no oír nuestros suspiros de molestia.

Pero, en el túnel de lavado, la música de mi madre sonaba distinta. Hermosa. Sólo entonces podía cerrar los ojos y disfrutarla, comprendiendo cómo la oía ella.

Cuando por fin tuve la licencia de conducir comencé a poner lo que quería, lo cual era genial. Pero la primera vez que fui a 123LIMPIO yo sola, busqué hasta encontrar alguna emisora de música clásica, por los viejos tiempos. Sin embargo, justo cuando entraba en el túnel, se perdió la señal y el sintonizador saltó a la siguiente emisora, donde sonaba una canción de *country* con voz nasal, algo que nunca hubiera elegido a propósito. Pero pasó algo raro. Allí sentada, con los cepillos moviéndose sobre mi cabeza, incluso aquella canción que decía algo sobre ir en un viejo Ford bajo la luna llena, sonaba perfecta. Como si no importara la canción en sí, sino la intensidad con la que se escuchaba allí, en la oscuridad.

Le conté a Owen todo esto por el camino y le expliqué que, desde entonces, estaba convencida de que todo suena bien en el túnel de lavado. Él parecía dudarlo mientras metía las monedas en la máquina, y me pregunté si mi teoría se encontraba a punto de ser declarada nula.

–¿Y ahora qué? –preguntó mientras la máquina le devolvía el comprobante y la luz roja junto al túnel cambiaba al verde–. ¿Entramos?

–¿No has entrado nunca? –le pregunté.

263

–A mí no me va eso de cuidar el coche sólo por estética –contestó–. Además, creo que hay un agujero en el techo.

Le indiqué que avanzara, sobre el badén, hasta la línea amarilla, ya desgastada, que decía: «Pare aquí». Luego apagó el motor.

–Muy bien –señaló–. Estoy listo para dejarme impresionar.

Le lancé una mirada penetrante.

–Oye –repliqué–, como es tu primera vez, deberías reclinar el asiento para lograr un mayor efecto.

–¿Reclinar el asiento?

–Contribuye a la experiencia –lo animé–. Confía en mí.

Los dos los ajustamos y nos pusimos cómodos. Su brazo descansaba junto al mío y me acordé de la noche anterior en su casa, y de cómo había estado tan cerca de besarlo en dos ocasiones. Cuando la máquina empezó a zumbar, me incliné y volví a encender el CD.

–Muy bien –dije justo cuando los chorros empezaron a salir–. Allá vamos.

El agua comenzó a salir y avanzó hacia delante, como una ola. Owen se movió en su asiento cuando una gota le cayó sobre la camisa.

–Caramba, genial –se quejó–. Sí que había un agujero.

Pero se quedó quieto cuando empezó la siguiente canción en el CD con un ligero murmullo, seguido de música de cuerda. También se oía un zumbido, aunque se trataba del agua sobre nuestras cabezas, que hacía que el interior del coche pareciera cada vez más pequeño, hasta desaparecer y deshacerse a nuestra espalda. Escuchaba el murmullo de los cepillos que se acercaban al coche, mezclado con los acordes tristes e inclinados de un contrabajo. Yo ya notaba esa ralentización del tiempo; todo se detenía en este preciso momento, aquí, ahora.

Volteé la cabeza para mirar a Owen. Estaba tumbado, observando cómo los cepillos dibujaban círculos jabonosos en el parabrisas, con la mirada concentrada. Escuchando la música. Cerré los ojos para hacer lo mismo. Pero en lo único que podía pensar era en que sentía que toda mi vida había cambiado, durante aquellas pocas semanas y desde que conocí a Owen; y no por primera vez, tuve ganas de decírselo. Quería encontrar las palabras adecuadas, unirlas de la mejor forma para que tuvieran la mayor probabilidad de sonar perfectas.

Me volteé hacia él, sin desprenderme de ese pensamiento, y abrí los ojos. Me estaba mirando fijamente.

–Tenías razón –me dijo en voz baja–. Es genial. De verdad.

–Sí –confirmé–, es cierto.

Luego se movió, acercándose a mí, y sentí su brazo rozando el mío, el calor de su piel. Y entonces, por fin, Owen me besó; un beso de verdad, y ya no oí nada más: ni el agua, ni la música, ni siquiera mi propio corazón, que debía latir desbocado. En lugar de eso, sólo había silencio, el mejor de los silencios, que se alargó eternamente, o puede ser que sólo un momento, y luego se terminó.

De repente, en el túnel no se oía nada, la música había terminado. Encima de nosotros colgaba, precariamente, una gota. Mantuve la vista en ella hasta que se cayó con un «plin» sobre mi brazo, justo cuando detrás de nosotros pitó un claxon..

–¡Uy! –exclamó Owen, y los dos nos incorporamos. Encendió el motor mientras yo miraba hacia atrás. Un hombre en un Mustang esperaba con la ventanilla ya cerrada–. Ya voy.

Cuando salimos del túnel el sol brillaba en las gotas de agua que se resbalaban del techo al avanzar. Con el beso y la oscuridad me había sentido como sumergida, y la luz ahora resultaba desconcertante.

–Vaya –comentó Owen, parpadeando mientras estacionaba el coche junto a la banqueta–, qué experiencia.

–Te lo dije. Todo suena mejor en el túnel de lavado.

–Conque todo, ¿eh?

No dejaba de mirarme, y a mí me vino a la mente la imagen de su cara, unos momentos antes, contemplando el parabrisas y escuchando con atención. Tal vez algún día fuera capaz de decirle todo lo que pensé en ese momento. E incluso más.

–Me pregunto –continuó, pasándose una mano por el pelo– si funcionará también con el tecno.

–No –le aseguré tajantemente.

–¿Estás segura? –preguntó.

–Ay, sí –respondí–. Totalmente.

Arqueó una ceja.

–Sí, bueno –dijo, separándose de la acera y dando la vuelta al edificio–. Vamos a ver.

–¿Te has enterado?

Eran las seis del sábado del desfile de otoño y me encontraba en el vestidor improvisado de Kopf, esperando. En las últimas horas, mientras me peinaban y maquillaban y me ajustaban la ropa, había logrado ignorar las conversaciones de mi alrededor. Me había concentrado en terminar esta actuación para dedicarme a la que realmente me importaba, en Bendo, con Owen. Y había funcionado muy bien. Hasta ahora.

Miré a la izquierda, donde Hillary Prescott se había sentado junto a una chica llamada Marnie. Como yo, ya habían terminado con la peluquería y el maquillaje y no tenían nada que hacer, más que beber agua mineral, mirarse en el espejo y chismosear.

–¿De qué? –preguntó Marnie. Era una chica muy delgada, de cara larga y pómulos altos. Cuando la vi por primera vez me dio la impresión de que se parecía a Whitney, aunque más que guapa era bonita.

Hillary miró por encima de un hombro y luego del otro, el movimiento clásico para ver si no había nadie cerca.

–Lo que pasó anoche en la fiesta de Becca Durham –dijo.

–No –respondió Marnie, dándose toquecitos con el dedo sobre el brillo de los labios–. ¿Qué pasó?

Hillary se acercó más.

–Bueno –comenzó–, por lo que he oído, se montó un buen numerito. Louise me contó que a mitad de la fiesta…

Dejó de hablar de repente y se quedó mirando fijamente al espejo que teníamos enfrente, justo cuando apareció Emily Shuster. Venía con los brazos cruzados y la cabeza algo agachada; su madre estaba con ella. Un solo vistazo me bastó para notar que Emily llegaba con un aspecto horrible: tenía la cara hinchada, los ojos enrojecidos y enmarcados por grandes ojeras.

Hillary, Marnie y yo vimos cómo caminaban hacia la señora McMurty, que estaba al otro lado de la sala. Y Hillary añadió:

–No puedo creer que se haya presentado.

–¿Por qué? –preguntó Marnie–. ¿Qué ha pasado?

No es asunto mío, pensé, mientras volvía a concentrarme de nuevo en el cuaderno de historia que había llevado para estudiar algo en los tiempos muertos. Pero al bajar la cabeza noté que se me pegaba un mechón de pelo en la mejilla. Levanté la vista al espejo para apartarlo justo cuando Hillary se acercaba aún más.

–Anoche se enrolló con Will Cash –dijo, en voz baja, pero no tanto–. En su coche. Y Sophie los encontró.

–¡No me digas! –exclamó Marnie, con los ojos como platos–. ¿Estás segura?

Como estaba mirándome en el espejo, pude ver mi reacción al oír esto. Me vi parpadear y me quedé un momento con la boca abierta antes de cerrarla rápidamente y apartar la vista.

–Louise estaba adentro –continuó Hillary–, así que no lo vio. Pero parece ser que Will había llevado a Emily en coche y alguien los sorprendió. Cuando Sophie se enteró, se puso como loca.

Marnie lanzó una mirada a Emily, que se hallaba de espaldas a nosotras mientras su madre hablaba con la señora McMurty.

–Sigue –dijo–. ¿Y qué hizo Will?

–No lo sé. Pero Louise dijo que Sophie ya sospechaba algo. Que Emily había estado coqueteando con él y actuando como una tonta cuando él estaba delante.

Como una tonta, pensé. O nerviosa. Y me vino a la mente la mirada intensa y fija de Will, lo despacio que parecía pasar el tiempo cuando estábamos solos en el coche esperando a Sophie. Detrás de mí pasaba la gente, otras modelos hablaban, el típico rumor y el ir y venir. Pero lo único que yo escuchaba eran esas dos voces y el latido de mi corazón.

–Caray –dijo Marnie–. Pobre Sophie.

–Ya te digo. Se suponía que era su mejor amiga –Hillary suspiró–. Ya ves que no se puede confiar en nadie.

Volteé la cabeza. Las dos me estaban mirando, como imaginaba. Les aguanté la mirada y Marnie se puso colorada y apartó la vista. Pero Hillary mantuvo sus ojos fijos en los míos un buen rato antes de apartar la silla y levantarse. A continuación, se alejó con un golpe de melena. Después de toquetear su botella de agua durante unos segundos incómodos, Marnie se levantó y la siguió.

Me quedé sentada un momento, intentando procesar lo que había oído. Miré a Emily, que ahora estaba sentada en una silla al otro lado de la sala. Su madre, junto a ella, estaba diciendo algo con expresión seria, y la señora McMurty asentía. La señora Shuster tenía una mano sobre el hombro de Emily y vi que de vez en cuando le daba un apretón; la tela se fruncía y se estiraba.

Cerré los ojos y tragué el nudo que se me había formado en la garganta.

Anoche se enrolló con Will Cash. Sophie se puso como una loca. Se suponía que era su mejor amiga. Ya ves que no se puede confiar en nadie.

No, pensé, no se puede. Y recordé mis últimos meses, mi verano en silencio, la soledad del comienzo del curso, el horrible día en el que había empujado a Sophie en el patio. Tal vez no podía haber cambiado nada de eso. Pero ahora, demasiado tarde, me daba cuenta de que quizá podría haber cambiado algo. Una sola cosa.

Intenté estudiar, intenté pensar en Owen y en lo que vendría después. Pero cuando conseguía distraerme un momento, volvía a mirar al otro lado de la sala, donde Emily estaba sentada frente al espejo. Había llegado tan tarde que tenían que arreglarla muy rápido y la peluquera y la estilista trabajaban al mismo tiempo, esquivándose la una a la otra. Entre ella y yo, la gente pasaba hablando en voz alta con movimientos más apresurados a medida que se acercaba la hora del espectáculo, pero Emily mantenía la vista al frente, mirándose a sí misma y a nadie más.

Cuando nos llamaron fuera del vestidor, ella no salió con las demás. Se presentó cuando ya estábamos todas en nuestro sitio y se colocó en la segunda de la fila, tres posiciones delante de mí. Había un reloj digital en el panel de información más cercano: eran las 6:55. A varios estados y kilómetros de distancia, Kirsten se preparaba para mostrar su cortometraje, y me acordé de esa hierba tan verde que ya no era perfecta.

Normalmente éste era el momento de mayores nervios, los últimos minutos antes de desfilar. Delante de mí, Julia Reinhart se jalaba el dobladillo de la camisa, y detrás de mí, oía a las modelos novatas que se quejaban de que les apretaban los zapatos. Emily no decía nada y miraba fijamente a la ranura de la cortina.

Empezó la música, alta y alegre, típico material de Z104, y la señora McMurty apareció con aspecto desquiciado y la carpeta en la mano.

–¡Un minuto! –exclamó, y la primera de la fila, una de las veteranas, hizo un movimiento con la melena y enderezó los hombros.

Yo estiré los dedos y respiré hondo. Ahora, en el centro comercial, todo parecía más grande y más abierto. Lo único que tenía que hacer era terminar con esto, salir e ir a buscar a Owen, para dirigirme hacia lo que quería ser, no hacia lo que había sido hasta entonces.

La música paró un momento y volvió a sonar. Empezábamos. La señora McMurty subió las escaleras hasta la cortina, la abrió y le hizo una seña a la primera chica para que saliera. Entonces vislumbré al público: había mucha gente sentada a ambos lados de la pasarela, y mucha más de pie, por detrás.

Cuando le tocó a Emily, salió con la cabeza alta y la espalda totalmente recta. Mientras la observaba deseé poder verla como la veían todos: una chica guapa con ropa bonita, nada más y nada menos. Salió otra chica, después Julia, y en ese momento regresó Emily por el otro lado del escenario hacia el vestidor. Y entonces llegó mi turno.

Cuando se abrió la cortina lo único que vi al principio fue la pasarela delante de mí, con una masa de rostros informes a ambos lados. La música me inundaba los oídos cuando empecé a andar intentando mantener la vista al frente, pero sin poder evitar echar un vistazo al público. Vi a mis padres a la izquierda, mi madre sonriéndome con el brazo de mi padre sobre sus hombros. Mallory Armstrong estaba sentada con las gemelas pelirrojas de su fiesta unas cuantas filas más atrás, en el otro lado. En el instante en que se cruzaron nuestras miradas, me saludó emocionada dando saltitos en su silla. Yo seguí avanzando. Y cuando llegué al final, vi a Whitney.

Estaba apoyada en un macetero frente a la tienda de vitaminas, a unos quince metros del público del desfile.

Ni siquiera sabía que iba a venir. Pero incluso más que eso me sorprendió su expresión, tan triste que casi me quedé sin aliento. Cuando se encontraron nuestras miradas, dio un paso al frente y se metió las manos en los bolsillos. Me quedé mirándola un momento, sintiendo una punzada en el pecho. Y luego tuve que dar media vuelta.

Me obligué a avanzar hacia la cortina con un nudo en la garganta. Ya había tenido bastante. No quería pensar en nada de lo que estaba pasando o había pasado, tanto a Emily como a mí. Sólo quería estar en el muro hablando con Owen, y ser la chica que él veía, que era diferente; eso era bueno. Era bueno por muchas razones.

Me hallaba en la mitad de la pasarela. Cuatro cambios de ropa más, cuatro desfiles, el gran final, y se habría acabado. No me correspondía a mí salvar a nadie, además. Especialmente cuando no había sido capaz de salvarme a mí misma.

—¡Annabel! —oí una voz que me llamaba y miré a la izquierda. Mallory me sonreía mientras se acercaba la cámara a la cara y con el dedo apretaba el disparador. Las pelirrojas me saludaban con la mano y todo el mundo miraba, pero cuando saltó el flash, lo único en lo que pude pensar fue en aquella noche en su cuarto con Owen, mirando todas aquellas caras sobre la pared, sin reconocer la mía siquiera.

Me di la vuelta y en ese momento salió Emily por detrás de la cortina. Y cuando la vi, oí la voz de Kirsten en mi cabeza, explicándome por qué le daba miedo mostrar su corto: «Es personal», había dicho. «Es real.» Y este momento también lo era, aunque a primera vista no lo pareciera. Era falso en el exterior, pero verdadero por dentro. Realmente sólo había que mirar, mirar de verdad, para darse cuenta.

Lo más raro de todo era que durante todo el otoño, en la escuela, en los ensayos, cada vez que nos cruzábamos, Emily no me miraba a la cara. Era como si no quisiera verme. Pero esta vez, cuando nos acercamos, noté cómo me miraba fijamente, deseando que girara la cabeza, atrayendo mi mirada en su dirección. Intenté evitarlo tanto como pude. Pero cuando nos cruzamos, me rendí.

Ella lo sabía. Me di cuenta al primer vistazo, con una sola mirada, en un instante. Estaba en sus ojos. A pesar del maquillaje, se veían con ojeras, demacrados y tristes. Pero, sobre todo, me resultaban familiares. El hecho de que estuviéramos delante de cientos de desconocidos no cambiaba nada en absoluto. Me había pasado todo el verano mirándome al espejo con esos mismos ojos, asustados, perdidos, confundidos. Los habría reconocido en cualquier parte.

13

–¡**S**ophie!

Era la fiesta anual de fin de curso, del pasado junio, y yo llegaba tarde. La voz de Emily llamando a Sophie fue lo primero que oí al entrar.

En ese momento no la vi, pues el vestíbulo estaba abarrotado de gente, igual que las escaleras. Sin embargo, un momento más tarde dio vuelta en una esquina, con una cerveza en cada mano. Cuando me vio, sonrió:

–Ahí estás –dijo–. ¿Por qué has tardado tanto?

Recordé la cara de mi madre hacía una hora, su expresión de susto cuando Whitney empujó la silla contra la mesa, haciendo saltar los platos por los aires. Esta vez el problema había sido el pollo y, en concreto, la media pechuga que mi padre le había puesto en el plato. Después de cortarla en cuartos y luego en octavos, y luego en dieciseisavos, pequeñísimos, lo había apartado todo antes de empezar a comerse la ensalada, masticando cada pedacito de lechuga durante siglos. Mis padres y yo fingimos no estar observándola y continuamos hablando del tiempo entre los tres. Unos minutos más tarde, Whitney dejó la servilleta sobre el plato ocultando el pollo, como un pañuelo de mago para hacerlo desaparecer. No hubo suerte. Mi padre le dijo que se terminara la cena y ella explotó.

Para entonces deberíamos habernos acostumbrado a sus escenas a la hora de la cena. Llevaba varios meses fuera del hospital y desde entonces se había vuelto algo cotidiano, pero de todas formas había veces en que el volumen y lo imprevisible de sus estallidos nos agarraba a todos por sorpresa. Especialmente a mi madre, que parecía tomarse cada sílaba un poco subida de tono, cada golpe o empujón, incluso los suspiros sarcásticos, como un ataque personal. Por eso me había quedado un poco más tarde después de cenar, en la cocina, mientras mi madre lavaba los platos. Su cara se reflejaba en la ventana sobre el fregadero, y la observé atentamente, como siempre hacía cuando se alteraba; me preocupaba llegar a ver algo distinto a sus rasgos de siempre.

–Me entretuvieron en casa –le contesté a Emily–. ¿Qué me he perdido?

–No mucho –contestó–. ¿Has visto a Sophie?

Miré a mi alrededor, más allá del grupo de gente que estaba cerca de nosotras, y la vi en un sofá pequeño junto a la ventana, con expresión de aburrimiento.

–Por aquí –le señalé a Emily, y tomé una de las cervezas mientras avanzaba entre la multitud–. Hola –saludé a Sophie, por encima del ruido de una televisión encendida–. ¿Qué te pasa?

–Nada –replicó, con voz cortante. Señaló la cerveza–. ¿Es para mí?

–Puede ser –respondí. Me hizo una mueca, se la pasé y luego me senté mientras ella daba un sorbo y dejaba la marca de carmín en el vaso.

–Me encanta tu camisa, Annabel –dijo Emily–. ¿Es nueva?

–Sí. Bastante nueva –acaricié la camisa de ante rosa que mi madre y yo habíamos encontrado en Tosca el día anterior. Era cara, pero pensamos que si me la ponía todo el verano la amortizaría–. Me la he comprado esta semana.

Sophie resopló, meneando la cabeza.

–Ésta –anunció– es oficialmente la peor fiesta de fin de curso de la historia.

–Son sólo las ocho y media –la animé, mirando alrededor. Había una pareja coqueteando en un sillón cercano y un grupo sentado a la mesa del comedor jugando a las cartas. La música salía de alguna parte, probablemente de atrás, y el bajo resonaba en el suelo–. La cosa aún puede mejorar.

Dio otro sorbo a su cerveza.

–Lo dudo. Si esto sirve de señal, este verano va a ser el peor de todos.

–¿Tú crees? –preguntó Emily, sorprendida–. Ahí afuera había unos universitarios muy guapos.

–¿Y tú querrías salir con un universitario que va a fiestas de preparatoria? –preguntó Sophie.

–Bueno –respondió Emily–, no lo sé.

–Como te he dicho –dijo Sophie–, un asco.

Se oyó mucho escándalo a nuestra izquierda y al voltear vi a un grupo que se abría paso en el recibidor. Reconocí a una chica de mi clase de educación física con un par de chicos a los que no conocía, y en la retaguardia a Will Cash.

–¿Ves? –le dije a Sophie–. Esto ya tiene mejor pinta.

Pero en lugar de alegrarse, pareció enfadarse. Aunque habían discutido esa semana, pensé que ya estaría todo arreglado, como siempre. Al parecer no era así. Will saludó a Sophie con una mera inclinación de cabeza antes de seguir, por el pasillo que daba a la cocina, al grupo con el que había llegado.

Una vez que desapareció de nuestra vista, Sophie se acomodó en el sofá y cruzó las piernas.

–Vaya mierda –anunció; esta vez me pareció mejor no discutir.

Me levanté y le tendí la mano.

–Ven –le propuse–. Vamos a dar una vuelta.

–No –me replicó secamente. Emily, que había empezado a levantarse, volvió a su sitio.

–Sophie.

Ella meneó la cabeza.

–Vayan ustedes dos. Que se la pasen bien.

–Entonces, ¿quieres quedarte aquí enfurruñada?

–No estoy enfurruñada –contestó con frialdad–. Sólo estoy sentada.

–Muy bien –dije yo–. Voy por otra cerveza. ¿Quieres algo?

–No –me respondió, mirando al salón, donde Will hablaba con el chico que se sentaba en la cabecera de la mesa, que repartía las cartas.

–¿Quieres venir conmigo? –le pregunté a Emily. Asintió, dejó la cerveza sobre la mesita y me siguió por el pasillo.

–¿Está bien? –me preguntó en cuanto nos alejamos lo suficiente como para que no nos oyera.

–Sí –contesté.

–Parece enfadada –comentó–. Antes de que llegaras, casi no me hablaba.

–Ya se le pasará –dije yo–. Ya sabes cómo es.

Atravesamos la cocina y salimos al porche, en dirección al barril, que estaba rodeado por unos cuantos chicos mayores.

–Hola –me saludó uno de ellos, alto y delgado, que fumaba un cigarro–. Déjame que te sirva una cerveza.

–Ya lo hago yo –dije, sonriendo levemente mientras agarraba un vaso y me servía.

–¿Van a Jackson? –le preguntaron a Emily, que estaba a un lado, con los brazos cruzados. Ella asintió, mirándome–. Bueno, estas novatas cada año están más buenas.

–No somos novatas –repliqué mientras me alejaba del barril. Un chico de pelo rizado, situado justo delante de mí, me bloqueaba el paso–. Perdón.

Me miró un momento antes de apartarse.

–Haciéndote la dura, ¿eh? –comentó cuando pasé a su lado–. Eso me gusta.

Volví a la cocina; Emily me siguió y cerró la puerta.

–Ésos no eran a los que me refería –me dijo en voz baja.

–Ya lo sé –asentí–. Éstos vienen a todas las fiestas.

Nos dirigimos de nuevo hacia Sophie, pero acababa de entrar un grupo de gente y el pasillo estaba abarrotado de cuerpos y de ruido. Intenté abrirme paso sin conseguirlo, pues me quedé atorada en la mitad del salón. La gente me rodeaba por todas partes. Volteé la cabeza buscando a Emily, pero la había interceptado una chica llamada Helena, a quien conocíamos de los desfiles y que, al parecer, le estaba hablando a gritos en la oreja.

–Perdón –soltó una desconocida que venía abriéndose paso a empujones y me había soltado un codazo en el brazo. Oí un chapoteo y vi que la cerveza, la suya o la mía, me corría por la pierna. De repente el pasillo me pareció más pequeño, por no mencionar el calor que hacía. Así que, en cuanto se abrió un hueco a mi izquierda, aproveché, y conseguí llegar a un pequeño espacio debajo de las escaleras donde por fin pude respirar.

Apoyé la espalda contra la pared y di un sorbo a la cerveza mientras la gente seguía empujando por el pasillo. Me estaba preparando para unirme a la masa cuando Will Cash pasó por allí. Al verme se detuvo.

–Hola –me saludó. Dos chicos se cruzaron con él en dirección contraria. Uno de ellos le revolvió el pelo y Will puso mala cara–. ¿Qué haces?

–Nada –respondí–. Sólo...

Se dio la vuelta y se metió allí conmigo. Apenas cabíamos los dos en el hueco; evidentemente, era el típico sitio en el que se pone una mesita, o un cuadro, pero, de todas formas, intenté echarme a la izquierda para dejar algo de espacio entre los dos.

–Escondiéndote, ¿eh? –me preguntó. No sonreía, aunque estaba casi segura de que lo había dicho de broma. Con Will pasaba eso, nunca se sabía si hablaba en serio. O por lo menos, yo no lo sabía.

–Bueno... se estaba desmadrando un poco la cosa –dije–. ¿Ya has... has visto a Sophie?

Seguía mirándome con esos ojos vacíos y sentí que volvía a ponerme colorada.

–Todavía no –contestó–. ¿Hace cuánto que han llegado?

–Oh, yo no llegué con ellas –contesté mientras Hillary Prescott pasaba por delante de nosotros. Cuando nos vio, aminoró el paso y se nos quedó mirando un momento antes de desaparecer a la vuelta de la esquina–. Acabo de llegar… no pude salir antes de casa.

Will no dijo nada más, sólo siguió mirándome fijamente.

–Ya sabes –comenté, dando otro sorbo de cerveza, mientras un grupo de chicas transitaba por el pasillo riéndose a carcajadas–. Drama familiar y rollos de ésos.

No tenía idea de por qué estaba contándole todo eso, igual que nunca sabía por qué hacía lo que hacía cuando él se hallaba delante. Había algo en su persona que me desubicaba y me hacía sentir tan insegura, que lo compensaba mostrándome demasiado dicharachera.

–Ah, sí –contestó sin entonación.

Noté que las mejillas me ardían de nuevo.

–Bueno, me voy a buscar a Sophie –me despedí–. Te veré por aquí, supongo.

–Sí –asintió–. Hasta luego.

Ni siquiera esperé a que hubiera un hueco para salir; choqué con un jugador de futbol al que seguí hacia la cocina, donde encontré a Emily apoyada en la mesa con el celular pegado a la oreja.

–¿Dónde estabas? –me preguntó, dejando el teléfono y metiéndoselo de nuevo en el bolsillo.

–En ningún sitio –dije–. Vamos.

Cuando llegamos al salón, Sophie seguía en el sofá, pero ahora no estaba sola. Will se había unido a ella y daba la impresión de que estaban discutiendo. Sophie decía algo, con el rostro contraído, mientras que Will parecía estar escuchando sólo a medias y escudriñaba la sala mientras ella hablaba.

–Será mejor que no los molestemos ahora –le señalé a Emily–. Luego venimos. De todas formas, tengo que ir al baño. ¿Sabes dónde está?

–Creo que he visto uno por allí –contestó, indicándome un pasillo–. Vamos.

Había un baño, pero también había fila, así que decidimos probar en el segundo piso. Íbamos avanzando por un largo pasillo cuando oí que alguien me llamaba. Me detuve y retrocedí hasta una puerta abierta que acabábamos de pasar. Allí estaban jugando al billar Michael Kitchens y Nick Lester, dos estudiantes a los que había sufrido todo el semestre en la clase de historia del arte.

–¿Ves? –exclamó Nick–. ¡Te dije que había visto a Annabel!

–Fíjate tú –dijo Michael, que se hallaba inclinado sobre la mesa, a punto de dar un golpe–. Y yo que pensé que estabas alucinando.

Nick se dio la vuelta y se llevó la mano al corazón al verme.

–No, es Annabel –dijo–. Annabel, Annabel, Annabel Greene.

–Me prometiste que dejarías esa tontería cuando terminara el curso –le dije. Había hecho un trabajo sobre el poema *Annabel Lee*, de Poe, y me había estado fastidiando con ese verso–. ¿Te acuerdas?

–No –me dijo, sonriendo.

Michael tiró y las bolas se separaron con un ruido seco.

–Nick está borracho –nos informó–. Están advertidas.

–No estoy borracho –protestó Nick–. Sólo alegre.

281

–¿Hay un baño por aquí? –pregunté–. Lo hemos buscado por todas partes.

–Justo ahí –respondió Michael, señalando al otro lado de la habitación.

–Ven –le expliqué a Emily, que entró en la habitación–. Éstos son Nick y Michael –añadí, mientras le entregaba mi cerveza–. Y ésta es Emily. Vuelvo en un segundo.

Ella asintió, un poco nerviosa.

–¿Sabes jugar? –le preguntó Michael, señalando hacia la mesa.

–Más o menos –respondió ella.

Se acercó a la pared y agarró un taco para Emily.

–Sí, claro –aseguró él–. Seguro que luego me das una paliza.

–La verdad es que tiene cara de ser una fiera del billar –dijo Nick. Emily se rio, meneando la cabeza–. Siempre pasa lo mismo con las tímidas.

–Apiádate un poco de mí –le suplicó Michael–. Es lo único que te pido.

Cuando salí del baño, dos minutos más tarde, Emily lo estaba haciendo muy bien. También se hallaba en pleno coqueteo con Michael, que parecía muy contento de corresponder. Lo que me dejaba a mí con Nick, sentado a mi lado en el sofá. Me anunció que tenía algo que decirme.

–Bueno –empezó, dando un trago de cerveza–, ahora que se ha acabado el curso y eso, creo que deberías saber que sé lo que sientes por mí.

–¿Lo que siento por ti? –repetí.

–Oye –dijo Michael, desde la esquina de la mesa–. Cállate antes de decir algo de lo que te puedas arrepentir.

–Shhhhh –lo hizo callar Nick, con un gesto de la mano. Se volvió hacia mí–. Annabel –aseguró con seriedad–, no pasa nada si estás loquita por mí.

–Caramba, chico –gimió Michael–. Me estás dando vergüenza ajena.

–Bueno, tiene sentido –continuó Nick, con la lengua un poco pastosa mientras yo intentaba no reírme–. Estoy en el último año. Soy mayor que tú. Es normal que sientas admiración por mí. Pero... –hizo una pausa para dar otro trago–. No va a funcionar.

–¡Oh! –exclamé–. Bueno. Supongo que es mejor saberlo, ¿no?

Nick me dio una palmadita en la mano.

–Me siento halagado, pero no importa cuánto me quieras. Yo no siento lo mismo por ti.

–Y una mierda –exclamó Michael, y Emily se rio.

–Lo entiendo –le dije a Nick.

–Ah, ¿sí?

–Claro.

Todavía seguía dándome palmaditas en la mano, aunque no estaba segura de que siquiera se percatara de ello.

–Bien. Porque me gustaría, si puedes dejar a un lado tus sentimientos, que siguiéramos siendo amigos.

–A mí también –asentí.

Nick se puso cómodo y se llevó la botella a los labios. Luego la puso boca abajo. Cayó una gota.

–Vacía –anunció–. Necesito otra.

–Yo creo que no –le dijo Michael, e hizo una mueca cuando Emily golpeó la bola blanca y metió dos rayadas.

–¿Qué te parece agua? –le pregunté a Nick–. Iba a ir por una botella para mí.

–Una botella de agua –repitió despacio, como si fuera un concepto desconocido–. Muy bien. Tú guías.

–Ahora volvemos –le dije a Emily mientras me levantaba. Nick también se incorporó, con mucha mayor dificultad–. ¿Quieren algo?

Ella negó con la cabeza y se inclinó para volver a tirar.

–Estoy bien así –respondió.

–Demasiado bien –confirmó Michael mientras dos bolas más desaparecían–. Así que juegas «más o menos»; sí, cómo no.

Nick y yo no habíamos llegado a la mitad del pasillo cuando me anunció que había cambiado de idea.

–Estoy muy cansado –me dijo, dejándose caer frente a la puerta de un dormitorio–. Necesito descansar.

–¿Todo bien? –le pregunté.

–Fenomenal –respondió–. Tú vete por esa, esa…

–Agua –terminé la frase.

–Agua… y nos vemos luego aquí, ¿de acuerdo? –se echó hacia atrás y se golpeó la cabeza contra la pared–. Aquí mismo.

Asentí y continué hacia las escaleras. De camino miré en la sala, que se encontraba todavía más abarrotada que antes. Sophie ya no estaba en el sofá, y Will tampoco, lo que me imaginé que sería una buena señal, o quizá malísima.

Abajo encontré dos botellas de agua y me detuve a hablar con algunas personas. Cuando volví al pasillo, Nick no estaba. Me figuré que habría vuelto al cuarto del billar. Iba a hacer lo mismo, cuando oí una voz.

–Annabel.

Era suave y susurrante. Me di la vuelta. Había un dormitorio a la derecha, con la puerta entreabierta. Quedaba muy a mano si estabas tambaleándote o, peor, vomitando. Pobre Nick, pensé. Me metí una botella de agua en el bolsillo trasero del pantalón, abrí la otra, empujé la puerta y entré.

–Hola –dije–. ¿Te has perdido?

Cuando atravesé el umbral hacia la oscuridad, tuve la sensación de que algo no estaba bien. Fue la forma de percibir la habitación, como si el espacio entero a mi alrededor estuviera alterado. Di un paso atrás, buscando el picaporte de la puerta, pero no lo encontré y toqué sólo la pared.

–¿Nick? –llamé.

Entonces, de repente, algo chocó contra mi costado izquierdo. No era un mueble ni un objeto, sino algo vivo. Alguien. Es Nick, me dije. Está borracho. Pero al mismo tiempo empecé a tantear con la mano a mi espalda, ahora con mayor urgencia, buscando el interruptor de la luz o el picaporte. Por fin toqué este último. Justo cuando empezaba a hacerlo girar, unos dedos se cerraron sobre mi muñeca.

–¡Eh! –grité, y aunque intenté parecer tranquila, mi voz sonó asustada–. ¿Qué…?

–Shhh, Annabel –dijo una voz, y los dedos avanzaron por mi brazo, sobre la piel, y sentí otra mano en el hombro derecho–. Soy yo.

No era Nick. Esta voz era más grave y nada pastosa, cada sílaba se distinguía perfectamente. Al darme cuenta, me entró pánico y agarré con más fuerza la botella de agua que tenía en la mano. El tapón saltó y sentí el frío en la blusa y en la piel.

–No –exclamé.

–Shhh –repitió la voz, y las manos me soltaron. Un segundo más tarde, me taparon los ojos.

Hice un movimiento brusco, intentando liberarme. La botella de agua, ahora medio vacía, se me cayó de las manos y golpeó contra la alfombra con un sonido sordo; sus manos me agarraron con fuerza por los hombros. Seguí resistiéndome, intentado zafarme y dar media vuelta, hacia la puerta, pero mis manotazos sólo tocaban el aire. Era como si las paredes se hubieran deslizado hacia atrás, fuera de mi alcance. No tenía nada de dónde agarrarme.

Me oí respirar con dificultad, de forma entrecortada, cuando me rodeó el cuello con el brazo y me apretó contra él. Me puse a patalear y las piernas se levantaron del suelo, logrando dar contra la puerta –¡bum!–, antes de que me arrastrara un par de pasos hacia dentro. Su otra mano se movía por mi estómago, apartando la camisa e introduciéndose en los jeans.

–¡Déjame! –supliqué, pero entonces su brazo, caliente y con olor a sudor, me cubrió la boca y ahogó el sonido de mi voz. Con dedos bruscos apartó la ropa interior, internándose cada vez más abajo, y su respiración agitada restallaba en mi oreja. Yo seguía luchando por liberarme, retorciéndome, mientras sus dedos continuaban avanzando, hasta estar dentro de mí.

Le di un mordisco en el brazo, muy fuerte. Gritó y apartó el brazo de mi boca, empujándome hacia delante. Cuando volví a sentir los pies en el suelo, busqué la pared intentando orientarme, y justo en el instante en que mis dedos rozaban apenas una superficie sólida, me agarró por la cintura de los jeans y me hizo girar para ponerme frente a él. Instintivamente me protegí con las manos, como un escudo, pero él las apartó con fuerza y me arrojó al suelo.

En un segundo –parecía imposible que pudiera moverse tan rápido– estaba encima de mí y sus manos luchaban por desabrocharme el pantalón. Noté la alfombra que me arañaba la espalda mientras intentaba quitármelo de encima, y me invadió el olor a ante mojado de su camisa; me plantó una mano sobre el pecho para mantenerme en el suelo y empezó a quitarme el pantalón con la otra. Yo hacía fuerza con los codos contra el suelo, intentando incorporarme, pero era incapaz de moverme.

Oí que se bajaba la cremallera del pantalón y volvía a ponerse encima de mí. Intenté empujarlo por los hombros, con todas mis fuerzas, pero pesaba tanto que me aplastaba, y empujó hacia arriba una de mis piernas –esto era real–. Entonces, justo cuando lo sentía sobre mi pierna y me retorcía una última vez, desesperada, vi algo: una delgada línea de luz que caía sobre nosotros.

Era como un hilo en la oscuridad y gracias a él pude distinguir un poco de su espalda, con pecas; el vello rubio en el brazo que me mantenía sujeta; un poco de ante rosa oscuro; y luego, justo antes de que se apartara, sus ojos, azules, con las pupilas dilatadas, contraídas, dilatadas otra vez a medida que la luz se extendía. Y entonces se levantó.

Me senté con el corazón acelerado y me subí los pantalones. De alguna manera me concentré en subirme la cremallera, como si fuera la cosa más importante del mundo. Cuando por fin lo conseguí se encendió la luz, y allí, delante de mí, apareció Sophie. Me vio a mí primero. Luego volvió la cabeza y vio a Will Cash, que estaba detrás, sentado en la cama.

–¿Will? –preguntó. Su voz era aguda y tensa–. ¿Qué pasa aquí?

Will, pensé. Me vino la imagen de su brazo cubriéndome la boca, las manos sobre los ojos; y luego otra: Will en el hueco bajo las escaleras, tan cerca de mí.

–No lo sé –se encogió de hombros, y se pasó una mano por el pelo–. Es que ella...

Sophie se quedó mirándolo un largo rato. Detrás de ella, en el pasillo, se oían risas, y pensé en Emily y en Michael jugando al billar. Esperándome.

Sophie se volvió hacia mí.

–¿Annabel? –preguntó, y dio un paso al frente, dentro de la habitación, con una mano aún sobre el marco de la puerta–. ¿Qué estás haciendo?

Yo me sentía como si me hubiera roto en mil pedazos; todo lo que acababa de ocurrir era un fragmento, no una parte, de un todo real. Me levanté, me alisé la blusa.

–Nada –respondí, y la palabra salió como una boqueada. Intenté tragar–. Estaba...

Sophie volvió a mirar a Will, y aunque no me había interrumpido, dejé de hablar. Él le sostuvo la mirada. Sin inmutarse. En absoluto.

–Será mejor que alguien empiece a darme explicaciones. Ahora mismo.

Pero nadie dijo nada. Después, esto me llamaría la atención, pero en aquel momento yo esperaba que otra persona definiera esto, como si yo misma no hubiera estado allí, como si no tuviera palabras para describirlo.

–Will –dijo Sophie–, di algo.

–Mira –comenzó él–, te estaba esperando y entonces llegó ella... –se interrumpió, moviendo la cabeza, pero siguió mirándola–. No sé.

Sophie volvió su atención de nuevo hacia mí. Tenía que darse cuenta de que aquello no era normal, pensé. No debería tener que decírselo yo. Yo no era cualquier chica, como ésas a las que habíamos salido a buscar todas aquellas noches. Era mi mejor amiga. Lo pensaba de verdad. Entonces...

Frunció los labios. Vi que movía la boca.

–Puta –me gritó.

Después me pareció una estupidez, pero en realidad creí que la había oído mal.

–¿Qué? –pregunté.

–Que eres una zorra de mierda –ahora estaba subiendo la voz, todavía temblorosa, pero cada vez más fuerte–. No lo puedo creer.

–Sophie –le pedí–. Espera. Yo no he...

–Tú no has ¿qué? –gritó. Detrás de ella vi sombras que se alargaban al otro lado del pasillo. Llegaba gente, pensé. Lo estaban oyendo todo. Se enterarían.

–¿Te habías creído que te podías tirar a mi novio en una fiesta y no me iba a enterar?

Abrí la boca, pero no salió nada. Me quedé en silencio, mirándola. Emily apareció detrás, en la puerta, con los ojos muy abiertos.

–Annabel –me preguntó–. ¿Qué pasa?

–Que tu amiga es una puta, eso es lo que pasa –le contestó Sophie.

–No –contesté yo–. No ha sido así.

–¡Yo sé muy bien lo que he visto! –gritó. Emily, a su espalda, dio un paso atrás. Sophie me apuntó con el dedo–. ¡Siempre has querido todo lo que yo tengo! –exclamó–. ¡Siempre has tenido celos de mí!

Me estremecí. Daba tantos gritos que era como si me sacudiera los huesos. Me sentía tan confundida, y asustada, y aunque antes no había llorado –¿cómo es posible que no hubiera llorado?– ahora tenía un nudo en la garganta, que se hacía cada vez más grande.

Sophie se plantó delante de mí de dos zancadas y el cuarto pareció encogerse –Will, Emily y todos los demás desaparecieron de mi visión periférica– hasta que sólo quedaron sus ojos entrecerrados y el dedo levantado con ira y con furia.

–Estás acabada –me advirtió, con voz temblorosa–. Totalmente acabada.

–Sophie –moví la cabeza–. Por favor. Sólo…

–¡Apártate de mi vista! –gritó–. ¡Lárgate!

Y entonces, tan rápido como había desaparecido hacía un momento, recuperé la visión y lo percibí todo. La multitud de rostros que se habían reunido en el pasillo. Will Cash a un lado, todavía sentado en la cama. El verde espuma de mar de la moqueta bajo mis pies. La luz amarilla de la lámpara en el techo. Era difícil creer que tan sólo unos momentos antes todas estas cosas habían estado ocultas por una oscuridad muy densa, tan ocultas que no habría sido capaz de reconocer ni una sola. Pero ahora, igual que yo, se hallaban al descubierto.

Sophie seguía de pie frente a mí. A nuestro alrededor reinaba el silencio. Sabía que podría haber roto ese mutismo, que podría haber hablado. Sería mi palabra contra la de él, y la de ella. Pero no lo hice.

En lugar de eso, salí del cuarto con todas las miradas puestas en mí. Pude sentirlas clavadas mientras rodeaba a Sophie, y salía al pasillo, hacia las escaleras. Una vez en el recibidor, me dirigí a la puerta, la abrí y salí a la noche. Crucé la hierba húmeda en dirección a mi coche. Y todo lo hice poniendo mucho cuidado y atención, como si controlar esas acciones pudiera equilibrar de alguna manera lo que acababa de ocurrir.

Lo único que no hice, en todo el camino a casa, fue mirarme. Ni en los espejos laterales. Ni en el retrovisor. En cada semáforo, cada vez que reducía la velocidad, escogía un punto para concentrarme: la defensa del coche de delante, un edificio lejano, incluso la línea descascarillada de la carretera.

Cuando llegué a casa, mi padre estaba esperando, como siempre, sentado a solas. Vi la luz del televisor, pálida y parpadeante, en cuanto entré.

—¿Annabel? —me llamó, mientras bajaba el volumen del televisor, poco a poco, hasta quitarlo por completo—. ¿Eres tú?

Me quedé un segundo en la entrada, sabiendo que, si no me asomaba, sospecharía algo. Me alisé el pelo con los dedos, respiré hondo y entré en la sala.

—Sí —respondí—. Soy yo.

Giró su silla hacia mí.

—¿La has pasado bien? —me preguntó.

—No ha estado mal —dije.

–Hay un programa buenísimo –me contó, señalando la tele–. Trata del *New deal*. ¿Te interesa?

Cualquier otra noche me hubiera sentado con él. Era nuestra tradición, aunque sólo me quedara unos minutos. Pero esta vez no pude hacerlo.

–No, gracias –contesté–. Estoy cansada. Creo que me voy a la cama.

–De acuerdo –asintió, volviéndose hacia la tele–. Buenas noches, Annabel.

–Buenas noches.

Agarró el control remoto y yo di media vuelta, alejándome hacia la entrada, donde la luz de la luna se colaba sesgada por el tragaluz que había sobre la puerta y caía en la foto de mi madre y mis hermanas, en la pared de enfrente. Con esa luz brillante se veían todos los detalles: la espuma de las olas a lo lejos, el ligero tono gris del cielo... Me quedé un momento estudiándonos una a una: la sonrisa de Kirsten, la mirada atormentada de Whitney, la ligera inclinación de cabeza de mi madre. Cuando llegué a mi propia imagen, la observé con detenimiento, tan brillante, rodeada de oscuridad. Era como una desconocida. Como una palabra en una página que has impreso y leído un millón de veces, y que de repente te parece extraña o errónea, extranjera, y por un momento te sientes asustada, como si hubieras perdido algo y no supieras qué.

Al día siguiente intenté hablar con Sophie, pero no contestó el teléfono. Sabía que debía ir a su casa, explicarle en persona, pero cada vez que me disponía a hacerlo me venía una imagen de ese cuarto, de esa mano sobre la boca, del golpe de mi pie contra la puerta... y no era capaz de hacerlo. De hecho, siempre que pensaba en lo que había ocurrido, el estómago me daba un vuelco y sentía cómo la bilis ascendía por mi garganta. Como si una parte de mí estuviera intentando expulsarlo, purgarlo de mi cuerpo completamente, de una forma que yo sola no lograba.

La alternativa tampoco era buena, claro. Ya me habían llamado puta, y quién sabe qué historias irían contando desde entonces. Pero lo que realmente había pasado era mucho peor que nada de lo que Sophie pudiera inventar y divulgar por ahí.

Incluso así, en el fondo, yo sabía que no había hecho nada malo. Que no era culpa mía y que en un mundo perfecto podría contarle a la gente lo que había pasado sin sentirme avergonzada. Pero en la vida real era más difícil. Estaba acostumbrada a que me miraran, era parte de mí, de lo que representaba mi vida desde que tenía uso de razón. Y si la gente se enteraba de esto, seguramente me miraría de otra manera. Así, con cada mirada, ya no me verían a mí, sino lo que me había pasado; algo tan crudo, vergonzoso y privado, expuesto al exterior y examinado por todos. No sería la chica que lo tenía todo, sino la chica a quien habían atacado y asaltado; la indefensa. Me parecía más seguro guardármelo dentro, donde yo era la única que podía juzgar.

De todas formas, a veces dudaba si era la decisión correcta. Pero según fueron pasando los días, y después las semanas, pensaba que, aunque hubiera logrado contarlo, ya era demasiado tarde. Pues cuanto mayor fuera la distancia, menos dispuesta a creerme estaría la gente.

Por eso no hice nada. Y un par de semanas más tarde, un día que estaba con mi madre en la farmacia, comprando un par de cosas, me dijo:

–¿No es ésa Sophie?

Lo era. Se encontraba al otro extremo del pasillo, mirando las revistas. Vi cómo pasaba una página arrugando la nariz ante algo que le había llamado la atención en ella.

–Sí –respondí–. Creo que sí.

–Pues ve a saludarla. Ya me encargo yo –dijo, y tomó la lista–. Nos vemos en la caja, ¿sí?

Y se marchó, colocándose la cesta en el brazo y dejándonos solas. Yo debería haberme ido con ella. Pero por algún motivo me vi caminando hacia Sophie y permanecí detrás de ella mientras volvía a dejar en su sitio la revista, que tenía en la portada la última ruptura de unos famosos.

–Hola –la saludé.

Se sobresaltó y se dio la vuelta. Cuando me vio, puso mala cara.

–¿Qué quieres?

No había planeado lo que iba a decirle, pero si así lo hubiera hecho, sus palabras me lo habrían puesto más difícil todavía.

–Mira –dije, con la mirada puesta en el pasillo de al lado, donde mi madre examinaba un expositor de aspirinas–. Sólo quería...

–No me hables –ordenó. Hablaba en voz alta, mucho más alta que yo–. No tengo nada que decirte.

–Sophie –la llamé. Hablé casi en un susurro–. No fue lo que tú piensas.

–Ah, ¿así que ahora eres adivina, además de puta?

Me puse colorada al oír el insulto y miré instintivamente hacia mi madre, preguntándome si lo habría escuchado. Ella levantó la vista y nos sonrió, antes de avanzar al siguiente pasillo.

–¿Qué pasa, Annabel? ¿Algún problema? Déjame que lo averigüe, ¿el drama familiar de siempre?

La miré confundida. Y luego recordé: eso era lo que le había dicho a Will aquella noche en el hueco de las escaleras, por razones que todavía no comprendía. Y claro, él se lo había contado a ella, y había usado esto, la más estúpida de las confesiones, contra mí. Ya me imaginaba cómo le habría dado la vuelta: yo haciéndole confidencias y luego siguiéndolo al piso de arriba. «No lo sé», había dicho él aquella noche, mientras yo esperaba que se explicara. «Es que ella…»

«Si sabes que un tipo tiene novia, especialmente si esa novia soy yo, no hay absolutamente ninguna razón para hacer algo con él que se pueda interpretar de forma equivocada –me había dicho Sophie hacía unos meses–. Es una elección, Annabel. Y si eliges la opción equivocada, tú eres la única culpable de las consecuencias.»

En su cabeza resultaba así de simple. Yo sabía que no era verdad, pero sentí un momento de duda y temor cuando las piezas encajaron, en mi contra, y mis peores temores se materializaron. ¿Y si lo hubiera contado, o lo contara, y nadie me creyera? ¿O, incluso peor, si me echaban a mí la culpa?

Me dio un retortijón y sentí ese sabor familiar en la boca. Sophie echó un vistazo hacia mi madre durante un momento, y me vino la imagen de ésta aquella noche durante la cena, sobresaltándose cuando Whitney golpeó la mesa con la silla. Había estado tan preocupada por ella entonces, tantas noches, que no podía imaginarme cómo tomaría esto si alguna vez llegaba a enterarse.

–Sophie –repetí–. Sólo…

–Vete de aquí –me gritó–. No quiero volver a verte.

Luego se marchó, apartándome de un empujón y meneando la cabeza. De alguna forma conseguí dar media vuelta y volver por el pasillo; veía las estanterías borrosas al pasar. Distinguí a una mujer con un niño en la cadera, un anciano empujando un andador, algún dependiente de inventario examinando una pistola de etiquetas y luego, por último, a mi madre, de pie frente a un expositor de cremas solares, buscándome.

–Ahí estás –me dijo cuando me acerqué–. ¿Cómo está Sophie?

Me obligué a respirar.

–Está bien –le contesté–. Muy bien.

Era la primera mentira que le decía a mi madre sobre Sophie, pero no sería ni mucho menos la última. Luego pensé que todo lo que sentí aquella noche –la vergüenza, el miedo– desaparecería con el tiempo y se curaría como si fuera una herida en la rodilla, dejando una cicatriz apenas visible. Pero eso no había ocurrido. Al revés, las cosas que recordaba, los pequeños detalles, parecían volverse más intensos, hasta el punto de que sentía su peso oprimiéndome el pecho. Sin embargo, nada permaneció más tiempo que el recuerdo de ese cuarto oscuro, junto con lo que allí encontré, y cómo la luz había transformado aquella pesadilla en algo real.

Y ésa era la cuestión: antes, la diferencia entre la luz y la oscuridad resultaba algo básico. Una era buena, la otra mala. De repente, las cosas ya no estaban tan claras. La oscuridad seguía siendo un misterio, algo oculto, algo de lo cual sentir miedo; pero había llegado a temer a la luz tanto o más. La luz revelaba todo, o parecía revelarlo. Con los ojos cerrados no veía más que oscuridad, lo que me recordaba a esa cosa, el más profundo de mis secretos; con los ojos abiertos, estaba el mundo que no lo sabía, luminoso, ineludible y que, de alguna forma, seguía existiendo.

14

—Hola –dijo Owen con una sonrisa al voltear hacia mí–. Has conseguido llegar.

Era cierto. Estaba allí, en Bendo, delante del escenario. Pero no sabía exactamente cómo lo había hecho. La verdad es que todo lo ocurrido desde que Emily y yo nos encontramos cara a cara me resultaba un tanto difuso.

De alguna manera, había logrado terminar el desfile, cambiándome tres veces de modelo y aplaudiendo cuando la señora McMurty fingió sentirse totalmente avergonzada y completamente sorprendida de que la llamaran al escenario para entregarle flores, como todos los años. Después fui a la parte trasera del escenario, donde mis padres me estaban esperando.

Cuando mi madre me vio, me dio un abrazo y me acarició la espalda.

–Has estado fantástica –me dijo–. Guapísima.

–Aunque ese vestido es demasiado escotado –añadió mi padre, mirando el traje blanco que había llevado para el pase formal, el último del desfile–. ¿No te parece?

–No –apremió mi madre, dándole una palmadita al separarse de mí–. Es perfecto. Has estado perfecta.

Forcé una sonrisa, pero la cabeza todavía me daba vueltas. Había muchísima gente en el vestidor, mucho ruido y agitación, pero en lo único que podía pensar era en Emily. Ella lo sabía, cavilé mientras mi madre decía algo sobre buscar a la señora McMurty. Lo sabía.

Me aparté un mechón de pelo de la cara y lo llevé detrás de la oreja. Me sentía nerviosa, molesta; el ruido de la gente y el calor de tantos cuerpos juntos no ayudaba, y ahora mi madre seguía hablando.

–... ha sido maravilloso, pero tenemos que volver a casa. Whitney está haciendo la cena y ya pasan diez minutos de la hora a la que habíamos quedado para la vuelta.

–¿Whitney? –pregunté mientras mi padre saludaba con la cabeza a un hombre trajeado que pasó y pronunció su nombre–. ¿No está aquí?

Mi madre me dio un apretón en el hombro.

–Oh, cariño, estoy segura de que le hubiera encantado venir, pero para ella todavía resulta difícil, creo... Prefirió quedarse en casa. Pero nos ha encantado. De verdad.

Con todo lo que había pasado con Emily, me sentía desconcertada; no obstante, de una cosa estaba segura: aquella chica a la que había visto cuando llegué al final de la pasarela, observándome desde lejos, era mi hermana. Habría apostado la vida.

Sentí una mano posarse en mi hombro y volteé. Era la señora McMurty, con un hombre alto de pelo canoso y trajeado a su lado.

–Annabel –anunció con una sonrisa–, te presento al señor Driscoll. Es el director de *marketing* de Kopf y quería saludarte.

–Hola –dije–, encantada de conocerlo.

–Lo mismo digo –contestó, ofreciéndome la mano. Su palma estaba seca y fresca–. Estamos todos muy contentos contigo. Nos encantó el anuncio de la vuelta al colegio.

–Muchas gracias.

–Ha sido un gran desfile –sonrió, se despidió de mis padres con una inclinación de cabeza y se marchó con la señora McMurty, perdiéndose entre la gente. Mi madre los observó ruborizada.

–¡Oh, Annabel! –exclamó. Me apretó el brazo de nuevo, sin decir nada más, pero entendí el mensaje, alto y claro.

Justo entonces, sobre la cabeza de mi madre vi a la señora Shuster con un abrigo doblado sobre el brazo, de pie junto a la parte trasera del escenario. Consultó el reloj y después miró a su alrededor, preocupada. Un segundo después su expresión se relajó y vi a Emily avanzar hacia ella. Seguía con el pelo recogido en un moño y estaba maquillada, pero se había puesto su ropa de calle y no habló con nadie más mientras avanzaba entre la multitud.

–Voy a cambiarme –les expliqué a mis padres–. Estos zapatos me están matando.

Mi madre asintió y se inclinó para darme otro beso.

–Claro –aprobó, mientras el señor Driscoll volvía a pasar por allí, esta vez sin la señora McMurty. Mi madre lo observó al marcharse y luego dijo–: Te pongo un plato a la mesa, ¿no?

–Bueno –respondí–, la verdad es que vamos a ir en grupo a tomar una pizza. Ya sabes, para celebrar el desfile y eso.

–Ah –exclamó mi madre–. Bueno, me imagino que estarás agotada, así que no te quedes hasta muy tarde, ¿de acuerdo?

Asentí mientras observaba que, detrás de ella, Emily se ponía el abrigo que le entregaba su madre. La señora Shuster tenía una expresión sombría. Luego le acarició el brazo, frotándoselo ligeramente, y se encaminaron a la salida. Volví a prestar atención a mi madre.

–No llegaré muy tarde –le prometí.

–Las once como mucho –concluyó mi padre, mientras se inclinaba para darme un abrazo–. ¿De acuerdo?

–Sí –repliqué.

Todo el tiempo, mientras me cambiaba de ropa, me dirigía al coche y conducía por la ciudad, me dije que tenía que quitarme de la cabeza lo que le había pasado a Emily. Había estado deseando ir a Bendo, y estaba dispuesta a disfrutarlo. O a intentarlo al menos.

A partir de ahora mismo.

–A ver –dije mientras Owen volvía a mirar al escenario–, ¿qué me he perdido?

–No mucho –contestó mientras alguien me daba un empujón por detrás. Di un tropezón y él me agarró del brazo–. ¡Uy! –exclamó–, cuidado, este sitio es una locura –se oyó un pitido en el escenario y un grupo de gente a nuestra izquierda empezó a abuchear. Owen acercó la cabeza a mi oreja–. ¿Qué tal tu desfile?

No quería mentirle. Pero al mismo tiempo sabía que no podía contarle lo que había ocurrido de verdad, aquí, esta noche.

–Ya pasó –respondí, lo cual, técnicamente, era cierto.

–Tan bien te ha ido, ¿eh? –dijo, mientras una chica con un top con lentejuelas y una copa en la mano se abría paso a nuestro lado, mojándonos por el camino.

Sonreí.

–Más o menos.

–Bueno, no te preocupes. Cuando salga el grupo, tu noche va a mejorar.

–¿Tú crees?

–Lo sé –respondió a la vez que recibía un empujón, esta vez fuerte, de un chico con un abrigo negro que pasaba con un celular pegado a la oreja. Owen lo miró, el chico se encogió de hombros, sin molestarse, y siguió andando–. Bueno, es hora de buscar espacios abiertos.

Dio media vuelta y empezó a abrirse camino entre la gente; yo hice lo que pude por seguirlo hasta llegar a una mesa junto a la pared.

–Siéntate –me indicó con un gesto–. Desde aquí no se ve tan bien, pero al menos no nos dan codazos en el hígado.

Oí lo que parecía ser alguien afinando, y luego un pitido intenso cuando se acopló el micrófono.

–Los teloneros –me explicó Owen, señalando el escenario con la cabeza–. Tendrían que haber empezado hace media hora, pero…

Su frase quedó interrumpida por Rolly, que se sentó a su lado de repente tras aterrizar de golpe en el asiento.

–Ay –suspiró Rolly, sin aliento–, Dios mío.

–Por fin –dijo Owen, volteando para mirarlo–. ¿Dónde demonios te habías metido? Ya empezaba a pensar que te habían secuestrado o algo así.

–Pues no –contestó Rolly–. No vas a creer lo que me acaba de pasar.

–Hace media hora fue a buscar las bebidas –me explicó Owen–. Hombre, ya sé que hay mucha gente, pero es ridículo. ¿Y dónde está mi botella de agua?

Rolly meneó la cabeza.

–Está aquí.

–¿Qué?

Rolly respiró hondo y levantó las manos con las palmas hacia fuera.

–Está aquí –repitió. Luego hizo una pausa para que lo procesáramos, antes de añadir–: Está aquí, y me ha sonreído.

–¿Durante treinta minutos? –preguntó Owen.

–No. Sólo un momento.

–¿Te refieres a la chica que te dio un puñetazo? –le pregunté, para entender.

–Sí.

–No puedo creer que hayas vuelto sin mi botella de agua –aseguró Owen.

–¿No puedes olvidarte de eso un segundo? –protestó Rolly pasándose la mano por el pelo–. Me parece que no te das cuenta de la importancia de esta situación.

–Entonces has hablado con ella –dijo Owen.

–No. Esto es lo que ha pasado –Rolly respiró hondo–. Iba de camino a la barra cuando, de repente, allí estaba ella. ¡Bum! Justo delante de mí, como una aparición o algo así. Y cuando me quise dar cuenta, ya se había ido, se había alejado rodeada de gente. Y desde entonces la he estado observando, esperando el momento preciso para actuar. Tiene que ser perfecto.

–¿Por que no te ofreces para ir a pedirle una botella de agua? –sugirió Owen–. Y ya que estás en eso puedes pedir otra para mí.

Rolly lo miró con atención.

–¿Qué te pasa a ti hoy con el agua?

–Que tengo sed –respondió Owen–. Iba a ir por ella, pero tú te ofreciste. Es más, insististe.

–¡Ahora te traigo agua! –exclamó Rolly–. Pero primero, si no te importa, me gustaría enfrentarme a mi destino de la mejor manera posible.

Se oyó otro pitido procedente del escenario. Owen suspiró.

–Mira –lo animó–, lo mejor será que te olvides de lo del momento ideal.

Rolly se quedó mirándolo.

–No te entiendo –dijo.

–Has tardado un montón en volver a verla, ¿no? –dijo Owen–. Y quién sabe cuánto tardará en llegar el momento perfecto. Tal vez lo mejor sea que te lances. Así...

Rolly puso cara de susto de repente.

–¡Ay, mierda! –exclamó–. Ahí está otra vez.

Owen se inclinó ligeramente.

–¿Dónde?

–¡No mires! –exclamó Rolly, dándole un jalón–. ¡Muchacho!

Owen bajó la vista hacia su manga, que Rolly agarraba fuertemente.

–A ver –susurró Rolly con calma–. Es la que está junto a la puerta. De rojo.

Vi que Owen volvía a inclinarse hacia fuera, lanzaba un vistazo rápido detrás de mí y volvía a sentarse derecho.

304

–Sí, es ella –confirmó–. Y ahora, ¿qué?

–Exacto –comentó Rolly–. Necesito una introducción.

Para entonces tuve que admitir que me moría de curiosidad.

–Voy a mirar rápidamente por encima del hombro –le dije a Rolly–, ¿sí?

Asintió y Owen le lanzó una mirada asesina.

–Es una chica –explicó Rolly–. Puede mirar sin que se note.

Cuando me di la vuelta lo único que vi fue a un chico robusto con una camiseta de Metallica. Pero luego se movió un poco y observé que había una chica detrás de él. Tenía el pelo negro y brillante, y llevaba unas gafitas anticuados, un suéter rojo y jeans, con un bolso de cuentas colgado en bandolera. Pero en realidad no necesitaba fijarme en ninguna de esas cosas; la reconocí nada más de verla.

–Un momento –exclamé, volviéndome hacia Rolly–. La chica... ¿es Clarke?

Por un instante Rolly se quedó mirándome. Luego se inclinó sobre la mesa tan súbitamente que retrocedí, sorprendida, y me di un golpe en la cabeza con la pared.

–¿Se llama así? –preguntó. Tenía la cara a unos centímetros de la mía–. ¿Clarke?

Asentí con cuidado.

–Pues... sí.

Después de mirarme otro segundo, se echó hacia atrás hasta sentarse muy recto.

–Tiene nombre. Y es Clarke. Clarke...

Se calló, mirándome otra vez.

–Reynolds –añadí.

–Clarke Reynolds –repitió–. ¡Vaya! –parecía que estuviera en trance. Y luego, de repente, abrió mucho los ojos y tronó los dedos–. ¡Ya está! ¡Ya tengo mi introducción! ¡Tú!

–¿Yo?

Asintió vigorosamente.

–La conoces.

–No –contesté–. No la conozco.

–Sabes cómo se llama –señaló.

–Fuimos amigas hace tiempo. Fue...

–¿Eres amiga suya? –preguntó–. ¡Es perfecto!

–De verdad que no –dije, meneando la cabeza.

–Tú vas a hablar con ella, y luego yo paso por allí y tú me presentas. Es natural. ¡Es ideal!

–Rolly, en serio –le expliqué–. Yo no soy la persona adecuada para acercarte a Clarke.

–Annabel –se inclinó sobre la mesa de nuevo, y deslizó las manos hacia las mías–. Annabel, Annabel, Annabel Greene.

«Shh, Annabel. Soy yo.» Sentí un escalofrío en la espalda.

–Por favor –dijo Rolly–. Déjame hablar.

Miré a Owen, que meneó la cabeza. Cuando puse la mano derecha en la mesa, Rolly me la agarró inmediatamente.

–Esta chica –anunció solemnemente, con la mano caliente– es mi destino.

–Muy bien –dijo Owen–, ahora sí que la estás poniendo nerviosa.

–Rolly –le expliqué–. Esto es...

306

–Por favor, Annabel –me dijo. Puso la otra mano encima, de forma que mis dedos estaban completamente encerrados–. Por favor, sólo preséntamela. Es lo único que te pido. Una oportunidad. Una vez.

Sabía que debería haberle contado cuál era la verdadera razón por la que era mejor que no fuera yo quien se la presentara; que sería mejor que yo no tuviera nada que ver en lo que pasara o dejara de pasar entre él y Clarke. No sólo porque merecía saberlo, sino porque hasta ahora yo había sido sincera con Owen, y todo lo que tenía que ver con él resultaba auténtico, y callarme esto quería decir que, por segunda vez aquella noche, no estaba siendo la chica sincera que él creía que era. Si es que alguna vez lo había sido.

Al mismo tiempo, al mirar la expresión esperanzada de Rolly, dudé. En una noche en la que me atormentaba especialmente lo que había hecho, o dejado de hacer, esto parecía una forma minúscula, en cierto modo, de realizar algo para compensarlo. No podía cambiar el pasado, ni tampoco lo que le había ocurrido a Emily; pero con esto, tal vez, podría ayudar a mejorar el futuro de alguien.

–De acuerdo –acepté–. Pero te lo advierto: puede ser que no funcione.

Rolly sonrió ampliamente y le hizo un gesto a Owen para que saliera de la banca y le dejara pasar.

–Me voy a la barra y allí esperaré hasta que tú entres en contacto con ella. Luego pasaré a tu lado casualmente, y tú nos presentas. ¿De acuerdo?

Asentí. Ya estaba arrepintiéndome y parecía que Rolly se había dado cuenta, porque salió disparado para que no pudiera cambiar de idea.

–¿Estás segura de que quieres hacerlo? –me preguntó Owen cuando me levanté.

–No –miré a Clarke, que se hallaba en una mesa con un grupo de gente–. Ahora mismo vuelvo.

Cuando me di la vuelta, sentí su mano en el brazo.

–Oye, ¿te pasa algo?

–¿Qué? –pregunté–. ¿Por qué lo dices?

–No lo sé –dejó caer la mano y me miró–. Parece que estás… No sé. Rara, como si no fueras tú. ¿Te ocurre algo?

Y yo que creía que estaba disimulando. Sin embargo, como sucedía con la diferencia entre mi cara de la foto colgada en la pared de Mallory y la que me hizo él, el contraste –entre la que había sido y en la que me estaba convirtiendo, de nuevo, con cada paso hacia atrás que daba o me obligaban a dar– era evidente. Para los dos. Y por eso esta vez ni siquiera intenté ser sincera, e hice lo que me salía más natural.

–Estoy bien –le contesté, pero vi cómo me observaba mientras me alejaba.

Clarke estaba hablando con una rubia que llevaba la raya del ojo muy marcada, y no me vio hasta que estuve junto a ella. Levantó la mirada, con una media sonrisa por algo que le habría comentado su amiga. Cuando me vio, puso inmediatamente su expresión habitual, estoica y seria. Pero ahora no podía echarme atrás, así que me lancé.

–Hola –saludé.

Al principio no dijo nada, y su silencio se alargó lo bastante como para hacerme creer que se iba a dar media vuelta e ignorarme por completo. Pero justo cuando la pausa empezaba a ser dolorosa, dijo:

–Hola.

Alguien de la mesa le dijo algo a la rubia, y ésta se dio la vuelta, dejándonos a Clarke y a mí solas. Ella seguía mirándome, con expresión neutra. La recordé en la piscina, hacía tantos años, con las cartas formando un abanico entre el pulgar y el índice.

–Mira –dije–, ya sé que me odias, ¿de acuerdo? Pero la cosa es que...

–¿Eso es lo que crees?

Me interrumpí a la mitad.

–¿Qué?

–¿Crees que te odio? –me preguntó. De repente me di cuenta de que su voz sonaba totalmente clara, sin rastro de la congestión–. ¿Crees que ése es el problema?

–No lo sé –dije–. Bueno, yo creí...

–No lo sabes –repitió. Su voz era tensa–. En serio.

Justo entonces lo sentí: una mano que se agarraba a mi hombro con tanta fuerza que casi me hizo caer sobre la mesa.

–¡Annabel! ¡Hola!

Era Rolly. Cuando me di la vuelta me lo encontré con una expresión de sorpresa en la cara, como si fuéramos viejos amigos que no se veían desde hacía siglos. Al mismo tiempo sentí cómo le sudaba la mano; me estaba mojando el hombro.

–Hola –saludé intentando sonar normal.

–¡Hola! –contestó él, disimulando tan mal como yo–. Voy al bar un momento por una botella de agua. ¿Quieres una?

Clarke nos miraba con cara de pocos amigos. Será mejor que siga, pensé.

–Sí –dije–. Gracias. Eh, este, Rolly, ella es Clarke. Clarke, él es Rolly.

Rolly le ofreció la mano.

–Hola –saludó, mientras Clarke, más despacio, le daba la suya–. Encantado de conocerte.

–Igualmente –dijo Clarke. Se volteó hacia mí–. ¿Qué estabas diciendo?

–Han venido a ver al Pelotón de la Verdad, ¿no? –le preguntó Rolly, mirándome a mí y luego a Clarke–. Son muy buenos, ¿los conocen?

–Pues, no –dijo Clarke–. Yo no.

–Oh, son geniales –se entusiasmó Rolly. Di un paso hacia un lado e, inmediatamente, ocupó el espacio que yo había dejado libre, cerca de ella–. Los he visto mil veces.

–Oye, voy a ver si Owen quiere algo de beber –anuncié. Clarke me lanzó una mirada asesina; ahora sí que estaba enfadada–. Vuelvo en un minuto, o dos.

Y salí de allí a toda velocidad. Cuando llegué junto a Owen, estaba sentado con un chico de pelo corto y expresión intensa.

–… un desastre –decía el chico moreno cuando me senté–. Era mejor cuando organizábamos los conciertos nosotros mismos. Al menos, podíamos decidir las fechas y los locales. Ahora somos tan sólo peones en sus jueguecitos de ejecutivos discográficos.

–Vaya fastidio –dijo Owen.

–Pues sí –el chico meneó la cabeza–. Bueno, por lo menos el sencillo está sonando a nivel nacional. O eso es lo que nos cuentan. Quién sabe si será verdad.

Miré hacia la mesa de Clarke. Rolly seguía de pie, hablando animadamente, y Clarke lo escuchaba.

–Annabel –anunció Owen–, te presento a Ted. Ted, Annabel.

–Hola –respondió Ted, sin mirarme apenas.

–Hola.

En el escenario se oyó un golpe mientras alguien probaba el micrófono.

–¡Eh! –dijo una voz–. ¿Funciona?

Alguien del público abucheó. Ted suspiró.

–¿Ves? –dijo–, a esto es a lo que me refiero. Estos tipos tenían que tocar sólo un ratito y ni siquiera han empezado.

–¿Quiénes son? –le preguntó Owen.

–Ni idea –respondió Ted, obviamente asqueado–. Los teloneros originales agarraron un virus intestinal o algo parecido, así que han contratado a estos tipos para rellenar.

–Deberían haberles hecho tocar antes –dijo–. Es un concierto para todos los públicos. Además, todo el mundo ha venido a verlos a ustedes.

–Justamente –replicó Ted–. Además, si tuviéramos más tiempo, podríamos probar algunos de los temas nuevos que he estado escribiendo. Es algo diferente, un cambio total para nosotros.

–¿En serio?

Ted asintió y, de repente, pareció mucho más animado.

–Bueno, no es tan distinto de lo de antes. Pero sí algo más lento, con más toques técnicos. Reverberación y eso.

–¿Técnico o tecno? –preguntó Owen.

–Es difícil de decir –replicó Ted–. Sólo algo diferente. A lo mejor tocamos un par de temas en la segunda parte. Ya me dirás qué te parece, ¿sí? Queremos que resulte un poco extraño, pero accesible.

Owen me miró.

–Bueno, si eso es lo que buscas, deberías pedirle opinión a Annabel –explicó–. Odia el tecno.

Ahora me miraban los dos.

–Bueno –dije–. La verdad es que…

–Así que si le gusta a ella, es que no es tan raro. Pero si lo odia, no va a funcionar con las masas –declaró Owen.

–Y si no le gusta, ¿me lo dirá? –preguntó Ted.

–Sí –asintió Owen–. Es totalmente sincera. Nunca te mentiría.

Cuando dijo esto, sentí que algo se hundía dentro de mí. Porque quería de verdad que aquello fuera cierto, tanto, que incluso había llegado a creerlo. Pero ahora, allí sentada, con los dos mirándome, me sentí como la mayor mentirosa del mundo.

Se oyó un alboroto de guitarras desde el escenario, seguido de unos toques de batería. Los teloneros empezaban por fin. Ted hizo una mueca y se levantó.

–No aguanto esta bazofia; me voy a la parte de atrás. ¿Vienen?

–Claro –asintió Owen. Oí gritar a alguien y otra vez el micrófono emitió un pitido–. Vamos.

Los seguí y por el camino pasamos junto a la mesa de Clarke. Rolly seguía allí, hablando excitadamente y moviendo mucho las manos. Pero Clarke lo estaba escuchando, y eso tenía que ser bueno.

Ted nos llevó hacia una puerta junto a la barra, y luego por un pasillo tan oscuro que apenas reconocí los baños cuando pasamos delante. Cuando empujamos una puerta con un cartel escrito a mano que decía: «Privado», la repentina luz brillante me hizo cerrar los ojos.

Lo primero que vi dentro fue un chico de pelo negro rizado, agachado en el suelo, buscando algo debajo de un sofá. Cuando nos vio, se levantó y sonrió ampliamente.

–¡Owen! ¿Qué pasa, muchacho?

–Nada especial –contestó Owen mientras se daban la mano–. Y tú, ¿qué tal?

–Lo mismo de siempre –el chico levantó la batería de un celular–. Acabo de romper el teléfono. Otra vez.

–Ella es Annabel –me presentó Owen.

–Dexter –se presentó él, y me tendió la mano. A Ted le dijo–: ¿Cómo va la cosa?

–Acaban de salir los teloneros –respondió Ted, de camino a una pequeña nevera, de donde sacó una cerveza–. ¿Están más o menos listos?

Había dos chicos más en una mesa cercana, jugando a las cartas. Uno de ellos, pelirrojo, dijo:

–¿Te parece que lo estamos?

–No.

–Bueno, las apariencias engañan. Porque sí lo estamos.

El otro chico se rio y echó una carta, mientras Ted lo miraba con mala cara, y luego se sentaba en el sofá y ponía los pies en la mesita que tenía delante.

–Bueno –dijo Dexter, sentándose en el otro lado del sofá. Colocó el celular sobre su rodilla y agarró la batería, examinándola–. ¿Qué hay de nuevo en la escena musical de la zona?

–Nada digno de mención –respondió Owen.

–No me digas –dijo Ted–. Deberías ver al grupo que está tocando ahora, unos universitarios que sólo hacen versiones. Imitadores de los Spinnerbait.

–¿Spinnerbait? –pregunté.

–Son un grupo –me dijo Owen.

–¡Odio a los Spinnerbait! –exclamó el pelirrojo, mientras tiraba una carta en la mesa.

–Vamos, vamos –dijo Dexter, mientras colocaba otra vez la batería en el teléfono. Pero cuando quitó la mano, volvió a caerse al suelo con un golpe seco. Se inclinó y la recogió–. Esto es lo bueno que tiene esta ciudad –dijo mientras intentaba introducirla–, que hay muchos grupos para elegir.

–Lo que no quiere decir que alguno de ellos sepa tocar –dijo Ted.

–Es verdad. No obstante, la variedad siempre es buena –afirmó Dexter mientras la batería se caía por enésima vez. Le dio la vuelta al teléfono, pero por el otro lado no se podía hacer nada–. En algunos lugares sólo hay un par de alternativas y eso –la batería volvió a caerse– es un rollo.

–Dexter –volteé y vi a una chica rubia sentada en una silla en el rincón. Tenía un rotulador amarillo fosforecente en una mano y un libro abierto sobre las piernas. No me había fijado en ella hasta ahora–. ¿Necesitas ayuda?

–No. Ya puedo yo. Pero gracias.

Se levantó, metió el rotulador en el libro y éste debajo del brazo, y se acercó a él.

–Dámelo.

–No, ya puedo yo –dijo Dexter, que volvió a darle la vuelta al teléfono–. Creo que esta vez se ha roto del todo. A lo mejor se ha salido algo.

Ella extendió la mano.

–Déjame probar.

314

Él se lo pasó. Entonces, mientras todos la mirábamos, ella lo examinó un momento, metió la batería y la empujó hacia abajo. Se oyó un clic, y luego un sonido de campanillas al encenderse el teléfono. Después se lo devolvió a él y se sentó en el sofá.

–Oh –dijo Dexter, y le dio la vuelta al teléfono mirándolo fijamente–. Gracias, cariño.

–De nada –abrió el libro *Estadística para aplicaciones empresariales,* según decía en el lomo, y nos sonrió–. Soy Remy.

–¡Oh! ¡Perdón! –exclamó Dexter, y le acarició el pelo–. Ellos son Owen y Annabel. Ella es Remy.

–Hola –dije, y ella hizo una inclinación de cabeza mientras sacaba de nuevo el rotulador.

–Remy se nos ha unido, viene con nosotros de gira durante sus vacaciones de otoño –explicó Dexter–. Estudia en la Universidad de Stanford. Es muy lista.

–¿Entonces por qué sale contigo? –preguntó el pelirrojo.

–No tengo ni idea –contestó Dexter mientras Remy ponía cara de exasperación–, pero creo que se debe a mis habilidades amatorias –se inclinó y plantó unos cuantos besos ruidosos y babosos en su mejilla. Ella hizo una mueca e intentó apartarlo, pero él se echó sobre su regazo y estiró sus largas piernas sobre el sofá.

–Estate quieto –dijo ella riéndose–, por favor.

Afuera se oyeron más pitidos del micrófono al acoplarse y más abucheos.

–Esperemos que terminen pronto –señaló Ted–. ¿No quieren… no sé… irse preparando para tocar?

–No –dijo el pelirrojo.

–De ninguna manera –añadió el otro.

Ted los miró con mala cara. Luego dejó la cerveza de golpe sobre la mesa, se acercó a la puerta y la abrió. Salió al pasillo y la cerró de un portazo. Fuerte.

El pelirrojo arrojó las cartas sobre la mesa.

–¡Canasta! –exclamó, levantando los brazos sobre la cabeza en un gesto de victoria–. ¡Por fin!

–¡Ay, no! –dijo el otro–. A mí me faltaba poco.

–¡Fuera! –ordenó Remy, y Dexter se desenredó de ella y se levantó. Por el camino, se le volvió a caer el teléfono. Pero esta vez, la batería no se desprendió.

–Ted tiene razón –aseguró, aunque Ted ya se había ido–. Deberíamos organizarnos. Owen, ¿se quedarán luego un rato?

Owen me miró de reojo.

–De acuerdo –dijo.

–Genial. Pues luego hablamos, ¿sí?

–Muy bien.

Y de repente se pusieron todos en marcha: Dexter se metió el teléfono en el bolsillo, el pelirrojo apartó la silla mientras el otro recogía las cartas, y Owen me llevó de nuevo al pasillo, donde nos cruzamos con Ted, que estaba apoyado en la pared, todavía con expresión molesta. Owen le deseó una buena actuación al pasar, y él murmuró algo como respuesta, pero no lo entendí.

De vuelta a nuestra mesa, miré hacia la de Clarke. Ella se encontraba allí, observando el escenario, pero Rolly se había ido. Bueno, pensé. Al menos lo he intentado.

–A ver –dijo Owen cuando nos sentamos–. A ti te pasa algo. ¿Qué ocurre?

Me quedé paralizada. Aquí estaba, la pregunta directa. Tal vez fuera capaz de contestar. Di algo, cuéntaselo ya. Quizá...

–O sea –comenzó–, ¿desde cuándo crees que te va a gustar lo mismo que a mí? Podría ser que ahora aparecieran en el escenario unos clones de los Ebb Tide. ¿Tienes fiebre o algo así?

Estaba sonriendo cuando dijo esto, y yo intenté sonreír también. Pero en el fondo sentía el peso de todos mis silencios, de tantas mentiras y omisiones:

–Estoy bien –contesté, cuando, de repente, alguien tocó unos acordes de guitarra–. Deja de distraerme. Tengo que concentrarme en la música.

Había muchísima gente, bastante más público que para el grupo anterior, y lo único que iba a ver eran espaldas y hombros. Owen se levantó.

–Es mejor si te levantas –me aconsejó.

–Me encuentro bien así –dije.

–Una parte importante de ver a un grupo tocar en vivo es *verlos* –me dijo. Y me tendió la mano.

Desde que salí del centro comercial intenté olvidarme de lo ocurrido entre Emily y yo en la pasarela. Pero al mirar a Owen me vino a la mente todo de nuevo. No sólo el día que me había llevado a este momento, sino todos en los que él me tendió la mano desde aquella primera vez, en la que no sólo me ofreció la mano, sino una amistad que me salvó. Me encontraba sola, asustada y, por supuesto, enfadada, y Owen lo había visto de alguna manera, incluso cuando todos los demás prefirieron mirar hacia otro lado y fingir que no pasaba nada. Lo mismo que había hecho yo, y que ahora, esta noche, estaba haciéndole a Emily.

Él seguía con la mano tendida, esperando.

—Creo que... voy a ir al baño —dije, y me levanté—. Ahora mismo vuelvo.

—Aguarda —me pidió, bajando la mano. Miró al escenario—. Va a salir el grupo...

—Ya lo sé. Sólo será un segundo.

Y eché a andar antes de que pudiera decir algo más. Principalmente, porque no podía soportar volver a mentir. Pero también sentí un sabor amargo en la boca, algo que quería salir. Tenía que irme de allí.

La multitud era terriblemente densa, un cuerpo tras otro me cerraba el paso mientras intentaba llegar a la puerta. Entre tanto, Pelotón de la Verdad comenzó con una canción que muchos se sabían, a juzgar por el número de personas que empezó a cantarla; la letra decía algo de papas.

Yo seguí empujando, moviéndome hacia un lateral entre una masa de gente que iba hacia delante, un perfil detrás de otro; algunos girándose ligeramente, molestos al ser empujados; otros ignorándome por completo. Por fin se fueron abriendo huecos. Me hallaba casi en la puerta cuando alguien me agarró del brazo.

—¡Annabel! —era Rolly. Sonreía ampliamente y llevaba un montón de botellas de agua—. ¡Lo he conseguido!

Me quedé mirándolo mientras el público prorrumpía en vítores y aplausos.

—¿Qué?

—Que lo he conseguido —repitió—. Hasta he ido a comprarle algo de beber. ¡Está saliendo bien! ¡Por fin, está pasando de verdad! ¿No es increíble?

Se le veía contentísimo, ruborizado.

–Genial –logré decir–. La verdad es que yo iba...

–Toma –me dijo, interrumpiéndome. Se metió una botella de agua en el bolsillo de la camisa, otra bajo el brazo y me dio otras dos–. Para Owen y para ti. Dile de mi parte que tenía razón. En todo. ¿Sí?

Asentí, e hizo una señal con los pulgares hacia arriba antes de marcharse. Mientras lo veía desaparecer entre la gente, pensé que tendría que haberle dado un mensaje para Owen. Miré al otro lado de la masa, sabiendo que estaría por allí, esperándome. Pero ahora la distancia parecía tan vasta e imposible... Demasiado terreno de por medio. Y con un sabor amargo en la boca y las manos húmedas, me encaminé a la puerta.

Una vez afuera, el aire frío me golpeó como una bofetada; la gravilla crujía bajo mis pies mientras me alejaba del edificio. Me resultaba todo demasiado conocido: el borboteo en el estómago, ardor en la garganta, sin tiempo para escapar... Apenas conseguí llegar a mi coche antes de caer de rodillas; las botellas rodaron por el suelo, y me aparté el pelo con la mano. Pero esta vez, aunque sentí cómo se me encogía el estómago y el cuerpo entero daba una arcada, no salió nada. Lo único que escuché fue el sonido áspero de mi propia respiración, los latidos de mi corazón en los oídos y, en la distancia, casi inaudible pero todavía sonando, la música.

15

–Bueno –dijo mi madre mientras agarraba un carrito de la primera fila delante de las puertas automáticas. Colocó el bolso dentro y sacó la lista–. Allá vamos.

Era la segunda semana de diciembre y estábamos en el Mercado del Alcalde. Mi madre me había reclutado para ayudar con las compras para la cena de bienvenida de Kirsten. No era algo que me entusiasmara, al contrario que a mi madre, que se hallaba de un humor festivo. Pero de todas formas, cuando me sonrió empujando el carrito hacia las puertas, y éstas se abrieron, intenté devolverle la sonrisa. Estos días se trataba precisamente de eso: de intentarlo.

El último mes y medio había pasado como un torbellino. Lo único de lo que era completamente consciente era de que todo había vuelto a ser exactamente igual que al comienzo del curso. Era como si el tiempo que había pasado con Owen no hubiera ocurrido en absoluto. De nuevo me encontraba sola en la escuela, trabajando de modelo sin quererlo y, por algún motivo, completamente incapaz de hacer nada en cualquiera de los dos frentes.

El domingo después de aquella noche en Bendo, me levanté a las siete en punto, justo a tiempo para el programa de Owen. Pero cuando abrí los ojos recordé que aquella mañana era distinta, y le di la espalda al reloj,

320

intentando volver a dormirme. Sin embargo, noté que una parte de mí se despertaba obstinadamente, poco a poco, y entonces todo volvió a mí.

Tenía que estar furioso conmigo. Al fin y al cabo, había desaparecido, sin dar explicaciones, sin decir nada. Lo peor era saber que no tenía razón. La única manera de arreglarlo consistía en explicarle, de manera directa y sincera, por qué me había marchado, y me veía incapaz de hacer eso. Ni siquiera por él.

Pero al final, que tuviéramos o no esa conversación no dependía sólo de mí. Al día siguiente, al volver a clase, Owen tomó la decisión por los dos.

Estaba en mi coche, acababa de estacionarme, cuando apareció de repente junto a mi ventanilla. Se anunció dando tres golpecitos secos contra el cristal: *bom, bom, bom*. Me sobresalté y volteé hacia él. Al comprobar que le había visto, rodeó el coche por delante hacia el asiento del copiloto. Cuando abrió la puerta respiré hondo, como te aconsejan que hagas si tu coche se sumerge en el agua: una última bocanada para poder aguantar. Y entró.

–¿Qué te pasó?

Como esperaba, no dijo ni hola. Nada de silencios pesados para que yo los rellenara. Sólo la única cosa que llevaba en la cabeza durante las últimas, no sé, treinta y seis horas. Y lo peor es que me miraba con tanta furia, que no pude verlo más que un momento. Tenía la boca tensa, el rostro acalorado y su presencia desequilibrada llenaba el pequeño espacio a nuestro alrededor.

–Lo siento –dije, y cuando las palabras salieron, se me quebró la voz–. Es que...

Y este es el problema de tratar con alguien que es un buen oyente. No te interrumpe a mitad de las frases para que te libres de terminarlas. Ni habla al mismo tiempo que tú, de forma que lo que consigas decir se pierda o distorsione. En vez de eso, espera. Así que tienes que seguir hablando.

–No sé qué decir –logré articular–. No lo… sé.

Se quedó callado durante lo que pareció un rato largo. Esto es insoportable, pensé. Y luego dijo:

–Si no querías ir allí el sábado, podías habérmelo dicho.

Me mordí el labio y bajé la vista hacia mis manos, mientras un par de chicos pasaba junto a mi ventana gritando algo sobre un entrenamiento de futbol americano.

–Sí quería estar allí –afirmé.

–Entonces, ¿qué pasó? –me preguntó–. ¿Por qué te marchaste sin decir nada? No sabía qué había pasado. Te estuve esperando.

Algo en estas últimas palabras hizo que se me rompiera el corazón. «Te estuve esperando.» Claro. Y me lo decía, por supuesto; porque, al contrario que yo, Owen no guardaba secretos. Con él, lo que estaba a la vista era lo que había.

–Lo siento –repetí, pero incluso a mí me sonó flojo y falso–. Yo sólo… Fueron muchas cosas a la vez.

–¿Como qué?

Moví la cabeza. Eso era lo que no podía hacer, llegar a un lugar donde me sentía entre la espada y la pared, sin más elección que decir la verdad.

–Muchas cosas –respondí.

–Cosas –repitió, y yo pensé: *comodín*. Pero él no lo dijo en voz alta.

En vez de eso, suspiró y volvió la cabeza hacia la ventanilla. Sólo entonces me permití mirarlo bien, observar sus rasgos familiares: la mandíbula marcada; los anillos en los dedos; los audífonos, colgados sueltos alrededor del cuello. Oí música procedente de uno de ellos, distante, y me pregunté, por la fuerza de la costumbre, qué estaría escuchando.

–No lo entiendo –me dijo–. Tiene que haber una razón y no me la quieres contar. Y eso... –hizo una pausa, meneando la cabeza–... no es propio de ti.

Por un momento, todo quedó en silencio. No pasó nadie ni había coches en la calle de atrás, cuando dije:

–Pues sí lo es.

Owen me miró, y se cambió la mochila de pierna.

–¿Qué?

–Sí es propio de mí –aseguré; hablé en voz muy baja, incluso para mí misma–. Así soy yo.

–Annabel –todavía parecía enfadado, como si aquello no pudiera ser verdad; qué equivocado estaba–. ¡Por favor!

Volví a mirarme las manos.

–Quería ser distinta –le contesté–, pero así es como soy en realidad.

Intenté decírselo el primer día. Le advertí que no siempre decía la verdad, que no se me daban bien los conflictos, que me asustaban los enfados, que estaba acostumbrada a que la gente desapareciera cuando se enfadaba. Nuestro error fue creer que sería capaz de cambiar. Que había cambiado ya, incluso. Pero, al final, ésa resultaba la mayor mentira de todas.

Entonces sonó el primer timbre, largo y alto. Owen se removió en el asiento y puso la mano en la jaladera.

–Sea lo que sea, podías habérmelo dicho –dijo–. Lo sabes, ¿verdad?

Sabía que en ese momento, con la mano en la jaladera, estaba esperando que me comportara como la chica valiente que quería creer que era, y que se lo contara. Esperó más de lo que pensé, antes de abrir la puerta y salir.

Y se marchó. Se fue caminando por el estacionamiento, con la bolsa al hombro, poniéndose los audífonos por el camino. Hacía casi un año lo había visto hacer lo mismo después de darle un puñetazo a Ronnie Waterman. Entonces me quedé impresionada, y un poco asustada; y ahora me sentí igual al darme cuenta de lo que me había vuelto a costar mi silencio y mi miedo.

Aguardé a que sonara el segundo timbre, para que el patio estuviera casi vacío, antes de salir del coche y dirigirme a mi clase. No quería ver a Owen; no quería ver a nadie. Durante toda la mañana anduve por los pasillos, ensimismada, bloqueando deliberadamente las voces a mi alrededor. A la hora de comer fui a la biblioteca y me senté en un cubículo de la sección de historia americana, con los libros abiertos delante de mí, pero sin leer ni una palabra.

Cuando se acercaba el fin del descanso, recogí mis cosas y fui al baño. Solo había dos chicas a las que no conocía, de pie junto a los lavabos, que se pusieron a hablar cuando entré en un cubículo.

–Yo sólo digo –comenzó una, mientras abría el grifo y el agua empezaba a correr– que no creo que esté mintiendo.

–Anda, ¡por favor! –la voz de la otra era aguda, y más nasal–. Él podría salir con cualquier chica que quisiera. No es que esté precisamente desesperado. ¿Por qué iba a hacer algo así?

–¿De verdad crees que iría a la policía si no fuera cierto?

–A lo mejor sólo quiere llamar la atención.

–Ni de broma –el grifo se cerró y oí cómo sacaban toallas de papel del dispensador–. Sophie era su mejor amiga. Y ahora todos lo saben. ¿Por qué iba a querer pasar por todo eso si fuera mentira?

Me quedé helada. Estaban hablando de Emily.

–¿Por qué lo han detenido?

–Por agresión sexual. O violación en segundo grado, no sé.

–No puedo creer que lo hayan arrestado –dijo la otra chica.

–¡En la Mansión! –replicó su amiga–. Meghan dice que cuando llegó la policía la gente echó a correr en todas direcciones. Todos creían que era por la bebida.

–No me extraña –oí la cremallera de una mochila–. ¿Has visto a Sophie?

–No. No creo que haya venido hoy –contestó la otra–. Mierda. Como para venir…

Se marcharon, taconeando en los azulejos, así que no me enteré de más. En vez de eso, me quedé quieta en el cubículo, con una mano en la pared, donde alguien había escrito «ODIO ESTE SITIO» con bolígrafo azul. Dejé caer la mano, bajé la tapa del inodoro y me senté allí, intentando recomponer lo que acababa de escuchar.

Emily había ido a la policía. Emily había puesto una denuncia. Emily lo había contado.

Percatarme de eso me causó tanta impresión que me quedé allí quieta, con las manos entrelazadas, aturdida. Habían arrestado a Will. La gente lo sabía. Desde la noche del sábado había dado por hecho que Emily, igual que yo, guardó silencio y, muerta de miedo, se había guardado la historia para no sacarla nunca. Pero no.

A medida que pasaba la tarde empecé a escuchar a la gente a mi alrededor. Así me fui enterando del resto. Oí que Emily iba a ir con Sophie desde la Mansión hasta la fiesta, pero que se había retrasado y que entonces Will se había ofrecido a llevarla. Que se había estacionado en la calle y después, según a quien creyeras, o bien la había asaltado, o ella le había sorprendido insinuándose. Que una mujer que paseaba a su perro vio que algo sucedía y amenazó con llamar a la policía si no se marchaban. Y que así fue cómo Emily consiguió salir del coche y, después de que alguien la llevó a casa, le pudo contar todo a su madre. Que había pasado la mañana del sábado en la comisaría de policía, presentando una denuncia. Que el sábado por la noche, al llegar la policía a detenerlo, Will lloró cuando le pusieron las esposas. Que el padre de Will pagó la fianza a las pocas horas y contrató al mejor abogado de la ciudad. Que Sophie le estaba contando a todo el mundo que a Emily siempre le había gustado Will y que, como a él no le interesaba, lo había acusado de violación. Y que, si bien Sophie no había venido hoy, Emily sí. No la vi hasta justo después del último timbre. Estaba sacando un cuaderno de mi casillero cuando sentí que una extraña expectación flotaba por encima de la conmoción típica del final del día. No se quedó todo en silencio, pero sí mucho más tranquilo. Cuando volví la cabeza, la vi avanzando por el pasillo hacia mí. No venía acobardada ni sola. Iba con dos amigas, una a cada lado, con las que salía antes de conocer a Sophie. Después de lo que me pasó, yo supuse que no tenía a nadie, que todos aceptarían la versión de Sophie. Ni siquiera se me ocurrió que alguien pudiera creerme a mí.

Durante los días siguientes, lo sucedido entre Emily y Will siguió siendo el tema candente, aunque yo hacía todo lo que podía por no prestarle atención. Pero había veces que resultaba imposible, como el día que estaba en clase de inglés, estudiando en el último minuto antes de un examen, y Jessica Norfolk y Tabitha Johnson, que se sentaban detrás de mí, comenzaron a hablar de Will.

–Lo que yo he oído –dijo Jessica, que era la tesorera de la clase de los de segundo y, según creía yo, nada chismosa– es que ya lo había hecho antes.

–¿En serio? –replicó Tabitha. Llevaba todo el curso sentada a mi espalda y siempre hacía «clic» con el bolígrafo, lo que me sacaba de mis casillas. Ahora también lo estaba haciendo.

–Sí. Cuando iba a Perkins Day corrían rumores, al parecer. Ya sabes, chicas que contaban que les había ocurrido algo parecido.

–Pero nadie lo había denunciado antes.

–Bueno, no –rectificó Jessica–. Pero eso significa que podría ser, ya sabes, reincidente.

Tabitha, todavía haciendo sonar el bolígrafo, suspiró.

–Caramba –dijo–. Pobre Sophie.

–Ya ves. ¿Te imaginas salir con alguien y que pase eso?

Muchas de las conversaciones que oí terminaban hablando de Sophie, lo que no era tan sorprendente. Will y ella se habían convertido en una de esas parejas que todo el mundo conoce, aunque sólo fuera por sus frecuentes escenas en público. Por eso resultaba raro que no estuviera en la escuela aquel primer día. Emily me había sorprendido, pero Sophie también. No sólo por no asistir, sino por cómo actuó cuando por fin apareció.

No se situó en el patio para dejar claro que lo que había pasado no le afectaba. Ni se enfrentó a Emily en público, como había hecho conmigo. Es más, la primera vez que la vi estaba sola, andando por el pasillo, con el teléfono pegado a la oreja. A la hora del almuerzo, cuando miré por la ventana de la biblioteca, no se hallaba en su banca, ocupado por unas chicas pequeñas a las que ni conocía, sino sentada en los escalones de la rotonda, esperando a que vinieran a recogerla. Emily, sin embargo, se encontraba en una mesa de picnic, bebiendo agua embotellada y comiendo unas papas fritas, rodeada de gente.

Así que Sophie estaba sola. Yo estaba sola. Y Owen estaba solo, o al menos eso creía yo. De vez en cuando, antes o después de las clases, lo veía a lo lejos, destacando por encima de los demás, cuando caminaba por un sendero o desaparecía al doblar una esquina. A veces, al verlo, me daban ganas de contárselo todo. Era una sensación que me invadía como una ola, de forma repentina e inesperada. Pero, al momento siguiente, pensaba que seguramente ni siquiera querría oírlo. Al observar cómo cruzaba el patio con rostro inexpresivo y los audífonos puestos, me parecía como si estuviera retrocediendo en el tiempo hasta volver a ser la persona que había sido antes: un misterio, un chico al que no conocía en absoluto, un rostro más entre la multitud.

Las clases resultaban estresantes, pero en casa las cosas no iban mucho mejor. Al menos para mí. A mi familia parecía que la vida le iba perfecta. Mi madre, a mi lado, empujaba el carrito de la compra entre la abundante mercancía del departamento de fruta y verdura del Mercado del Alcalde, feliz de que por fin nos reuniéramos todos. Aunque Kirsten había hablado de venir para el día de Acción de Gracias, al final había decidido quedarse en la ciudad, al parecer para trabajar turnos extra y ponerse al día con las tareas de los cursos. Después mencionó que había cenado pavo con Brian, el ayudante del profesor; sin embargo, y muy poco típico de Kirsten, no había ofrecido más detalles. Ahora, por fin, iba a volver por Navidad, y mi madre estaba dispuesta a tirar la casa por la ventana.

–Vamos a hacer dos tipos de papas –me explicó, haciéndome un gesto para que tomara un par de bolsas de plástico del dispensador–. Yo voy a hacer la crema de papa, y Whitney, papas asadas con aceite de oliva.

–Ah, ¿sí? –dije, pasándole las bolsas.

–Es una receta que le ha dado Moira –explicó–. ¿No es maravilloso?

Y lo era. Si dejaba a un lado mis problemas, no podía evitar hallarme impresionada con el progreso que había experimentado Whitney últimamente. Hacía un año que había empezado todo y, ahora, aunque no estaba ni mucho menos curada, los cambios volvían a ser evidentes, en este caso para bien.

En primer lugar, había empezado a cocinar. No mucho, ni de forma constante; había ido poco a poco, después de aquella cena que hizo para mí. Al parecer, Moira Bell era muy aficionada a los alimentos naturales y la cocina sana, y cuando Whitney le contó que había hecho espaguetis, le prestó un par de libros de cocina. Las recetas de mi madre solían ser cremosas y abundantes: muchos guisos con crema de champiñones como base, salsas pesadas, carnes y almidón. Las preferencias de Whitney iban en otra dirección, lo que no era de extrañar. Había empezado a preparar ensaladas para acompañar la cena de vez en cuando, iba al mercado, y compraba verduras que después pasaba horas cortando en tiras o cuadritos. Las aliñaba con vinagreta y hierbas; si se te ocurría ir a agarrar el bote de salsa rosa o ranchera, te lanzaba una mirada penetrante para disuadirte. Y luego, el fin de semana del desfile de modelos, había hecho salmón a la plancha con una salsa de lima para mis padres, seguido de ejotes al vapor con limón, en lugar del guiso con cebolla frita que solíamos tomar el día de Acción de Gracias. Mi madre era una cocinera estupenda, de las que guisaban por instinto, sin medidas de verdad, sólo pellizquitos y chorritos. Cuando Whitney cocinaba, era pura precisión, y su actitud mandona sobre los aliños, o su afán por demostrarnos que podíamos vivir sin añadir mantequilla a todas las guarniciones, resultaba sólo parte del proceso. Pero incluso cuando se ponía pesada, lo considerábamos una mejoría, y todos comíamos más sano. Tanto si nos gustaba como si no.

También escribía. A finales de octubre terminó su historia oficial, pero desde entonces había seguido, y a menudo se sentaba en la mesa del comedor escribiendo en un cuaderno, o se acurrucaba junto a la chimenea mordisqueando el lápiz. Hasta ahora no me había dejado leer nada, aunque yo tampoco se lo había pedido. De todas formas, algún día de los que olvidaba el cuaderno sobre las escaleras o en la mesa de la cocina, reconozco que me sentí tentada de abrirlo, sólo para ver qué había en todas esas líneas escritas con tanto cuidado. Pero no lo hice. Al fin y al cabo, entendía que quisiera guardarse muchas cosas para ella.

Lo más sorprendente de todo fueron sus plantas. Después de pasar dos meses en la ventana sin dar señales de vida, el romero empezó a brotar justo antes de Halloween. Era sólo un brote, minúsculo y verde, pero al poco tiempo siguieron los demás. Whitney los miraba cada día, comprobaba la humedad de la tierra con los dedos y los giraba ligeramente para que recibieran la cantidad óptima de luz. Si, en el pasado, había imaginado a mi hermana mediana como una puerta cerrada, ahora, cuando pensaba en ella, me venía otra imagen: sus manos curvadas sobre un cuchillo, o un bolígrafo, o el asa de una regadera, moviéndose sobre las plantas y ayudándolas a crecer.

Kirsten, mientras tanto, no sólo había sobrevivido a la exhibición del cortometraje ante sus profesores y compañeros de curso, sino que salió victoriosa y ganó el primer premio del concurso. Aunque había esperado que nos llamara y nos soltara uno de sus monólogos típicos, llenos de detalles sin importancia, lo que hizo fue dejarnos un mensaje en el que decía que había ganado y que estaba muy contenta, todo ello en menos de dos minutos, lo que, tratándose de ella, era todo un récord. Fue tan raro, que todos estábamos convencidos de que algo malo pasaba; pero cuando la llamamos, nos dijo todo lo contrario.

–Me va muy bien –afirmó–. Fenomenal.

–¿Estás segura? –le pregunté–. Tu mensaje era cortísimo.

–¿Sí?

–Al principio pensé que te había cortado el contestador –le expliqué.

Suspiró.

–Bueno, la verdad es que no me sorprende. Últimamente he estado esforzándome mucho en cambiar cómo me presento a los demás.

–Ah, ¿sí? –le pregunté.

–Claro –suspiró otra vez, con un soplo de satisfacción–. Es increíble todo lo que he aprendido este semestre. Entre las clases de cine y las de Brian, estoy ampliando mis conocimientos sobre el significado real de la comunicación. Me han abierto los ojos.

Esperé que siguiera, que se explicara. Y especialmente, que me contara más sobre Brian. Pero no lo hizo. En vez de eso, me dijo que me quería mucho y que tenía que irse, que nos veríamos pronto. Y colgamos. En menos de cuatro minutos.

Tal vez Kirsten comenzaba a dominar el arte de la verdadera comunicación, pero yo estaba fracasando miserablemente. No sólo con Owen, sino también con mi madre, pues de alguna manera, en medio de todo lo que ocurría, había accedido a hacer otro anuncio para Kopf.

Sucedió la misma semana que me enteré de la denuncia de Emily. Cuando salí de clase y llegué a casa aquel viernes, mi madre me estaba esperando en la puerta.

–¡Adivina! –exclamó, incluso antes de que entrara–. Me acaba de llamar Lindy. Los de Kopf le avisaron ayer por la mañana. Te quieren para el anuncio de la campaña de primavera.

–¿Qué? –pregunté.

–Parece que están muy contentos de cómo ha salido la campaña de otoño. Aunque la verdad es que, seguramente, también ayudó el que conocieras a ese hombre del departamento de *marketing*. Van a rodar en enero, pero quieren verte en diciembre para unas pruebas de vestuario. ¿No es genial?

Genial, pensé. La verdad es que hacía unos meses hubiera sido mucho más importante. Un par de semanas atrás, tal vez hubiera sido capaz de impedirlo. Pero ahora me había quedado callada y apenas fui capaz de asentir.

–Le he dicho a Lindy que la llamaría en cuanto te lo contara –me dijo, y fue a la cocina para tomar el teléfono; mientras marcaba, añadió–: Según Lindy, el anuncio funcionó muy bien con las chicas más jóvenes y eso fue lo que convenció a los de Kopf. ¡Eres un ejemplo para ellas, Annabel! ¿No es increíble?

Pensé en el cuarto de Mallory, con las fotos del anuncio en la pared. Y en su rostro mirando a la cámara, con las plumas de la boa rodeándola.

–Yo no soy ejemplo para nadie –dije.

–Claro que sí –replicó con certeza. Se volteó hacia mí sonriendo mientras se cambiaba el teléfono de oreja–. Tienes tantas cosas de las que sentirte orgullosa, cariño.

De verdad. Mira… ¿Lindy? ¡Hola! Soy Grace, he estado intentando llamarte… ¿no está tu recepcionista…? ¿Todavía…? Es horrible… Sí, acabo de hablar con Annabel y está encantada…

Encantada, pensé. Ni mucho menos. Y tampoco soy un ejemplo. Aunque daba lo mismo: si alguien pensaba que era todas esas cosas, eso era lo único que contaba.

Los últimos tres meses del año pasaron sin que me diera cuenta; los días cada vez más cortos y fríos, de repente los villancicos en la radio. Iba a clase, estudiaba, volvía a casa. Incluso cuando la gente intentaba hablar conmigo en la escuela, yo apenas contestaba. Estaba tan acostumbrada a mi aislamiento que ahora lo prefería. Al principio, durante las noches de los fines de semana, mis padres parecían sentir curiosidad al ver que me quedaba en casa y no tenía planes. Pero después de decirles unas cuantas veces que me sentía cansada entre los trabajos, las clases e intentar ponerme al día con las tareas, dejaron de preguntar.

De todas formas, yo estaba consciente de lo que ocurría a mi alrededor. Sabía, por los rumores, que se acercaba el juicio de Will, y se decía que algunas chicas de Perkins Day se habían presentado para contar historias similares a la de Emily. En cuanto a ella, parecía llevarlo bien. La verdad es que me la encontraba por todas partes: en los pasillos, en el patio, en el estacionamiento, siempre rodeada de amigas. Hacía una semana, en el pasillo entre dos clases, la había visto junto a su casillero riéndose de algo. Tenía las mejillas coloradas y se tapaba la boca con la mano. Fue sólo un momento, un detalle, pero por algún motivo se me quedó grabado todo el día y el siguiente. No podía quitármelo de la cabeza.

A Sophie no le iba tan bien. Cuando la veía, solía estar sola, y ahora se marchaba casi siempre a la hora del almuerzo. La recogía un coche negro. No era Will y me pregunté si seguirían juntos. Como no había oído nada, imaginé que sí.

Me parecía que habían pasado mil años desde el comienzo del curso, cuando le había tenido tanto miedo. Ahora, al verla, sólo me sentía cansada y triste por las dos. Únicamente cuando veía a Owen sentía una punzada de algo parecido a la soledad. Pero aunque ahora no hablábamos, yo seguía escuchando, a mi manera.

No sólo su programa de radio, que seguía despertándome los domingos a las siete en punto, como un reloj, y que permaneció como un mal hábito que, por algún motivo, resultó imposible de romper. Todavía más difícil resultaba librarse de la música. No sólo de la suya, sino de toda en general.

No estaba segura de cuándo había empezado exactamente, pero de repente fui muy consciente del silencio. Estuviera donde estuviera, necesitaba algún tipo de sonido. En el coche, encendía la radio al instante; en mi cuarto, primero encendía la luz, y después apretaba el botón de *on* del equipo de música. Incluso en clase, o sentada a la mesa con mis padres, siempre tenía que albergar algún sonido en mi cabeza, repitiéndose una y otra vez. Me acordé de cuando Owen me contó que la música lo había salvado en Phoenix, porque había tapado todo lo demás. Ahora a mí me pasaba igual. Siempre que tuviera algo que escuchar, podía borrar las cosas sobre las que no quería pensar, aunque no pudiera hacerlo completamente.

Pero para lograrlo necesitaba mucha música, por lo que al cabo de unas semanas había escuchado toda mi colección de CD varias veces. Y por eso, una noche de sábado, me rendí y saqué el montón de CD que me había grabado Owen. En momentos desesperados, medidas desesperadas, pensé al abrir *Canciones de protesta* para introducirlo en el aparato.

Seguía sin encantarme. Algunas melodías eran extrañas y otras no las entendí. Pero aunque había pensado que me sentiría rara al oír la música de Owen, descubrí sorprendida que resultaban un consuelo. Era agradable imaginarlo eligiendo las canciones para mí, organizándolas cuidadosamente, esperando que me iluminaran. Como mínimo, demostraba que habíamos sido amigos en algún momento.

En las últimas semanas fui avanzando con los discos, canción tras canción, escuchándolas todas hasta que las supe de memoria. Cuando terminaba un disco me sentía triste, sabiendo que no quedaban muchos para que aquello también terminara. Por eso, mi intención consistía en reservar el que se titulaba *Sólo escucha*. Era un misterio absoluto, igual que lo había sido Owen, y a veces pensaba que sería mejor dejarlo sin resolver. De todas formas, lo sacaba de vez en cuando y lo giraba entre mis manos antes de volver a colocarlo en el fondo del montón y dejarlo allí.

Cuando mi madre y yo por fin salimos al estacionamiento del supermercado, me sorprendió ver que nevaba. Eran copos grandes, pesados, demasiado bonitos para cuajar o durar, pero las dos nos quedamos un momento paradas, mirándolos caer. Cuando llegamos al coche y nos pusimos en marcha, caían muy despacio y algunos revoloteaban en el viento, haciendo círculos. Mi madre puso los limpiaparabrisas cuando nos detuvimos en un semáforo, al comprobar cómo los copos chocaban contra el cristal.

–Es precioso, ¿verdad? –dijo–. No sé qué tiene la nieve, que hace que todo parezca nuevo y fresco. ¿No te parece?

Asentí. El semáforo era de los que duraban mucho y, aunque apenas eran las cinco de la tarde, ya estaba oscureciendo. Mi madre me lanzó una mirada, sonriendo y puso la radio. Cuando giró la rueda del volumen y llenó el coche de música clásica, volteé la cabeza hacia un lado. Sentí el frío de la ventanilla contra la mejilla. Aquellos preciosos copos seguían cayendo cuando cerré los ojos.

16

El cubículo de la biblioteca donde pasaba la hora del almuerzo se encontraba en el rincón del fondo a la derecha, apartado de la vista, en una zona poco transitada. No estaba acostumbrada a tener compañía. Por eso cuando Emily llegó buscándome a los treinta minutos de haber empezado la última pausa del almuerzo, antes de las vacaciones de Navidad, yo la vi antes que ella a mí.

Al principio no percibí más que un destello rojo, que pasaba por delante una vez, y otra. Levanté la vista de los apuntes de lengua, extendidos delante de mí para un repaso de última hora, y luego miré alrededor: nada. Las mismas estanterías silenciosas, las mismas filas de libros. Pero, pasado un momento, oí pasos. Cuando me di la vuelta, estaba en el extremo del pasillo, detrás de mí.

–Oh –dijo, en voz baja pero audible–. Aquí estás.

Como si me hubiera perdido. Perdida y, ahora, aparecida, como un calcetín que encuentras cuando ya creías que se lo había tragado la secadora. No dije nada, porque estaba empezando a invadirme el pánico. Había elegido ese sitio porque se hallaba apartado, de cara a la pared y muy escondido; por esas mismas razones, era el último lugar en el cual me gustaría encontrarme acorralada.

Emily se acercó a mí y, sin darme cuenta, yo me eché hacia atrás y choqué contra la estantería. Ella se detuvo y se cruzó de brazos.

–Mira –dijo–. Sé que este año las cosas han estado muy raras entre nosotras. Pero... necesito hablar contigo.

Oí voces cerca de nosotras, una de chico y otra de chica, que iban charlando mientras avanzaban entre las estanterías. Emily también las oyó y volvió la cabeza hacia ellas, hasta que dejaron de percibirse. Luego agarró una silla, la acercó a mí y se sentó. Su voz apenas se escuchaba cuando dijo:

–Sé que te has enterado de lo que pasó. De lo que me hizo Will.

Estaba tan cerca que pude oler su perfume, algo afrutado y floral.

–Después de eso –continuó, con sus ojos verdes clavados en mí– empecé a pensar en ti. Y en aquella noche de la fiesta, al final del curso pasado.

Me oía respirar, lo que significaba que, probablemente, ella también me oía. Detrás de ella, los árboles se movieron tras la ventana y un rayo de luz se derramó sobre las estanterías. Vi cómo flotaban las motas de polvo.

–No tienes que contármelo –dijo–. Bueno, ya sé que me odias y eso.

Me acordé de Clarke, mirándome aquella vez en Bendo. «¿Es eso lo que crees?», me había preguntado al decirle yo aquellas mismas palabras a ella.

–Pero la cuestión es –continuó Emily– que si te pasó algo... algo como lo que me ocurrió a mí, podría ayudar. Ayudar a pararlo, quiero decir. Ayudar a pararlo a él.

339

Yo no había dicho ni una palabra todavía. No podía. En lugar de eso me quedé callada, inmóvil, mientras ella se metía la mano en el bolsillo de los jeans y sacaba una tarjeta blanca.

–Este es el nombre de la mujer que se ocupa de mi caso –dijo, ofreciéndome la tarjeta. Como no la tomé inmediatamente, la dejó sobre la mesa, junto a mi codo, boca arriba. El nombre estaba escrito en letras negras y había algún tipo de sello en la esquina superior izquierda–. El juicio empieza el lunes, pero les gustaría hablar con más gente. Podrías llamarla y contarle... lo que quieras. Es muy agradable.

Era lo que más temía, la razón por la que no había sido sincera con Owen, ni le había dicho lo que me pasaba aquella noche en Bendo... y ella hacía que pareciera todo tan fácil...

Y si no fui capaz de contárselo a él, a la única persona que creía que podría aceptarlo, ¿cómo esperaban de mí que confiara en una desconocida? Era imposible. Incluso aunque quisiera hacerlo, que no era el caso.

–Sólo te pido que lo pienses –insistió. Aspiró hondo, como si fuera a añadir algo, pero no lo hizo. Se puso de pie–. Nos vemos, ¿sí?

Colocó la silla en su sitio y se dirigió a la siguiente hilera de estanterías. Pero después de dar dos pasos, volteó de nuevo hacia mí.

–Y, Annabel –añadió–, lo siento.

Aquellas dos palabras se quedaron un momento en el aire, flotando entre las dos, y después Emily echó a andar y desapareció, girando en el cubículo vacío al final del pasillo. Lo siento. Era lo mismo que yo quería decirle a ella, lo que había querido decirle desde aquel sábado por la noche en el desfile de modelos. ¿Por qué tenía que disculparse ella?

Pero mientras intentaba comprenderlo, descubrir su lógica, pude sentir otra cosa: una reacción visceral a lo que acababa de ocurrir. Ella se había acercado a la verdad más que nadie. Mi verdad. Y justo entonces sentí que algo se removía en mi interior. Miré a mi alrededor, preguntándome dónde podría vomitar sin hacer ruido, discretamente. Y entonces ocurrió otra cosa: empecé a llorar.

A llorar. A llorar de verdad, como no lo había hecho desde hacía años, con el tipo de sollozos que te sacuden como una ola y te hunden hasta el fondo. Las lágrimas brotaron de repente; los sollozos se atropellaban en la garganta y me temblaban los hombros. Di la vuelta torpemente, intentando ocultarme, y me di un golpe en el codo con la mesa. La tarjeta de visita que Emily me había dado cayó al suelo revoloteando hasta aterrizar a mis pies. Oculté el rostro entre las manos y me apreté las palmas contra los ojos para cerrarlo todo, mientras las lágrimas seguían brotando, incontenibles. Lloré y lloré, allí en la biblioteca, escondida en un rincón, hasta que me sentí rota por dentro.

Tenía mucho miedo de que me descubrieran, pero no vino nadie. Ni nadie me oyó. Mis propios sollozos me sonaban primitivos y me daban miedo. Y los habría cortado si hubiera podido. Pero lo único que pude hacer fue aguantar hasta que, al fin, se agotaron. Igual que yo.

Entonces bajé las manos y miré a mi alrededor. No había cambiado nada. Los libros seguían allí, con el polvo flotando en el haz de luz y la tarjeta a mis pies. La agarré por una esquina y la levanté. No la leí y ni siquiera la miré. Pero la metí en el bolsillo de la mochila y cerré la cremallera justo cuando sonaba el timbre que anunciaba el final de la pausa.

Durante el resto del día se podía percibir en el ambiente el revuelo previo a las vacaciones; todos contaban los minutos que quedaban para el final del trimestre.

Después de terminar el examen, me dirigí a mi taquilla y luego al baño, que estaba vacío excepto por una chica que se inclinaba hacia el espejo para aplicarse un lápiz de ojos azul. Cuando entré en el cubículo oí que se marchaba y pensé que me hallaba sola. Pero cuando salí, me encontré a Clarke Reynolds, con jeans y una camiseta del Pelotón de la Verdad, apoyada contra el lavabo.

–Hola –me saludó.

Mi primer instinto fue mirar atrás, lo que resultaba absurdo, además de una estupidez, porque veía en el espejo que no había nadie más.

–Hola –respondí.

La rodeé para ir a otro lavabo y abrí el grifo. Noté que me observaba mientras me mojaba las manos y apretaba el dispensador de jabón, que estaba vacío, como siempre.

–Oye –dijo, y me di cuenta otra vez de que tenía la voz completamente clara–, ¿estás bien?

Cerré el grifo.

–¿Qué?

Se ajustó las gafas sobre la nariz.

–No te lo pregunto sólo yo –me aclaró–. Bueno, sí te lo pregunto yo, claro. Pero Owen también.

Oírle pronunciar el nombre de Owen me resultó tan raro, que tardé un momento en procesarlo.

–¿Owen? –repetí.

Ella asintió.

–Está... –se interrumpió–. Preocupado sería la palabra adecuada.

–¿Por mí? –me interesé, para dejarlo claro.

–Sí.

Algo no tenía sentido.

–¿Y te ha pedido que hables conmigo?

–Ah, no –movió la cabeza–. Pero me lo ha mencionado un par de veces, así que he estado pensando y... como te vi antes, después de comer... Salías de la biblioteca y parecías muy disgustada.

Tal vez fuera porque había nombrado a Owen. O porque, a estas alturas, no tenía tanto que perder en mi relación con ella. Fuera por la razón que fuera, decidí ser sincera.

–Estoy sorprendida –dije–. No creí que te importara verme disgustada.

Se mordió el labio un segundo, algo que de repente recordé que hacía todo el tiempo cuando éramos pequeñas. Quería decir que la había agarrado desprevenida.

–¿De verdad es eso lo que piensas? –me preguntó–. ¿Que no te aguanto?

–Es la verdad –le dije–. No me aguantas desde aquel verano con Sophie.

–Annabel, por favor. Fuiste tú la que me dejó plantada a mí, ¿te acuerdas?

–Sí, pero...

–Sí, pero nada. No te caigo bien, Annabel –su voz era neutra, equilibrada–. Ha sido así desde aquel verano.

Me quedé mirándola.

–Pero si ni siquiera me mirabas en el pasillo –me defendí–. Nunca. Y aquel día en el muro...

–Me hiciste mucho daño –me aseguró–. Por favor, Annabel, eras mi mejor amiga y me dejaste tirada. ¿Cómo creías que iba a sentirme?

–¡Intenté hablar contigo! –dije–. Aquel día en la piscina.

–Sí, fue la única vez –contraatacó–. Estaba enfadada, claro. Acababa de ocurrir. Pero luego no volviste a acercarte, ni a llamar. Desapareciste.

Fue como cuando Emily me dijo «lo siento»: totalmente al revés de como veía yo las cosas, lo que me parecía una locura, algo imposible de entender.

–¿Y por qué ahora? –pregunté–. ¿Por qué me hablas ahora?

Suspiró.

–Bueno –dijo despacio–; te seré sincera. En gran parte es por Rolly.

Rolly, pensé. Y recordé aquella noche, y la fuerza con la que había agarrado las botellas de agua. «Dile a Owen que tenía razón en todo», me había dicho, emocionado.

–¿Son novios? –pregunté.

Volvió a morderse el labio y podría jurar que se ruborizó, aunque sólo durante un segundo.

–Bueno, salimos –dijo, y se jaló la camiseta de Pelotón de la Verdad que, ahora que me fijaba, parecía muy desgastada para alguien que había visto al grupo por primera vez hacía un mes y medio–. Aquella noche en el club, cuando te pidió que nos presentaras, tú me dijiste que te odiaba. Y eso me hizo recordar lo que ocurrió hace años. Y con Owen hablando de ti... pues he estado pensando en todo. Así que al verte hoy tan...

–Un momento –interrumpí–, ¿Owen habla de mí?

–No es que haya dicho mucho –contestó–. Sólo que eran amigos y que luego pasó algo, y ahora ya no lo son. Perdona que te lo diga, pero me sonó bastante, no sé, familiar. No sé si me entiendes.

Sentí que me ponía colorada al pensar en Clarke y Owen hablando de mí y de mi comportamiento esquivo. ¡Qué vergüenza!

–No es que estuviéramos hablando de ti –añadió, como si yo hubiera hablado en voz alta. Que era otra de las cosas que recordaba ahora sobre ella: parecía capaz de leerme el pensamiento.

Clarke estaba preocupada por mí. Emily se disculpaba conmigo. Era un día muy raro.

–Entonces, ¿estás bien? –me preguntó Clarke mientras entraba un grupo de chicas, para fumar, con cigarros en la mano. Pusieron mala cara al vernos allí. Refunfuñaron, se reunieron para comentar algo y volvieron a salir; probablemente esperaban que nos fuéramos.

Me quedé callada sin saber qué contestar. Me di cuenta de que, durante las últimas semanas, no sólo había echado de menos a Owen, sino también a esa parte de mí que había sido capaz de ser sincera con él. Tal vez no pudiera hacer lo mismo ahora. Pero tampoco tenía que mentir. Así que me decidí por el camino que tomaba casi siempre: el término medio.

–No lo sé –respondí.

Clarke me observó detenidamente.

–Bueno –dijo–, ¿quieres hablar o no?

Había tenido tantas oportunidades. Ella, Owen, Emily. Durante mucho tiempo había creído que lo único que necesitaba era a alguien que me escuchara, pero no era cierto. El problema partía de mí. Yo era quien se negaba a hablar. Y ahora volví a hacerlo.

–No –dije–. Pero gracias de todas formas.

Asintió, se apartó del lavabo y la seguí fuera del baño. En el pasillo, cuando nos disponíamos a ir cada una por nuestro lado, abrió su bolsa y sacó un bolígrafo y un pedazo de papel.

–Toma –me dijo mientras escribía algo en él. Después me lo dio–. Mi número de celular. Por si acaso cambias de opinión.

Su nombre estaba escrito debajo, con una caligrafía que aún reconocía: clara, en letras mayúsculas, con la misma floritura en la E del final.

–Gracias.

–De nada. Feliz Navidad, Annabel.

–Para ti también.

Cuando nos separamos, sabía que probablemente no la llamaría. Pero de todas formas abrí la cremallera de mi mochila y metí el papel junto a la tarjeta que me había dado Emily. Aunque no usara ninguna de las dos, me reconfortaba saber que estaban allí.

Otras vacaciones, otro viaje al aeropuerto con mis padres. Íbamos por la autopista, y cuando tomamos la salida, un avión se elevó cruzando por delante del parabrisas. Whitney se había quedado en casa, según dijo, para preparar la cena. Así que estábamos los tres solos tras la barrera, esperando a que Kirsten apareciera por la puerta.

—¡Ahí está! —exclamó mi madre, saludando mientras mi hermana se acercaba, con un abrigo rojo intenso y el pelo recogido en una coleta. Kirsten sonrió y nos saludó con la mano a la vez que avanzaba hacia a nosotros; las ruedas de la maleta se deslizaban siseando por el suelo.

—¡Hola! —dijo, e inmediatamente abrazó a mi padre y después a mi madre, que ya estaba llorosa, como ocurría cada vez que alguien llegaba o se marchaba. Cuando me tocó mi turno me abrazó con fuerza y yo cerré los ojos y aspiré su olor: jabón, aire frío y la hierbabuena de su champú, todo tan familiar—. ¡Me alegro un montón de verlos!

—¿Qué tal el viaje? —preguntó mi madre mientras mi padre agarraba el asa de la maleta y echábamos a andar—. ¿Algún incidente?

—Ninguno —dijo Kirsten, y entrelazó su brazo con el mío—. Todo bien.

Esperé que continuara, pero no lo hizo. Se limitó a sonreírme y luego me tomó la mano y me dio un fuerte apretón mientras salíamos al aire frío.

De camino a casa, mis padres bombardearon a Kirsten con preguntas sobre las clases, a las que contestó, y sobre Brian, que evitó alegremente, sonrojándose de vez en cuando. Era la nueva Kirsten que había vislumbrado por teléfono. Sus respuestas, aunque no eran cortas, resultaban mucho más breves de lo que nos tenía acostumbrados; tanto, que cuando terminaba de hablar se producían silencios incómodos, mientras los demás esperábamos que continuara. Pero ella no seguía hablando, sino que suspiraba o miraba por la ventana, o me apretaba la mano, que no me había soltado y que, de hecho, no soltó en todo el camino hasta casa.

–Tengo que decir –dijo mi madre cuando mi padre entraba en nuestro barrio– que te noto algo distinta, cariño.

–¿En serio? –preguntó Kirsten.

–No sé qué es exactamente… –dudó mi madre, pensativa–. Pero creo…

–¿Que nos deja hablar también a los demás? –terminó mi padre, lanzándole una mirada a Kirsten por el retrovisor. Estaba sonriendo. Y tenía razón.

–Ay, papá –se quejó–. Tampoco hablaba tanto, ¿no?

–¡Claro que no! –protestó mi madre–. Nos encantaba oír lo que tenías que decir.

Kirsten suspiró.

–He aprendido a ser mucho más concisa. Y a hacer un esfuerzo por escuchar. ¿Se dan cuenta de lo poco que escucha la gente hoy en día?

Yo sí. De hecho, había pasado el tiempo entre las clases y el viaje al aeropuerto terminando de escuchar el CD de Owen, *Punk de la vieja escuela/ska,* el último con título de todos los que me había dado. Después de eso, sólo me quedaba el de *Sólo escucha,* lo cual me llenaba de tristeza. Me había acostumbrado a dedicar cada día parte del tiempo a escuchar unas cuantas canciones. Era como un ritual, un bálsamo, aunque la música en sí no fuera precisamente balsámica.

Normalmente, la escuchaba tendida en la cama con los ojos cerrados, intentando perderme en lo que oía.

Pero aquella mañana, cuando el CD comenzó a latir con canciones de estilo *reggae,* saqué la tarjeta que me había dado Emily y el número de Clarke, y los coloqué delante de mí en la colcha. Mientras sonaba la música, las examiné, como si fuera importante memorizarlas: la letra con un leve relieve de la ayudante del fiscal, Andrea Thomlinson; las líneas que cruzaban los dos sietes del número de Clarke. Me dije que no tenía por qué hacer nada con ninguno de los dos. Se trataba sólo de un par de opciones. Como los dos anillos de Owen, dos mensajes. Y siempre es bueno saber qué opciones tienes.

Cuando nos aproximábamos a casa ya era de noche, pero estaba iluminada y vi a Whitney en la cocina, removiendo algo en el fuego. Al tomar el camino de la entrada, Kirsten volvió a apretarme la mano y me pregunté si estaría nerviosa. Pero no dijo nada.

Entramos; hacía calor y me di cuenta de que me sentía muerta de hambre. Kirsten respiró hondo y cerró los ojos.

–Mmm –exclamó mientras mi padre entraba en primer lugar–, qué bien huele.

–Son las verduras salteadas de Whitney –le dijo mi madre.

–¿Whitney cocina? –preguntó Kirsten.

Miré al frente y vi a Whitney de pie en la cocina. Tenía un trapo en las manos.

–Whitney cocina –le informó–. Estará listo en cinco minutos.

–¡Ya verás qué rico! –le dijo mi madre a Kirsten, con una voz quizá demasiado aguda–. Es un talento natural en la cocina.

–¡Vaya! –exclamó Kirsten. Hubo otro silencio. Luego le dijo a Whitney–: Estás fenomenal.

–Gracias –respondió Whitney–. Tú también.

Por ahora, todo bien. A mi lado, mi madre sonrió.

–Te subo la maleta –le dijo mi padre a Kirsten, que asintió.

–Yo prepararé la ensalada –propuso mi madre–, y luego podemos sentarnos todos y charlar. Mientras tanto, ¿por qué no suben a arreglarse?

–Bien –dijo Kirsten, que miró de nuevo a Whitney. Mi padre se dio la vuelta y se encaminó a las escaleras con la maleta–. Buena idea.

Una vez arriba, me senté en mi cuarto y escuché los ruidos que llegaban hasta allí. El dormitorio de Kirsten no lo había tocado nadie desde que se marchó, así que me parecía raro oír actividad al otro lado de la pared: abría y cerraba cajones, corría muebles. Del lado contrario procedían los ruidos de Whitney a los que estaba acostumbrada: el crujir de la cama, la radio a bajo volumen. Cuando mi madre nos llamó diciendo que todo estaba listo, salimos juntas al pasillo.

Kirsten se había cambiado de camisa y traía el pelo suelto. Me miró primero a mí y luego a Whitney, que se hallaba detrás, metiéndose un suéter por la cabeza.

–¿Listas? –preguntó, como si fuéramos mucho más allá del comedor. Yo asentí mientras ella comenzaba a bajar las escaleras.

Cuando llegamos, la comida ya estaba en la mesa: las verduras en una gran charola, un cuenco de arroz integral, y la ensalada de mi madre aliñada según las instrucciones de Whitney, claro. Todo olía riquísimo, y mi padre se encontraba de pie en la cabecera de la mesa cuando todas ocupamos nuestros sitios.

Una vez sentados, mi madre le sirvió a Kirsten un vaso de vino, y mi padre, que era una persona de «carne con papas», le pidió a Whitney que le explicara, por favor, qué era lo que íbamos a comer.

–*Tempeh* y verduras salteadas –explicó ella–, con salsa *hoisin* de cacahuetes.

–¿*Tempeh*? ¿Y eso qué es?

–Está muy rico, papá –lo tranquilizó Kirsten–. Es lo único que necesitas saber.

–No tienes que comértelo si no quieres –le dijo Whitney–. Aunque es lo más rico que he hecho en mi vida.

–Sírvele un poco –dijo mi madre–. Le gustará.

Pero mi padre contempló con expresión desconfiada cómo Whitney agarraba una cuchara y le servía. Mientras añadía la guarnición, miré alrededor de la mesa a mi familia, tan distinta al año pasado. Seguramente nunca volveríamos a ser los mismos, pero al menos estábamos todos juntos. Mientras pensaba en ello, vi el reflejo de unas luces: en la ventana, tras las macetas, estaba pasando un coche. Redujo un poco la velocidad y volví a pensar en que nunca se conocía lo que se veía de un solo vistazo, en movimiento, al pasar. Bueno o malo, verdadero o falso. Siempre había mucho más de lo que se hallaba a la vista.

La regla de la casa consistía en que el que no cocinaba tenía que recoger, así que después de cenar Kirsten, mi padre y yo terminamos en la cocina para lavar los platos.

–La cena ha estado deliciosa –dijo Kirsten, pasándome la sartén enjabonada para que la secara–. La salsa estaba de muerte.

–¿Verdad que sí? –dijo mi madre, que estaba sentada a la mesa de la cocina bebiendo una taza de café pero, aun así, bostezando–. Y tu padre repitió dos veces. Espero que Whitney lo notara. Es el mejor cumplido que se le puede hacer a la cocinera.

–Yo no guiso nunca –dijo Kirsten–. Bueno, a menos que encargar comida cuente como cocinar.

–Cuenta –afirmó mi padre. Se suponía que nos estaba ayudando, aunque hasta ahora lo único que había hecho era sacar la basura y tardar mil años en cambiar la bolsa–. Encargar comida por teléfono es mi receta favorita.

Mi madre le hizo una mueca mientras Whitney, que había desaparecido en el piso de arriba después de la cena, entró con la chaqueta puesta y las llaves en la mano.

–Voy a salir un rato –dijo–. No volveré tarde.

Kirsten, con las manos metidas en el agua, se dio la vuelta y la miró.

–¿Adónde vas?

–A una cafetería, he quedado con unos amigos –le contestó Whitney.

–Oh –dijo Kirsten, asintiendo. Y volvió a mirar al fregadero.

–¿Quieres…? –Whitney hizo una pausa–. ¿Quieres venir?

–No quisiera molestar –le dijo Kirsten–. Déjalo.

–No, no pasa nada –oí decir a Whitney–. Bueno, si no te importa pasar un rato con nosotros.

De nuevo volví a notar aquello: esa paz tentativa y cautelosa entre mis hermanas; no es que fuera endeble, pero tampoco era de acero. Mis padres se miraron.

–Annabel, ¿quieres venir? –preguntó Kirsten–. Te invito un café *mocca*.

Noté la mirada de Kirsten cuando me hizo esta pregunta, y volví a pensar en cómo me había apretado la mano antes, y en que tal vez estaba más nerviosa de lo que aparentaba.

–Claro –asentí–. Vamos.

–¡Fenomenal! –exclamó mi madre–. Pásenla bien. Papá y yo terminaremos con los platos.

–¿Estás segura? –le pregunté–. Queda todavía la mitad…

–No pasa nada –se levantó y se acercó, haciéndonos un gesto a Kirsten y a mí para que nos apartáramos mientras se remangaba. Miré a Whitney, de pie en el umbral. No sabía cómo me había metido en esto. Pero allí estaba–. Bueno, váyanse.

–Hola y bienvenidos a la noche del micrófono abierto en Jump Java. Soy Esther, y esta noche voy a ejercer de presentadora. Si ya han venido aquí antes, conocen las reglas: para salir hay que apuntarse al fondo, no se habla en voz alta cuando alguien está leyendo y, lo más importante, no se les olvide dejar una buena propina a su mesera. ¡Gracias!

Cuando llegamos pensé que era una casualidad habernos encontrado con aquello. Pero cuando los amigos del grupo de Whitney nos saludaron para que nos acercáramos, resultó evidente que no había sido una coincidencia.

–¿Estás lista? –le preguntó a Whitney una chica llamada Jane, alta y muy delgada, que llevaba un suéter rojo con un paquete de cigarros asomando por el bolsillo delantero, después de pedir los cafés y de hacer las presentaciones–. Y, sobre todo, ¿estás nerviosa?

–Whitney no se pone nerviosa –dijo Heather, la otra chica. Parecía de mi edad y tenía el pelo negro corto, de punta, y varios *piercings* en la nariz y en el labio–. Ya lo sabes.

Kirsten y yo nos miramos.

–¿Y por qué ibas a estar nerviosa? –le preguntó a Whitney, que estaba sentada a mi lado, rebuscando en su bolso.

–La lectura –le dijo Jane; y bebió un sorbo de su taza–. Se ha apuntado para esta noche.

–Tenía que apuntarse –añadió Heather–. Era una obligatoria de Moira.

–¿Obligatoria de Moira? –pregunté.

–Es algo de nuestro grupo –explicó Whitney, mientras sacaba unas hojas dobladas del bolso y las colocaba sobre la mesa–. Ya sabes, como una tarea. Moira es una de mis doctoras.

–Ah –dijo Kirsten–. Ya.

–Entonces vas a leer algo que has escrito tú –dije–. ¿Como parte de tu historia?

Whitney asintió.

–Más o menos.

–Muy bien, estamos listos para empezar –anunció Esther–. En primer lugar, tenemos a Jacob. ¡Bienvenido, Jacob!

Todos aplaudieron mientras un chico alto y delgaducho, con un gorro de lana negro, se abría paso entre las mesas hacia el micrófono. Abrió un pequeño cuaderno de espiral y carraspeó.

–Se llama *Sin título* –dijo, mientras la máquina de café siseaba a nuestra espalda–. Va para… mi ex novia.

El poema comenzaba con imágenes sobre la luz y los sueños. Luego fue avanzando rápidamente, en voz cada vez más alta, hasta convertirse en una lista entrecortada de palabras que Jacob iba escupiendo unas tras otra.

–¡Metal, frío, traición interminable! –recitaba; de vez en cuando saltaba un poco de saliva sobre el micrófono. Miré a Whitney, que se mordía el labio, y luego a Kirsten, que parecía totalmente ensimismada.

–¿Qué es esto? –susurré.

–Shhh –me dijo.

El poema de Jacob continuó durante lo que me pareció un rato larguísimo, hasta que por fin terminó, con una serie de jadeos largos y fatigosos. Cuando acabó, nos quedamos callados un segundo antes de decidir que podíamos aplaudir.

–¡Buf! Ha sido impresionante –le dije a Heather.

–Oh, eso no es nada –respondió ella–. Deberías haberlo visto la semana pasada. Estuvo hablando diez minutos sobre la castración.

–Fue asqueroso –añadió Jane–. Interesante, pero asqueroso.

–A continuación –anunció Esther–, tenemos a una lectora nueva. Atención, por favor, ¡un gran aplauso para Whitney!

Jane y Heather prorrumpieron inmediatamente en aplausos, y Kirsten y yo detrás. Cuando Whitney se acercó al micrófono, vi cómo la gente reaccionaba al verla y volvía la cabeza para contemplar su belleza.

–Voy a leer una pieza corta –dijo, con la voz trémula. Se acercó más al micrófono–. Una pieza corta –repitió– sobre mis hermanas.

Noté que parpadeaba, sorprendida, y miré a Kirsten. Quise decir algo, pero me quedé callada para que no volvieran a llamarme la atención.

Whitney tragó saliva y bajó la vista a sus papeles. Vi que el borde de las hojas temblaba, aunque sólo un poco. Parecía asustada y, de repente, el silencio resultó excesivo. Pero entonces empezó a hablar.

–Soy la hermana mediana –leyó–. La del medio. Ni la mayor, ni la pequeña; ni la más valiente, ni la más buena. Soy un tono de gris, el vaso medio vacío o medio lleno, según como se mire. En mi vida hay muy pocas cosas que haya hecho antes o mejor que la que viene delante o detrás. Pero, de todas nosotras, soy la única que se ha roto.

Oí sonar la campanilla de la puerta, y al darme la vuelta vi a una mujer mayor, con el pelo largo y rizado, que entraba y se quedaba de pie al fondo. Al ver a Whitney ante el micrófono sonrió y luego empezó a desenrollarse la bufanda del cuello.

–Ocurrió en el noveno cumpleaños de mi hermana pequeña –continuó Whitney–. Había estado enfurruñada todo el día, sintiéndome a ratos ignorada, a ratos molesta, lo cual era más o menos mi humor cotidiano, incluso a los once años.

Kirsten abrió los ojos sorprendida; en la mesa de al lado, un hombre se rio con fuerza, y oí que otros se reían también. Whitney se ruborizó, sonriendo.

–Mi hermana mayor, la más sociable, había quedado con unos amigos en la piscina del barrio e iba a ir en bici. Me pidió que fuera con ella, pero yo no quería ir. No quería estar con nadie. Si mi hermana mayor era la simpática y mi hermana menor era la dulce, yo era la oscuridad. Nadie entendía mi dolor. Ni siquiera yo.

Se oyó otra risa, esta vez del otro lado de la sala, y ella sonrió. Así que Whitney podía ser graciosa. ¿Quién lo hubiera dicho?

–Mi hermana mayor se montó en la bici rumbo a la piscina, y yo la seguí. Yo era siempre la que seguía y, por el camino, empecé a enfadarme por eso. Estaba harta de ser siempre la segunda.

Miré a Kirsten de nuevo; tenía la mirada fija en Whitney, como si no hubiera nadie más

–Así que di media vuelta. Y, de repente, la carretera estaba vacía delante de mí, ofreciéndome una nueva vista, toda mía. Me puse a pedalear tan rápido como pude.

Oí cómo la cucharilla de Heather tintineaba cuando añadió otro sobrecito de azúcar al café mientras yo escuchaba inmóvil, en silencio.

–Era genial. La libertad, incluso si es imaginaria, siempre resulta genial. Pero a medida que avanzaba, y el terreno dejaba de parecerme conocido, me di cuenta de que me estaba alejando demasiado. Seguía a toda velocidad, alejándome de casa, cuando la rueda delantera se hundió de repente y salí volando.

A mi lado, Kirsten se movió intranquila y yo acerqué mi silla a la suya.

—Es una sensación extraña, encontrarte de pronto por los aires —continuó Whitney—. Justo cuando eres consciente de ello, el vuelo ha terminado y empiezas a caer. Al chocar contra el suelo oí cómo se me rompía el hueso del brazo. En los momento siguientes, percibí la rueda de mi bici, que hacía ruido al girar. Y sólo podía pensar en una cosa, incluso entonces: que no era justo. Saborear un instante de libertad, sólo para ser castigada por ello inmediatamente.

Miré de nuevo a la mujer de la puerta. Estaba observando a Whitney con toda su atención.

—Me dolía todo. Cerré los ojos, apreté la mejilla contra el asfalto y esperé. No sabía qué. Supongo que a que me rescataran. O a que me encontraran. Pero no venía nadie. Y yo creía que lo que más deseaba era que me dejaran sola. Hasta que lo estuve.

Tragué saliva al oír esto, y luego bajé la vista a mi taza de café, deslizando los dedos a su alrededor.

—No sé cuánto tiempo permanecí allí antes de que mi hermana volviera a buscarme. Recuerdo haber mirado al cielo, a las nubes que avanzaban por las alturas, y luego la oí llamarme. Cuando frenó en seco a mi lado, era la última persona a la que quería ver. Y, sin embargo, como tantas veces, antes y después, era la única que tenía. —Whitney hizo una pausa y aspiró aire—. Me levantó y me colocó sobre una parte de su bici. Sabía que debía estarle agradecida. Pero mientras pedaleábamos hacia casa, me sentía enfadada: conmigo misma, por caerme, y con ella por haber estado allí y haberlo visto. Cuando llegamos al camino de entrada, mi hermana pequeña, la del cumpleaños, salió corriendo de la casa. Al verme así, con el brazo colgando, inservible, volvió a entrar corriendo y llamando a gritos a mi madre. Aquél era su papel, siempre, por ser la pequeña. Era la que contaba las cosas.

Lo recordaba. Lo primero que pensé fue que algo realmente malo tenía que haber ocurrido porque estaban juntas, demasiado juntas. Y eso no pasaba nunca.

–Mi padre me llevó a urgencias, donde me colocaron el hueso. Cuando volvimos a casa, la fiesta casi había terminado, habían abierto los regalos y estaban sirviendo el pastel. En las fotos de ese día, aparezco sujetando el brazo enyesado, como si no confiara en que el yeso fuera a mantenerlo en su sitio. Mi hermana mayor, la heroína, está a un lado; mi hermana pequeña, la del cumpleaños, al otro.

Sabía a qué foto se refería. Yo llevaba el traje de baño y tenía un trozo de pastel en la mano; Kirsten sonreía, con una mano en la cadera.

–Durante años, cada vez que miraba esa imagen, lo único que veía era mi brazo roto. Sólo después empecé a distinguir otras cosas. Por ejemplo, cómo mis hermanas, ambas, sonríen y se inclinan hacia mí, mientras que yo, como siempre, me encuentro en el medio.

Respiró hondo, mirando los papeles.

–No sería la última vez que escaparía de mis hermanas. Ni la última vez que pensaría que era mejor estar sola. Sigo siendo la hermana del medio. Pero ahora lo veo de otra forma. Tiene que haber un medio. Sin él, nada puede estar completo, nunca. Porque el medio no sólo es el espacio entre dos cosas, sino lo que mantiene todo unido. Gracias.

Me quedé callada, con un nudo cada vez más grande en la garganta, mientras los aplausos comenzaban a sonar a mi alrededor, primero aquí y allá, y luego en todas partes, llenando la sala. Whitney se puso colorada y se llevó una mano al pecho; luego sonrió cuando se separó del micrófono. A mi lado, Kirsten tenía lágrimas en los ojos.

Cuando Whitney avanzó hacia nuestra mesa, la gente asentía con la cabeza a su paso; me sentí muy orgullosa de ella, porque podía imaginarme lo difícil que había sido leer aquello en voz alta. No sólo ante los desconocidos, sino también ante nosotras. Pero lo había conseguido. Al ver a mi hermana, me pregunté qué sería lo más difícil, al final. El hecho de contarlo, o a quién se lo contabas. O, tal vez, cuando finalmente lo contabas, si no sería la propia historia lo único importante.

17

El despertador junto a mi cama, con su luz roja, marcaba las 12:15. Eso quería decir que, según mis cuentas, llevaba más de tres horas y ocho minutos intentando dormir.

Desde la lectura de Whitney la noche anterior, todas las cosas que había estado intentando ignorar –el alejamiento de Owen, Emily dándome la tarjeta de la abogada, Clarke dirigiéndome la palabra de nuevo– me angustiaban. En casa reinaba la actividad, mis padres estaban más relajados que en los últimos meses y mis hermanas no sólo se hablaban, sino que se llevaban bien. Aquella armonía repentina resultaba tan inesperada que me hacía sentir aún más fuera de lugar.

La noche anterior, de camino a casa desde la cafetería, Kirsten le había hablado a Whitney de su cortometraje y de lo similar que era a la pieza que había leído ella. Whitney quiso verlo, así que antes de cenar, Kirsten colocó su laptop sobre la mesita de café y nos reunimos para verlo.

Mis padres se sentaron en el sofá, con Whitney encaramada en el brazo, a su lado. Kirsten se sentó de medio lado y me hizo una seña para que me acercara, pero yo negué con la cabeza y me quedé atrás.

–Yo ya lo he visto –le dije–. Siéntate tú ahí.

–Y yo lo he visto mil veces –replicó ella, pero ocupó el sitio de todas formas.

–¡Qué emocionante! –exclamó mi madre, mirándonos a todos; y no supe si se refería a la película o a que estábamos juntos.

Kirsten respiró hondo y luego se inclinó para apretar un botón.

–Bueno –dijo–. Aquí está.

Cuando apareció la primera escena de la hierba tan verde, intenté mantener los ojos en la pantalla. Pero poco a poco me encontré observando a mi familia. Mi padre, concentrado en la pantalla con expresión seria; mi madre, a su lado, con las manos recogidas sobre el regazo. Whitney, al otro lado de mi padre, se había llevado una rodilla al pecho y la luz se reflejaba en su cara cuando el corto continuó.

–Mira, Whitney –dijo mi madre cuando las chicas pedaleaban calle abajo–, se parece al ensayo que nos dejaste leer hace tiempo, ¿no?

–Sí –murmuró Kirsten–. Qué raro, ¿verdad? Nos dimos cuenta anoche.

Whitney no dijo nada; tenía los ojos fijos en la pantalla; a lo lejos, la cámara mostraba a la niña más pequeña que se había caído de la bici mientras la rueda giraba. Luego venían las imágenes más sombrías del barrio: el perro agresivo, el viejo que recogía el periódico... Cuando por fin terminó con el último destello de verde, nos quedamos todos callados un momento.

–¡Kirsten, Dios mío! –exclamó mi madre por fin–. Es increíble.

–Nada de increíble –replicó Kirsten, recogiéndose un mechón de pelo detrás de la oreja. Pero parecía satisfecha–. Es sólo un comienzo.

–¿Quién hubiera dicho que tenías tan buen ojo? –dijo mi padre, que alargó el brazo y le dio una palmada en el muslo–. Tanta tele tenía que servir para algo.

Kirsten le sonrió, pero realmente estaba mirando a Whitney, que todavía no había dicho nada.

–Bueno –le dijo–, ¿qué te ha parecido?

–Me ha gustado –le contestó Whitney–, aunque nunca pensé que me hubieras dejado atrás.

–Y yo nunca habría adivinado que te ibas a dar media vuelta –replicó Kirsten–. Qué gracia.

Whitney asintió sin decir nada. Entonces mi madre suspiró y dijo:

–Bueno, ¡no me había dado cuenta de que aquel día había significado tanto para ustedes dos!

–¿Cómo? ¿No te acordabas de que Whitney se rompió el brazo? –preguntó Kirsten.

–Tu madre tiene una memoria selectiva –le dijo mi padre–. Yo, sin embargo, me acuerdo perfectamente del trauma colectivo.

–Claro que me acuerdo –replicó mi madre–. Es sólo que… no tenía ni idea de que les había afectado tanto a ambas –volteó hacia atrás hasta dar conmigo–. ¿Y tú, Annabel? ¿Qué recuerdas de ese día?

–Que cumpliste nueve años –respondió mi padre por mí–. ¿Verdad?

Asentí, porque estaban todos mirándome. En realidad, no estaba segura de qué era lo que más recordaba de ese día, ya que lo habían contado innumerables veces a través de otros ojos. Fu mi cumpleaños, comí pastel y corrí a decirle a mi madre que Whitney se había hecho daño. Del resto no estaba segura.

Durante la cena observé a mi familia: Kirsten contando historias sobre la gente tan intensa que había en su clase de cine; Whitney explicándonos los detalles de los rollitos de *sushi* que había estado preparando durante toda la tarde; las mejillas de mi madre, sonrosadas y ruborizadas por la risa.

Incluso mi padre estaba relajado, obviamente feliz de tenernos a todas juntas en circunstancias mucho mejores. Se trataba de algo bueno, pero yo me sentía extrañamente desconectada. Como si fuera un coche de los que pasaban por la calle, que se detenía a mirar, sin nada en común con ellos más que la proximidad, y sólo apenas.

Ya entrada la noche, retiré la manta, me levanté y me dirigí a la puerta. El pasillo se encontraba a oscuras y en silencio, pero como suponía, se veía luz en las escaleras. Mi padre seguía levantado.

En cuanto me vio cruzando el salón quitó el volumen de la tele.

–Hola –dijo–. ¿No puedes dormir?

Moví la cabeza. En la pantalla vi las imágenes en blanco y negro de noticias antiguas: dos hombres estrechándose la mano sobre la mesa. Detrás, la gente aplaudía.

–Bueno –me dijo–, has llegado justo a tiempo para ayudarme a decidir. Tenemos un programa fascinante sobre el comienzo de la primera Guerra Mundial, o algo sobre las grandes sequías de la década de 1930. ¿Qué te parece?

Miré hacia la tele, que mi padre había cambiado al otro canal. Ahora mostraba un paisaje desolado con un coche que lo atravesaba lentamente.

—No lo sé —respondí—. Los dos suenan igual de apetecibles.

—Oye —dijo—, no te metas con la historia. Estas cosas son importantes.

Sonreí, me acerqué al sofá y me senté.

—Ya lo sé —asentí—. Pero es difícil entusiasmarse con ellas. Bueno, al menos para mí.

—¿Cómo puedes no entusiasmarte con esto? —preguntó él—. Es real. No es una de tantas historias tontas que ha inventado alguien. Estas cosas ocurrieron de verdad.

—Hace mucho tiempo —añadí.

—¡Justamente! —exclamó, asintiendo—. A eso me refiero. Por eso no podemos olvidarlas. No importa cuánto tiempo haya pasado, nos siguen afectando a nosotros y al mundo en que vivimos. Si no prestamos atención al pasado, nunca entenderemos el futuro. Todo está relacionado. ¿Entiendes lo que quiero decir?

Al principio no lo entendía. Pero después, cuando volví a mirar a la pantalla, con esas imágenes en movimiento, me di cuenta de que tenía razón. El pasado afectaba al presente y al futuro, y lo hacía de muchas maneras: unas, evidentes, y otras, no. El tiempo no era algo que se pudiera dividir fácilmente; no había un medio definido, ni un principio ni un final. Podía fingir que había dejado el pasado atrás, pero el pasado no me dejaría a mí.

Sentí que empezaba a ponerme nerviosa, aunque intenté concentrarme en la pantalla. Mi cabeza iba a toda velocidad, demasiado rápido incluso para pensar; al cabo de unos minutos, volví a la cama.

Esto es una locura, cavilé cuando volví a encontrarme mirando al techo, con mis hermanas en silencio en sus cuartos, una a cada lado. Cerré los ojos, y los acontecimientos de los últimos días pasaron, borrosos, por delante de ellos. El corazón me latía con fuerza. Estaba pasando algo que no podía o no quería entender. Me senté en la cama y aparté la manta. Necesitaba algo para calmarme, o al menos para eliminar aquellos pensamientos de mi mente, aunque sólo fuera durante un rato. Abrí el cajón del buró, tomé los audífonos, los enchufé al reproductor de música y luego fui a mi mesa. En el cajón de abajo, después de rebuscar entre todos los CD que me había grabado Owen, por fin, lo encontré: el disco amarillo en el que ponía *Sólo escucha*.

«Puede ser que lo odies con toda tu alma», me había dicho Owen. «O no. Puede ser la respuesta a todas las preguntas de la vida. Eso es lo bonito, ¿sabes?»

Cuando apreté el botón de *play* sólo oía el ruido de la energía estática; me acomodé y cerré los ojos, esperando que empezara la primera canción. No lo hizo. Ni en los minutos siguientes, ni nunca. Entonces me di cuenta: el disco estaba vacío.

Tal vez debía suponer que era una broma. O algo profundo. Pero en aquel momento me pareció que el silencio me llenaba los oídos. Y resultaba atronador.

Era algo extrañísimo, muy distinto de la música. El sonido no era nada, un vacío, pero, al mismo tiempo, alejaba todo lo demás; de manera que fui capaz de distinguir algo lejano, difícil de percibir. Aunque muy leve, llegaba hasta mí desde algún lugar oscuro que nunca había visto pero que conocía bien.

«Shhh, Annabel. Soy yo.»

Pero aquellas palabras eran sólo la mitad de la historia. También había un principio. Y, de repente, supe que si me quedaba donde estaba, en medio de todo aquel silencio, y no huía de él, podría oírlo. Tendría que volver atrás, hasta aquella noche en la fiesta, cuando escuché a Emily por primera vez llamando a Sophie. Pero daba igual. Era la única manera, seguramente, de llegar hasta el final.

Lo único que había querido hasta ahora era olvidar. Pero incluso así, no dejaban de aparecer fragmentos de la historia, como pedazos de madera que flotaban en la superficie procedentes de un naufragio. Una camisa rosa, una rima con mi nombre, el tacto de unas manos sobre mi cuello. Porque eso es lo que pasa cuando intentas huir del pasado. No es que te alcance: te supera, y oscurece el futuro, el paisaje, el cielo mismo, hasta que no queda otro camino que el que conduce a través de él, el único camino que puede llevarte a casa.

En ese momento lo comprendí. Esta voz, la que durante todo este tiempo había intentado llamar mi atención, llamándome, suplicándome que la escuchara, no era la de Will. Era la mía.

18

–Esto es WRUS, tu emisora de radio local. Son las siete y cincuenta y seis minutos, y esto es *Control de la agresividad*. Aquí viene nuestro último tema.

Se oyó un tañido, seguido por el pitido del micrófono al acoplarse. Algo experimental, diferente y no del todo escuchable. Otro domingo más en el programa de Owen.

Pero para mí no era otro domingo más. Entre el momento de ponerme los audífonos la noche anterior, y ahora, algo había cambiado. Después de quedarme mucho tiempo despierta rememorando los pasos de aquella noche en la fiesta, me había dejado llevar por aquel silencio, y mi voz interior, por fin, había podido surgir. Cuando me desperté, a las siete, aún tenía los audífonos puestos, y oía cómo mi corazón me latía en los oídos. Me senté en la cama, me los quité, y el silencio a mi alrededor, por una vez, no me pareció inmenso y vacío. Por primera vez en mucho tiempo, sentí que estaba lleno.

Cuando encendí la radio, el programa acababa de empezar con un estallido de *heavy metal* de la vieja escuela, una voz que gritaba con unas guitarras cañeras de fondo. Después siguió lo que parecía una canción pop en ruso y, por fin, oí a Owen.

–Eso ha sido Leningrado –dijo– y esto es *Control de la agresividad*. Soy Owen. Son las siete y seis, gracias por estar ahí. ¿Tienes alguna petición? ¿Sugerencias? ¿Quejas? Llámanos al 555-WRUS. Aquí viene Dominic Waverly.

El siguiente tema era de tecno, y empezaba con varios ritmos alegres que parecían no estar sincronizados, pero que poco a poco se fueron acoplando. En los domingos anteriores había escuchado todo muy intensamente, deseando poder disfrutar, o al menos entender, lo que estaba oyendo. Si no me gustaba, no dudaba en decírselo a Owen. Si hubiera sido capaz de contarle todo lo demás... Pero no se puede esperar el momento perfecto. A veces hay que hacerlo lo mejor que se pueda, dadas las circunstancias.

Por eso me encontraba en el coche, saliendo de mi barrio en dirección a WRUS. Eran las 8:02 cuando entré en el estacionamiento. *Recetas de herbolario,* el programa enlatado que venía a continuación, estaba empezando. Me estacioné entre los coches de Owen y Rolly, tomé el CD que había dejado sobre el asiento del copiloto y entré.

La emisora se hallaba tranquila, y al atravesar el vestíbulo oí una voz que murmuraba algo sobre el *Ginko biloba.* A mi derecha, al final del pasillo, distinguí la pecera. Lo primero que vi al acercarme fue a Rolly en la pequeña sala de control adyacente; llevaba una camiseta verde oscuro y una gorra de beisbol al revés, con los audífonos por encima. Clarke se encontraba a su lado, bebiendo café en un vaso de cartón, con el crucigrama del suplemento dominical delante. Estaban hablando y no se dieron cuenta de mi llegada. Pero cuando me di la vuelta para mirar al estudio, vi que Owen me observaba fijamente. Estaba sentado frente al micrófono, con un montón de CD delante. A juzgar por su expresión, no se alegraba de verme. Parecía peor que el día del estaciona-miento, por lo que era aún más importante que abriera la puerta y entrara. Y eso hice.

–Hola –saludé.

Se quedó mirándome un segundo.

–Hola –dijo por fin, secamente.

Se oyó un zumbido y escuché la voz de Rolly por en-cima de la cabeza.

–¡Annabel! –exclamó en tono alegre, muy distinto al de Owen–. ¡Hola! ¿Qué tal?

Dirigí la vista hacia él y levanté una mano para salu-darlo. Me devolvió el saludo, igual que Clarke. Iba a in-clinarse para decir algo más cuando miró a Owen, que le estaba lanzando una mirada asesina, y volvió a echarse hacia atrás, pensándolo mejor. Se oyó un clic y el micró-fono se cortó.

–¿Qué haces aquí? –me preguntó Owen.

Iba directo al grano, claro.

–Tengo que hablar contigo –respondí.

Por el rabillo del ojo noté que había movimiento en la habitación de al lado. Miré hacia allí y vi que Clarke me-tía rápidamente su periódico en una bolsa, mientras que Rolly se quitaba los audífonos y se levantaba. Mira tú quién rehúye los conflictos ahora, pensé al verlos salir de allí a toda velocidad. Rolly apagó la luz, de una pal-mada, al salir.

–Nos vamos a… al *tocino* –le dijo a Owen cuando pa-saron detrás de mí–. ¿Nos vemos allí?

Owen asintió y Rolly volvió a sonreírme antes de dar media vuelta. Clarke se detuvo un momento, con la mano sobre la puerta abierta.

–¿Estás bien? –preguntó.

–Sí –contesté–. Estoy bien.

Se colgó la bolsa al hombro y le lanzó a Owen una mirada que no pude descifrar. Luego echó a correr para alcanzar a Rolly, le dio la mano, y desaparecieron por la esquina hacia el vestíbulo.

Cuando volví a mirar a Owen, estaba recogiendo sus cosas y enrollando el cable en los audífonos.

–No tengo mucho tiempo –me dijo, sin mirarme–. Así que si tienes algo que decir, adelante.

–Bueno –comencé–. Es… –el corazón me latía muy deprisa y sentí que me mareaba. Normalmente me paraba en este momento, me acobardaba y daba media vuelta–. Es sobre esto –dije, y levanté su CD. Mi voz sonaba temblorosa y carraspeé–. Se supone que me iba a encantar. ¿Te acuerdas?

Lo miró con expresión desconfiada.

–Vagamente –comentó.

–Lo escuché anoche –continué–. Pero quería… estar segura de que la entiendo. Tu intención, quiero decir.

–Mi intención –repitió.

–Bueno, ya sabes –dije–, hay mucho espacio para la interpretación –mi voz sonaba ahora más sólida, al fin. El poder de la música, claramente–. Así que quería estar segura, como te podrás imaginar, de que lo entendía.

Nos quedamos mirándonos y me costó un gran esfuerzo no apartar la mirada. Pero lo conseguí. Y entonces, al cabo de un momento, alargó la mano pidiendo el CD. Miró el estuche y le dio la vuelta.

–No hay lista de canciones –me dijo.

–¿No te acuerdas qué grabaste?

–Fue hace mucho tiempo –me lanzó una mirada–. Y te hice muchos CD.

–Diez –le dije–. Y los he escuchado todos.

–¿Ah, sí?

Asentí.

–Sí. Me dijiste que querías que los escuchara antes de poner este último.

–Ah –dijo–. Así que ahora te importa lo que yo quiero.

Afuera vi a Rolly y a Clarke en el coche, saliendo de reversa. Él decía algo y ella se reía, meneando la cabeza.

–Eso siempre me ha importado –le dije a Owen.

–¿En serio? Difícil de creer, por tu forma de evitarme durante los dos últimos meses.

Alargó la mano hacia el panel situado frente a él y apretó un botón. La lengüeta se deslizó y metió el disco.

–Pensé que eso era lo que querías –le aseguré.

–¿Por qué? –me preguntó. Bajó la mano y movió el dial. Tragué saliva.

–Tú fuiste quien salió del coche y se marchó aquel día en el estacionamiento –le dije–. Te habías hartado de mí.

–Me dejaste plantado en el club y ni siquiera querías decirme por qué –replicó, alzando la voz. Movió el dial un poco más–. Estaba enfadado, Annabel.

–Exacto –le confirmé, y ahora podía oír el sonido de la energía estática sobre nuestras cabezas–. Estabas enfadado. Te había decepcionado. Yo no era quien tú querías que fuera…

–… así que te largaste –terminó, volviendo a mover el botón. El ruido de la energía estática se hizo más fuerte–. Desapareciste. Una discusión, y te vas.

–¿Qué querías que hiciera? –le pregunté.

—Contarme lo que pasaba, para empezar —me respondió—. ¡Carajo, lo que sea! Como te he dicho, lo hubiera superado.

—¿Igual de bien que superaste que no te dijera nada? Estabas furioso conmigo.

—¿Y? Tenía todo el derecho —afirmó. Volvió a mirar al panel—. La gente se enfada, Annabel. No es el fin del mundo.

—Así que lo que tenía que haber hecho era explicarme y dejar que te enfadaras conmigo, y luego tal vez se te hubiera pasado...

—Se me hubiera pasado.

—... o no —dije, mirándolo enfadada—. Tal vez lo habría cambiado todo.

—¡Pero si eso ha ocurrido de todas formas! —exclamó—. Míranos. Al menos si me hubieras contado lo que pasaba, podríamos haberlo solucionado. Pero así, lo dejaste todo colgado, sin resolución ni nada. ¿Es eso lo que querías? ¿Que me marchara del todo, en lugar de que me enfadara un rato?

Me quedé en silencio mientras él decía todo esto, y sus palabras me llegaron al alma.

—No quería. No sabía que había otra alternativa.

—Pues claro que la había —me dijo, mirando el altavoz situado sobre nuestras cabezas; la energía estática sonaba cada vez más alta—. Fuera lo que fuera, no podía ser tan malo. Lo único que tenías que hacer era ser sincera. Decirme lo que pasó de verdad.

—No es tan fácil.

–¿Y esto sí? ¿Ignorarnos y evitarnos todo el día, actuar como si nunca hubiéramos sido amigos? Tal vez para ti. Para mí ha sido una mierda. No me gustan los jueguitos.

Cuando dijo esto, sentí algo en el estómago. No era como los calambres a los que estaba acostumbrada. Parecía, más bien, un fuego lento.

–A mí tampoco me gustan –le aclaré–. Pero...

–Si es algo tan importante como para merecer todo esto –dijo, moviendo la mano para abarcar el estudio, la estática y nosotros en el medio de todo ello–, toda esta mierda que ha ocurrido desde entonces, es que es algo demasiado grande para guardártelo dentro. Eso lo sabes.

–No –dije–, tú lo sabes, Owen. Porque tú no tienes problemas con los enfados, ni los tuyos, ni los de los demás. Tú usas todas tus frasecitas y todo lo que has aprendido, y eres siempre sincero, y nunca te arrepientes de nada de lo que dices ni de lo que haces...

–Claro que sí.

–... y yo no soy así –terminé–. No soy así.

–Entonces, ¿cómo eres, Annabel? –replicó–. ¿Una mentirosa, como me dijiste el primer día? ¡Por favor! Ésa fue la mayor mentira de todas.

Lo miré detenidamente. Me temblaban las manos.

–Si fueras una mentirosa, me habrías engañado y ya está –continuó, observando de nuevo el monitor mientras la estática subía de volumen–. Habrías actuado como si no pasara nada. Pero no lo hiciste...

–No –dije, moviendo la cabeza.

–Y no me digas que esto es fácil para mí, porque no lo es. La he pasado fatal estos meses, sin saber qué te

374

ocurría. ¿Qué es, Annabel? ¿Qué es eso tan malo que no puedes decirme siquiera?

Noté cómo me latía el corazón y cómo me bombeaba la sangre. Owen volteó hacia el panel y subió el volumen aún más, y cuando el ruido me llenó los oídos entendí, de una vez por todas, el significado de este sentimiento. Estaba enfadada.

Muy enfadada. Con él, por atacarme. Conmigo misma, por esperar hasta ahora para contraatacar. Por todas las ocasiones que no había aprovechado. Todos estos meses había sentido esa misma reacción y le había echado la culpa a los nervios o al miedo. Pero no era nada de eso.

–No lo entiendes –le aseguré.

–Pues cuéntamelo y es posible que lo entienda –replicó y empujó hacia mí la silla vacía que tenía delante–. ¿Y qué pasa con este CD? –gritó–. ¿Dónde está la música? ¿Por qué no se oye nada?

–¿Qué? –pregunté.

Apretó unos cuantos botones maldiciendo en voz baja.

–Aquí no hay nada –dijo–. Está vacío.

–¿Y no era esa la gracia?

–¿Qué? –preguntó–. ¿Qué gracia?

¡Oh, Dios mío!, pensé. Agarré la silla que había empujado hacia mí y me dejé caer. Y yo que pensaba que este gesto era tan profundo cuando, en realidad, sólo se trataba de un… error. Una equivocación. Estaba equivocada, del todo.

O no.

De repente todo pareció estallar. Su voz, mi corazón y la estática llenaban la sala. Cerré los ojos y me obligué a regresar a la noche anterior, cuando fui capaz de oír las cosas que había mantenido tanto tiempo en silencio.

«Shhh, Annabel», escuché de nuevo a la voz, pero esta vez sonaba distinta. Familiar. Soy yo.

Owen bajó el volumen y la estática empezó a retroceder. Hay un momento en la vida en que el mundo se calla y lo único que queda es tu propio corazón. Así que más vale que aprendas cómo suena. Si no, nunca entenderás lo que está diciendo.

–¿Annabel? –dijo Owen. Ahora hablaba más bajo. Estaba más cerca. Parecía preocupado–. ¿Qué te pasa?

Ya me había dado tanto… pero ahora me incliné hacia él y le pedí una última cosa. Algo que sabía que hacía mejor que nadie.

–No pienses ni juzgues –le dije–. Sólo escucha.

–¿Annabel? Vamos a poner la película… –mi madre hablaba en voz baja; creía que estaba durmiendo–. ¿Estás lista?

–Casi –respondí.

–Bueno –dijo ella–. Te espero abajo.

El día anterior no le había contado a Owen lo ocurrido en la fiesta solamente. Le había contado todo. Lo que había pasado con Sophie en el colegio, la recuperación de Whitney, la película de Kirsten. Que había accedido a grabar otro anuncio, las conversaciones sobre historia con mi padre y el hecho de haber escuchado su CD vacío la noche anterior. Él se mantuvo en silencio, atento a cada palabra. Y cuando por fin terminé, pronunció las dos palabras que normalmente no significan nada, pero que esta vez lo decían todo.

–Lo siento, Annabel –me dijo–. Siento mucho lo que te ha pasado.

Tal vez esto era lo único que había querido, todo el tiempo. No una disculpa, y desde luego no una disculpa de Owen, sino un reconocimiento. Lo que más importaba era que por fin había conseguido sacarlo todo: el principio, el medio y el fin. Lo que no quería decir que ya se hubiera terminado todo.

–¿Y qué vas a hacer? –me preguntó después, mientras estábamos junto a su Land Cruiser. Habíamos tenido que dejar el estudio libre para el siguiente programa, presentado por dos dicharacheros agentes inmobiliarios–. ¿Vas a llamar a la abogada?

–¿Sobre el juicio? No lo sé –respondí.

Sabía que, en cualquier otra circunstancia, me diría exactamente lo que pensaba de esto, pero esta vez se contuvo. Durante más o menos un minuto.

–La cuestión es –me dijo– que no hay muchas oportunidades en la vida para hacer algo importante. Y ésta es una de ellas.

–Para ti resulta muy fácil –le aseguré–. Tú siempre haces lo correcto.

–No es verdad –contestó, negando con la cabeza–. Sólo lo hago lo mejor que puedo…

–… dadas las circunstancias, ya lo sé –terminé por él–. Pero tengo miedo. No sé si seré capaz.

–Claro que sí –me dijo.

–¿Cómo puedes estar tan seguro?

–Porque lo acabas de hacer –explicó–. Venir aquí y contarme esto es muy difícil. La mayoría de la gente no sería capaz. Pero tú lo has hecho.

–Tenía que hacerlo –le dije–. Quería explicarme.

–Y puedes hacerlo otra vez –replicó–. Llámala y cuéntale lo mismo que a mí.

–Pero no es lo mismo –afirmé–. ¿Y si quiere que vaya a declarar o algo así? Tendré que contárselo a mis padres, a mi madre... No sé si lo aguantará.

–Sí lo aguantará.

–Ni siquiera la conoces –le dije.

–No hace falta –replicó–. Mira, esto es algo importante. Lo sabes. Así que haz lo que tienes que hacer, y luego ya veremos. Puede ser que tu madre te sorprenda.

Sentí un nudo en la garganta. Quería creer que lo que decía era cierto, y tal vez lo fuera.

Owen dejó su mochila en el suelo y luego se agachó para buscar algo en su interior. Inmediatamente recordé aquel día, detrás de la escuela, en que hizo lo mismo. Entonces yo no tenía ni idea de lo que iba a sacar de allí, ni de qué podía ofrecerme Owen Armstrong. Al cabo de un momento, sacó una foto.

–Toma –me dijo–. Para que te sirva de inspiración.

Era la fotografía que me había hecho la noche de la sesión de fotos de Mallory. Estaba en el umbral del vestidor, con expresión relajada, la luz amarillenta a mi espalda. «¿Ves?», había dicho entonces, «así es como eres». Y cuando la miré, me pareció la prueba de que no se trataba de la chica de la pared de Mallory, ni de la del anuncio de Kopf, ni de la de aquella fiesta del mes de mayo. Que algo había cambiado en mí aquel otoño, gracias a Owen, aunque sólo ahora me diera cuenta de ello.

–Mallory me dijo que te la diera –me explicó–. Pero…

–¿Pero? –le pregunté.

–No lo hice –terminó.

Sabía que tal vez no debería preguntar. Pero lo hice de todas formas.

–¿Por qué no?

–Porque me gusta –me dijo encogiéndose de hombros–. Quería quedarme con ella.

Y con esa foto en la mano me atreví, por fin, a llamar a Andrea Thomlinson, la mujer de la tarjeta que me había dado Emily. Dejé un mensaje en su buzón de voz y me llamó al cabo de diez minutos. Emily tenía razón: era muy agradable. Hablamos durante cuarenta y cinco minutos. Y cuando me preguntó si me presentaría al día siguiente en el juzgado, por si me necesitaban, dije que sí, aunque sabía lo que eso significaba. En cuanto colgamos, llamé a Owen.

–Me alegro por ti –me animó cuando se lo conté. Su voz sonaba cariñosa, satisfecha, y apreté el auricular con más fuerza, para dejar que me llenara el oído–. Has hecho bien.

–Sí –dije–. Ya lo sé. Pero ahora tendré que hablar delante de la gente…

–Lo harás bien –me tranquilizó, y cuando suspiré, porque no estaba segura, él repitió–: lo harás bien. Mira, si estás nerviosa por lo de mañana…

–¿Cómo que «si»? –pregunté.

–… te acompaño. Si quieres.

–¿De verdad?

–Claro –respondió. Fácilmente, sin dudar–. Sólo dime dónde y cuándo.

Quedamos en encontrarnos en la fuente situada delante del juzgado, antes de las nueve. Sabía que, incluso sin él, no estaría sola. Pero resultaba agradable tener opciones.

Eché un último vistazo a la foto y la deslicé en el cajón del buró. De camino a la sala, donde se había reunido mi familia, me detuve a mirar la foto del vestíbulo. Como siempre, mis ojos se dirigieron en primer lugar a mi cara, después a la de mis hermanas, y por último a la de mi madre, que se veía muy pequeña entre nosotras. Pero ahora la percibí de otra forma.

Cuando se tomó aquella foto estábamos todas reunidas a su alrededor, protegiéndola. Pero eso fue sólo un día, una imagen. Desde entonces, nos habíamos colocado y recolocado muchísimas veces. Habíamos protegido a Whitney, incluso en contra de su voluntad, y Kirsten y yo nos habíamos acercado cuando Whitney nos alejó a las dos. Todavía estábamos en movimiento, como había quedado claro aquella noche en que vi a mi madre y a mis hermanas otra vez juntas. A raíz de eso, estuve convencida de que me había quedado fuera, pero en realidad siempre había estado ahí. Lo único que tenía que hacer era decirlo y así volverían a incluirme fácilmente; podría volver a estar rodeada por ellas, integrarme y volver a sentirme segura en algún lugar en el medio.

Atravesé el salón donde mi familia se hallaba reunida en torno al televisor. Al principio nadie me vio y pude quedarme allí un momento, mirándolos a todos. Por fin mi madre volvió la cabeza y respiré hondo, sabiendo que no importaba la expresión que viera en su cara, pues sería capaz de hacerlo. No tenía más remedio.

–Annabel –dijo. Luego sonrió antes de moverse para hacerme sitio a su lado–. Ven aquí con nosotros.

Por un momento dudé, pero luego miré a Whitney. Me estaba observando con expresión seria y recordé aquella noche, hacía un año, cuando abrí una puerta y pulsé un interruptor, dejándola expuesta a la luz. Lo que le pasó me dio un susto de muerte, pero ella sobrevivió. Así que mantuve la vista en ella mientras avanzaba y me senté.

Mi madre volvió a sonreírme y sentí que me invadía una oleada de tristeza y miedo ante lo que estaba a punto de hacer. ¿Estás lista?, me había preguntado antes, y la verdad era que no lo estaba. Tal vez nunca llegaría a estarlo. Pero ahora no había escapatoria. Así que, mientras me preparaba para volver a contar mi historia, hice lo mismo que Owen había hecho por mí tantas veces: tendí la mano hacia mi madre y mi familia. Y en esta ocasión, los llevé a todos conmigo.

19

Al llegar al juzgado apenas pude vislumbrar a Will Cash. La parte de atrás de la cabeza, el brazo del traje, un perfil apresurado. Al principio me pareció frustrante y me puso más nerviosa todavía, pero a medida que se acercaba el momento en el que me llamarían, empecé a pensar que era una buena señal. Siempre parecía más fácil procesar piezas y pedazos. Pero la imagen completa, toda la historia, eso era algo distinto. Aunque nunca se sabía. A veces te llevabas sorpresas.

Al final, contárselo a mi familia había sido más difícil que contárselo a Owen. Pero lo hice de todas formas. Incluso en las partes más duras: cuando noté que a mi madre le faltaba el aliento, que mi padre enfurecía, que Kirsten temblaba a mi lado, seguí adelante. Y cuando creí dudar, miré a Whitney, que en todo momento se mantuvo firme. Era las más fuerte de todos, y fijé mi mirada en ella, hasta el final.

Mi madre fue la que más me sorprendió. No se vino abajo ni se trastornó, aunque sabía que no resultaba fácil para ella oír lo que me había ocurrido. En vez de eso, cuando Kirsten se echó a llorar y Whitney fue a acompañar a mi padre a buscar la tarjeta de Andrea Thomlinson a mi cuarto, para que pudiera llamarla y pedirle más detalles, mi madre se quedó sentada a mi lado, con el brazo sobre mis hombros, acariciándome la cabeza una y otra vez.

Aquella mañana, de camino al juzgado, iba sentada entre mis hermanas, observando a mis padres. De vez en cuando, el hombro de mi madre se movía y sabía que estaba dándole una palmadita a la mano de mi padre, como él había hecho con ella en aquella otra ocasión en la que empezaron a revelarse otros secretos, no hacía tanto tiempo.

Me di cuenta de que durante toda mi vida había visto a mis padres de una sola manera, como si fuera la única. Una débil, el otro fuerte. Una asustada, el otro valiente. Y estaba empezando a entender que los absolutos no existían, ni en la vida ni en las personas. Como había dicho Owen, dependía del día o del momento. Lo único que se podía hacer era llevar tanto peso como fuera posible. Y si tenías suerte, habría alguien lo bastante cerca de ti como para ayudarte con el resto.

Cuando nos dirigíamos hacia el juzgado eran las ocho y cuarenta y cinco. Eché un vistazo a la plaza y rodeé la fuente con la vista, buscando a Owen. No estaba. Ni tampoco después, cuando mi madre y yo nos reunimos con Andrea Thomlinson, en un despacho cercano, para repasar mi historia. Ni siquiera apareció cuando abrieron la sala y entramos, para tomar asiento en la misma fila que Emily y su madre. No dejé de buscarlo, pensando que se colaría en el último minuto, justo a tiempo, pero no llegó. No era propio de él, y por eso me preocupé.

Una hora y media más tarde el fiscal pronunció mi nombre. Me levanté. Deslicé las palmas sudorosas por el banco y avancé por delante de mis hermanas hasta el extremo de la fila. Luego salí al pasillo y me quedé sola.

Al atravesar la sala por fin pude verlo todo con claridad: el público, el juez, los fiscales y los abogados de la defensa, y me concentré en el funcionario judicial que me estaba esperando junto al estrado de los testigos. Me senté y sentí cómo el corazón me latía con fuerza mientras contestaba las preguntas y el juez se volvía hacia mí, asintiendo.

Lo primero que me llamó la atención no fue su traje elegante. Ni el nuevo corte de pelo, corto y un tanto aniñado; seguramente lo habían elegido para hacerlo parecer joven e inocente. Tampoco me impresionó su cara, de labios fruncidos y mirada torva. Lo único que vi, en realidad, fue el círculo morado alrededor del ojo izquierdo y la mejilla enrojecida más abajo. Habían intentado camuflarlo con maquillaje, pero allí estaba todo. Claro como el agua.

–Diga su nombre, por favor –me pidió el fiscal.

–Annabel Greene –dije. Me temblaba la voz.

–¿Conoce a William Cash, Annabel?

–Sí.

–¿Podría señalármelo, por favor?

Después de haber guardado silencio durante tanto tiempo, sentí que en las últimas veinticuatro horas había hablado muchísimo. Pero, con un poco de suerte, ésta sería la última vez en una temporada. Y tal vez por ello no me resultó tan difícil tranquilizarme y respirar hondo antes de comenzar.

–Allí –dije, señalándolo con el dedo–. Es ése de ahí.

Cuando por fin terminó, cruzamos el oscuro vestíbulo de los juzgados y salimos a un sol de mediodía tan deslumbrante, que mis ojos tardaron un poco en acostumbrarse. Y cuando lo hicieron, lo primero que vi fue a Owen.

Estaba sentado al borde de la fuente, con jeans y una camiseta blanca, y con una chaqueta azul encima; llevaba los audífonos colgando del cuello. Era la hora del almuerzo y la plaza estaba llena de gente que la cruzaba en todas direcciones: ejecutivos con portafolios, estudiantes de la universidad, una fila de niños de la guardería que iban todos de la mano. Cuando me vio, se levantó.

–Creo –estaba diciendo mi madre, acariciándome el brazo– que estaría bien ir todos juntos a comer algo. ¿Qué te parece, Annabel? ¿Tienes hambre?

Miré a Owen, que me observaba con las manos en los bolsillos.

–Sí –le dije–. Pero espera un momento.

Cuando empecé a bajar los escalones oí que mi padre preguntaba que adónde iba y que mi madre respondía que no tenía ni idea. Estaba segura de que todos me estaban mirando, pero no volví la cabeza mientras cruzaba la plaza en dirección a Owen, que tenía una expresión extrañísima, desconocida para mí. Se removía allí de pie, y resultaba obvio que estaba incómodo.

–Hola –saludó rápidamente, en cuanto estuve lo bastante cerca.

–Hola.

Aspiró aire para hablar y luego, en vez de eso, se pasó una mano por la cara.

–Mira –dijo–, sé que debes de estar enfadada conmigo.

Lo más raro era que no lo estaba. Al principio me había sorprendido que no se presentara, y después me había preocupado; pero todo el asunto había sido tan intenso y tan catártico a la vez, que podría decirse que me olvidé de él en cuanto subí al estrado. Abrí la boca para decírselo, pero él seguía hablando.

—El hecho fundamental es que tendría que haber estado aquí. No tengo excusas. No hay excusa —miró al suelo y arrastró el pie por el pavimento—. Bueno, hay una razón. Pero eso no es una excusa.

—Owen —comencé—, es…

—Pasó algo —suspiró, moviendo la cabeza. Se había ruborizado y estaba nervioso—. Algo estúpido. Cometí un error y… —y sólo entonces lo entendí todo. Su ausencia. Su vergüenza. Y el ojo morado de Will Cash. ¡Oh, Dios mío!, pensé.

—Owen —susurré—, no lo arruines.

—Fue una decisión errónea —atajó rápidamente—. Y algo que lamento.

—¿Algo que lamentas? —repetí.

—Sí.

Pasó a nuestro lado un ejecutivo hablando en voz alta por el celular, sobre fusiones o algo así.

—Comodín —afirmé. Hizo una mueca.

—Pensé que a lo mejor me decías eso.

—Por favor —dije—. Sabías que iba a decirlo.

—Bueno, bueno. —Se pasó una mano por el pelo—. He tenido una discusión muy seria con mi madre. Y no podía marcharme a la mitad.

—Una discusión —repetí—. ¿Sobre qué?

Volvió a hacer una mueca. La estaba pasando fatal. Pero yo no podía dejarlo. Después de estar en el otro lado de la verdad durante tanto tiempo, me di cuenta de que me gustaba hacer las preguntas.

–Bueno –dijo, y tosió–. Básicamente, se supone que ahora mismo estoy castigado. Durante el futuro próximo, en realidad, porque tuve que negociar un permiso. Y tardé bastante.

–Estás castigado sin salir –le dije, para aclarar las cosas.

–Sí.

–¿Por qué?

Hizo una mueca de disgusto, movió la cabeza y miró hacia la fuente. ¿Quién hubiera dicho que la verdad podía costarle tanto a Owen Armstrong, el chico más sincero del mundo? Pero si le preguntaba, me lo diría. De eso podía estar segura.

–Owen –le dije mientras él se encogía visiblemente y se balanceaba–, ¿qué has hecho?

Se quedó un momento callado, mirándome. Luego suspiró.

–Le di un puñetazo en la cara a Will Cash.

–¿En qué estabas pensando?

–Bueno, es evidente que no lo pensé –se puso aún más colorado–. No fue mi intención.

–Le pegaste por accidente.

–No –me lanzó una mirada–. Bueno. ¿De verdad quieres saberlo?

–¿Acaso no te lo estoy preguntando?

–Mira –dijo Owen–, la verdad es que ayer, cuando te marchaste, estaba totalmente fuera de mí. Soy humano, ¿no?

–Sí, lo eres –corroboré.

–De verdad que sólo quería verlo. Eso era todo. Y como sabía que a veces toca con ese grupo patatero de Perkins Day, y que actuaba anoche en Bendo en una sesión de grupos nuevos, me figuré que andaría por allí. Y allí estaba. Lo que, la verdad, si lo piensas bien, es despreciable. ¿Qué tipo de persona va a un club, y encima para ver a un grupo de mierda, la noche antes de comparecer en un juicio? Es…

–Owen –dije.

–¡Lo digo en serio! ¿Sabes lo malísimos que son? Incluso para ser un grupo de versiones, resultan patéticos. Hombre, si van a salir ahí sin admitir que no saben componer sus propias canciones, al menos deberían ser capaces de tocar bien las de los demás…

Me quedé mirándolo.

–Bueno –dijo. Se pasó de nuevo una mano por el pelo–. Entonces fui para allá, le eché un vistazo y se acabó.

–Es obvio –afirmé con dureza– que la cosa no acabó ahí.

Owen continuó de mala gana.

–Me quedé a verlos actuar. Y, como he dicho, eran malísimos. Salí a tomar el aire y me lo encontré afuera, fumando un cigarro. Y va y se pone a hablar conmigo. Como si nos conociéramos. Como si no fuera el tipo más asqueroso del mundo, un imbécil integral.

–Owen –murmuré.

–Noté que me estaba enfadando cada vez más –hizo una mueca–. Sabía que tenía que respirar hondo y alejarme, y todo eso, pero no lo hice. Y entonces, cuando terminó el cigarro me dio una palmadita en el hombro y se dio la vuelta para entrar. Y…

Me acerqué a él un poco más.

–… estallé –terminó–. Perdí el control.

–No pasa nada –dije.

–Supe, incluso en aquel momento, que lo lamentaría –explicó–. Que no merecía la pena. Pero ya era demasiado tarde. Estoy enfadadísimo conmigo mismo, la verdad.

–Me imagino.

–Fue sólo un puñetazo –gruñó, y añadió rápidamente–, pero eso no le quita importancia. Y tuve suerte de que el portero nos separara y nos mandara a los dos a casa sin llamar a la policía. Si les hubiera avisado… –se interrumpió–. Fue una estupidez.

–Pero se lo contaste a tu madre de todas formas –dije.

–Cuando volví a casa, se dio cuenta de que estaba furioso. Así que me preguntó qué había pasado y se lo conté…

–Porque eres sincero –le expliqué dando otro paso.

–Pues sí –me dijo, mirándome–. Se puso lívida, por decirlo finamente. Me impuso el castigo máximo, totalmente merecido; pero hoy, cuando intenté salir para venir aquí, las cosas se complicaron.

–No pasa nada –insistí.

–Sí pasa –detrás de él la fuente chapoteaba y el sol se reflejaba en el agua–. Porque no soy así. Ya no. Pero… me dio una neura.

Levanté la mano y le aparté el pelo de la cara.

–¿Sí? –le pregunté–. ¿De verdad?

–¿Qué?

–No sé –me encogí de hombros–. Es que, para mí, eso no es una neura.

–¿No? –preguntó, y se quedó observándome un segundo–. Ah –recordó–, ya.

–Bueno, para mí –dije acercándome–, cuando me da una neura es algo distinto. Más bien consiste en salir corriendo, sin contarle a nadie qué pasa, y recocerme a fuego lento hasta estallar. Ese tipo de reacción.

–Ah –exclamó–. Bueno, supongo que es cuestión de semántica.

–Supongo.

La gente seguía moviéndose a nuestro alrededor, aquí y allá, ocupando su hora del almuerzo como podía antes de reemprender el resto del día. Sabía que, detrás de mí, esperaba mi familia, pero aun así moví la mano para rozar la suya.

–¿Sabes? –me dijo Owen, mientras sus dedos encontraban los míos–. Parece que lo sabes todo.

–No –le aseguré–. Sólo lo hago lo mejor que puedo, dadas las circunstancias.

–¿Y qué tal la llevas? –preguntó.

Para esto no había una respuesta corta; como tantas otras cosas, era una historia larga. Pero lo que hace que una historia sea real es saber que alguien la va a escuchar. Y a comprender.

–Bueno, ya sabes –le dije a Owen–. Depende del día.

Me sonrió y le devolví la sonrisa, luego me acerqué y alcé la cara. Cuando se inclinó para besarme, cerré los ojos y, en lugar de ver el negro uniforme de la oscuridad, me encontré con otra cosa. Algo más claro, cercano a la luz, con un brillo tenue pero constante. Más que suficiente para seguir adelante, ahora que una parte de mí se había abierto paso, al fin, hasta allí.

20

Me puse los audífonos y luego miré a Rolly. Cuando me hizo la señal con el pulgar hacia arriba, me incliné sobre el micrófono.

–Son las siete y cincuenta, y estás escuchando tu emisora de radio comunitaria, WRUS. Si buscas *Control de la agresividad,* volverá dentro de… –eché un vistazo a mi libreta donde, sobre mi lista de canciones, escrita con buena letra, había un gran número dos, entre signos de admiración–… dos semanas. Mientras tanto, soy Annabel y esto es *La historia de mi vida.* Aquí están The Clash.

Me dejé los audífonos puestos y observé a Rolly hasta que sonaron las primeras notas de *Rebel Waltz.* Luego, por fin, solté la respiración, que me parecía llevar aguantando desde siempre, justo cuando el altavoz situado sobre mi cabeza se activó y Clarke me dijo:

–Genial. Apenas se te notaba que estabas nerviosa.

–Pero lo estaba –admití.

–Lo estás haciendo muy bien –añadió Rolly–. Y en cualquier caso, no sé por qué te preocupas tanto. No es como si estuvieras desfilando delante de la gente en traje de baño.

Clarke se dio la vuelta hacia él y le lanzó una mirada.

–¿Qué? –preguntó él–. ¡Es verdad!

–Esto es más difícil –le dije, quitándome los audífonos–. Mucho más.

–¿Por qué? –me preguntó.

Me encogí de hombros.

–No lo sé –dije–. Es más real. Personal.

Y lo era. De hecho, me quedé aterrorizada cuando Owen me pidió que lo sustituyera. Al parecer, su madre decidió que quitarle el programa de radio era el único castigo suficiente por lo que le había hecho a Will Cash. Pero me convenció diciendo que Rolly (y Clarke) estaría allí para ayudarme con la parte técnica y asegurarse de que me ceñía a mi hora cada semana; y decidí probarlo al menos una vez. Habían pasado cuatro semanas, y aunque todavía me ponía nerviosa, también me divertía. Tanto, que Rolly ya me estaba insistiendo para que hiciera el curso de radio y solicitara mi propio programa; pero aún no estaba lista para eso. Aunque nunca se sabe.

Owen seguía involucrado en el programa, claro. Al principio insistía en que pusiera su lista, aunque eso significara tener que forzar a las masas a escuchar una música que yo odiaba. Pero después de la primera semana (una vez que se dio cuenta de que no podía evitarlo), se rindió, y empecé a poner mis propias canciones de vez en cuando. Había algo realmente genial en el hecho de poder mostrar al mundo una canción, una presentación, e incluso mi voz. Y en dejar que la gente opinara lo que quisiera. No debía preocuparme por mi aspecto, ni tampoco por si la imagen que la gente tenía de mí coincidía con quién era en realidad. La música hablaba por sí misma y por mí y, después de tanto tiempo siendo observada y estudiada, me di cuenta de que eso me gustaba. Mucho.

Rolly dio un golpecito en el cristal que nos separaba, haciéndome una seña para que preparara la siguiente canción. Era un tema de Jenny Reef, para Mallory –mi primera fan auténtica–, que todas las semanas ponía el despertador para poder llamar y hacer una petición. Lo dejé preparado y esperé a que The Clash empezara a apagarse, antes de apretar el botón y dejar sonar su ritmo juguetón (una mezcla que sabía que molestaría a Owen, que, por varias razones, insistía en escuchar el programa en el coche, solo). Una vez empezado, me moví en la silla y miré las fotos que había alineado junto al monitor. Cuando comencé, estaba tan nerviosa que pensé que me vendría bien tener toda la inspiración posible. Por eso había traído la foto de Mallory con la boa de plumas alrededor de la cara: para recordarme que al menos una persona me estaba escuchando. También la que me había hecho Owen, para recordarme que no importaba si ella era la única oyente. Y una más.

Era una foto mía, con mis hermanas y mi madre, que habíamos hecho en Fin de Año. Al contrario que la del vestíbulo, no era profesional; no había ningún fondo espectacular detrás de nosotras. Estábamos todas alrededor de la isla de la cocina. Habíamos estado hablando, no recuerdo de qué, y el novio de Kirsten, Brian –ahora que había terminado el curso eran libres de hacer pública su relación– nos dijo que miráramos y, directamente, disparó. No era una buena foto en sentido técnico. Se veía el destello del flash en la ventana, mi madre tiene la boca abierta y Whitney se está riendo. Pero me encanta, porque así éramos de verdad. Y lo mejor de todo es que, esta vez, no había nadie en el centro.

Cada vez que la miraba, recordaba cuánto me gustaba esta nueva vida, sin secretos que me acecharan. Era un nuevo comienzo y ahora no tenía que ser la chica que lo tenía todo, ni nada, sino otra chica completamente distinta. Puede ser que incluso fuera la que contaba las cosas.

–Dos minutos hasta el siguiente descanso –me dijo Rolly, y yo asentí mientras me ponía otra vez los audífonos. Cuando se alejó del micrófono, Clarke le revolvió el pelo. Él sonrió y después hizo una mueca cuando ella volvió al crucigrama de los domingos, que cada semana intentaba terminar durante la hora que duraba el programa. Clarke era competitiva, incluso contra sí misma. Se trataba de una de las muchas cosas que había olvidado de ella, pero que iba recordando a medida que intentábamos reconstruir nuestra amistad: cómo cantaba siempre a la vez que la radio, cómo se negaba a ver películas de miedo, y cuánto me hacía reír incontroladamente sobre las cosas más estúpidas. No era como antes, pero tampoco era eso lo que queríamos. Estábamos contentas de salir juntas. Todo lo demás iba fluyendo día a día.

Era lo que hacía últimamente con todos y con todo; tomaba lo bueno cuando venía y también lo malo, sabiendo que en algún momento todo pasa. Mis hermanas seguían hablándose, y discutiendo de vez en cuando. Kirsten estaba en su segunda clase de dirección de cine y trabajaba en una pieza sobre el mundo de las modelos, que nos prometió que nos iba a «impactar» (a saber qué quería decir con eso). En enero, Whithey se había apuntado a clases en la universidad de la ciudad, donde, además de otras asignaturas obligatorias, tenía dos clases de creación literaria, una de memorias y otra de ficción. En la primavera, con el permiso de su médico, se trasladaría a su propio departamento; se había asegurado de que tuviera suficiente luz para las plantas. Mientras tanto, sus macetas seguían en el alféizar de la ventana. Yo pasaba junto a ellas siempre que podía y me agachaba para acariciar sus hojas aromáticas, apretándolas entre los dedos para que desprendieran su aroma a mi paso. En cuanto a mi madre, había aceptado todos estos cambios con algunas lágrimas, claro, así como con una fortaleza que no dejaba de sorprenderme. Por fin le dije que iba a dejar el trabajo de modelo, para siempre, y aunque le costó renunciar a esa parte de mi vida, y de la suya, lo compensó poniéndose a trabajar de medio tiempo con Lindy, que seguía necesitando desesperadamente una recepcionista. Fue una buena idea. Ahora enviaba a otras chicas a los *castings* y trataba con los clientes, de forma que así mantenía un pie en el mundo en el que ella, de todas nosotras, siempre se había sentido más cómoda.

Aun así, sabía que probablemente la pasaría mal cuando comenzara a emitirse el nuevo anuncio de Kopf, en unas semanas. Por lo que había oído, seguían con la misma idea del que había hecho yo, centrándose en la Chica Ideal que iba de los deportes de primavera al baile de fin de curso. Probablemente me molestaría por las mismas razones que el anterior, pero no por la chica que habían escogido para sustituirme: Emily. Al fin y al cabo, si había alguien que pudiera dar ejemplo, ésa era ella.

En cuanto a Emily y a mí, no éramos exactamente amigas. Pero las dos sabíamos que lo que habíamos pasado nos uniría para siempre, tanto si nos gustaba como si no. Siempre que nos cruzábamos en los pasillos nos saludábamos, aunque la cosa se quedara ahí. Era más que lo que podía decir de Sophie, quien nos ignoraba concienzudamente a ambas. Después de la condena de Will por violación en segundo grado –seis años, aunque probablemente saldría antes–, se había mantenido al margen una temporada, incómoda al sentirse el centro de tanta atención. A veces la veía sola por los pasillos o a la hora del almuerzo y pensaba que, en el mejor de los casos, sería capaz de acercarme a ella y terminar con este distanciamiento, de hacer por ella lo que ella nunca habría hecho por mí.

O no.

Al pensar en esto, me miré el pulgar y saqué el grueso anillo de plata para leer precisamente estas palabras. Era demasiado grande para cualquiera de mis dedos y había tenido que ponerle cinta adhesiva con el fin de que no se me cayera, pero por ahora servía, mientras intentaba adivinar qué pondría en el que Rolly me había prometido. Hasta entonces, Owen me había prestado el suyo, aunque sólo fuera para recordarme que siempre es bueno saber cuáles son tus opciones.

–Treinta segundos –me dijo Rolly a través de los audífonos. Asentí, moviendo la silla más cerca del micrófono. A medida que avanzaban los segundos, miré por la ventana hacia mi izquierda y vi un Land Cruiser azul que entraba en el estacionamiento. Justo a tiempo.

–Y… –dijo Rolly–, en el aire.

–Ésta fue Jenny Reef, con *Whatever* –comencé–, y has escuchado *La historia de mi vida*, aquí en WRUS. Soy Annabel. A continuación, *Recetas de herbolario*. Gracias por escucharme. Y aquí está nuestro último tema.

Entraron las primeras notas de *Thank you*, de Led Zeppelin, y eché la silla hacia atrás. Entonces cerré los ojos para escucharla mejor, como hacía siempre que oía esta canción; era mi ritual. Justo cuando comenzaba el estribillo la puerta se abrió y, un momento después, sentí una mano sobre el hombro.

–Por favor, dime –dijo Owen dejándose caer teatralmente en la silla junto a la mía– que no acabo de oír a Jenny Reef en mi programa.

–Era una petición del oyente –le expliqué–. Y, además, me dijiste que podía poner lo que quisiera siempre que le diéramos otro nombre al programa.

–Dentro de lo razonable –dijo–. Tienes que recordar que mis oyentes se pueden confundir. Todavía escuchan el programa y esperan calidad. Y, si es posible, iluminación. No basura comercial cantada por una adolescente controlada completamente por el *marketing* corporativo.

–Owen.

–Hombre, siempre hay algo de espacio para la ironía, pero el equilibrio es delicado. Si te pasas en un sentido o en el otro, pierdes toda la credibilidad. Lo que quiere decir que…

–¿Te has dado cuenta de lo que estoy poniendo ahora? –le pregunté.

Dejó de hablar a mitad del discurso, levantó la vista hacia el altavoz y escuchó un segundo.

–Oh –exclamó–. Bueno, esto es a lo que me refiero. Esta es mi…

–… canción de Led Zeppelin favorita –terminé por él–. Ya lo sé.

En la cabina, Clarke hizo una mueca.

–Bueno, de acuerdo –dijo Owen, acercando la silla a la mía–. Has puesto un tema de Jenny Reef. Pero el resto del programa me ha parecido bastante bueno. Aunque no estoy seguro de la yuxtaposición del segundo par…

–Owen.

–… poniendo esa canción de Alamance después de la de Etta James. Fue un poco excesivo. Y…

–Owen.

–¿Qué?

Me incliné hacia él y puse mis labios en su oreja.

–Shhh.

Iba a decir algo más, claro, pero se interrumpió cuando deslicé mi mano sobre la suya y entrelazamos los dedos. Sin embargo, no había terminado. En algún momento dejaría claro lo que pensaba, o al menos discutiría hasta la rendición por aburrimiento. Por el momento, los acordes avanzaban hacia el estribillo. Me acerqué más a Owen, apoyé la cabeza sobre su hombro y nos pusimos cómodos bajo la luz del sol que entraba por la ventana. Era cálida y luminosa y se reflejó en el anillo de mi pulgar cuando Owen lo tomó y lo hizo girar muy despacio mientras sonaba la canción.

AGRADECIMIENTOS

Hace falta un pueblo para acompañar un libro desde el principio hasta el final. Y yo tengo la suerte de contar con buenos vecinos. Gracias a Leigh Feldman, la persona más sincera que conozco, y a la fabulosa Regina Hayes, que siempre toma lo mejor de mí y lo hace parecer mucho mejor. Joy Peskin me brindó su perspectiva y su experiencia cuando más las necesitaba. También tengo una deuda pendiente con Marianne Gingher y Bland Simpson, de la Universidad de Carolina del Norte, en Chapel Hill, que me han dado el segundo mejor empleo de mi vida y, más importante aún, entienden que escribir sea el primero. Le estoy agradecida a Ann Parrent, de la Radio Comunitaria WCOM 103.5, y a Jeff Welty, el elegante abogado defensor vegano, por los datos y la información; y a mis padres por hacerme bajar de la cornisa, otra vez. Pero, al final, este libro, como todos los demás, es realmente para Jay, que me regaló a Bob Dylan, Tom Waits, Social Distortion y un millón de canciones más que todavía siguen sonando. Gracias por escucharme.